KRONDOR

DERDE BOEK -
TRAAN DER GODEN

RAYMOND E. FEIST

KRONDOR

DERDE BOEK -
TRAAN DER GODEN

MEULENHOFF-M
FANTASY

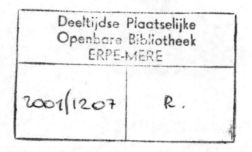
Eerste druk mei 2001

Vertaling Richard Heufkens
Omslagillustratie Nico Keulers

Copyright © 2000 Raymond E. Feist
Copyright Nederlandse vertaling © 2001 J.M. Meulenhoff bv, Amsterdam
Meulenhoff-M is een imprint van J.M. Meulenhoff bv, Amsterdam
Oorspronkelijk verschenen onder de titel *Tear of the Gods*

ISBN 90 290 6935 X / CIP / NUGI 335

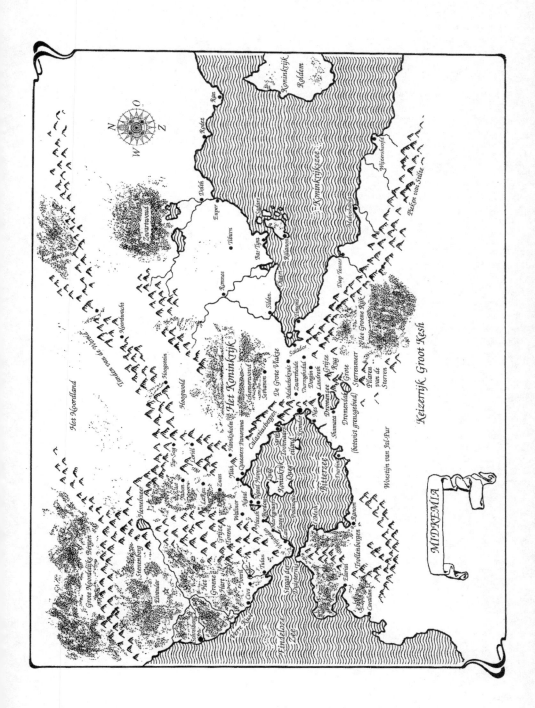

Proloog

o

AANVAL

Het weer werd slechter.

Donkere wolken kolkten aan de hemel, waar woeste bliksem-schichten in alle windstreken de zwarte nacht doorboorden. De uitkijk in de hoogste mast van het schip *Ishaps Dageraad* dacht dat hij in de verte iets zag bewegen en tuurde het donker in. Met een hand probeerde hij zijn ogen te beschermen, aangezien de tranen hem in de ogen liepen van het opspattende zoute water en de snijdend koude wind. Hij knipperde ze weg, en de beweging die hij meende te zien, was verdwenen.

Het nachtelijke duister en de dreiging van noodweer hadden de uitkijk veroordeeld tot een ellendige wacht in top, voor het onwaarschijnlijke geval dat de kapitein van koers geraakte. Dat was vrijwel onmogelijk, overwoog de uitkijk, want de kapitein was een kundig zeeman, gekozen vanwege zijn bekwaamheid om ge-varen uit de weg te gaan, om nog maar te zwijgen van zijn andere kwaliteiten. En net als iedereen wist hij hoe hachelijk deze over-tocht was. Voor de tempel bestond er geen waardevollere lading dan deze, en door geruchten over piraten langs de Quegse kust waren ze gedwongen tot een riskante koers langs Weduwpunt, een rotsachtig gebied dat indien mogelijk het beste kon worden vermeden. Maar *Ishaps Dageraad* was bemand door ervaren zeelui, die nu extra scherp letten op de bevelen van de kapitein, stuk voor

7

stuk vief reagerend, want iedereen in het want wist dat geen enkel schip de rotsen van Weduwpunt kon overleven. Ieder van hen vreesde voor zijn eigen leven – dat was niet meer dan normaal – maar deze mannen waren niet alleen maar uitgekozen op hun zeemanschap, doch ook op hun trouw aan de tempel. En ze wisten allemaal hoe kostbaar hun lading voor de tempel was.

In het ruim beneden stonden acht monniken van de Tempel van Ishap rond een allerheiligst artefact: de Traan der Goden, een juweel van verbluffende omvang, zeker zo lang als de arm van een volwassen man en tweemaal zo dik, door een mystiek schijnsel van binnenuit verlicht. Eens per tien jaar vormde zich een nieuwe Traan in een verborgen klooster, ergens in een kleine geheime vallei in de Grijze-Torenbergen. Als hij was voltooid en de heilige riten waren uitgevoerd, werd hij per zwaar bewapende karavaan vervoerd naar de dichtstbijzijnde haven in de Vrijsteden van Natal. Daar werd hij aan boord van een schip gebracht en naar Krondor gevaren, waarvandaan de Traan met een escorte van krijgsmonniken, priesters en bedienden verder zou reizen naar Salador, om vervolgens per schip overgebracht te worden naar de moedertempel te Rillanon, ter vervanging van de vorige Traan, die reeds inboette aan kracht.

De ware aard en functie van het gewijde juweel was bekend aan slechts de hoogste rangen der tempeldienaren, en de matroos hoog in de grote mast stelde geen vragen. Hij vertrouwde in de macht van de goden en wist dat hij een groter goed diende. En hij werd goed betaald om behalve zijn wacht te doen geen vragen te stellen.

Maar na twee weken kampen met tegenwind en ruwe zee vond zelfs de meest devote zeeman het blauwwitte licht dat 's nachts van beneden scheen, en het onophoudelijke monotone gezang van de monniken, zenuwslopend. Vanwege het aanhoudende, voor het seizoen abnormaal zware weer begonnen sommige bemanningsleden al te mompelen over toverij en zwarte magie. De uitkijk deed een stil dankgebed aan Kilian, godin van de natuur en zeelieden (en voegde er ook eentje toe aan Eortis, die volgens sommigen de ware god van de zee was) opdat ze de komende ochtend behouden aankwamen op hun bestemming: Krondor. De Traan en zijn escorte zou de stad al gauw in oostelijke richting verlaten, maar de zeeman bleef in Krondor, bij zijn gezin. Van wat hem werd betaald, kon hij zich een langdurig thuisverblijf permitteren.

Hoog in de mast dacht de zeeman aan zijn vrouw en twee kinderen, en glimlachte even. Zijn dochter was inmiddels oud genoeg om haar moeder te helpen in de keuken en met het zorgen voor haar kleine broertje, en binnenkort werd er een derde kind verwacht. Zoals hij al tientallen keren had gedaan, zwoer de zeeman dat hij op zoek zou gaan naar ander werk vlak bij huis, zodat hij meer tijd met zijn gezin kon doorbrengen.

Hij werd uit zijn mijmerijen gehaald toen hij langs de kust opnieuw iets zag bewegen. De door de wind opgezweepte golven werden door het licht van het schip beschilderd en hij kon het ritme van de zee voelen. Dat ritme was zojuist verbroken. Met pure wilskracht probeerde hij de duisternis te doorboren, de nacht in turend om te zien of ze misschien toch te dicht bij de rotsen raakten.

'Dat blauwe licht van dat schip geeft me geen goed gevoel, kapitein,' zei Knute.

De man die door Knute werd aangesproken, keek op hem neer. Met zijn zes voet en acht duim lengte torende hij boven iedereen uit. Zijn massieve schouders en armen staken uit het lederen kuras dat hij altijd droeg, tegenwoordig met toevoeging van een paar schouderstukken met stalen punten, buitgemaakt op het lijk van een van de befaamdere gladiatoren uit Queg. Zijn

9

blote huid vertoonde tientallen sporen van gevechten, waar de overblijfselen van oude wonden elkaar kruisten. Eén litteken liep van voorhoofd tot onderkaak over zijn gezicht, dwars door zijn rechteroog, dat melkachtig wit was. In zijn linker leek echter een boosaardig rood licht te fonkelen, en Knute wist dat dat oog maar weinig miste.

Behalve de punten op zijn schouders was zijn wapenrusting rechttoe rechtaan, goed onderhouden, maar vaak gerepareerd. Rond zijn hals hing een bronzen amulet, verdonkerd door meer dan verwaarlozing en tijd, besmeurd met oude, zwarte kunsten. Het rode juweel in het midden pulseerde met een zwak licht van zichzelf toen Beer zei: 'Zorg jij nou maar dat we niet op de rotsen lopen, loods. Dat is de enige reden dat ik je nog laat leven.' Hij draaide zich om naar de achterkant van het schip en sprak zacht, maar zijn stem was op de achtersteven verstaanbaar. 'Nu!'

'Voorwaarts!' zei een zeeman daar tegen de mensen in het ruim, en de hortator hief een hand en bracht hem neer op de trom tussen zijn knieën.

Op de eerste slag hieven de aan hun banken vastgeketende slaven hun roeiriemen op, en op de tweede slag lieten ze die neer en trokken als één man. Het bevel was al gegeven, maar de slavenmeester die tussen de roeibanken heen en weer liep, herhaalde het. 'En stil zijn, mijn schatjes! De eerste die ook maar iets meer dan gefluister laat horen, is er geweest!'

Het schip, een Quegse patrouillegalei die het jaar ervoor tijdens een overval was gekaapt, gleed naar voren, vaart makend. Op de boeg zat Knute gehurkt, ingespannen starend naar het water voor hem. Hij had het schip zodanig gepositioneerd dat het recht op zijn doel af zou gaan, maar er moest nog één bocht naar bakboord worden gemaakt – niet moeilijk, als je het moment zorgvuldig bepaalde, maar toch gevaarlijk. Ineens draaide Knute zich om en zei: 'Nu, hard bakboord!'

Beer gaf het bevel door en de roerganger draaide het schip. Een ogenblik later gelastte Knute het roer midscheeps, en de galei begon door het water te klieven.

Knute's blik rustte een ogenblik op Beer voordat hij zijn aandacht weer richtte op het schip dat ze gingen kapen. Nog nooit van zijn leven was Knute zo bang geweest. Hij was een geboren piraat, een waterrat uit Natal Haven die zich van doodgewoon matroos had opgewerkt tot een van de beste loodsen van de Bitterzee. Hij kende iedere rots, zandbank, rif en getijdepoel tussen Ylith en Krondor, westwaarts naar de Straat der Duisternis en langs de kust van de Vrijsteden. En het was die kennis die hem al meer dan veertig jaar in leven had gehouden terwijl menig moediger, sterker en intelligenter man was gedood.

Knute voelde Beer achter zich staan. Hij had al eerder voor de gigantische piraat gewerkt, eenmaal om Quegse prijsschepen te overvallen toen ze terugkeerden van plunderingen langs de Keshische kust. Een andere keer had hij gediend met Beer als kaperkapitein, onder de vlag van de gouverneur van Durbin, en hadden ze het voorzien op Koninkrijkse schepen.

In de afgelopen vier jaar had Knute zijn eigen bende geleid, waarmee hij de wrakken doorzocht van schepen die door vals licht hier bij Weduwpunt naar de rotsen waren gelokt. Het was de kennis van die rotsen en het daaromheen navigeren geweest die hem weer in Beers dienst had gebracht. De merkwaardige handelaar Sidi, die zo'n beetje ieder jaar een keer naar de Weduwpunt kwam, had hem gevraagd naar een meedogenloos man die niet zou terugschrikken voor een gevaarlijke opdracht en die er niets op tegen had om iemand dood te maken. Knute had er een jaar over gedaan om Beer op het spoor te komen en hem bericht gestuurd dat hem een klus met groot risico en een nog grotere beloning wachtte. Beer had geantwoord en was gekomen voor een ontmoeting met Sidi. Knute was ervan uitgegaan dat hij ofwel een vergoeding kreeg voor het in contact brengen van de twee mannen, of met Beer in de buit kon delen in ruil voor het gebruik van zijn mannen en zijn schip. Maar vanaf het punt dat Knute hem met Sidi in contact had gebracht, op het strand bij Weduwpunt, was alles veranderd. In plaats van voor zichzelf te werken, was Knute nu weer in dienst als Beers galeiloods en eerste stuurman. Knute's eigen schip, een wendbaar kustvaardertje, was tot zinken gebracht om Beers voorwaarden kracht bij te zetten: rijkdom voor Knute en zijn mannen als ze meededen – zo niet, dan was het alternatief eenvoudig: de dood.

Terwijl ze het Ishapische schip naderden, wierp Knute een blik op het vreemde blauwe licht dat op het water deinde. Het hart van de kleine man sloeg zo hard dat hij vreesde dat het straks nog dwars door zijn ribben zou breken. Met de handen strak rond de houten reling geklemd schreeuwde hij een koerscorrectie, hoewel hij vermoedde dat het zinloos was.

Knute wist dat hij naar alle waarschijnlijkheid vannacht zou sterven. Aangezien Knute's bemanning door Beer was geconfisqueerd, was dat slechts een kwestie van tijd geweest. De man die Knute langs de Keshische kust had gekend was al erg genoeg geweest, maar nu was Beer veranderd, zijn ziel nog zwarter dan voorheen. Hij was altijd al een gewetenloos man geweest, maar zijn daden hadden toen nog een zekere doelmatigheid gekend, getekend door een tegenzin om tijd te verspillen met nodeloos moorden en verwoesten, al liet dat hem verder koud. Nu scheen Beer ervan te genieten. Twee van Knute's bemanningsleden waren langzaam gestorven; een pijnlijke dood voor slechts kleine vergrijpen. Beer had toegekeken tot ze de geest hadden gegeven. Het juweel in zijn amulet had helder gestraald, en Beers ene goede oog had met hetzelfde vuur gefonkeld.

Eén ding had Beer bovenal duidelijk gemaakt: het doel van deze opdracht was het veroveren van een heilig relikwie van de

Ishapiërs, en eenieder die deze missie in de weg stond, zou sterven. Maar hij had ook beloofd dat de bemanning de rest van de Ishapische schat zelf mocht houden.

Toen hij dat hoorde, was Knute gaan denken aan een plan.

Knute had gestaan op verscheidene oefentochten, aangezien het tij en de rotsen hier overdag al verraderlijk genoeg waren – 's nachts wachtte een onvoorbereide ziel wel honderden calamiteiten. Met tegenzin had Beer uiteindelijk ingestemd. Waar Knute op had gehoopt, was inderdaad gebeurd: de bemanning raakte eraan gewend zijn commando's op te volgen nadat Beer het bevel over het schip had overgedragen. Beers bemanning bestond uit vechtersbazen en moordenaars, waaronder één kannibaal, maar erg intelligent waren ze geen van allen.

Knute's plan was gewaagd en gevaarlijk, en hij rekende op meer dan een beetje geluk. Omkijkend zag hij Beers blik gevestigd op het blauwe licht van het Ishapische schip waar ze recht op af gingen. Knute kon zich nog net één snelle blik op zijn eigen zes mannen veroorloven voordat hij zich weer richtte op het Ishapische schip.

Hij schatte de afstand en snelheid in, draaide zich om en schreeuwde langs Beer: 'Eén streek bakboord! Ramsnelheid!' Vervolgens riep hij: 'Katapulten paraat!'

Er verschenen vlammen, en de vlug aangestoken fakkels werden bij grote bundels zakken vol Quegse petroleum gehouden. Die vlogen in brand en de katapultofficier riep: 'Klaar, kapitein!'

Met zijn zware donderstem gaf Beer het bevel: 'Vuur!'

De uitkijk tuurde tegen de druppels zout water op de wind in. Hij wist zeker dat hij aan de kustzijde iets zag. Plotseling verscheen er een vlam. Toen een tweede. Even waren grootte en afstand moeilijk in te schatten, maar de zeeman begreep al gauw, met een golf van vrees, dat er twee grote vuurbollen naar het schip vlogen.

Sissend en knetterend suisden de woeste oranjerode vlammen van het eerste projectiel over de uitkijk heen, op slechts enkele ellen afstand. Toen de vuurbal voorbij scheerde, kon hij de verzengende hitte voelen.

'We worden aangevallen!' schreeuwde hij zo hard hij kon. Hij wist heel goed dat de voltallige nachtwacht de vlammende projectielen had gezien, maar het bleef zijn taak de bemanning te waarschuwen.

De tweede vuurbal sloeg midscheeps in en trof de kajuitstrap die van beneden naar het voordek liep. Een onfortuinlijke priester van Ishap werd door de vlammen verteerd, gillend van pijn en schrik tot hij dood was.

Als ze zouden worden geënterd, was het geen goed idee om boven te blijven, wist de matroos. Terwijl hij zijn benen over de rand van het kraaiennest zwaaide en langs een stagschoot omlaag naar het dek gleed, verscheen er nog een vlammende bol aan de hemel, die in een boog op het voordek belandde.

'Quegse piraten!' schreeuwde een andere matroos, die hem een zwaard en een beukelaarschild gaf, amper een tel nadat zijn blote voeten het dek hadden geraakt.

Het dreunen van een hortatortrom galmde over de golven. Plotseling werd de stilte van de nacht verscheurd door lawaai en kreten.

Vanuit de duisternis doemde een schip op, hoog opgetild door een enorme golf, en de twee matrozen konden de zware, getande ijzeren ram op de boeg van de galei zien. Als die zich in de scheepsromp van zijn slachtoffer boorde, zou het geramde schip door de tanden vast worden gehouden tot de galeislaven het bevel kregen achteruit te roeien. Daarmee scheurde de galei een reusachtig gat in de zijkant van de *Ishaps Dageraad*, die dan in korte tijd zou zinken.

Even vreesde de uitkijk dat hij zijn vrouw en kinderen nimmer

14

meer zou zien, en haastig prevelde hij een gebed tot iedere god die maar bereid was te luisteren, met het verzoek voor zijn gezin te zorgen. Daarna nam hij zich voor te vechten, want als de zeelieden de piraten bij de reling konden tegenhouden tot de priesters van beneden kwamen, zouden die met hun magie de aanvallers kunnen weren.

Het schip stampte, en het kraken van hout en het gillen van mannen schalde door de nacht toen de galei zich in het Ishapische schip boorde. De uitkijk en zijn metgezellen werden tegen het dek geslagen.

Wegrollend voor het om zich heen grijpende vuur zag de uitkijk twee handen op de reling verschijnen. De uitkijk kwam overeind en keek in het gezicht van een piraat met een donkere huidskleur, die aan boord klom en met een sprong aan dek belandde, door anderen gevolgd.

De eerste piraat had een enorm kromzwaard en grijnsde als een bezetene. De uitkijk stormde op hem af, zijn zwaar en schild in de aanslag. Het haar van de donkere man hing in geoliede krullen omlaag, glinsterend in het licht van de vlammen. Zijn grote ogen weerkaatsten het oranje schijnsel, wat hem een demonisch uiterlijk verleende. Toen lachte hij zijn gebit bloot, en de uitkijk aarzelde, want de tot punten gevijlde tanden maakten duidelijk dat dit een kannibaal van de Shaskahan-eilanden was.

De ogen van de uitkijk werden groot toen hij achter de eerste aanvaller nog iemand zag opdoemen. Het was het laatste wat hij zag, want de eerste piraat stak toe met zijn zwaard en doorboorde de ongelukkige uitkijk, die als aan de grond genageld bleef staan uit doodsangst voor wie hij voor zich zag. Met zijn laatste adem hijgde hij: 'Beer.'

Beer keek het dek rond. Zijn enorme handen bewogen van verwachting tijdens het spreken. Zijn rommelende stem scheen diep van binnen uit hem te komen toen hij zei: 'Jullie weten waar het mij om gaat; al het andere mogen jullie hebben!'

Knute sprong van het aanvalsvaartuig en kwam naast Beer staan. 'We hebben ze goed geraakt, dus veel tijd is er niet!' schreeuwde hij naar de bemanning. Zoals Knute al had gehoopt, begonnen Beers mannen meteen met het vermoorden van de Ishapische matrozen, en Knute gaf een teken aan het handjevol van zijn eigen bemanning, dat op weg ging naar de luiken en de vrachtnetten.

Een Ishapische monnik, die via de achterkajuiststrap omhoog-kwam om gehoor te geven aan het alarm, zag de piraten zich verspreiden in een halve cirkel om hem heen. Zijn broeders volg-den hem. Even bleven beide partijen roerloos staan, elkander inschattend.

Beer stapte naar voren, en met een stem als knarsend steen zei hij tegen de voorste monnik: 'Jij daar! Breng me de Traan en ik bezorg je een snelle dood.'

De handen van de monnik kwamen omhoog en volgden ra-zendsnel een mystiek patroon terwijl de man een gebed zong om magie te ontbieden. De andere monniken achter hem namen een vechthouding aan.

Er schoot een schicht witte energie naar Beer, om vlak voor hem te verdwijnen, zonder schade aan te richten. Terwijl het dek helde en de boeg van het schip omlaag begon te gaan, zei Beer hoonlachend: 'Jouw magie doet mij niets!'

Met verrassende snelheid voor een man van zijn omvang haal-de Beer uit met zijn zwaard. De monnik, nog niet hersteld van de schok vanwege zijn machteloze magie, stond hulpeloos, en Beer doorboorde hem alsof hij met een keukenmes door een meloen sneed. De piraten brulden een triomfkreet en stortten zich op de andere monniken.

De geestelijken, in de minderheid en ongewapend, waren allen opgeleid in de kunst van het open-handenvechten, maar uiteindelijk konden ze niet op tegen paalwapens, zwaarden, messen en kruisbogen. Toch wisten ze de overvallers zo lang tegen te houden dat de voorplecht al onder water stond voordat Beer bij de kajuitstrap kon komen.

Als een rat door een rioolrooster glipte Knute langs Beer de trap af. Beer kwam als tweede, met de anderen achter hem aan.

'We hebben geen tijd!' schreeuwde Knute, rondkijkend in de hutten van de bemanning op het achterschip. Aan de overvloed aan religieuze voorwerpen te zien, was dit gedeelte voor persoonlijk gebruik toegewezen aan de monniken. Knute hoorde het water door het gat onder de voorplecht naar binnen stromen. Knute had verstand van schepen. Uiteindelijk, wist hij, zou er een schot tussen de voorplecht en het grote vrachtruim bezwijken, en dan zonk het schip als een steen.

Zijn oog viel op een houten kistje in een hoek, en hij stormde erop af, terwijl Beer zijn weg vervolgde naar de deur van de kapiteinshut. Lopen werd steeds moeilijker door het overhellende dek, dat bovendien glibberig was. Menig piraat gleed uit en kwam met een smak terecht op de houten planken.

Knute maakte het kistje open en vond daarin genoeg edelstenen om de rest van zijn leven in luxe te slijten. Als motten door een vlam werden verscheidene piraten door de buit aangetrokken. Knute wenkte twee andere piraten vlakbij. 'Als jullie nog een koperstuk aan deze slachtpartij willen overhouden, ga dan terug aan dek, maak het luik open en laat het vrachtnet zakken!'

Beide mannen aarzelden en wierpen een blik op Beer, die nog steeds worstelde met de deur. Ze keken elkaar aan en deden toen wat Knute hun had opgedragen. Bij het luik zouden twee van Knute's mannen staan om hen te helpen. Knute's plan kon alleen lukken als iedereen zijn aandeel leverde, zonder te beseffen dat het machtsevenwicht aan boord van het schip was verschoven.

Knute ontgrendelde een valluik in het midden van het dek, liet het openzwaaien en zag de trap naar het vrachtruim. Toen hij door de opening naar de schat in het ruim stapte, begon het schip water te maken en zakte nog dieper weg. Hij en zijn mannen moesten snel zijn.

Beer klauterde omhoog langs het hellende dek en wierp zich met zijn volle gewicht tegen een deur, die kennelijk op mystieke wijze was gesloten, want hij bewoog nauwelijks. Vlug wierp Knute een blik over zijn schouder en zag het hout rond de scharnieren versplinteren. Toen liet hij zich in het ruim zakken en keek omlaag. De schat die daar lag was groot genoeg om van iedereen aan boord een koning te maken, wist hij, want de zonderling Sidi, die Beer over dit schip had verteld, had gezegd dat er tien jaar aan rijkdommen van de tempels langs de Verre Kust en de Vrijsteden lagen opgeslagen bij het magische voorwerp dat Beer hem moest brengen.

Knute had spijt van zijn ontmoeting met Sidi. Toen hij hem pas leerde kennen, had hij geen idee dat de zogenaamde koopman handelde in de magische kunsten. Toen hij dat eenmaal had ontdekt, was het te laat. En Knute wist zeker dat er nog veel meer met Sidi aan de hand was. De man had Beer zijn magische amulet gegeven, die hij onafgebroken droeg, dag en nacht. Knute was altijd uit de buurt van magie, tempels, tovenaars en heksen gebleven. Hij had er een neus voor en hij was er bang van, en nog nooit had er iemand zo naar magie gestonken als Sidi, en die stank was geenszins mals.

Het vrachtluik boven hem bewoog, en iemand riep omlaag: 'Knute?'

'Laat maar zakken!' commandeerde de tengere dief.

Het vrachtnet kwam omlaag, en vlug maakte Knute het los. 'Hier komen!' riep hij en begon het net in het midden van het dek uit te spreiden. 'We maken in rap tempo water!'

Vier matrozen gleden langs touwen naar beneden en begonnen de zware vrachtkisten naar het midden van het net te sjouwen. 'De kleintjes eerst!' schreeuwde Knute. 'Daar zitten de edelstenen in. Meer waard dan goud, pond voor pond.'

De zeelieden werden door twee dingen gedreven: hebzucht en angst voor Beer. De immense kapitein stond boven nog steeds met bovenmenselijke kracht op de deur te beuken, en ieder bemanningslid wist even goed als Knute dat Beer met de dag gewelddadiger werd. Zelfs zijn eigen mensen vreesden nu het ongenoegen van Beer te wekken.

Een van de mannen bleef staan luisteren naar het demonische gebrul toen Beer eindelijk door de deur heen brak. Zo'n zes piraten, klaar met het afslachten van de scheepsbemanning, daalden af langs de touwen van het dek en keken de loods vragend aan. 'De kapitein zei dat al het andere voor ons was als hij die rotsteen had die door de priesters werd bewaakt,' zei Knute. 'Dus als je niet wilt dat dit allemaal samen met het schip naar de haaien gaat, dan zou ik de handen maar eens uit de mouwen gaan steken als ik jullie was.'

Ze schudden het hoofd en gingen aan de slag, twee aan twee werkend om de grotere kisten en zakken naar het net te dragen, al kon Knute de twijfel van hun gezichten aflezen. Niettemin maakten ze voort, kregen het grootste deel van de buit in het net en bonden het vast.

'Hijsen!' riep Knute naar de mannen boven.

Verscheidene piraten grepen kleine kisten en zakken en trachtten via de voorste scheepsladder terug naar boven te komen. De boeg zakte nu langzamerhand steeds sneller weg en het schip schommelde zachtjes heen en weer. 'Zeg dat ze achteruit moeten roeien!' schreeuwde Knute. Hij beklom de ladder naar het bovendek, het houten kistje tegen zijn borst gedrukt zoals een moeder met haar kind zou doen. Hij zag een fel licht door de deur van de kapiteinshut komen en zijn ogen werden groot. Tegen de gloed afgetekend zag hij Beer, die spartelde alsof hij het met een vijand aan de stok had. 'Kom terug!' riep Knute. 'Straks verdrink je!' Niet dat Knute daar een traan om zou laten, maar voor het geval dat Beer per ongeluk toch nog bij zijn verstand kwam en wist te ontkomen, wilde Knute overtuigend overkomen in zijn rol als trouwe en bezorgde loods.

Knute rende naar de reling en sprong er behendig bovenop. Met een blik op degenen die achter hem over het dek in de richting van de boot beneden glibberden, riep hij: 'Opschieten!' De galei voer al achteruit, en het water kolkte nu de romp van het Ishapische schip binnen. Had hij het bevel tot achteruit roeien niet gegeven, dan zou het zinkende schip de boeg van de galei mogelijk onder water hebben getrokken.

Een paar el lager dobberde een sloep op de golven, en hij mompelde: 'Bij de goden, ik moet hier weg zien te komen.'

Hij wierp een blik omhoog en zag de laadboom met het net stampvol schatten, dat op het dek van de galei werd neergelaten. Met een schietgebedje tot alle goden die hij kende, sprong Knute van het zinkende schip en plonsde in zee, het kistje uit alle macht tegen zijn borst geklemd. Het gewicht trok hem omlaag en hij schopte heftig met zijn benen, en eindelijk kwam hij met zijn hoofd boven water. Overal schalden stemmen over de golven. Met zijn vrije arm zwom hij naar de sloep, die hij in korte tijd bereikte. Door sterke handen werd hij aan boord getrokken.

'Het schip zinkt!' gilden de mannen die van het dek in het schuimende zeewater sprongen.

'Laat de rest achter!' schreeuwde iemand, met in zijn handen iets wat leek op een grote zak vol gouden munten. Hij sprong overboord, en enige tijd later verscheen zijn hoofd boven water. Het kostte hem de grootste moeite om de zak aan boord van Knute's boot te brengen.

'Nee! Neeee!' klonk Beers gekwelde kreet vanuit het ruim van het zinkende schip toen Knute de piraat de sloep in hielp.

'Zo te horen heeft de baas een probleem,' zei de doorweekte piraat.

'Roeien,' gelastte Knute. De matroos gehoorzaamde, en Knute keek over zijn schouder. 'De problemen van de baas zijn nu niet meer de onze.'

'Laat je hem achter?' vroeg een van Knute's mannen.

'Laten we maar eens kijken of die vervloekte amulet hem op de bodem van de zee ook in leven houdt.'

Een van de piraten grijnsde. Net als zijn broeders was hij evenzeer uit angst als uit trouw aan Beer gehoorzaam geweest. 'Als dat zo is, vermoordt hij je, Knute.'

'Dan moet hij me eerst zien te vinden,' reageerde de loods geslepen. 'Drie keer heb ik met die gek gevaren, en dat was twee keer te vaak. Jullie zijn lang genoeg zijn slaven geweest. Nu is het onze beurt om het er goed van te nemen!'

De piraten roeiden. 'Als hij het er uiteindelijk toch levend vanaf brengt, vindt hij wel weer andere volgelingen, dat weet je, hè?' zei een van Beers bemanningsleden. 'Waarom zou ik je niet nu je strot afsnijden om bij hem in een goed blaadje te komen?'

'Omdat jij net zo hebberig bent als ik,' antwoordde Knute. 'Als jij mijn strot afsnijdt, krijg je die galei nooit meer veilig tussen deze rotsen vandaan. Trouwens, ook al overleeft Beer het, dan nog is het te laat, want dan zijn we allemaal al lang weg.'

Ze bereikten de galei en klommen vlug aan boord. Tegelijkertijd kwamen andere sloepen en enkele zwemmers bij het schip. De galei kraakte toen de sloepen aan boord werden gehesen. Verscheidene mannen klommen het want in terwijl anderen netten lieten zakken om de rijkdommen van het Ishapische schip binnen te halen. De bemanning handelde met een zeldzame doelmatigheid, aangespoord door hebzucht, en de vrees dat Beer plotseling zou opduiken. Uiteindelijk werd de vracht midscheeps vastgesjord, en Knute zei: 'Wegwezen!'

'Waar gaan we heen?' vroeg een van de piraten die Knute naar de galei had geroeid.

'Naar de kust. Er staan daar mensen op ons te wachten om deze vracht uit te laden. Daarna roeien we de galei de zee op en laten we hem zinken.'

'Waarom?' vroeg iemand anders, en de bemanning verzamelde zich rond Knute.

'Waarom?' herhaalde Knute. 'Ik zal je vertellen waarom, idioot. Het schip dat we net hebben overvallen was eigendom van de tempel van Ishap. Over een paar dagen is de hele wereld op zoek naar de lui die hem tot zinken hebben gebracht. Beer heeft dan die amulet om hem te beschermen, maar wij niet. Dus we delen de buit en gaan ieder onze eigen weg, vannacht nog!'

'Klinkt goed,' zei een van de zeelieden.

'Aan de riemen, dan! De slaven zijn halfdood, en vóór zonsopgang moet iedereen op weg zijn!' schreeuwde Knute.

Op dat moment sneed Beers stem door de storm. 'Hij is van mij! Ik had hem in mijn handen!'

Alle ogen wendden zich naar het zinkende schip, en in het licht van de bliksem zagen ze Beer aan de reling staan. Langzaam klom hij erbovenop, schudde zijn vuist naar de verdwijnende galei en sprong in het water.

Als een paard dat de sporen kreeg, sprongen de matrozen op toen ze Beer in zee zagen plonzen als om hen achterna te zwemmen. Beneden klonken de eerste slagen op de trom van de hortator, en verwoed gingen de piraten in de weer om slaven te ontketenen en opzij te schuiven. Knute bleef nog even staan kijken naar de plek waar Beer tegen de bliksem afgetekend had gestaan. Hij had kunnen zweren dat Beers ogen rood hadden gegloeid.

Huiverend schudde Knute alle gedachten aan Beer van zich af.

De man was een verschrikking wanneer hij kwaad was, en niemand was zo sterk als hij, maar zelfs Beer was niet in staat om de prinsenstad binnen te stormen om Knute te zoeken.

Knute glimlachte. De mannen op het strand verwachtten een schip vol rijkdommen en een dode bemanning. Beneden stond al vergiftigde wijn en bier klaar om kort voor het bereiken van de afgesproken plek door Knute te worden uitgedeeld. Tegen de tijd dat de lading van het schip op de wagens was geladen, lag iedere piraat en slaaf beneden dood. Zijn eigen mannen gingen er dan ook aan, maar dat was een ongelukkige bijkomstigheid die hij nu eenmaal niet kon vermijden. Trouwens, het betekende meer goud voor hem en die wagenmenners.

Heel zijn leven had hij op een gelegenheid als deze gewacht, en nu zou hij er meedogenloos gebruik van maken ook. Geen van deze mannen zou ook maar een pink uitsteken om Knute te helpen als zijn leven op het spel stond, dus wat was hij hun verschuldigd? Bij de Snaken mocht er dan zoiets als eer onder dieven bestaan, aangezien de Oprechte Man het eervolle gedrag van zijn zware jongens garandeerde, maar op een schip als dat van Beer was het puur een kwestie van overleven, zo niet door kracht, dan wel door verstand.

Knute schreeuwde bevelen, en het schip helde over op de golven naar een veiliger koers, weg van de rotsen van Weduwpunt. Weldra liet het schip de laatste onder water staande rotsen achter zich, en de roeiers hielden een gestadig tempo aan. De kleine loods liep naar de achtersteven van de galei en keek uit over de scheg. Heel even, in een korte flits, meende hij iets in het water te zien. Het was een zwemmer, die met krachtige slagen het schip volgde.

Met ingespannen blik tuurde Knute door de duisternis, maar er viel niets meer van de zwemmer te ontwaren. Hij wreef in zijn ogen. Het moest de opwinding zijn, dacht hij, de kans om eindelijk rijk te worden en onder de laars van mensen als Beer vandaan te komen.

Grijnzend richtte hij zijn gedachten op de toekomst. Hij had al eerder zulke afspraken gemaakt. Hij zou de wagenmenners betalen, hen laten vermoorden indien nodig, en tegen de tijd dat hij Krondor bereikte, waren alle zilveren munten, en elke gouden ketting en alle fonkelende edelsteen van hem.

'Waar gaan we heen?' vroeg een van de piraten.

'*Kapitein*,' zei Knute.

'Hè?'

'Waar gaan we heen, *kapitein*,' herhaalde Knute koel.

De piraat haalde zijn schouders op, alsof het hem niet uitmaakte, en zei: 'Waar gaan we heen, kapitein? Hoe ver langs de kust staan je mannen?'

Knute grinnikte, in de wetenschap dat deze man – gelijk alle andere bemanningsleden – hem met plezier de bevelvoerder liet spelen tot het moment dat ze hem de keel afsneden wanneer ze meenden dat ze daar rijk van werden. Hij speelde mee. 'We worden opgewacht op het strand ten noorden van Visstad, buiten Krondor.'

'Visstad, dan!' zei de man en hij voegde er vlug aan toe: 'Kapitein!'

De hele nacht roeide de bemanning door, en toen de dageraad nog maar twee uur op zich liet wachten, riep Knute een van zijn betrouwbaarste bemanningsleden bij zich. 'Hoe staat het ervoor?'

'Beers mannen zijn zenuwachtig, maar ze zijn niet slim genoeg om iets uit te halen als ze denken dat ze te kort komen aan wat we hebben buitgemaakt. Maar ze zijn wel gespannen. Als je iemand als Beer belazert, slaap je nu eenmaal niet rustig.'

Knute knikte. 'Als alles veilig is, staat er beneden wijn en bier. Deel maar uit.'

'Tot uw orders, kapitein,' grijnsde de man. 'Een feestje, hè? Dat kalmeert de gemoederen.'

Knute grijnsde terug, maar zei niets.

Binnen enkele minuten klonk er van beneden feestgedruis. Urenlang had Knute niets anders gehoord dan een onheilspellende stilte, doorbroken door de geluiden van het ritmische roeien, de riemen piepend in de dollen, het hout van de romp krakend en het geratel van takelage en blokken in het want. Nu steeg het gemurmel van stemmen op, soms vrolijk, dan verrast om de ronde die met vaten en kroezen langs de roeibanken werd gemaakt.

Een van de piraten keek over het dek naar Knute, en Knute riep: 'Zorg dat de lui in het want ook naar beneden gaan voor een slok! Ik neem het roer wel over!'

De piraat knikte en schreeuwde naar boven, en Knute liep naar het achterschip. 'Ga jij maar wat te drinken halen,' zei hij tegen de roerganger. 'Ik breng 'r wel binnen.'

'Ga je d'r op het strand zetten, kapitein?'

Knute knikte. 'We komen iets na laag tij aan, en we zijn zo zwaar als een zwangere zeug met al die schatten. Eenmaal uitgeladen en met hoog tij komt ze zo los van het strand en kunnen we achteruit terug.'

De man knikte. Hij kende het gebied rond Visstad. De stranden waren vrij vlak en Knute's plan klonk logisch.

Knute had een traag werkend gif gekozen. Het roer overnemend, berekende hij dat ze het strand bereikten tegen de tijd dat de eerste mannen bewusteloos raakten. Met een beetje geluk zouden de anderen denken dat ze zich lam hadden gedronken. Met nog meer geluk hoefden de wagenmenners die hij in Krondor had gehuurd geen kelen door te snijden. Het waren voerlui, die werkten voor een laag loon, en geen vechtersbazen.

Knute had de ene leugen op de andere gestapeld. De wagenmenners dachten dat hij werkte voor de Oprechte Man van Krondor, de leider van het dievengilde. Zonder die leugen zou Knute hen nooit in de hand kunnen houden nadat ze eenmaal de rijkdom die hij de stad in bracht hadden gezien. Als de voerlui niet meenden dat er een geduchte macht achter Knute stond, was hij morgen net zo dood als de rest van de bemanning.

Het geluid van het water veranderde, en in de verte hoorde Knute de branding al over het strand rollen. Hij hoefde eigenlijk niet eens te kijken waar ze waren.

Een van de piraten kwam van beneden de kajuitstrap op wankelen. Hij sprak met dikke tong. 'Kapitein, wat zit er in het bier? De jongens zakken –'

Knute glimlachte naar de zeeman, een jonge kleerkast van misschien achttien jaar. De knul viel voorover. Van beneden werd er nog naar boven geschreeuwd, maar de stemmen klonken gedempt, en al gauw daalde de rust neer.

De riemen waren stilgevallen, en nu kwam het gevaarlijkste deel van Knute's plan. Hij sjorde zijn helmstok vast, sprong op de weeflijnen en klom omhoog. In zijn eentje liet hij een enkel klein zeil zakken, gleed langs een schoot omlaag en bond het vast. Dat kleine zeil was alles wat hij had om te voorkomen dat hij dwars op de golven draaide en op het strand werd gesmakt.

Toen Knute terugkwam bij de helmstok, daalde er een hand neer op zijn schouder die hem met een ruk omdraaide. Hij keek recht in een wrede grijns vol scherpe tanden, en werd door een paar donkere ogen bestudeerd. 'Shaskahan drink geen bier, kleine man.'

Knute verstijfde. Hij liet zijn hand naar een dolk in zijn gordel gaan, maar wachtte om te zien wat de kannibaal zou doen. De man bleef roerloos. 'Drink geen bier,' herhaalde hij.

'Ik geef je de helft van het goud,' fluisterde Knute.

'Ik neem het allemaal,' zei de kannibaal en trok een enorm mes. 'En daarna vreet ik jou op.'

Knute sprong achteruit en trok zijn mes. Hij wist dat hij niet op kon tegen deze doorknede moordenaar, maar hij vocht nu voor zijn leven en de grootste schat die hij ooit zou zien. Hij wachtte af, hopend op wat extra tijd.

'Shaskahan drink geen bier,' zei de kannibaal nogmaals. Knute zag dat 's mans benen al begonnen te bibberen toen hij een stap naar voren deed. Ineens zakte de man op zijn knieën, met lege blik. Toen viel hij plat op zijn gezicht. Behoedzaam knielde Knute naast hem neer om hem te onderzoeken. Hij borg zijn mes op, boog zich over het gezicht van de kannibaal, rook een keer en stond op.

'Je drinkt geen bier, moordlustige hoerenzoon, maar je drinkt wel brandewijn.'

Met een lach maakte Knute de helmstok los, en het schip voer de branding in. Hij richtte het vaartuig als een pijl op een lang vlak stuk strand en toen het schip zich met de boeg in het zand ploegde, zag hij de drie grote wagens op het klif staan. Zes mannen die langs de kust hadden zitten wachten, sprongen op toen het schip in het zand tot stilstand kwam. Knute had hun gezegd de wagens niet naar de baai te rijden, want volgeladen zouden die tot aan de assen in het zand wegzakken. De voerlui moesten al het goud het lage klif op naar de wagens kruien. Het was hard werk, dus ze moesten zweten voor hun geld.

Nauwelijks lag het schip stil of Knute schreeuwde al bevelen. Terwijl de zes wagenmenners kwamen aangerend, trok Knute zijn mes. Eerst ervoor zorgen dat er beneden niemand bijkwam door te weinig vergif, en dan bracht hij de schat naar Krondor.

In heel de wereld was er één man die hij kon vertrouwen, en die man zou hem helpen al deze rijkdommen te verbergen. Daarna zou Knute een feestje vieren, dronken worden, ruzie zoeken en zich in de gevangenis laten gooien. En daar mocht Beer hem dan komen halen, als hij het op wonderbaarlijke wijze toch had overleefd. Dat maffe beest van een piraat mocht hem komen opzoeken in de kerkers van de stevigste bajes in de stad, omringd door de stadswacht. Zover zou het nooit komen – op zijn allerminst zou Beer door de wachters gevangen worden genomen; waarschijnlijker was dat hij zou worden gedood. En als Knute eenmaal zeker van Beers lot was, kon hij voor zijn eigen leven onderhandelen. Want hij was de enige die wist waar het Ishapische schip was gezonken. Hij kon de mannen van de prins met een vertegenwoordiger van het Bergersgilde naar de juiste plek brengen, waar de magiër van het Bergersgilde het schip boven kon brengen en ze dat snuisterijtje waar Beer achterheen zat van boord konden halen. En dan was hij een vrij man, terwijl Beer wegrotte in de kerker van de prins of bungelde aan de galg of op de bodem van de zee lag. En laat verder iedereen maar denken dat de schat met het piratenschip was ondergegaan in de diepe watertrog een mijl uit de kust.

Zichzelf feliciterend met zijn meesterlijke plan begon Knute aan het weerzinwekkende karwei, terwijl de wagenmenners uit Krondor aan boord klommen om 'de schat van de Oprechte Man' uit te laden.

Mijlen verder dook er bij het krieken van de ochtend een eenzame gedaante op uit de branding. Aan zijn immense lijf hingen gerafelde kleren, doorweekt van de uren in het zilte nat. Zijn wapens had hij weggegooid om zich lichter te maken voor de lange zwemtocht. Met zijn ene goede oog speurde hij de rotsen af om te bepalen waar hij aan land was gekomen. Met droog zand onder zijn blote voeten slaakte de enorme piraat een oerkreet van razernij.

'Knute!' brulde hij naar de hemel. 'Bij de zwarte god, ik zal je weten te vinden en rijg je lever aan een stok! Maar eerst ga je me vertellen waar de Traan der Goden is!'

In de wetenschap dat hij op zoek moest naar wapens en een nieuw paar laarzen keerde Beer noordwaarts, in de richting van de geheime tempel op Weduwpunt en het dorp Haldenhoofd. Daar kon hij de mannen vinden die hij nodig had, en met hun hulp zouden ze Knute en de anderen opsporen. Ieder lid van zijn bemanning dat hem had verraden zou een langzame, pijnlijke dood sterven. Nogmaals brulde Beer van razernij. Nadat de echo's in de wind waren verwaaid, rechtte hij zijn schouders en begon te lopen.

1   Aankomst

Robert haastte zich door de nacht.

Doelbewust lopend over de binnenplaats van het prinselijk paleis te Krondor voelde hij nog steeds de beurse plekken van het pak slaag dat hij van de Nachtraven had gekregen toen hij hun gevangene was geweest. Hij had zijn gebruikelijke goede lichamelijke conditie weer voor het grootste deel terug, maar niettemin had hij een grotere behoefte aan slaap dan normaal. En natuurlijk was hij nog maar net in diepe sluimering verzonken of er kwam een hofjonker op zijn deur kloppen om hem te vertellen dat de vertraagde karavaan uit Kesh de stad inmiddels naderde. Robert was opgestaan en had zich aangekleed, hoewel iedere vezel van zijn wezen eiste dat hij zich nog een keer omdraaide in zijn warme bed om de slaap te hervatten.

In stilte vloekend op de noodzaak om de verwachte magiër te verwelkomen, bereikte hij de buitenpoort waar twee wachters op hun post stonden.

'Avond, heren. Alles goed?'

De oudste van de twee wachters, een veteraan genaamd Crewson, salueerde. 'Rustig als het graf, jonker. Waar gaat u heen op dit godenloze uur?' Hij beduidde de andere wachter de poort open te doen zodat Robert het paleisterrein kon verlaten.

Een geeuw onderdrukkend antwoordde Robert: 'De nieuwe magiër van de prins is uit Sterrewerf gearriveerd, en ik heb de twijfelachtige eer haar op te halen bij de Noorderpoort.'

De jongere wachter glimlachte zogenaamd medelevend. 'Ach, u hebt ook altijd geluk, jonker.' Hij zwaaide de poort wijd open om Robert erdoor te laten.

Met een meewarige glimlach stapte Robert door de poort. 'Ik had zelf ook veel liever een gezonde nachtrust, maar de plicht roept. Het ga u goed, heren.'

Robert versnelde zijn pas, aangezien de karavaan na aankomst snel uiteen zou gaan. Niet dat hij bezorgd was om de veiligheid van de magiër, aangezien de stadswacht nu door de vrije karavaanwachters werd versterkt, maar hij was bang dat er misschien van het protocol zou worden afgeweken wanneer hij er niet was om haar te begroeten. Ze mocht dan slechts een ver familielid zijn van de Ambassadeur van Groot Kesh aan het Westelijke Hof, maar ze was nog steeds van adel, en de betrekkingen tussen het Koninkrijk der Eilanden en Groot Kesh waren verre van uitstekend te noemen. Een goed jaar was er een waarin zich hooguit drie grensincidenten hadden voorgedaan.

Robert besloot een kortere weg van de paleiswijk naar de Noorderpoort te nemen, ook al hield dat in dat hij door de pakhuiswijk achter het Koopmanskwartier moest. Hij kende de stad als geen ander, dus verdwalen zou hij niet. Maar toen hij de hoek om sloeg en er zich twee gedaanten losmaakten uit de schaduwen, maakte hij zichzelf uit voor stommeling. De ongebruikelijke route herbergde op dit uur van de avond doorgaans maar weinig burgers met eerzame bedoelingen. En deze twee leken niet in het minst op eerzame burgers.

De ene had een grote knuppel en een lange dolk, terwijl de ander zijn hand losjes liet rusten op een zwaard. De eerste droeg een rood leren vest, en zijn metgezel een gewone tuniek en broek. Beiden hadden stevige laarzen aan hun voeten, en ogenblikkelijk wist Robert waarmee hij te maken had: doodgewone straatrovers. Het waren vrijwel zeker vrijbuiters, mannen die zich niet hadden aangesloten bij de Snaken, het dievengilde. Robert zette zijn zelf-kritiek voor het nemen van deze kortere weg van zich af, aange-zien er nu niets meer aan te veranderen viel.

'Ach, waar gaat het toch naar toe met deze stad?' zei de eerste man.

De tweede knikte en maakte een omtrekkende beweging om Robert de pas af te snijden, mocht hij willen vluchten. 'Het is een trieste zaak. Een bemiddeld heer, na middernacht nog op straat. Waar zitten ze toch met hun gedachten?'

Roodvest wees met zijn knuppel naar Robert. 'Vast bij zijn beurs die veel te zwaar voor hem is, zodat hij hoopt op een paar behulpzame mensen zoals wij om hem ervan te verlossen.'

Robert slaakte een zucht en zei kalm: 'Eigenlijk meer bij de domheid van mensen die het gevaar niet herkennen waarin ze zich bevinden.' Langzaam trok hij zijn rapier en bracht de punt tot halverwege de twee mannen, opdat hij van beiden een aanval kon pareren.

'Het enige gevaar hier ligt nu een beetje dwars,' zei de tweede boef, trok zijn zwaard en haalde uit naar Robert.

'Ik heb hier helemaal geen tijd voor,' zei Robert. Met gemak pareerde hij de slag en riposteerde. De zwaardvechter trok zich ternauwernood op tijd terug om te voorkomen dat hij als een varken werd gespietst.

Roodvest trok het mes uit zijn gordel en zwaaide met zijn knuppel, maar Robert dook opzij en schopte met zijn rechter-been, zodat de man tegen zijn metgezel viel. 'Jullie zijn nu nog in de gelegenheid om ervandoor te gaan, vrienden.'

Grommend hervond Roodvest zijn evenwicht en stormde op Robert af, dreigend met de knuppel terwijl hij zijn mes in de aanslag hield voor de echte schade. Robert zag dat de man buiten zinnen was. Dit was niet langer een ordinaire straatroof, deze twee wilden hem vermoorden. Hij negeerde de knuppel, sprong er op af in plaats van ervandaan, en sloeg naar Roodvests linkerpols. Het mes viel kletterend op de straatstenen.

Terwijl Roodvest zich jankend van pijn terugtrok, kwam zijn metgezel aangestormd, zijn zwaard schuin over zijn schouder. Robert danste een paar passen achteruit, en toen het zwaard in een brede boog op hem af suisde – met de bedoeling de jonker te onthoofden – boog Robert zich voorover in een manoeuvre die hij van de prins had geleerd, met zijn linkerhand op de kasseien om in evenwicht te blijven en zijn rechterarm uitgestoken. Het zwaard van de aanvaller zwiepte onschadelijk over Robert heen en de man spietste zichzelf op de punt van Roberts rapier. Zijn ogen werden groot van schrik en met een schok bleef hij staan, vol ongeloof omlaag kijkend voordat hij op zijn knieën viel. Robert trok zijn zwaardpunt los, en de man tuimelde om.

De andere straatrover verraste Robert door over de schouder van zijn neerzijgende vriend heen naar hem uit te halen, en net op tijd dook Robert weg voor een messteek die zijn schedel beslist zou hebben gespleten. Hij kreeg een schampstoot op zijn linkerschouder, die nog gevoelig was van het pak slaag dat hij van de Nachtraven had gekregen, en hij snakte naar adem. Het heft had hem geraakt, dus er was geen bloed – zijn tuniek was niet eens gescheurd – maar verdomme, dacht hij, wat deed dat zeer!

Roberts geoefende reflexen namen het over en hij draaide met de aanvaller mee en liet zijn zwaard zwiepen toen de man langs hem heen ging. De man zakte op zijn knieën en viel op de grond. Robert hoefde niet eens te kijken om te weten dat hij met een enkele beweging Roodvests keel had doorgesneden.

Robert veegde zijn zwaard af aan het hemd van de man die hij als eerste had gedood, en stak het terug in de schede. Wrijvend over zijn zere linkerschouder schudde hij zijn hoofd en mompelde: 'Idioten.' Zijn tocht hervattend, verwonderde hij zich, niet voor het eerst, over de stompzinnigheid waartoe de mens in staat bleek. Voor iedere begaafde, briljante man als prins Arutha leken er wel honderd – nee, zeg maar gerust duizend – domkoppen te zijn.

Beter dan menigeen aan het prinselijk hof kende Robert de bekrompen motieven en kleingeestige drijfveren van de meeste burgers. Terwijl hij de twee dode mannen de rug toe keerde, erkende hij voor zichzelf dat de bevolking grotendeels bestond uit fatsoenlijke mensen, mensen die maar een klein beetje door hebzucht waren besmet – een leugentje over de verschuldigde belasting, een iets te klein afgemeten hoeveelheid – maar over het algemeen waren ze toch goed.

Maar van de rest had hij het beste en het ergste gezien, en hijzelf, die eens had behoord tot een gilde dat zich richtte op winst door alle mogelijke middelen, ook moord, was toegetreden tot een gezelschap van lieden die bereid waren zelfs hun eigen leven op te offeren aan een groter goed.

Het was zijn ambitie om net zo te zijn als zij, edel door standvastigheid en helderheid van geest, in plaats van door de willekeur van adellijke komaf. Het was zijn wens op een dag te worden herinnerd als een groot beschermer van het Koninkrijk.

Ironisch genoeg zou dat waarschijnlijk nooit kunnen gebeuren, gezien zijn huidige omstandigheden. Hij had recent de opdracht gekregen tot het opzetten van een netwerk van spionnen, een inlichtingendienst die werkte voor de Kroon. Het leek hem sterk dat prins Arutha het op prijs zou stellen wanneer hij de dames en heren aan het hof daarvan op de hoogte bracht.

Maar toch, hield hij zich voor terwijl hij een hoek om sloeg – uit gewoonte een blik in de schaduwen werpend om te zien of er zich daar iemand ophield – het ging om de daad zelve, niet om de eer.

Afwezig met zijn hand over zijn rechterschouder wrijvend, merkte hij dat hij in het gevecht een spier had verrekt. Dat akkefietje met de twee straatrovers hielp hem eraan herinneren dat hij nog niet volledig was hersteld van zijn beproevingen in de woestijn onder de handen van de Nachtraven, een bende fanatieke huurmoordenaars. Enkele dagen na terugkomst in Krondor was hij alweer druk aan de slag gegaan, maar nu, na drie weken, voelde hij zich nog steeds niet helemaal de oude. En met twee zere schouders zou hij er de komende dagen nog zeker vaak genoeg aan terugdenken.

Hardop zuchtend mompelde Robert in zichzelf: 'Niet meer zo vief als vroeger, vrees ik.'

Via een ander dwarssteegje kwam hij op de hoek van de straat naar de Noorderpoort. Die bracht hem langs de deur van een nieuw weeshuis, pas geopend door de Orde van Dala, de godin die bekend stond als het Schild voor de Zwakken. Op het bord boven de deur stond een geel schild met het ordeteken erop. Prinses Anita was een belangrijke hulp geweest bij het verkrijgen van het eigendomsrecht voor het gebouw en de financiering ervan. Vluchtig vroeg Robert zich af hoe anders zijn leven zou zijn gelopen wanneer hij zijn toevlucht zou hebben kunnen nemen in een dergelijk instituut toen zijn moeder was gestorven, in plaats van terecht te komen bij het dievengilde.

In de verte zag hij twee wachters spreken met een jonge vrouw. Hij staakte zijn overpeinzingen en versnelde zijn pas.

Terwijl hij dichterbij kwam, bestudeerde hij de vrouw. Verscheidene dingen werden op slag duidelijk. Hij had een Keshische edelvrouw verwacht, behangen met dure zijde en juwelen, met in haar kielzog een stoet van bedienden en bewakers die al haar wensen vervulden. In plaats daarvan zag hij een eenzame gedaante, in kleren die geschikter waren voor een barre reis dan voor de vormelijkheid aan het hof. Ze had een getinte huid, niet zo donker als de mensen die verder in het zuiden van Groot Kesh woonden, maar donkerder dan gewoon was in Krondor. Haar zwarte haar, in een enkele vlecht gebonden en spaarzaam verlicht door de flakkerende fakkels, glansde als de vleugels van een raaf in het nachtelijke duister. Toen ze haar ogen op Robert richtte, leken die bijna zwart in het zwakke schijnsel.

Haar houding en de blik in haar ogen spraken van een intensiteit die Robert in anderen vaak had bewonderd, mits die vergezeld ging van intelligentie. En intelligent moest ze wel zijn, want anders zou Puc haar nooit hebben voorgedragen voor de post van Arutha's magisch adviseur.

In haar hand hield ze een zware staf van eiken of taxus, aan beide uiteinden met ijzer beslagen. Het wapen was de keus van vele reizigers, vooral van hen die zich door tijdgebrek niet konden oefenen in de omgang met zwaard of boog. Uit ervaring wist Robert dat het een niet te onderschatten wapen was. Zolang de tegenstander niet zeer zwaar bepantserd was, kon je met een staf zijn botten breken, hem ontwapenen of hem bewusteloos slaan. En deze vrouw zag eruit alsof ze beschikte over de spierkracht die nodig was om er behendig mee om te gaan. In tegenstelling tot die van de dames aan Arutha's hof zagen haar blote armen er gespierd uit, een gevolg van hetzij zware arbeid, hetzij vele uren op het oefenterrein.

Naderbij komend somde Robert zijn eerste indrukken van de nieuwe hofmagiër op: een opvallende vrouw, niet knap, maar op een ongewone manier erg aantrekkelijk. Nu begreep Robert de onrust van zijn vriend Wiliam bij het horen van het nieuws van haar aanstelling aan het prinselijk hof. Als zij zijn eerste liefje was geweest, zoals Robert vermoedde, was het wel te begrijpen dat Wiliam haar jaren lang niet uit zijn hoofd had kunnen zetten. Robert grinnikte zachtjes. Aangezien zijn jonge vriend nog niet zo lang geleden smoorverliefd was geworden op Talia, de dochter van een plaatselijke herbergier, betekende de komst van deze vrouw dat Wiliams privé-leven opeens een stuk... interessanter was geworden. Robert zou voor geen geld in Wiliams schoenen willen staan, maar het zou ongetwijfeld vermakelijk zijn om te zien hoe Wiliam op de situatie reageerde. In zichzelf glimlachend bereikte hij het groepje.

Een van de twee wachters die met de jonge vrouw stonden te praten, merkte hem op en begroette hem. 'Blij u te zien, jonker. We verwachtten u al.'

Robert knikte. 'Heren. Mijn dank dat u een oogje op onze gast hebt gehouden.'

'We vonden het vervelend dat ze zo lang moest wachten,' zei de andere wachter, 'ik bedoel, ze is tenslotte van adel en zo, maar we hadden niet genoeg mensen om haar een escorte mee te geven naar het paleis.' Hij gebaarde naar het tweetal wachters aan de andere kant van de poort.

Robert kon hun dilemma goed begrijpen. Als een van hen zijn post zonder toestemming had verlaten, om welke reden dan ook, zou hij door de kapitein op het matje zijn geroepen. 'Geen zorgen. Jullie hebben je plicht gedaan.'

Zich wendend tot de jonge vrouw maakte Robert een buiging. 'Uw vergiffenis, mijn vrouwe, voor het feit dat ik u heb laten wachten. Ik ben jonker Robert van Krondor.'

De jonge magiër glimlachte, en plots zag Robert zich genoopt zijn oordeel bij te stellen. Ze was wel degelijk erg knap, zij het op een ongebruikelijke manier. 'Ik ben het die zich dient te verontschuldigen, voor mijn komst op dit onmogelijke uur. Maar onze karavaan had vertraging opgelopen. Ik ben Jazhara, van Sterrewerf.'

'Prettig u te ontmoeten, Jazhara,' zei Robert, rondkijkend. 'Waar is uw entourage?'

'Op mijn vaders landgoed, aan de rand van de Jal-Purwoestijn. In Sterrewerf had ik geen bedienden en die had ik ook niet nodig voor de reis hierheen. Ik heb gemerkt dat het gebruik van bedienden de wil kan doen verslappen. Sinds ik de mystieke kunsten begon te bestuderen, heb ik altijd alleen gereisd.'

Robert vond de aanwezigheid van bedienden juist een van de grootste voordelen van het prinselijk hof. Altijd iemand in de buurt hebben om een boodschap te laten doen of een karweitje op te laten knappen was erg handig. Plotseling besefte hij tot zijn schande dat hij een peloton soldaten had moeten laten aanrukken om hem en Jazhara naar het paleis te laten begeleiden, maar hij was ervan uitgegaan dat ze wel haar eigen lijfwacht zou hebben. Maar als zij er niet over begon, deed hij dat zeker niet. 'Heel begrijpelijk,' zei hij dus maar. 'Als u het goed vindt, kunnen we uw bagage onder het waakzaam oog van de wacht achterlaten, dan zal ik morgenochtend iemand sturen om de spullen naar het paleis te brengen.'

'Dat is uitstekend. Zullen we dan maar gaan?'

Hij besloot de kortere weg te laten voor wat die was en zich te beperken tot de bredere hoofdstraten. Het duurde dan wel wat langer om het paleis te bereiken, maar de wandeling werd er een stuk veiliger door. Jazhara mocht dan ongetwijfeld vaardig zijn met die staf, en ze zou zeker nog wel wat gemene magiërtrucjes tot haar beschikking hebben, maar een internationaal incident riskeren om de wandeling met een paar minuutjes te bekorten was de prijs niet waard.

Robert geloofde in een directe aanpak en dus vroeg hij zonder aarzelen: 'Wat vindt uw oudoom van deze aanstelling?'

Jazhara glimlachte. 'Dat weet ik niet, maar ik vermoed dat hij er helemaal niet blij mee is. Aangezien hij ook al niet blij was met mijn keus om in Sterrewerf te gaan studeren in plaats van met "een geschikte jonge heer" te trouwen, heb ik hem, vrees ik, waarschijnlijk een slecht humeur bezorgd.'

Ook Robert glimlachte. 'Ik heb uw oudoom enkele malen ontmoet, en op grond daarvan heb ik zo het idee dat het beslist onverstandig zou zijn om zijn ongenoegen op te wekken.'

Met licht opkrullende mondhoeken zei Jazhara: 'Voor de rest van de wereld is hij de machtige Heer Hazara-Khan, gevreesd door eenieder die zijn eigen belangen zwaarder laat wegen dan die van het keizerrijk. Voor mij is hij echter oom Rachman – "Raka" noemde ik hem toen ik klein was, omdat ik zijn naam niet kon uitspreken – en hij kan me nauwelijks iets weigeren. Hij wilde me uithuwelijken aan een of andere onbeduidende prins van het Keizerlijk Huis, een verre neef van de keizerin, maar toen ik dreigde weg te lopen als hij me naar het zuiden stuurde, liet hij zich vermurwen.'

Robert grinnikte. Ze sloegen een hoek om en volgden een brede boulevard die hen uiteindelijk terug naar het paleis leidde.

Al na een paar minuten merkte Robert dat hij genoot van het gezelschap van deze jonge vrouw uit Kesh. Ze was levendig, opmerkzaam en scherp, zowel van oog als van geest. Haar humor was intelligent en onderhoudend, zonder de bijtende, scherpe kant die zo vaak voorkwam bij de edelen aan het prinselijk hof.

Helaas was ze iets té onderhoudend, want plots merkte Robert dat hij een paar straten geleden zonder erbij na te denken een verkeerde hoek om was gegaan, en nu bevonden ze zich in het gebied dat hij juist had willen vermijden.

'Wat is er?' vroeg Jazhara.

Robert keek haar aan met een grijns die nauwelijks zichtbaar was in het zwakke schijnsel van de lantaren die verderop aan de gevel van een herberg hing. 'U bent erg opmerkzaam, mijn vrouwe.'

'Dat hoort bij het vak, heer,' reageerde ze, met in haar stem een mengeling van scherts en behoedzaamheid. 'Is er iets mis?'

'Nee, ik ben alleen zo diep verwikkeld geraakt in ons gesprek dat ik ons zonder erbij na te denken heb gebracht naar een deel van de stad waar je op dit uur maar beter niet kunt komen.'

Robert zag een uiterst kleine verandering in de manier waarop ze haar staf vasthield, maar haar stem bleef kalm. 'Lopen we gevaar?'

'Hoogstwaarschijnlijk niet, maar dat weet je nooit in Krondor. Laten we dus maar op onze hoede blijven. Over een paar minuten zijn we bij het paleis.'

Zonder commentaar liepen ze met iets versnelde pas verder, allebei met een oog op één kant van de straat, in verband met mogelijke belagers in het donker, Robert links en Jazhara rechts.

Ze waren de hoek al om die hen in het zicht van het paleisterrein bracht toen er links van Robert een geluid klonk. Op het moment dat hij keek, herkende hij de valstrik: een steentje dat van rechts was gegooid.

Nog terwijl hij zich weer naar Jazhara omdraaide, schoot er een kleine gedaante uit de schaduwen tevoorschijn. Ook Jazhara had zich in dezelfde richting gedraaid als Robert en reageerde net iets te traag.

Hun belager dook vlak voor hen op, er flitste een mes, en ineens rende er een kind met Jazhara's beurs over straat.

Robert had een aanval verwacht, dus het kostte hem een ogenblik om te beseffen dat Jazhara door een straatschoffie was beroofd. 'Hé! Stop! Kom terug jij!' schreeuwde hij het vluchtende kind na.

'We moeten hem tegenhouden,' zei Jazhara. 'Behalve wat munten zitten er dingen in mijn beurs die een kind fataal kunnen worden.'

Robert aarzelde geen moment en begon te rennen, maar na een korte achtervolging hield hij in.

'Wat is er?' vroeg Jazhara.

'Als ik het me goed herinner, is hij zojuist een doodlopende straat in gegaan.'

Ze volgden de jonge beurzensnijder de steeg in, maar zagen geen spoor van hem.

'Hij is weg!' riep Jazhara uit.

Robert begon te lachen. 'Niet helemaal.'

Hij liep naar een aantal ogenschijnlijk zware kratten, stapte eromheen en trok een stuk doek weg dat aan de achterkant was vastgemaakt. Met een snelle beweging, voor het geval de jeugdige dief van plan was het mes te gebruiken om zichzelf te verdedigen, greep Robert een kleine arm.

'Laat me los!' schreeuwde een meisje dat er niet ouder uitzag dan tien, in lompen gekleed. Ze liet haar mes en Jazhara's beurs op de straatstenen vallen.

Robert wist dat het een list was om hem zover te krijgen dat hij haar losliet en de beurs opraapte, dus hield hij haar stevig beet. 'Als jij een goede dief wilt worden, zal je eerst moeten leren wie je kan bestelen en wie je met rust moet laten.'

Hij deed een stap opzij om haar de weg te versperren als ze probeerde te vluchten, en hield haar arm iets losser vast. Neerknielend, zodat hij met haar op dezelfde ooghoogte kwam, vroeg hij: 'Hoe heet je, lieverd?'

Al vlug besefte het meisje dat deze man en vrouw haar geen kwaad wilden doen, en ze ontspande zich enigszins. 'Nita,' zei ze met een zweem van trots. 'Zo heeft mamma me genoemd, naar 'Nita, de vrouw van prins 'Rutha.'

Ondanks zichzelf moest Robert lachen. Prinses Anita zou beslist gevleid zijn door dit kleine eerbewijs. 'Ik ben jonker Robert, en dit is Jazhara, de hofmagiër.'

Het meisje scheen lang niet gerust op het feit dat ze tegenover twee leden van het hof stond. 'Gaat u me in de gevangenis stoppen?'

'Robert,' zei Jazhara, 'je gooit dat kind toch achter de tralies, hè?'

'Dat hoor ik eigenlijk wel te doen,' antwoordde Robert zogenaamd ernstig. 'Dit is duidelijk een gevaarlijke crimineel die 's nachts loert op onschuldige voorbijgangers!'

De ogen van het kind werden iets groter, maar onbevreesd bleef ze staan en gaf geen krimp. Robert verzachtte zijn toon. 'Nee, meisje. We stoppen je niet in de gevangenis. Maar we kunnen je wel ergens anders naar toe brengen, als je wilt. Naar het Gele Schild. Daar zorgen ze voor kinderen zoals jij.'

Het kind reageerde ogenblikkelijk. 'Nee! Nee! Jullie zijn net als die anderen. Jullie zijn net zo gemeen!' Met haar vrije hand sloeg ze naar Roberts gezicht en ze probeerde zich los te trekken.

Robert hield vast. 'Ho even! Ho nou! Hou nu eens even op met slaan.'

Het meisje sloeg hem niet langer, maar bleef wel trekken. Langzaam liet Robert haar arm los en hield zijn handen omhoog, de palmen naar buiten. 'Luister, Nita, als je hier wilt blijven, is dat prima,' zei hij zacht. 'We willen je geen kwaad doen.'

'Over wie had je het, Nita?' vroeg Jazhara. 'Wie waren die gemene mensen?'

Het meisje keek de magiër aan. 'Ze zeggen dat ze net zo zijn als de mensen van het Gele Schild, en alle goede kinderen gaan met hen mee, maar ze waren heel gemeen!' Haar ogen liepen vol tranen, maar haar stem bleef ferm.

'Wat deden ze dan met je?' vroeg Robert.

Nita's blik ging naar de gewezen gauwdief. 'Ze namen me mee naar het grote huis en sloten me op in een kooi, net als de andere kinderen. En toen zeiden ze dat ik stof moest verven voor Yusuf, omdat ze me anders zouden slaan, en sommige andere kinderen, de slechte kinderen, die namen ze mee en die kwamen nooit meer terug, en er waren ratten en er zaten kronkelende dingetjes in ons eten, en —'

'Dat is verschrikkelijk,' zei Jazhara. 'We moeten iets aan die

"Yusuf" doen, maar eerst moeten we voor Nita zorgen.'

'Wel, ik denk dat we haar wel naar het paleis kunnen brengen,' begon Robert en keek Jazhara aan.

Dat was de kans waarop het meisje had gewacht. Zodra Robert niet meer naar haar keek, was ze in een flits weg, de steeg door rennend naar de straat. Robert bleef staan en keek haar na tot ze de hoek om was. Hij wist dat hij haar best zou kunnen inhalen, maar besloot dat niet te doen. Jazhara staarde hem aan met een onuitgesproken vraag in haar ogen. 'Ik heb haar gezegd dat ze bij ons kon blijven als ze wou,' zei Robert.

Jazhara knikte. 'Maar je doet er wel iets aan?'

Robert bukte zich om Jazhara's beurs op te rapen. Hij klopte het stof eraf en gaf hem aan haar. 'Natuurlijk doe ik dat. Ik ben in deze straten opgegroeid. Dit heeft niets met plicht te maken, dit is iets persoonlijks.'

Jazhara draaide zich om en liep weg in de richting van waaruit ze gekomen waren.

'Hé!' zei Robert en rende haar achterna. 'Waar ga je heen?'

'Tenzij die Yusuf in het paleis woont, moeten we dieper dit deel van de stad in, lijkt me.'

'Dat klopt wel, ja,' zei Robert. 'Er zit een stoffenverver die Yusuf heet in wat ze Stinkstad noemen, in het noorden. Daar zitten alle leerlooiers, slachthuizen en andere... aromatische bedrijven. Maar moet het nu? Kan het niet tot morgen wachten?'

Met een resoluut gezicht keek Jazhara hem aan. 'We kunnen niet vroeg genoeg beginnen, toch?'

'Kennelijk niet,' gaf Robert toe. Toen grijnsde hij.

Robert liet zijn blik in het rond zwerven, turend in alle schaduwen, terwijl Jazhara strak naar voren keek, als gericht op een doel. Terwijl ze zo door het Armenkwartier van Krondor liepen, vroeg Jazhara: 'Verwacht je problemen?'

'Altijd,' antwoordde Robert, een blik werpend in een zijstraat die ze passeerden.

De toenemende stank in de lucht zei hun dat ze hun bestemming naderden, het stuk van het Armenkwartier dat was gereserveerd voor de bedrijven die het best windafwaarts konden worden gehouden. 'Waar denk je dat die Yusuf is gevestigd?'

'De stoffenmakers zitten allemaal aan het einde van deze straat en in twee andere vlakbij.' Hij keek Jazhara aan. 'Je begrijpt toch zeker wel dat Yusuf op dit uur waarschijnlijk gesloten is?'

Jazhara glimlachte. 'Wat ons de gelegenheid geeft om onopgemerkt een kijkje te nemen, nietwaar?'

Robert glimlachte terug. 'Jouw manier van denken bevalt mij wel, Jazhara.'

Verscheidene malen kwamen ze onderweg een haastige passant tegen; de stad sliep nooit echt. In het voorbijgaan trachtten de lieden het tweetal in te schatten, hetzij als potentiële bedreiging – hetzij als mogelijke slachtoffers.

Op een splitsing aangekomen keken ze in beide richtingen. Naar links was alles rustig, maar tot Roberts verrassing waren er aan de rechterkant verderop nog wat winkels geopend. 'Het verversvak moet wel erg winstgevend zijn, dat ze bereid zijn om de hele nacht door te blijven werken.'

'Of ze betalen hun werkkrachten slecht of helemaal niet,' zei Jazhara toen ze langs een van de geopende winkels liepen. De deur stond op een kier en een snelle blik naar binnen leverde niets verdachts op: een stoffenverver en wat anderen – duidelijk familieleden – waren bezig met het vervoersklaar maken van een grote lading stoffen, die waarschijnlijk de volgende ochtend vroeg moest worden afgeleverd bij de kleermakers die het materiaal hadden besteld.

Ze liepen verder door de slecht verlichte straat tot ze arriveerden bij een groot gebouw van twee verdiepingen. Voor de deur stond een forse kerel met een zwaard aan zijn gordel. Met een neutraal gezicht keek hij naar het naderende tweetal.

'Wat is dit voor een zaak?' vroeg Robert.

'Dit is de winkel van de eerbiedwaardige Yusuf ben Ali, de illustere stoffenhandelaar,' antwoordde de bewaker.

'Is hij aanwezig?' vroeg Jazhara.

'Nee. En als dat alles was, dan verzoek ik u mij te excuseren.' Aangezien de bewaker geen aanstalten maakte om te vertrekken, werd het duidelijk dat hij van Robert en Jazhara verwachtte dat ze door zouden lopen.

'Ik vind het maar moeilijk te geloven dat je meester er op dit late uur niet is terwijl jij hier de wacht houdt bij een werkplaats waar niemand aan het werk is,' zei Robert. Hij kwam vlak voor de man staan. 'Ik ben prins Arutha's jonker.'

'En ik zijn pas benoemde hofmagiër,' voegde Jazhara eraan toe.

Hierop flitsten de ogen van de bewaker even over haar heen, en hij zei: 'Mijn meester is inderdaad binnen. Hij werkt nog laat aan een zending die morgen per karavaan weg moet en wenst niet gestoord te worden als het niet belangrijk is. Ik zal kijken of hij u belangrijk genoeg vindt.' Hij keerde hun de rug toe. 'Volg mij naar mijn meesters kantoor, maar raak niets aan.'

Ze gingen het gebouw binnen en betraden een helder verlichte ruimte vol rollen fijngeweven stoffen, geverfd in de schitterendste kleuren. Een brede rol vuurrode zijde was over een rek uitgerold om de glinsterende kleur zo goed mogelijk tot zijn recht te laten komen. Om hen heen hing diepblauw en felgeel linnen, katoen in alle tinten, wachtend op een potentiële koper. Een deur naar de achterkant van het vertrek was dicht, en langs de linkermuur liep een smalle trap naar de enige andere deur. Aan het plafond hing een grote kroonluchter met twaalf brandende kaarsen.

Achter het gedeelte dat als toonzaal dienstdeed stonden enorme vaten kleurstof, en aan grote droogrekken hingen pas geverf-de doeken. Robert zag twee kinderen, niet ouder dan tien, een rek opzij zetten om plaats te maken voor een ander rek dat door twee jongetjes werd voortgeduwd. De kereltjes waren vies, en allemaal leken ze te bibberen onder hun dunne, tot op de draad versleten kleren. Jazhara zag één meisje, van ongeveer zeven jaar oud, dat geeuwend haar best deed om haar ogen open te houden terwijl ze tegen het zware droogrek duwde. Twee bewakers hielden de kinderen in het oog.

'Wacht hier,' zei de bewaker die hen mee naar binnen had genomen. 'Ik ga mijn meester halen.'

'Is het niet erg laat voor die kinderen om nog aan het werk te zijn?' vroeg Robert.

'Ze zijn lui,' verklaarde de man. 'Deze bestelling moet morgenmiddag af zijn. Als ze voor zonsondergang klaar waren geweest, hadden ze nu in hun bed kunnen liggen. Dat weten ze. Praat niet met hen, dat houdt ze alleen maar op. Ik kom straks terug met mijn meester.'

De man spoedde zich door de grote ruimte en verdween door de achterdeur. Enige tijd later kwam hij terug met een andere man. De nieuwkomer was duidelijk een koopman, ook al droeg hij een kromzwaard aan zijn zij. Hij was gekleed in Koninkrijkse tuniek en broek, maar verkoos een traditioneel hoofddeksel uit de woestijn, een zwarte doek, gewikkeld als tulband, het uiteinde als sjaal onder de kin van rechts naar links en over de schouder geworpen. Hij had een donkere baard en het getinte uiterlijk van Jazhara's landgenoten, een feit dat werd bevestigd toen hij hen welkom heette met de traditionele begroeting van de bewoners van de Jal-Pur. 'Vrede zij met u.'

'En met u zij vrede,' antwoordde Jazhara.

'Welkom in mijn atelier, vrienden. Mijn naam is Yusuf ben Ali. Waarmee kan ik u van dienst zijn?'

Robert wierp een blik op de zwoegende kinderen. 'We hebben gehoord wat hier gebeurt. Dit bedrijf wordt gesloten.'

Als deze aankondiging de man verraste, dan liet hij daar niets van blijken. Hij glimlachte slechts. 'O, dus dat hebt u gehoord? En wat hebt u dan precies gehoord?'

'Over de arbeidsomstandigheden en hoe u de kinderen behandelt,' zei Jazhara.

Yusuf knikte. 'En laat me eens raden: dat hoorde u van een jong meisje, van misschien nog geen tien jaar oud? Of was het een jongetje deze keer?'

'Hoe bedoelt u?' vroeg Robert.

'Mijn beste heer, het zijn allemaal leugens. Mijn concurrenten betalen die kinderen om wachters en andere waardige burgers aan te klampen. Ze bestoken hen met verhalen over de "gruwelen in Yusufs winkel". En daarna zijn ze verdwenen. Dan wordt mijn zaak een paar dagen gesloten terwijl de magistraat van de prins onderzoek doet, waarbij mijn concurrenten goed gedijen.'

'Maar we hebben de arbeidsomstandigheden binnen zelf gezien,' wierp Jazhara tegen.

Met een blik op de haveloze kleintjes schudde Ben Ali het hoofd. 'Mijn beste landgenote, ik mag dan niet in staat zijn de kinderen te verzorgen zoals ik dat graag zou willen, maar ook ik heb een hart. Ze hebben een dak boven hun hoofd, en warme maaltijden en kleren. Het mag dan niet de buitensporigheid zijn waaraan u bent gewend, maar zoals de wijzen ons hebben geleerd: armoede is voedsel voor een rechtschapen man, terwijl luxe een langzaam werkend vergif kan zijn.' Hij neigde zijn hoofd naar de kinderen. 'We werken vanavond tot erg laat door. Dat is niet ongebruikelijk in mijn vak, maar ik verzeker u dat deze kinderen 's nachts doorgaans veilig slapen. Zodra deze zending gereed is, stuur ik hen naar bed en kunnen ze morgen uitslapen. Daarna, als ze wakker worden, krijgen ze een dag om uit te rusten en te spelen.

Wat wilt u dan dat ik doe? Hen terug op straat zetten?'

Kinderen die werkten om hun familie te helpen was niets nieuws in het Koninkrijk. Maar dit smaakte iets te veel naar slavernij en Robert was niet geheel van Yusufs oprechtheid overtuigd. 'En boven?' vroeg hij, wijzend naar de trap.

'Ah, de tweede verdieping wordt verbouwd. We zijn bezig met het aanbrengen van verbeteringen. Momenteel is het niet veilig om de ruimte te bezichtigen, maar als het klaar is, wordt de zaak uitgebreid en krijgen de kinderen een beter onderkomen.'

Net toen Robert zijn mond weer opendeed, sprak Jazhara: 'Robert, mag ik deze meneer even onder vier ogen spreken?'

Dat verbaasde Robert. 'Waarom?'

'Alsjeblieft.'

Robert keek van Jazhara naar Yusuf en zei: 'Ik wacht wel buiten.'

Toen hij het gebouw had verlaten, zei Jazhara op gedempte toon tegen Yusuf: 'U werkt voor mijn oudoom?'

Yusuf maakte een lichte buiging. 'Ja, verwant van Hazara-Khan, inderdaad. En ik wilde u eveneens onder vier ogen spreken. U deed er goed aan onze jonge vriend weg te sturen. Een Koninkrijks edelman maakt de zaak er niet makkelijker op. Weet hij van uw oudooms positie?'

Jazhara glimlachte. 'Als gouverneur van de Jal-Pur of als hoofd van de Keshische Inlichtingendienst in het noorden?'

'Het laatste, uiteraard.'

'Misschien heeft hij zijn vermoedens, maar wat hij ervan weet is niet aan de orde. Deze vestiging is aan de orde. Is het waar wat dat meisje zei?'

'De keizerlijke schatkist voorziet amper voldoende in het onderhoud van deze operatie,' antwoordde Yusuf. 'Ik moet mijn middelen nu eenmaal aanvullen. Deze winkel loopt erg goed, voornamelijk omdat de arbeidskrachten bijna gratis zijn.' Hij keek

naar de afkeuring op haar gezicht. 'U verbaast mij. Ik had verwacht dat een achternicht van Hazara-Khan de praktische kant
van een zaak zwaarder liet wegen dan misplaatst moreel besef.
Misleiding is tenslotte het voornaamste werktuig van ons vak. Wat
ik hier doe, helpt me bij mijn werk.'

'Dus wat ze zei is waar. Weet mijn oudoom daarvan?'

'Ik heb hem nooit lastig gevallen met de bijzonderheden van
mijn operatie, nee. Maar hij waardeert mijn resultaten. En nu u
hier bent, worden die beter dan ooit!'

'Hoe bedoelt u?'

'Uw onmin met uw familie en uw keus om op Sterrewerf
magie te studeren is alom bekend. Het is de macht van uw oudoom geweest die u heeft beschermd tegen degenen aan het keizerlijk hof die in u een potentieel gevaar zien. Het wordt tijd dat
u volwassen wordt en uw verantwoordelijkheden onder ogen ziet.
U bent een kind van het keizerrijk, een burger van Groot Kesh.
Daar rusten uw plichten.'

'Mijn plichten rusten eveneens bij dit hof en de prins. Ik ben
de hofmagiër, de eerste die op deze post is aangesteld.'

Yusuf keek de jonge vrouw aandachtig aan. 'Soms wegen
bloedbanden zwaarder dan de bindingen van holle woorden.'

'Ik ben geen spion!'

'Maar dat kunt u wel worden,' hield ben Ali vol. 'Werk voor
mij, gun mij de geheimen van de lippen der Krondoriaanse hove-
lingen en maak uw familie trots!' Zijn gezicht betrok. 'Of maak
uw land en uw familie te schande door op deze wijze verder te
gaan. De bescherming van uw oudoom wordt beperkt als u trouw
zweert aan Arutha.' Hij zweeg even en vervolgde toen: 'Het is een
harde keus, Jazhara. Maar u bent nu volwassen, en de keus is, zoals
altijd, aan u. Maar weet dat welke keus u ook maakt, uw leven
vanaf dit moment nooit meer hetzelfde zal zijn.'

Geruime tijd was Jazhara stil, alsof ze de woorden van de

koopman overwoog. Uiteindelijk zei ze: 'Uw woorden zijn hard, Yusuf, maar uw daden hebben me getoond waar mijn plichten rusten.'

'Dus u helpt mij?'

'Ja, ik zal zijn lessen en de idealen van mijn land in ere houden.'

'Uitstekend! U kunt maar beter nu meteen vertrekken, voordat uw vriend argwaan krijgt. Kom terug wanneer u aan het hof van de prins bent geïnstalleerd, dan kunnen we beginnen.'

Ze knikte en liep naar de deur, langs de nog steeds zwoegende kinderen, van wie er een naar haar opkeek met fletse ogen van slaapgebrek. In die ogen bespeurde Jazhara een flits van angst. Bij de deur keek ze nog even over haar schouder naar de glimlachende spion en de drie bewakers die vlakbij stonden.

Aan het einde van de straat stond Robert te wachten. 'En?' vroeg hij toen ze bij hem kwam.

'Yusuf is een spion voor mijn oudoom.'

Robert kon zijn verwondering amper verbergen. 'Ik weet niet wat me meer verbaast: dat hij dat is, of dat jij me dat zegt.'

'Toen ik mijn vaders hof verliet om in Sterrewerf te gaan studeren, heb ik mijn banden met Groot Kesh verbroken. Wat mijn oudoom doet, doet hij voor het welzijn van het keizerrijk.' Met een hoofdknik naar de ingang van Yusufs winkel voegde ze er met een scherpe klank in haar stem aan toe: 'Maar hij daar probeert zijn zakken met goud te vullen over de ruggen van kleine kinderen, en zijn dienstbaarheid aan het keizerrijk komt op de tweede plaats. Ook al was ik in dienst van Kesh, dan nog zou ik zijn voortbestaan niet lang dulden.' Ze greep haar staf stevig beet, en Robert zag haar knokkels wit worden. Al kende hij de hofmagiër nog maar een paar uur, hij twijfelde er niet aan dat ze geen loos dreigement maakte. Waar Jazhara's bindingen ook lagen, ze zou ervoor zorgen dat Yusuf boette voor zijn misdaden tegen de kinderen.

'Wat is je voorstel?' vroeg hij.

'Er zijn maar drie bewakers. Jij bent, naar ik aanneem, bekwaam met het zwaard?'

'Ja –' begon Robert.

'En ik ben bekwaam in de magie,' onderbrak Jazhara. 'Kom op.'

Terwijl ze terug naar de stoffenwinkel liepen, voelde Robert de haren op zijn armen overeind komen, een wis teken dat er magie werd vergaard. Hij had het nooit een prettig gevoel gevonden, ook al wist hij dat het werd gedaan door iemand die aan zijn kant stond. 'Ik zal hen afleiden,' zei Jazhara. 'Probeer Yusuf levend in handen te krijgen.'

Robert trok zijn rapier. 'Vier tegen een en dan moet ik er ook nog eentje in leven houden?' mompelde hij. 'Fantastisch.'

Jazhara ging voor Robert de winkel binnen, en meteen draaide Yusuf zich naar hen om. 'Wat –' begon hij.

Jazhara richtte haar staf op hem, en met een schel geluid vloog er een blauwe energiebol van de punt. Die trof de koopman, die dubbel sloeg van de pijn.

Robert stormde langs de magiër heen en speurde vlug de ruimte af naar de kinderen. Die waren weg. De drie gewapende bewakers aarzelden slechts even voordat ze in actie kwamen. Robert wilde net uithalen naar de bewakers aan zijn rechterkant toen de energiebol van Yusuf wegstuiterde en juist op die bewakers afvloog. Snel richtte Robert zijn aanval op de middelste tegenstander.

Robert had vaker tegen meerdere belagers gevochten en wist dat dat zekere voordelen had. Het belangrijkste wat hij daarvan had geleerd, was dat zijn tegenstanders elkaar in de weg zaten als ze niet als een eenheid hadden geoefend.

Hij viel uit, stak onder de verdediging van de middelste bewaker door en reeg hem aan zijn rapier. Meteen trok hij het wapen terug en sprong naar rechts, en zoals hij had gehoopt, botste de man links van hem tegen de stervende man in het midden.

Plots zoefde Yusufs zwaard vlak bij Roberts hoofd door de lucht. Hij was hersteld van de magie die Jazhara hem had toegeworpen en stond nu rechts van Robert, met zijn kromzwaard vakkundig door de lucht klievend.

'Prachtig,' mompelde Robert. 'De spion is meteen ook meesterzwaardvechter.'

De twee overgebleven zware jongens waren overeind gekomen en vormden een bedreiging, maar Yusuf was het echte gevaar. 'Jazhara! Hou die twee bij me vandaan, alsjeblieft.'

Jazhara deed een stap naar voren en weer schoot er een straal energie door de kamer, deze keer een rode bliksemschicht die knetterend tussen Robert en de twee bewakers in de vloer sloeg. Terstond deinsden ze terug, en er rees rook op van de houten vloer.

Robert had geen tijd om de aanblik te bewonderen, want Yusuf bleek een geducht tegenstander. Het zag ernaar uit dat er vrijwel geen kans was om de Keshische spion levend gevangen te nemen, tenzij hij geluk had. En als hij mocht kiezen, zorgde hij liever voor zijn eigen leven in plaats van Yusuf te sparen en zelf daarbij te sneuvelen.

Robert gebruikte ieder trucje dat hij kende, een dodelijke verzameling van combinaties en schijnbewegingen. Tweemaal scheelde het niet veel of hij had de Keshiër geraakt, maar op zijn beurt kwam ook Yusuf twee keer in de gelegenheid om een einde aan het gevecht te maken.

Robert maakte een omtrekkende beweging en kreeg zo Jazhara en de andere twee schurken in zicht. Een van hen was bij Jazhara weggelopen en kwam zijn meester helpen Robert af te maken, terwijl de ander behoedzaam op de magiër toekwam, terwijl Jazhara haar met ijzer beslagen staf paraat hield.

Robert aarzelde geen moment. Hij veinsde een slag naar Yusufs rechterhand, en toen de Keshiër wilde blokkeren, draaide Robert razendsnel naar rechters, bij de Keshische spion vandaan. Voordat Yusuf zich kon herstellen, stond Robert al aan zijn onbeschermde linkerzij, en meer dan achteruit springen kon de koopman niet doen om de beslissende slag te ontwijken. Dit bracht Robert binnen bereik van de naderende bewaker, die hoog uithaalde met zijn zwaard, een slag bedoeld om de jonker te onthoofden.

Robert bukte zich en stak toe, de man doorborend. Onmiddellijk dook hij naar rechts, in het volle besef dat Yusuf aan zijn blinde kant kwam aangestormd. Robert liet zich op de vloer vallen, rolde door en voelde het kromzwaard boven hem door de lucht zwiepen. Zoals hij had gehoopt, moest Yusuf oppassen om niet te struikelen over het vallende lichaam van de bewaker, en de tijd die hem dat kostte stelde Robert in de gelegenheid om overeind te komen.

Opzij van hem was Robert zich bewust van Jazhara en de andere bewaker, in strijd verwikkeld. Ze hanteerde de staf als een expert, ving zijn zwaardslagen op met het geharde eiken en zwiepte terug met de ijzeren uiteinden. Eén goede mep op de schedel en het gevecht was afgelopen, wat zowel Robert als Jazhara's tegenstander wist.

Yusuf kwam naar voren, met zijn zwaardpunt laag, naar rechts cirkelend. Robert zag aan zijn eigen rechterkant wat balen stof en uitstalrekken, en ging in de tegenaanval. De spion wilde Robert obstakels in de rug bezorgen, zodat hij de jonker misschien kon laten struikelen.

Het ging er nu alleen nog om wie van hen de eerst fout maakte. Robert had eerder zulke gevechten geleverd, en wist dat angst en vermoeidheid de ergste vijanden waren. Yusufs gezicht was een toonbeeld van concentratie; waarschijnlijk dacht hij precies hetzelfde. Robert bleef staan, alsof hij overwoog welke kant hij op zou gaan, Yusuf uitnodigend in de aanval te gaan. Yusuf weigerde. Hij wachtte. Beide mannen hijgden.

Robert weerstond de neiging te kijken naar de plek waar Jazhara worstelde met haar vijand, in de wetenschap dat hij daarmee een aanval zou riskeren. De twee mannen bleven roerloos staan, beiden klaar voor een opening, beiden wachtend tot de ander iets ondernam.

Toen kreeg Robert een idee. Opzettelijk wierp hij een blik naar links, naar Jazhara, en zag haar een klap van de bewaker blokkeren. Ze bracht het uiteinde van de staf binnen zijn verdediging, en Robert zag haar met het ijzer een dreun uitdelen tegen zijn middel. Hij hoorde de lucht uit zijn longen ontsnappen, maar zag het niet gebeuren, want precies op dat moment sprong Robert blindelings naar links.

Zoals hij had verwacht, was Yusuf in actie gekomen zodra Roberts blik afdwaalde, en zoals hij eveneens had vermoed, bestond de aanval uit een combinatie van klingbewegingen. Een schijnbeweging naar het hart, om Roberts zwaard naar boven te brengen om het kromzwaard op te vangen, gevolgd door een zwaaiende beweging van de punt voor een lage, ingaande steekbeweging, bedoeld om Roberts onderbuik te doorboren.

Maar Robert stond er niet. In plaats van te pareren was hij naar links gedraaid en stond nu opnieuw aan Yusufs rechterkant. En in plaats van weg te springen, ging Robert in de aanval. Yusuf aarzelde een ogenblik, beseffend dat hij te ver naar voren stond geleund en overeind moest komen naar een verdedigende houding. Meer had Robert niet nodig.

Zijn rapier schoot uit en de punt trof Yusuf in de rechterkant van zijn hals. Met een walgelijk gorgelend geluid versteende de spion. Zijn ogen rolden omhoog, zijn knieën begaven het en hij viel op de grond.

Robert trok zijn zwaard los, draaide zich om en zag Jazhara de schedel van de laatste bewaker breken.

De man ging neer en Jazhara trok zich terug, rondkijkend of er nog meer tegenstanders waren. Toen ze alleen Robert rechtop zag staan, leunde ze op haar staf om op adem te komen.

Robert liep naar haar toe. 'Alles goed?'

Ze knikte. 'Niets aan de hand.'

Daarop keek Robert de kamer rond. Overal lagen omvergegooide en weggerolde balen stof, en op veel ervan zaten nu bloedvlekken.

Met een diepe zucht zei Robert: 'Wat een troep.'

2 Complotten

Robert stak zijn zwaard in de schede.

'Waar zijn de kinderen gebleven?' vroeg hij.

Jazhara keek rond en liet haar blik rusten op de trap. 'Ik ga naar boven, kijk jij of ze zich in dat kantoor hebben verstopt,' instrueerde ze en wees naar de deur achter in de winkel.

Robert knikte, met een halve glimlach, en draaide zich gehoorzaam in de aangegeven richting. Hij zou er maar geen punt van maken wie er hier de leiding had; ze was per slot van rekening een prinses. Vlak voordat hij de deur bereikte, vroeg hij zich af of een hofmagiër eigenlijk wel boven een jonker stond.

Hij deed de deur open, zijn zwaard in de aanslag voor het geval er zich iemand in het vertrek ophield. Het was een klein kantoor met in het midden een schrijftafel. Twee brandende lampen verlichtten het vertrek, en tegen de achtermuur stond een grote kist, kennelijk niet afgesloten, aangezien de sluitbeugels openhingen. Maar Robert had al te veel harde lessen geleerd over de schijn van dingen, en daarom liep hij behoedzaam naar de kist toe. Als eerste wierp hij een blik op de papieren die verspreid over de schrijftafel lagen en zag verscheidene brieven in een Keshische taal die hij kon lezen. De meeste waren bestellingen voor geverfde stof. Andere brieven in de Koninkrijkse taal waren eveneens van zakelijke aard. Toen viel zijn oog op twee documenten in een schrift dat hij niet kende.

Hij was net bezig de kist op valstrikken te controleren toen

Jazhara in de deuropening verscheen. Tussen opeengeklemde tanden door zei ze: 'Die hond had de kinderen opgesloten in een kooi.'

Robert keek om, wierp een blik door de deur en zag een stuk of tien angstige kinderen stilletjes achter de magiër staan, in leeftijd variërend van vijf tot tien. Ze waren gekleed in smerige lompen en hun gezichten zaten onder de vuile vegen. Robert slaakte een vermoeide zucht. Arme kinderen waren in Krondor niets bijzonders. Hij was zelf een 'schoffie' geweest voordat hij dief was geworden. Maar systematisch misbruik van kinderen behoorde niet tot de normale Koninkrijkse praktijken. 'Wat doen we met hen?'

'Hoe heette die instelling waar je het eerder over had?'

'Het Gele Schild, een weeshuis dat is gesticht door de prinses en de orde van Dala.'

Een van de kinderen deinsde terug bij het horen van die naam, en Robert herinnerde zich Nita's reactie. 'Hé, jij,' riep hij naar het jongetje, 'waarom schrik je daar zo van?'

Het knulletje schudde slechts zijn hoofd, zijn gezicht een en al vrees.

Jazhara legde een geruststellende hand op zijn smalle schouder. 'Wees maar niet bang. We doen je geen kwaad. Waarom schrok je daar van?'

Een meisje achter het jochie gaf antwoord: 'Deze mannen zeiden ook dat ze van het Gele Schild waren en dat ze ons te eten zouden geven als we meegingen.'

Robert stond op, verliet het kantoor en liep langs Jazhara naar de dichtstbijzijnde bewaker die in een plas van zijn eigen bloed lag. 'Ga buiten vlug een stadswachter halen,' zei hij tegen een oudere jongen. 'Die moet je een paar straten verder kunnen vinden bij herberg De Vijf Sterren. Zeg hem dat jonker Robert zo snel mogelijk twee man nodig heeft. Kan je dat onthouden?'

De jongen knikte en rende weg zonder de buitendeur achter zich dicht te doen. Robert keek hem na en zei: 'Nou, als hij niet meteen naar een schuilplaats rent, komt er over een paar minuutjes hulp.'

Jazhara keek naar Robert, die de dode Keshiër omdraaide en zijn beurs binnenstebuiten keerde. 'Wat zoek je?' vroeg ze.

Robert hield een ring omhoog. 'Dit.' Hij kwam overeind en gaf hem aan haar om te bekijken.

Ze draaide de ring tussen haar vingers. Het was een eenvoudige ijzeren ring met een klein geel geschilderd schildje eraan vastgemaakt. 'Dat is de ring van iemand die in dienst is van de Orde van Dala. Die zullen ze wel aan de kinderen hebben laten zien om hen hierheen te lokken met het verhaal dat ze hen naar het weeshuis brachten.'

Jazhara keek naar de kinderen, van wie er verscheidenen knikten. 'Dat verklaart meteen waarom Nita er per se niet heen wilde,' zei ze.

Robert ging terug naar het kantoortje om nog een blik te werpen op de dichte kist. Na een korte aarzeling maakte hij hem open. Er lagen nog meer documenten in. Hij haalde er een paar uit en vroeg: 'Jazhara, kan jij dit lezen? Zo te zien zijn ze in een dialect van het Keshisch dat ik niet kan lezen.'

Jazhara pakte de documenten aan en bekeek de bovenste. 'Ik kan dit wel lezen, maar het is een woestijntaal, uit het gebied rond Durbin, en niet uit het binnenland van Kesh.'

Robert knikte. Hij kon alleen het officiële Keshisch lezen.

Jazhara's ogen werden groot. 'De vuile verrader! Yusuf heeft mijn oudoom en diens bronnen gebruikt om Kesh tegen jullie prins en jullie prins tegen Kesh op te zetten!'

Robert stond perplex. De ontdekking dat Yusuf een Keshische spion was, was nauwelijks een schok geweest. Ontdekken dat hij ook zijn meester verraadde was dat echter wel. 'Waarom?'

Jazhara hield een enkel blad omhoog. 'Voor iemand die de Kruiper wordt genoemd.'

Robert rolde met zijn ogen, maar zei niets. De Kruiper was al maanden een doorn in het oog van zowel de prins als de Snaken, en al die tijd was Robert geen stap dichter bij het vaststellen van diens identiteit gekomen sinds de dag waarop hij die naam voor het eerst had vernomen. Hopend op een aanwijzing vroeg hij: 'Wat staat er nog meer in?'

Jazhara las het document en bekeek toen het volgende. 'Deze Kruiper is iemand van gewicht, iemand die Yusuf royaal beloonde voor zijn verraad. Er zijn verwijzingen naar reeds gemaakte betalingen van grote hoeveelheden goud en andere vergoedingen.' Haastig nam ze verscheidene andere papieren door, tot ze aankwam bij een document dat haar adem deed stokken. 'Dit kan niet waar zijn,' fluisterde ze.

'Wat?' vroeg Robert.

'Dit is een bevelschrift voor mijn dood in het geval ik niet voor Yusuf wenste te werken, met de handtekening en het zegel van mijn oudoom.'

Met bevende hand gaf ze hem aan Robert, die het papier nader bestudeerde en zei: 'Nee, hoor.'

'O nee?' vroeg ze zacht.

'Je zei dat het niet waar kon zijn, en dat bevestig ik. De handtekening is niet echt. Het is een vervalsing.'

'Hoe kan je daar zo zeker van zijn?' vroeg ze. 'Ik heb het handschrift en zegel van mijn oudoom vaak genoeg gezien, en dit lijkt me van zijn hand en ring.'

Robert grijnsde. 'Hij is te vlekkeloos. Het lijkt me sterk dat zelfs jouw oudoom de dood van zijn lievelingsnichtje zou kunnen bevelen zonder een zichtbare beving in zijn handschrift. De letters zijn te volmaakt. De woorden kan ik niet lezen, maar aan het handschrift kan ik zien dat het een knappe vervalsing is. Trouwens, ook al had er de verwachte onregelmatigheid in het schrift gezeten, dan nog zijn er twee andere redenen.'

'En die zijn?' vroeg ze.

'Jouw oudoom zou nooit zo stom zijn om zijn eigen naam te zetten onder het doodvonnis van een Keshisch edele, vooral niet wanneer het iemand uit zijn eigen familie betrof. Bovendien hebben we door de jaren heen een aardig aantal documenten met zijn zegel in het paleis gezien, en dat zegel vertoont een kleine onvolkomenheid.' Robert wees. 'Kijk, hier. Waar de lange punt van de ster de onderkant van het zegel raakt, hoort een klein spleetje te lopen, alsof er een barstje in de ring zit. Dat mis ik hier, dus die ring kan nooit van hem zijn geweest.'

'Maar waarom dan?' vroeg Jazhara.

Op dat moment verscheen er buiten de deur een kleine compagnie van de stadswacht.

'Nou,' antwoordde Robert, naar de deur benend, 'als de nieuwe hofmagiër van Krondor sterft en ze gaan aan het keizerlijk hof naarstig op zoek naar een zondebok, is het hoofd van de Keshische Inlichtingendienst toch de meest aangewezen persoon? Misschien is er in het paleis van de keizerin wel iemand die hem graag zou willen vervangen door een mannetje van zichzelf.'

'De Kruiper?' vroeg Jazhara.

Robert keek om en knikte.

'Dan is hij een belangrijk persoon,' concludeerde ze. 'Het is een groot risico om mijn oudoom te bedreigen. Alleen iemand met een eigen machtsbasis binnen Kesh zou dat durven.'

Bij de deur sprak de kapitein van de wacht: 'Een van deze kinderen kwam ons waarschuwen en we zijn zo snel mogelijk gekomen, jonker. Wat kunnen we voor u doen?'

'Er liggen hier binnen wat lijken die moeten worden opgeruimd, maar verder is alles onder controle,' antwoordde Robert. Hij wierp een blik op de kinderen die in een kluitje rondom hen stonden, klaar om het op een lopen te zetten zodra er alarm werd geslagen. 'Zorg ook maar voor dat clubje voordat ze op hol slaan.'

'Waar zullen we hen naar toe brengen?'

'Naar het weeshuis van het Schild van Dala, dat de prinses heeft helpen stichten. Voor zover ik weet hebben ze daar nog genoeg bedden en warm eten.'

Verscheidene kinderen begonnen weg te schuifelen, alsof ze ervandoor wilden gaan. Jazhara hurkte neer en spreidde haar armen, als om de bange kinderen bij zich te noden. 'Dat zijn niet de mannen die jullie kwaad hebben gedaan. Daar krijgen jullie echt te eten en een warm bed.'

Het vooruitzicht van een lege maag en een koude nacht met slechts de straatstenen om op te slapen trok de kinderen niet aan, zodat ze bleven. De wachter keek rond. 'Nu dan, als het u lukt om zonder wacht terug naar het paleis te gaan, jonker, brengen wij de jongelui wel weg. Kom mee, kinderen,' zei hij, trachtend niet al te nors te klinken.

De kleintjes vertrokken met twee wachters, en het resterende tweetal keek het vertrek rond. 'Voor de ochtend zijn die lijken opgeruimd, maar wat doen we met het gebouw?' vroeg een van hen.

'Dat wordt binnen vijf minuten na jullie vertrek geplunderd,' antwoordde Robert, 'dus ga ik nog even wat rondneuzen om te zien of ik nog iets belangrijks kan meenemen voor de prins. Als wij klaar zijn, halen jullie de lijken weg, en daarna mogen alle voorbijgangers hebben wat ze mee willen nemen. Als de vorige eigenaar erfgenamen heeft, kunnen ze op het paleis komen klagen.'

De wachter salueerde, en Robert en Jazhara gingen aan de slag. Jazhara las alle papieren in de kist grondig door, en Robert bekeek iedere plek waar zich mogelijk een geheime bergplaats bevond. Na een uur zei Robert: 'Ik denk niet dat er verder nog iets is.'

Jazhara had ook de papieren in Yusufs kantoor zorgvuldig doorgenomen. 'Er staat hier genoeg in om een diepgaand onderzoek door mijn oudoom te rechtvaardigen,' zei ze. 'Deze poging hem mijn dood in de schoenen te schuiven om hem in diskrediet te brengen zou in het noorden van het keizerrijk aanleiding zijn geweest voor een burgeroorlog, want de woestijnstammen zouden weten dat het een valse aanklacht betrof.'

'Maar de keizerin en haar raad in de hoofdstad Kesh zouden het misschien wel geloven.'

Jazhara knikte. 'Wie deze Kruiper ook is, hij probeert beter te worden van conflicten tussen onze volkeren, Robert. Wie zou er gebaat zijn bij zulk een chaos?'

'Te veel om op te noemen,' zei Robert. 'Daar vertel ik je nog wel eens over. Maar nu moeten we naar het paleis. Je hebt amper genoeg tijd over voor een dutje en om je te verkleden voordat je aan prins Arutha wordt voorgesteld.'

Nog een laatste keer keek Jazhara de hele ruimte rond, alsof ze naar iets zocht of zich de bijzonderheden in het geheugen wilde prenten. Toen pakte ze zonder iets te zeggen haar staf op en liep doelbewust naar de deur.

Robert aarzelde een halve stap en ging haar toen achterna. 'Stuur je bericht aan je oudoom?' vroeg hij toen hij bij haar was.

'Zeker. Deze Kruiper kan een Keshiër zijn, en wat er hier in Krondor gebeurt is misschien slechts deel van een groter plan, maar het is duidelijk dat mijn oudoom gevaar loopt.'

'Ja,' zei Robert, 'maar de prins is er natuurlijk ook nog.'

'O.' Jazhara staarde hem aan. 'Denk je dat hij mijn oudoom zo'n waarschuwing niet gunt?'

Robert raakte even haar schouder aan. 'Dat is het niet. Het is alleen...'

'Een politieke kwestie,' maakte ze zijn zin af.

'Zoiets,' beaamde Robert. Ze sloegen een hoek om. 'Het kan

zijn dat het geen enkel probleem is om dit nieuws aan je oudoom te onthullen, maar er is een kans dat Arutha je zal verzoeken bepaalde bijzonderheden weg te laten, zoals de manier waarop je aan deze informatie bent gekomen.'

Er verscheen een glimlachje op Jazhara's gezicht. 'En zoals geheim houden dat wij weten dat Yusuf een spion was die voor Groot Kesh werkte?'

Robert grijnsde. 'Zoiets,' herhaalde hij.

Ze liepen verder, en even later voegde Jazhara eraan toe: 'Misschien kunnen we gewoon zeggen dat we bij het oprollen van een illegale slavenhandel achter een geheim plan kwamen om mij te vermoorden en de schuld af te schuiven op mijn oudoom, met als doel hem te verwijderen van zijn positie als gouverneur van de Jal-Pur.'

'Precies waar ik aan dacht.'

Jazhara begon te lachen. 'Maak je geen zorgen, mijn vriend. Politiek is een tweede natuur voor Keshische edelen die niet van het rasbloed zijn.'

Robert fronste zijn wenkbrauwen. 'Die term heb ik een paar keer eerder gehoord, maar ik moet bekennen dat ik niet goed weet wat hij inhoudt.'

Jazhara sloeg een hoek om, waarmee ze op een rechte weg terug naar het paleis kwamen. 'Dan moet je maar eens een bezoek brengen aan onze hoofdstad en het hof van de keizerin. Sommige dingen over Kesh kan ik je best vertellen, maar die begrijp je pas wanneer je ze met je eigen ogen hebt gezien. De rasbloed-Keshiërs, wier voorouders als eersten joegen op de leeuwen op de grasvlakten rond het Overnse Diep, behoren daartoe. Woorden schieten werkelijk te kort.'

Er klonk een zweem van ironie – of verbittering – in haar stem, welke van de twee kon Robert niet zeggen, maar hij besloot de zaak te laten rusten. Ze verlieten het Koopmanskwartier en betraden de paleiswijk. Toen ze de paleispoort naderden, wierp Jazhara een blik op het grote gebouw ertegenover en zag een enkele schildwacht staan.

'Een Ishapische enclave?' vroeg ze.

Robert keek naar de robuuste man die onbeweeglijk op zijn post stond, met een vervaarlijk ogende strijdhamer aan zijn gordel. 'Ja, al heb ik geen idee waarvoor.'

Met een spottend lachje en een twinkeling in haar ogen keek Jazhara hem aan. 'Er gebeurt iets in Krondor waar je niets van weet?'

Robert glimlachte terug. 'Nu, op dit moment, nog niet, vergat ik er even bij te vertellen.'

De wachters sprongen in de houding toen Robert en Jazhara bij de poort kwamen, en de oudste wacht zei: 'Welkom terug, jonker. U hebt haar dus gevonden?'

Robert knikte. 'Heren, mag ik u voorstellen: Jazhara, hofmagiër van Krondor.'

Hierop begon een van de andere wachters Jazhara aan te staren. 'Bij de goden!' flapte hij er ineens uit.

'Had je iets te zeggen?' informeerde Robert.

De wachter werd rood. 'Neemt u me niet kwalijk, jonker, maar iemand uit Kesh? Zo dicht bij de prins?'

Jazhara keek van de een naar de ander en zei: 'Weest gerust, heren. Ik heb een eed afgelegd en kom trouw zweren aan Arutha. Uw prins is mijn heer, en net als u zal ik hem verdedigen tot in de dood.'

De oudste wachter wierp de soldaat die zo vrijuit had gesproken een blik toe die duidelijk maakte dat ze het dadelijk even over deze onwelvoeglijke uitbarsting zouden hebben. 'Mijn verontschuldiging, mijn vrouwe,' zei hij vervolgens. 'Het is ons een eer u in Krondor te verwelkomen.'

'Ik dank u zeer, mijnheer,' reageerde Jazhara.

De poort werd geopend. Jazhara liep erdoor, en Robert volgde. Toen de poort achter hen werd gesloten, zei hij: 'Neem het ze maar niet kwalijk. Ze zijn van nature nogal op hun hoede tegenover vreemden.'

'Tegenover Keshiërs, bedoel je. Maak er maar geen punt van. Wij zouden net zo argwanend staan ten opzichte van een Koninkrijks magiër aan het hof van de keizerin, Zij Die Kesh Is. Toen meester Puc mij deze post toevertrouwde, maakte hij overduidelijk dat mijn aanstelling niets met politiek te maken had.'

Robert grijnsde. Aan het hof was er niets wat niet met politiek te maken had, maar hij kon haar standpunt wel waarderen. Hij nam de jonge vrouw andermaal eens goed op. Hoe beter hij haar leerde kennen, des te sympathieker hij haar vond. Hij zei, zo hoofs als hij maar kon: 'Een vrouw met uw schoonheid en intelligentie zal er vast geen problemen mee hebben. Ik voor mij ervaar nu al een grote mate van vertrouwen.'

Ze schoot in de lach. Met een sceptische blik keek ze hem aan. 'Dank u voor het compliment, jonker, maar laat uw terughoudendheid niet te snel varen. Uw prins zou er vast lelijk van opkijken wanneer ik mij gedwongen zag u in een pad te veranderen.'

Robert lachte terug. 'Lelijker dan ik al ben kan ik er in ieder geval niet door worden. Neem me mijn onbeschaamdheid niet kwalijk, Jazhara, en wees welkom in Krondor.'

Ze hielden halt bij de hoofdingang van het paleis, waar een hofjonker stond. 'Deze jongen wijst u de weg naar uw verblijf en zorgt voor al wat u verder behoeft.' Met een blik op de hemel voegde Robert eraan toe: 'We hebben nog twee uur voor zonsopgang, en ik word een uur nadat hij met zijn gezin heeft ontbeten bij de prins verwacht. Ik zal iemand sturen om u te komen halen voor de introductie.'

'Dank u, jonker,' zei Jazhara. Ze draaide zich om en betrad de treden naar de paleisdeuren. Robert keek haar na met waardering voor de manier waarop haar reiskleding haar figuur deed uitkomen. Terwijl hij vertrok in de richting van zijn eigen kamer, mompelde hij voor zich heen: 'Wiliam heeft een goede smaak wat vrouwen betreft. Aan Talia en deze zal hij zijn handen vol hebben.'

Tegen de tijd dat hij aankwam bij een kleine poort bij de paleismuur, op het pad naar de bediende-ingang aan de achterkant, waren zijn gedachten alweer van exotische schoonheden uit verre landen afgedwaald en worstelde hij met veel gevaarlijker mysteriën, zoals de vraag wie die Kruiper was en waarom hij zo zijn best deed om het Koninkrijk in een oorlog te storten.

Arutha, Prins van Krondor en het Westelijke Rijk, de op één na machtigste man in het Koninkrijk der Eilanden, keek zijn jonker aan en zei: 'En, wat vind je van haar?'

'Ook wanneer hertog Puc niet voor haar had ingestaan, zou ik geneigd zijn haar te vertrouwen en haar eed van trouw als gemeend en oprecht te aanvaarden.'

Arutha leunde achterover in zijn stoel, achter de schrijftafel die hij gebruikte voor de gewone, alledaagse zaken die betrekking hadden op het regeren over het Westelijke Rijk. Het was zijn gewoonte daar een paar minuten voor zichzelf te nemen om zich voor te bereiden op het ochtendhof, voordat de zeggenschap over het te volgen protocol hem uit handen werd genomen door deRosa, zijn ceremoniemeester.

Na een moment van overpeinzing zei Arutha: 'Je bent zeker moe, anders zou je die vraag wel anders hebben beantwoord. Als het een kwestie van trouw was, zou Jazhara nu niet hier zijn. Ik bedoel: wat vind je van haar als mens?'

Robert slaakte een zucht. 'We hebben... iets meegemaakt, vannacht.'

Arutha wees naar de documenten op zijn tafel. 'Ongetwijfeld

iets met een dode stoffenverver van Keshische afkomst die voor heer Hazara-Khan bleek te werken.'

Robert knikte. 'Ja, Sire. Ze is... opmerkelijk. Hoe vaak ik in de afgelopen tien jaar ook met magie in aanraking ben geweest, ik weet er nog steeds maar weinig van. Maar zij schijnt... ik weet niet of machtig er het goede woord voor is. Bedreven, misschien. Ze handelde zonder aarzelen toen dat nodig was, en ze schijnt in staat tot het aanbrengen van aanzienlijke schade, mocht de situatie dat vereisen.'

'En verder?'

Robert dacht na. 'Ik denk dat ze in staat is onder alle omstandigheden het hoofd koel te houden, ook "in volle galop", zoals ze zeggen. Ik kan me niet voorstellen dat ze ooit overhaast of roekeloos te werk zou gaan.'

Arutha knikte Robert bemoedigend toe. 'Ga verder.'

'We kunnen ervan uitgaan dat ze goed is opgeleid. Ondanks haar lichte accent is haar beheersing van de Koninkrijkse taal vlekkeloos. Ze kan meer talen lezen dan ik, is gebleken, en aangezien ze hoveling van huis uit is, zal ze op de hoogte zijn van alle protocollen, ceremoniën en rangen en standen.'

'Dit alles komt precies overeen met wat Puc me heeft geschreven betrekking tot haar aanstelling.' Arutha wees op een ander stuk perkament op zijn schrijftafel. 'Je hebt er een neus voor om dingen op te merken die zelfs een magiër van Pucs formaat over het hoofd zou kunnen zien.'

'Wat dat betreft, Hoogheid, voldoet ze aan de eisen die u aan een adviseur op magisch gebied mag stellen, durf ik te wedden.'

'Mooi.' Arutha stond op. 'Laten we dan maar eens met haar gaan kennismaken.'

Robert haastte zich naar de deur om die voor zijn prins te openen. Al was hij niet langer de Eerste Jonker aan het Krondoriaanse Hof, hij bleef Arutha's persoonlijke jonker en bediende hem wanneer hij niet voor Arutha op missie was. Aan de andere kant van de deur stond Brion, pas benoemd tot Eerste Jonker, te wachten op Arutha's verschijnen. Brion was de zoon van de baron van Haviksholte, in de oostelijk gelegen bergen van het hertogdom Yabon. De lange, magere, blonde jongen was een noeste, serieuze werker, geknipt voor het saaie werk van eerste jonker, dat Robert nooit met volledig enthousiasme had omhelsd. Ceremoniemeester deRosa en zijn assistent, huisknecht Jeroen, waren zeer te spreken over Brions aanstelling, aangezien ze beiden altijd hadden moeten inspringen als Robert voor de prins op reis was. Robert wierp een blik op Brion, die Arutha volgde, zodat Robert achterbleef bij de andere jonkers om te wachten op de taken voor die dag. Toen Arutha plaats had genomen, knikte Brion naar Jeroen, die zich begaf naar de grote dubbele deur waardoor het hof van vandaag in aanwezigheid van de prins zou verschijnen. Met een waardigheid die Robert nog steeds indrukwekkend vond, liep de oude ceremoniemeester naar het midden van de ingang, zodat wanneer de deuren door Jeroen en een hofjonker werden geopend, de mensen buiten als eerste deRosa zouden zien.

Met nog immer krachtige stem verkondigde de ceremoniemeester: 'Treedt nader en hoort aan! De Prins van Krondor zetelt op zijn troon om zijn onderdanen aan te horen!' Daarop draaide hij zich om en liep naar de verhoging, terwijl de leden van het hof door hofjonkers naar de hun toegewezen plaatsen werden gebracht. De meeste aanwezigen waren regelmatige bezoekers van Arutha's hof en wisten precies waar ze hoorden te staan, maar voor de paar nieuwkomers stonden altijd hofjonkers paraat om hun discreet de weg te wijzen in het protocol. En Briano deRosa hechtte groot belang aan het protocol.

Robert zag verscheidene ambtenaren en edelen van Arutha's staf binnenkomen en hun gebruikelijke plaats innemen, gevolgd door rekwestranten die iemand van de paleisstaf hadden weten te overtuigen dat ze de prins persoonlijk dienden te spreken. Van hen was Jazhara de eerste, aangezien zij straks de overgang van nieuwkomer tot hoflid zou maken.

Robert was onder de indruk. Weg waren de stoffige, doelmatige reiskleren, en nu droeg ze de traditionele kledij van haar volk. Ze was van top tot teen gehuld in donkere, indigoblauwe zijde, en Robert moest toegeven dat die kleur haar goed stond. Ze droeg veel minder juwelen dan gebruikelijk was voor een vrouw van haar status, maar de dingen die ze droeg – een broche op haar schouder voor de bevestiging van haar sluier, die in haar vaderland in het bijzijn van vreemden over het onderste gedeelte van het gezicht werd gedragen, en een enkele armband van goud, bezet met smaragden – waren van de beste kwaliteit. De voormalige dief onderdrukte een glimlach toen hij bedacht wat ze bij de Krondoriaanse juwelenhandelaars van minder goede naam op zouden brengen.

'Hoogheid,' reciteerde meester deRosa, 'het hof is bijeen.'

Met een lichte nijging van zijn hoofd gaf Arutha aan dat het hof kon aanvangen.

Robert keek rond om te zien of Wiliam er was. Als jonge officier van de prinselijke garde had hij niet echt een reden om aanwezig te zijn, maar gezien zijn verleden met Jazhara achtte Robert het mogelijk dat hij zich liet zien.

'Hoogheid,' sprak deRosa, 'het is ons een eer aan u voor te stellen: Jazhara, pas te Krondor gearriveerd vanuit Sterrewerf, te uwen gunste aanbevolen door hertog Puc.'

Arutha knikte om haar dichterbij te noden, en Jazhara naderde met de kalme, ongedwongen houding van iemand die aan het hof is geboren. Robert had al menige aanvankelijk zelfverzekerde rekestrant zien wankelen onder de blik van de prins, maar Jazhara bereikte de aangewezen plek en maakte met een sierlijke zwaai een diepe buiging, gracieus uitgevoerd.

'Welkom in Krondor, Jazhara,' zei Arutha. 'Hertog Puc heeft u voorgedragen om bij ons dienst te nemen. Bent u daartoe bereid?'

'Met hart en verstand, Hoogheid,' antwoordde de jonge woestijnvrouw.

DeRosa kwam halverwege tussen Jazhara en de prins staan en begon aan de eed van dienst. Die was kort en bondig, tot Roberts opluchting. Hij had in zijn jaren van dienst aan de kroon heel wat langdradige riten moeten doorstaan.

'Dat zweer ik bij mijn eer en leven, Hoogheid,' eindigde Jazhara.

Pater Belson, een priester van de Orde van Prandur, Arutha's huidige adviseur aangaande de verscheidene tempelorden in het Koninkrijk, kwam naderbij en reciteerde: 'Prandur, Reiniger door Vuur, Heer van de Vlam, heiligt deze eed, waarmee trouw en dienstbaarheid wordt gegeven in ruil voor bescherming en steun. Hierbij verklaar ik deze vrouw, Jazhara van het Huis van Hazara-Khan, tot prins Arutha's goede, trouwe dienaar.'

Belson begeleidde Jazhara naar de haar toegewezen plek aan het hof, naast de zijne, aldus beiden beschikbaar zodra Arutha hun mening over een kwestie met betrekking tot magie of geloof nodig had. Robert wierp een blik op het resterende gezelschap en besefte dat de zitting van het hof vanochtend gezegend kort zou zijn. Er waren slechts twee rekestranten, en de meeste leden van de dagelijkse hofstaf schenen te popelen om zich naar elders te begeven. Arutha was een heerser die, tot ieders opluchting, met uitzondering wellicht van deRosa, doelmatigheid prefereerde boven praal. Grootschalige formaliteiten, zoals de maandelijkse gala's en andere festiviteiten, liet hij over aan zijn vrouw.

Jazhara ving Roberts blik op en glimlachte even naar hem. Robert glimlachte terug, en niet voor het eerst vroeg hij zich af of er misschien toch sprake was van iets meer dan slechts een collegiaal gebaar. Meteen gaf hij zichzelf in gedachten een schop. Roberts visie op vrouwen viel ver buiten de norm van mannen van zijn leeftijd in het Koninkrijk. Hij mocht hen graag en was niet bang van hen, al brachten ze hem van tijd tot tijd wel in verwarring. Maar al genoot hij als ieder ander van intiem samenzijn met een vrouw, toch ging hij langdurige contacten die het risico van complicaties inhielden uit de weg. En een relatie met één van prins Arutha's raadslieden bood maar ietsje minder kans op complicaties dan een relatie met een familielid van hem, en dus kapte hij dergelijke gedachten onmiddellijk af. Van binnen zuchtend van een lichte spijt zei hij bij zichzelf: *maar ze is zo verdraaid exotisch.*

Toen het hof uiteen ging, stond Arutha op van zijn troon en vroeg aan Jazhara: 'Is alles al naar wens geregeld?'

'Ja, Hoogheid,' antwoordde ze. 'Mijn bagage is vanmorgen op het paleis afgeleverd, en alles is in orde.'

'Zijn uw kamers naar behoren?'

Ze glimlachte. 'Zeker, Hoogheid. Meester Kulgan had me verteld wat ik kon verwachten, en ik geloof dat hij een loopje met me nam, aangezien ze veel ruimer en gerieflijker zijn dan ik had verwacht.'

Arutha liet een flauw glimlachje zien. 'Kulgan had altijd al een droog gevoel voor humor.' Robert wenkend, zei hij: 'Jonker Robert geeft u vandaag een rondleiding door de stad, en als het u aan iets ontbreekt, zal hij in uw noden voorzien.'

'Dank u, Hoogheid.' Robert grijnsde. 'Zoals u weet, hebben we vannacht al een beetje een rondleiding gehad, Hoogheid.'

'Ik heb de documenten vanochtend gezien,' zei Arutha. 'Maar eerst allebei mee naar mijn kantoor graag.'

Vlug ging Brion de deur opendoen, en Arutha nam Jazhara en Robert mee naar zijn werkruimte. Vlak voordat hij over de drempel stapte, zei hij: 'Jonker Brion, ga kijken wat meester deRosa vanochtend voor de jonkers in petto heeft.'

'Sire.' Brion maakte een buiging en verdween.

Arutha nam plaats. 'Jazhara, laat me allereerst dit zeggen: had ik ook maar de geringste twijfel over je trouw aan ons hof, dan zou je hier niet staan.'

Jazhara neeg haar hoofd. 'Begrepen, Hoogheid.'

'Robert, maak onze nieuwe magiër zo snel mogelijk bekend met alles wat we tot dusver weten over de Kruiper. Dat vereist, naar ik vermoed, een redelijke hoeveelheid persoonlijke geschiedenis, aangezien zijn confrontatie met de Snaken belangrijk is voor het begrijpen van zijn motieven. Wees openhartig. Ik heb de indruk dat deze jongedame niet zo gauw ergens van schrikt.'

Jazhara glimlachte.

Arutha keek hen beiden ernstig aan. 'Deze Kruiper heeft het afgelopen jaar de hand gehad in een niet geringe hoeveelheid kwalijke incidenten. Hij was indirect betrokken bij een ernstige bedreiging van onze soevereiniteit en heeft gezorgd voor een situatie die onze relaties met een naburige natie in het oosten flink onder druk heeft gezet. Hoe moeilijker hij te vinden is, des te meer zorgen ik me over hem maak.' Hij keek Robert aan. 'Wees grondig. Zolang ik niemand stuur om jullie te halen, hoeven jullie pas terug te komen naar het paleis wanneer je vindt dat Jazhara alles gezien heeft wat er te zien valt.'

Robert maakte een buiging. 'Ik zal niets overslaan, Hoogheid.'

Ook Jazhara maakte een buiging en volgde Robert vanuit Arutha's kantoor naar een zijgang, waar Robert vroeg: 'Waarheen eerst, mijn vrouwe?'

'Mijn kamers,' antwoordde Jazhara. 'Ik ben niet van plan heel Krondor door te sjouwen in deze japon. En daarbij voel ik me pas helemaal aangekleed als ik ook mijn staf bij me heb.'

Robert glimlachte. 'Jouw kamers, dan.'

Terwijl ze door het paleis liepen, merkte Jazhara op: 'Ik heb Wiliam nog niet gezien. Ontloopt hij me?'

72

Robert keek haar aan. Over directe aanpak gesproken, dacht hij. 'Waarschijnlijk niet. Hij behoort dan wel tot de koninklijke familie, maar hij is ook een jonge officier met veel verplichtingen. Als we hem op onze wandeling niet tegen het lijf lopen, weet ik waar we hem vanavond kunnen vinden.'

'Mooi,' zei Jazhara. 'We moeten praten, en dat heb ik het liefst zo snel mogelijk achter de rug.'

Robert zag dat ze niet langer glimlachte.

3   Eed

De wachter salueerde.

Robert retourneerde het gebaar, terwijl Jazhara de bezienswaardigheden van Krondor in zich opnam. Ze had haar reiskleren weer aangetrokken. In haar handen hield ze haar met ijzer beslagen staf, en haar haren zaten in een staart. Ze zag er... zakelijk uit. Robert vond het interessant om haar verschijning van nu te vergelijken met hoe ze eerder die ochtend aan het hof was verschenen. Twee totaal verschillende vrouwen...

Ze waren vroeg op de dag begonnen met het bezoeken van de winkels en markten die in hun algemeenheid werden aangeduid als het 'Rijkenkwartier' van de stad, een gebied met winkels waar de prachtigste dingen stonden uitgestald, voor de bemiddelde koper geprijsd. Bij verscheidene winkels was Jazhara blijven staan, tot Roberts ergernis, want hij had nooit genoten van het kijken naar spullen die hij toch niet wilde kopen. Enkele malen was hij belast geweest met de inkoopexpedities van de prinses, eerder om ervoor te zorgen dat Elena haar moeder niet voor de voeten liep dan om Arutha's vrouw te bewaken. Dat waren wellicht de enige keren in zijn leven dat hij niet blij was geweest met het gezelschap van de prinses.

Vervolgens had hij Jazhara meegenomen naar het zogenaamde Koopmanskwartier, waar de handelaars en grote kooplieden hun vestigingen hadden. In het centrum van deze wijk bevond zich een vooraanstaand koffiehuis. Daar waren ze een kopje Keshische koffie gaan drinken, waarover Jazhara had opgemerkt dat die net zo goed smaakte als thuis. Dit had een glimlach ontlokt aan hun ober, een jongeman genaamd Timothy Barret, de jongste zoon van de eigenaar. Menig zakenman kwam naar Barret om zijn zaken af te handelen, voornamelijk het onderschrijven van vrachtschepen en karavanen.

Na het verlaten van het Koopmanskwartier hadden ze de ene arbeiderswijk na de andere bezocht. Inmiddels was de zon al onder, en de avondwacht deed zijn ronde. 'Misschien kunnen we beter terug naar het paleis?' stelde Robert voor.

'Een groot deel van de stad hebben we nog steeds niet gezien, hè?'

Robert knikte. 'Maar ik weet niet of je daar na het donker wel zou willen komen.'

'Het Armenkwartier?'

'Ja, en de haven en Visstad. Daar kan het er zelfs overdag nogal ruig aan toe gaan.'

'Ik dacht dat ik toch had laten zien dat ik op mezelf kan passen, Robert.'

'Jazeker, maar ik vind het beter om de kans op problemen tot een minimum te beperken, want op een of andere manier vind ik die altijd op mijn pad.'

Ze begon te lachen. 'Misschien morgen verder, dan. Maar hoe zit het met Wiliam? Je zei dat hij vanavond waarschijnlijk vrijaf had.'

Robert wees naar een zijstraat. 'Dan snijden we even een stukje af. Wiliam zit vrijwel zeker in De Bonte Papegaai.'

'Een soldatenkroeg?'

Robert haalde zijn schouders op. 'Niet bepaald, al zijn de meeste vaste bezoekers van Lucas oude kameraden die samen met hem hebben gediend tijdens de Oorlog van de Grote Scheuring. Nee, het is gewoon een kroegje waar Wiliam graag komt.'

Jazhara wierp hem een zijdelingse blik toe. 'Een meisje?'

Robert voelde zich rood worden en besloot dat een eenvoudig en direct antwoord hier het meest op zijn plaats was. 'Ja. Wiliam heeft omgang met Talia, Lucas' dochter, nu al enkele weken.'

'Mooi,' reageerde Jazhara. 'Ik was al bang dat hij nog steeds...'

Toen ze zweeg, vulde Robert aan: 'Verliefd op jou was?'

'Tot vervelens toe, zou ik zelfs zeggen,' zei ze zonder Robert aan te kijken. 'Ik beging de fout om...'

'Luister, mij gaat het niet aan,' onderbrak Robert, 'dus als je er niet over wilt praten, prima.'

'Nee, ik wil je iets duidelijk maken.' Ze bleef staan en hij draaide zich naar haar om. 'Omdat jij een goede vriend van hem bent, denk ik.'

'Dat klopt,' zei Robert. Sinds Wiliams komst naar Krondor was hij een soort raadsman voor hem geweest.

'En ik hoop dat wij ook goede vrienden kunnen worden.'

Robert knikte. 'Dat zou ik ook graag zien.'

'Dus dan weet je al dat Wiliam jarenlang achter mij aan heeft gelopen vanaf het moment dat hij oud genoeg was om geïnteresseerd te raken in het andere geslacht. Ik was een paar jaar ouder dan hij, en voor mij was hij net een jonge hond, meer niet.' Ze bleef staan en staarde de straat door, alsof ze moeite had met wat ze ging zeggen. Ook Robert stopte. 'Ik kreeg iets met een oudere man, een van mijn leraren. Dat was niet erg verstandig. Hij was een Keshiër, net als ik, en hij dacht veelal hetzelfde als ik over magie en het gebruik ervan. Als vanzelf kregen we een verhouding, maar het werd al gauw een onhoudbare situatie, want mijn familie keurde dat niet goed, en in plaats van zich tot mij te wenden, stuurde mijn oudoom mijn geliefde bericht dat hij zijn betrekkingen met mij diende te verbreken.'

Ze liep langzaam verder, alsof het haar hielp haar gedachten onder woorden te brengen. Robert liep met haar mee. 'Hij wees me af, verliet Sterrewerf en ging terug naar het keizerrijk.'

'Tegen een kleine beloning, zeker.'

'Op z'n minst. Misschien was het alleen om me de confrontatie met mijn eigen vader te besparen, of misschien was hij bang – mijn oudooms arm kan erg lang zijn en zelfs tot in Sterrewerf reiken.'

'En toen?' spoorde Robert haar aan.

'Toen was daar Wiliam. Ik was gekwetst en bang en alleen, en daar was Wiliam.' Ze keek Robert aan. 'Het is een knappe vent, integer en vriendelijk, sterk en hartstochtelijk, en ik voelde me in de steek gelaten. Hij steunde me.' Haar stem stierf weg.

Robert haalde zijn schouders op. 'Maar?'

'Maar na een tijdje besefte ik dat het niet goed van me was om met hem te gaan, zoals het van mijn leraar niet goed was geweest dat met mij te doen. Wiliam was de zoon van de hertog en had een andere toekomst in het verschiet, en ik... maakte gebruik van hem.'

Robert onderdrukte de kwinkslag die hem op de lippen brandde – dat er wel ergere manieren zijn om te worden gebruikt – en zei in plaats daarvan: 'Nou ja, hij wilde... ik bedoel...'

'Ja, maar ik was ouder en ik had de problemen moeten zien aankomen. Dus maakte ik een eind aan onze relatie. En ik vrees dat dat nogal heeft bijgedragen aan zijn besluit om Sterrewerf te verlaten en naar Krondor te gaan.'

Ze sloegen een hoek om en liepen in de richting van een herberg met boven de deur een grote papegaai in de meest bonte kleuren. 'Nou,' zei Robert uiteindelijk, 'ik ken Wil nu al een tijdje, en ik denk dat je je daar geen zorgen meer over hoeft te maken. Voor zover ik van hem heb begrepen, was hij zijn hele leven al van plan soldaat te worden.'

Jazhara wilde daar net op reageren, maar voordat ze kon antwoorden, trok Robert zijn zwaard en zei: 'Opgepast!'

Ze bracht haar staf in de aanslag en rende achter hem aan. Ze zag dat de deur van de herberg een stukje open stond en dat er een dode soldaat voor lag. En nu hoorde ze ook dat er binnen werd gevochten.

Robert schopte de deur verder open en sprong door de opening. Jazhara volgde hem, met haar staf in de aanslag. Ze troffen een slachtveld aan. Twee gewapende mannen lagen dood op de grond, huurlingen aan hun kleding te zien. Verscheidene herbergbezoekers lagen eveneens dood te midden van het kapotte meubilair. Bij de haard lag een jonge vrouw, met haar hoofd in een plas bloed.

In een hoek stond Wiliam conDoin, door adoptie lid van het Koninklijk Huis van Krondor, luitenant in de wacht van de prins, met zijn grote zwaard in beide handen geklemd, zich verwerend tegen drie mannen. 'Robert! Jazhara! Help! Talia is gewond!'

Een van de mannen draaide zich om en viel de jonker aan. De andere twee stortten zich op Wiliam, die amper genoeg ruimte had om hun slagen af te weren met zijn grotere zwaard. Op het slagveld was het anderhalfhandszwaard of bastaardzwaard een verwoestend wapen, maar van dichtbij eerder een blok aan het been.

Jazhara bracht haar hand omhoog en er vlamde een stralenkrans van vuurrood licht rondom op. Die wierp ze naar de dichtstbij staande van Wiliams tegenstanders, maar het licht sloeg aan zijn voeten in de grond, zonder schade aan te richten. 'Verdomme,' mompelde ze. Daarop hief ze haar staf, stapte naar voren en stootte met de ijzeren punt naar het hoofd van de man.

De indringer voelde of zag vanuit zijn ooghoek de aanval aankomen en dook opzij. Zich bliksemsnel omkerend naar zijn nieuwe vijand liet hij zijn zwaard naar Jazhara zwiepen, zodat ze achteruit moest springen.

Desondanks had ze Wiliam zodanig weten te ontlasten dat hij

zich nu kon concentreren op één enkele vijand, die hij snel ver-
sloeg. Ook Robert schakelde zijn tegenstander uit en gebruikte
zijn zwaardgevest voor een klap achter op de schedel van Jazhara's
aanvaller. In plaats van bewusteloos te raken, werd de man slechts
even afgeleid, en op het moment dat hij zich omdraaide, haalde
Jazhara weer uit met haar staf. Met het onmiskenbare geluid van
brekende botten trof de ijzeren voet van de staf de man achter op
het hoofd.

Robert keek de gelagkamer rond. 'Wat is dit voor veile moord-
partij?'

Wiliam had zijn zwaard laten vallen en zat op zijn knieën naast
Talia, haar hoofd in zijn schoot wiegend. Het meisje zag bleek en
het leven stroomde uit haar weg. 'O, Wiliam...' fluisterde ze. 'Help
me.'

Wanhopig keek Wiliam naar haar. Hij wierp een blik op Robert, die zachtjes het hoofd schudde, spijt duidelijk zichtbaar op
zijn gezicht. Daarop keek Wiliam naar Jazhara en smeekte: 'Jij was
een van mijn vaders beste leerlingen. Kan jij haar genezen?'

Jazhara knielde naast de jonge soldaat neer en fluisterde: 'Het
spijt me, Wiliam. Haar verwondingen zijn te ernstig. Ook al zouden we een priester laten komen... dan nog was het te laat.'

Robert knielde aan de andere kant van het meisje neer. 'Talia,
wie waren het?'

Talia keek naar hem op. 'Ze zaten... achter vader aan. Ik... ik
weet niet wie ze waren. Hun leider was een enorme beer van een
man.' Ze hoestte en er sijpelde bloed uit haar mond. 'Hij heeft me
pijn gedaan, Wiliam. Hij heeft me zo'n pijn gedaan.'

De tranen stroomden over Wiliams wangen. 'O, Talia, het spijt
me zo...'

Plotseling leek het meisje te kalmeren. Robert had dit vaker
gezien bij mensen die de dood nabij waren. Even lichtten hun
ogen op, alsof de pijn verdween, alsof de stervende op de drem-

pel van Lims-Kragma's paleis stond. Op dat moment konden ze beide werelden duidelijk zien. 'Maak je geen zorgen, Wiliam,' fluisterde ze. 'Ik zweer bij Kameeni dat mijn wraak zoet zal zijn!' Toen rolde haar hoofd naar opzij.

'Nee... Talia!' snikte Wiliam. Even drukte hij haar tegen zich aan, tot hij haar langzaam op de vloer liet zakken en voorzichtig haar ogen sloot. Uiteindelijk stond hij op en verklaarde: 'Hier zullen ze voor boeten, Robert. Ik ga achter hen aan.'

Robert keek naar de deur van de herberg. Als de indringers Talia's vader Lucas hadden gezocht, was dat de richting waarin hij was gevlucht. 'Wacht even, Wiliam,' zei hij. 'Het kost me de kop als de prins merkt dat ik je alleen heb laten gaan. Jij krijgt je wraak en daar zullen we je bij helpen. Maar vertel ons eerst eens wat er is gebeurd.'

Na een korte aarzeling zei Wiliam: 'Goed. Martin en ik hadden onze dienst er net op zitten. We gingen hierheen voor een biertje, net als altijd, en toen zagen we hen naar buiten komen rennen. Met z'n zessen waren ze, met die grote ploert voorop. Martin probeerde ze tegen te houden, en zonder ook maar iets te zeggen vielen ze ons aan. Als jullie niet waren gekomen, zou ik nu beslist naast Martin hebben gelegen.' Hij gebaarde naar de dode soldaat.

Robert nam de slachting in ogenschouw. Naast Talia hadden de aanvallers ook alle anderen in de herberg afgemaakt. De tweede serveerster, Susan de Bennet, lag languit in de hoek op de grond, haar hoofd compleet van haar lichaam gescheiden, zo te zien door een enkele klap. Haar rode lokken lagen als een waaier rond haar hoofd, dat op een voet afstand van haar lichaam lag, haar blauwe ogen nog steeds groot van schrik. Ook de bezoekers waren aan stukken gehouwen.

'Waarom?' vroeg Robert. 'Waarom zomaar naar binnenstormen en iedereen vermoorden?' Hij keek Wiliam aan. 'Is die grote kerel achter Lucas aan gegaan?'

'Nee. Enkelen van hen zijn achterom gegaan. Toen die vijf moordenaars me eenmaal de herberg in hadden gedreven, is die grote ploert met een stel anderen de straat op gerend.'

'Heb je enig idee in welke richting?' vroeg Robert.

Voordat Wiliam kon antwoorden, leek het gebouw te schudden en werd de nacht verscheurd door de klap van een enorme ontploffing. Robert was als eerste de deur uit, met Wiliam en Jazhara op zijn hielen. In het westen rees een fontein van groene vlammen hoog ten hemel, vergezeld van stukken steen. Toen het geluid van de explosie afnam, begon het keien te regenen, en alle drie schoten ze onder de overhangende dakspanten om de bui af te wachten.

Toen duidelijk werd dat de laatste stenen waren gevallen, zei Wiliam: 'Luister!'

In de verte hoorden ze het gekletter van wapens en het geschreeuw van mannen. Ze renden in de richting van het kabaal en sloegen de hoek om van de weg die naar de stadsgevangenis liep. Terwijl ze naar de gevangenis renden, dreunde er een tweede ontploffing door de nacht, waardoor ze op de grond werden gesmeten. Weer schoot er een zuil van groen vuur de duistere hemel in, en Robert schreeuwde: 'Zoek dekking!'

Andermaal drukten ze zich tegen de muren van een gebouw terwijl het stenen op het dak boven hen regende. 'Wat is dat?' riep Wiliam. 'Quegs Vuur?'

Robert schudde zijn hoofd. 'Ik heb nog nooit gezien dat Quegs Vuur groen was.'

'Ik denk dat ik weet wat het was,' zei Jazhara.

'Zin om die kennis met ons te delen?' vroeg Robert.

'Nee,' antwoordde ze. 'Nu nog niet.'

Toen het gekletter van neervallende stenen ophield, sprong Robert op, en ze renden verder naar de gevangenis. Op een kruising met twee andere straten holden ze naar links. Een stukje verderop bereikten ze een andere kruising, en daar zagen ze wat er over was van de gevangenis. Op de plaats van de houten deur gaapte nu een groot gat, binnen waren wat vlammen zichtbaar en er steeg rook uit op. Vlakbij diende een omvergegooide wagen als dekking voor twee wachters en kapitein Guruth, de commandant van de stadswacht. Gebukt renden Robert, Wiliam en Jazhara naar de wagen en hielden die tussen zichzelf en de opening, want vanuit het gat vlogen er kruisboogschichten en pijlen naar degenen achter de wagen.

Over zijn schouder kijkend, beduidde kapitein Guruth hen gebukt te blijven. Toen Robert naar hem toe kwam, zei de kapitein: 'Astalon hebbe hun zwarte zielen.' Hij knikte naar de twee jongemannen die hij kende. 'Wiliam. Jonker Robert.' Zonder te wachten tot Jazhara aan hem werd voorgesteld vervolgde de wachtkapitein: 'Zoals jullie zien, zitten we een beetje met een probleem.'

'Wat is er gebeurd?' vroeg Robert.

'Die smerige schurken! Ze hebben de achterkant uit de gevangenis geblazen en de helft van mijn mensen neergemaaid.'

'Wie zijn het?' vroeg Wiliam.

'Dat weet ik net zo min als jij, jongen. Hun leider is een reus van een vent, kaal, met een zware baard. Hij had een soort van beenderamulet rond zijn hals en kon akelig goed met zijn zwaard overweg.'

'Dat is 'm, Robert,' zei Wiliam.

'Wie dan, jongen?' vroeg de kapitein. Er sloeg weer een pijl in de onderkant van de wagen.

Robert wierp Wiliam een blik toe. 'De vent die Talia heeft omgebracht, de serveerster van De Bonte Papegaai.'

Guruth slaakte een zucht en zei bedrukt: 'Lucas' dochter? Ach, het is... was... zo'n lief ding.' Hij keek naar Wiliam. 'Mijn innige deelneming, Wil.'

Met kille woede zei Wiliam: 'Ik snij hem zijn hart uit zijn lijf, kapitein. Ik zweer het.'

'Nou, dan is dit je kans, jongen,' reageerde Guruth. 'Ons hebben ze vastgezet, maar misschien kunnen jullie twee terug langs de weg die je gekomen bent en met een boog om de gevangenis heen.'

'Waar is de schout?' vroeg Robert.

Guruth wees met zijn hoofd naar de gevangenis. 'Daarbinnen, verwacht ik. Ik had een afspraak met hem toen de hele zaak de lucht in vloog.'

Robert schudde zijn hoofd. Erg sympathiek vond hij schout Wilfred Means niet, maar het was een goed en trouw dienaar van de prins, en zijn zoon Jonathan was een van Roberts informanten. Later kwam hij er vanzelf wel achter of Means junior nog leefde, meende hij. 'Als de schout en zijn mannen binnen waren toen die schoften de gevangenis opbliezen, hoeven we de komende tien tot vijftien minuten nog geen hulp uit het paleis te verwachten,' merkte Robert op.

'Klopt,' beaamde Guruth, 'en dat geeft hun de tijd om het smerige werk te doen wat ze van plan waren. Nog nooit meegemaakt dat iemand in de gevangenis ínbrak, dus er zal daar wel iets zijn wat ze moeten hebben.'

'Nee,' verbeterde Robert, 'het is íemand die ze moeten hebben.'

'Denk je dat Lucas naar de gevangenis is gegaan?' vroeg Wiliam.

'Mogelijk,' antwoordde Robert. 'Maar dat weten we pas als we binnen zijn.'

'Dan kunnen jullie die vrouw maar beter hier laten tot de paleiswacht arriveert,' zei Guruth.

Op droge toon zei Jazhara: 'Ik stel uw bezorgdheid zeer op prijs, maar ik kan op mezelf passen.'

De kapitein haalde zijn schouders op. 'Zoals u wilt.'

Gebukt gingen ze de weg terug die ze waren gekomen tot ze bij de grote kruising arriveerden, veilig buiten schootsbereik van de gevangenis. Alle drie kwamen ze overeind en zetten het op een lopen.

Al gauw bereikten ze de achtermuur van de gevangenis, waar eveneens een gapend gat was te zien. 'De tweede ontploffing?' vroeg Wiliam.

'De eerste,' zei Jazhara. 'Deze was om de mannen die daar eten en slapen uit te schakelen,' – ze wees door het gat naar een tafel en wat omgevallen britsen – 'en toen de anderen van de voorkant kwamen rennen om hun kameraden te helpen, hebben ze die kant laten ontploffen, en door dat gat zullen ze hebben aangevallen om degenen die binnen zaten van achteren te grijpen.'

'Hierbuiten vinden we het antwoord in ieder geval niet,' merkte Robert op. Ineengedoken rende hij naar het gat in de muur van de wachtruimte. Ieder moment verwachtte hij een pijlensalvo, maar in plaats daarvan trof hij slechts twee mannen aan die de op de grond liggende lijken aan het plunderen waren. Eén stierf voordat hij zijn zwaard kon trekken en de andere wilde zich op Robert storten, maar werd door Wiliam van achteren neergeslagen. Robert hief zijn hand op om stilte.

Van de ingang kwam het geluid van hand- en kruisbogen die werden afgevuurd, maar in de wachtruimte was alles stil. Robert beduidde Wiliam aan de linkerkant van de deur naar de andere kant van het gebouw te gaan, en Jazhara een paar voet achter Robert te blijven staan. Daarop liep hij naar de gedeeltelijk openstaande deur. Hij keek naar binnen. Zes mannen, vier met bogen en twee met kruisbogen, stonden in verspreide formatie geduldig te schieten op alles wat buiten het gat in de muur bewoog. Het was duidelijk dat ze slechts Guruth en zijn mannen op afstand hielden zodat iemand anders binnen zijn missie kon volbrengen.

Robert wierp een blik op Wiliam en Jazhara, en vervolgens op een doorgang in de vloer met een stenen trap naar de ondergrondse cellen. Hij wist dat er aan de voorkant een trap liep naar kantoren en het woonverblijf van de schout. Waar was die grote vent heengegaan? Naar boven of naar beneden? Hoe dan ook, in beide gevallen hadden ze Guruth en zijn zes wachters nodig om met de reus en zijn mannen af te rekenen. Dus eerst moesten die zes schutters buiten gevecht worden gesteld.

Robert stak drie vingers omhoog, en Jazhara schudde nadrukkelijk het hoofd. Ze wees op zichzelf, om aan te geven dat zij als eerste in actie zou komen. Robert keek naar Wiliam, die zijn schouders ophaalde, waarna hij Jazhara weer aankeek en knikte.

Ze kwam naar voren, hief haar rechterhand hoog boven haar hoofd en hield haar staf stevig in haar linker vast. Weer ging het haar op Roberts armen recht overeind staan toen er magie werd verzameld. De hofmagiër werd omgeven door een gouden licht, gepaard gaand met een zacht sissend geluid, en vervolgens balde het licht zich samen tot een bol in haar hand. Alsof het een bal was, gooide ze die met een boog de kamer in, zodat hij tussen de twee voorste schutters in kwam. Meteen lieten ze hun wapens vallen en begonnen wild te stuiptrekken. De twee aan weerszijden van hen werden ook geraakt, maar hielden hun wapens vast en wisten hun bewegingen vrijwel onmiddellijk weer onder controle te krijgen. De twee kruisboogschutters aan de zijkanten bleven onaangedaan. Gelukkig voor Wiliam had de man die hij aanviel net een schicht afgeschoten en was hij bezig zijn wapen te herladen.

De ander draaide zich om en schoot in het wilde weg. De schicht sloeg hoog boven Roberts hoofd in de muur. Plots veranderde het strijdbeeld. De schutters lieten hun bogen vallen en trokken dolken, want de bogen waren nutteloos in een man-tot-mangevecht. Robert had een van hen al uitgeschakeld voordat diens buurman zijn dolk uit zijn gordel had kunnen trekken. En Wiliams bastaardzwaard zag er zo bedreigend uit dat een van de huurlingen zijn kruisboog weggooide en over de tafel sprong om door het gapende gat in de muur te stormen.

Toen ze zagen dat de man naar buiten trachtte te vluchten, sprongen kapitein Guruth en zijn wachters op, en de man was in een oogwenk overmeesterd. Binnen staken de anderen hun handen omhoog en lieten zich op de knieën vallen: het universele teken van overgave voor huurlingen.

Guruth beval twee van zijn zes mannen de gevangenen te bewaken. 'Er zijn er meer dan deze zes,' zei hij tegen Robert. 'Ik ga met mijn mannen naar de kelder, als jullie met zijn drieën boven gaan kijken.'

Robert knikte. 'Wie kunnen we daar aantreffen?'

'Alleen de jongens die tot de hondenwacht liggen te slapen, en Dennison, een schrijver. De schout en zijn mannen slapen daar.' Kijkend naar de zwaar gehavende lijken zei hij: 'Al betwijfel ik of er nog iemand van hen leeft.' Hij krabde in zijn baard. 'Het was een perfect uitgevoerde overval. Ze wisten precies wanneer ze moesten toeslaan. De compagnie had de kleinst mogelijke bezetting en de minste mogelijkheid om zichzelf te verdedigen, en versterking hoefde niet snel te worden verwacht.' Hij liep in de richting van de trap omlaag naar de cellen, en twee van zijn mannen volgden behoedzaam.

Robert gaf Wiliam en Jazhara een teken om met hem mee te gaan, en ze liepen naar de trap die toegang gaf tot de bovenverdieping van de gevangenis. Aan de voet van de trap doken ze ineen toen er van boven een ontploffing kwam.

Terwijl de rook en het steenstof nog van de trap af rolde, schreeuwde kapitein Guruth: 'Hij is op weg naar de Noorderpoort!'

Robert aarzelde geen moment. 'Kom op!' brulde hij en rende

door het gapende gat op slechts een paar voet afstand. Kijkend door de drukke straat naar de Noorderpoort zag Robert boven de menigte het hoofd en de schouders uitsteken van een boomlange man die zich een weg baande door de menigte nieuwsgierigen die waren komen kijken wat al die drukte bij de gevangenis te betekenen had. Robert, Wiliam en Jazhara renden hem achterna.

Toen ze de mensenmassa naderden, wierp Robert een blik over zijn schouder en zag dat Guruths mannen in gevecht waren met een handvol huurlingen. 'We zijn alleen!' riep hij naar Wiliam en Jazhara.

Mensen die zojuist door de lange man opzij waren geschoven, kregen opnieuw een duw, ditmaal van Robert en zijn metgezellen. 'Uit de weg!' schreeuwde hij. 'Mannen van de prins!'

In het gekrakeel van stemmen kon Robert zich nauwelijks verstaanbaar maken, en uiteindelijk liet hij Wiliam, die breder en sterker was dan hij, voorop. De mensen sprongen opzij zodra ze het uniform van de prinselijke wacht in het oog kregen. Hij bulderde: 'In naam van de prins: opzij!'

Toch waren er kostbare momenten verloren gegaan, en de grote man was uit het zicht verdwenen. Toen ze aankwamen bij de kruising met de weg die uitkwam bij de Noorderpoort, klonk er weer een krachtige explosie, ogenblikkelijk gevolgd door geschreeuw en gegil.

Om de hoek zagen ze een groot gebouw van twee verdiepingen in brand staan. De rook wolkte uit de ramen op de begane grond, en de vlammen lekten langs de buitenmuur.

'Goden,' zei Robert, 'hij heeft het weeshuis in brand gestoken!'

Bij de voordeur waren vier vrouwen en een man bezig met het naar buiten brengen van kinderen, van wie er velen een verdoofde en gedesoriënteerde indruk maakten en hoestten van de dikke rook. Robert rende naar de deur.

De man keek om, zag Wiliams uniform en riep: 'Het weeshuis

is in brand gestoken! Ze hebben een bom door dat raam gegooid.'
Hij wees met een bevende vinger. 'Het vuur greep direct om zich
heen en we wisten er ternauwernood levend uit te komen.'

'Zijn alle kinderen buiten?' vroeg Jazhara.

Ten antwoord klonk een gil van boven.

De man hoestte. 'Ik heb geprobeerd naar boven te gaan, maar
de vlammen bij de trap zijn te heet.'

'Hoeveel zijn er daar nog?' vroeg Wiliam.

'Drie,' antwoordde een van de vrouwen, huilend. 'Ik had de
kinderen voor het eten naar beneden geroepen, maar ze deden er
wat langer over...'

'Misschien kan ik helpen,' zei Jazhara.

'Hoe dan?' vroeg Robert.

'Ik ken een bezwering om je tegen de hitte te beschermen
zolang je het vuur zelf niet aanraakt. Maar hij duurt maar een
korte tijd.'

'Wees dan vlug, vrouw,' zei de man. 'Hun levens staan op het
spel.'

Wiliam begon zijn wapenrusting uit te trekken, maar Robert
zei: 'Nee, ik ben sneller dan jij.' Bovendien had hij geen harnas om
af te doen. Hij gaf zijn zwaard aan Wiliam. 'Klaar.'

'De bezwering beschermt je tegen de hitte,' instrueerde Jazhara, 'maar je moet oppassen dat je de rook niet te diep inademt,
want dat is net zo gevaarlijk als het vuur zelf.' Ze trok een van de
vlakbij staande vrouwen een zakdoek uit de handen en gaf hem
aan Robert. 'Hou die voor je neus en mond.'

Ze deed haar ogen dicht, legde haar rechterhand op Roberts
arm en drukte de rug van haar linkerhand tegen haar voorhoofd.
Na een korte spreuk zei ze tenslotte: 'Ziezo. Het is klaar. Schiet nu
op, want het duurt maar kort.'

'Maar ik voelde helemaal niets,' zei Robert.

'Het is klaar,' herhaalde ze.

'Normaal voel ik altijd iets wanneer er magie –'

'Schiet nou op!' zei ze en duwde hem naar de deur. 'De tijd dringt!'

'Maar–'

'Schiet nou op!' herhaalde ze met een krachtige duw.

Robert struikelde hals over kop door de deur en dook ineen bij het zien van de vlammen bij het plafond. Tot zijn verrassing voelde hij geen hitte.

Door de rook begonnen echter zijn ogen te tranen, en hij knipperde er verwoed mee. Had hij er maar aan gedacht de doek nat te maken die hij voor zijn neus en mond hield. Zoekend naar een trap volgde hij een slingerende route langs brandende tafels en vlammende tapijten.

Al gauw kwam hij boven, waar hij zich niet hoefde af te vragen of de kinderen nog leefden. Drie kleine stemmetjes teisterden met hun gegil en gehoest zijn oren. 'Blijf waar je bent, kinderen!' schreeuwde Robert. 'Ik kom jullie halen!'

Hij rende in de richting van het gegil aan de andere kant van de slaapkamer. De bedden smeulden al en de vlammen kropen langs de muren omhoog, maar hij vond een rechte weg naar de kinderen.

In een hoek zaten twee jongetjes en een meisje, zo bang dat ze zich niet meer konden verroeren. Meteen kwam Robert tot de slotsom dat het geen zin had hen aan de hand mee terug tussen de vlammen door te nemen. De oudste van de twee jongens leek een jaar of acht. Het andere jochie en het meisje schatte hij op ongeveer vier. Hij knielde neer. 'Kom bij me.'

De kinderen stonden op, en hij nam de twee kleintjes ieder onder een arm. 'Klim op mijn rug!' zei hij tegen de oudste.

Hij deed het en klampte zijn armen rond Roberts keel. Bijna kokhalzend zette Robert de andere kinderen neer. 'Niet zo hard!' zei hij en wrikte de armpjes los van zijn luchtpijp. 'Hier.' Hij legde de armen van de jongen rond zijn borst. 'Zo!' Daarop pakte hij de andere twee weer op en rende terug naar de trap. Vlug ging hij omlaag en zag dat de vlammen zich al in de gang hadden verspreid. 'Verdomme!' mompelde hij.

Er zat niets anders op dan het op een lopen te zetten. Hij sprong zo ver hij kon door de vlammen en begreep meteen waar Jazhara hem voor had gewaarschuwd. Van de hitte zelf merkte hij niet veel, maar zodra de vlammen hem raakten, voelde hij dat wel degelijk. Hij schreeuwde het uit en kwam op een betrekkelijk vrij stuk van de houten vloer terecht, terwijl de planken aan alle kanten smeulden en brandden.

Het dak maakte verontrustende geluiden, en uit het gekraak en gepiep maakte Robert op dat de balken het niet lang meer hielden. Als hij niet voortmaakte, zou straks de bovenverdieping instorten en boven op hem en de kinderen belanden. De kinderen hoestten van de rook, en Roberts ogen traanden zo hevig dat hij bijna niets meer kon zien. Hij haalde adem, moest hoesten en schreeuwde: 'Jazhara! Wiliam!'

'Hierheen!' klonk Wiliams dreunende stem, iets links van hem.

Robert aarzelde geen moment. Hij sprong naar voren, zo goed als het ging de vlammen ontwijkend, maar tegen de tijd dat hij, met onder beide armen en op zijn rug een kind, door de deur viel, waren zowel zijn armen als zijn benen verbrand. De kinderen huilden van hun brandwonden, maar ze leefden nog. Hoestend zeeg hij op de straatstenen neer.

Twee vrouwen ontfermden zich over de verbrande en doodsbange kinderen terwijl Jazhara bij Robert neerknielde om zijn wonden te bekijken. 'Niet ernstig,' oordeelde ze.

Met tranende ogen keek Robert haar aan. 'Kan jij makkelijk zeggen, maar het brandt als de hel!'

Jazhara haalde een potje uit haar buidel. 'Dit verzacht de pijn tot we je naar een genezer of een priester kunnen brengen.' Voorzichtig smeerde ze wat zalf op de brandwonden, en geheel in overeenstemming met haar woorden verdween de pijn.

'Wat is dat?' vroeg Robert.

'Het is gemaakt van een woestijnplant uit de Jal-Pur. Bij mijn volk wordt de zalf gebruikt tegen brand- en snijwonden. Het voorkomt dat de wonden gaan etteren, zodat ze kunnen genezen.'

Robert stond op en keek naar de poort. 'Hij is er zeker vandoor?'

'Ik verwacht van wel,' antwoordde Wiliam. 'Kijk.' Hij wees naar de andere kant van de straat, waar de burgers door leden van de stadswacht bij de brand vandaan werden gehouden zodat er een keten van mannen met emmers kon worden gemaakt om de aangrenzende gebouwen nat te houden. Het weeshuis was ten dode opgeschreven, maar de rest van de wijk kon worden gered. Wiliam klonk verslagen. 'Die mannen zijn van de poortwacht, dus ik neem aan dat die moordenaar gewoon de stad uit is gewandeld.'

'Wat voor een monster sticht brand in een weeshuis om voor een afleiding te zorgen?' vroeg Jazhara zich hardop af.

'Hetzelfde monster dat bij zonsondergang inbreekt in een gevangenis.' Robert hoestte nog één keer en zei toen: 'Laten we teruggaan om te zien of we erachter kunnen komen wie hij daar moest hebben.' Hij begon terug naar de gevangenis te lopen.

Uit het paleis waren soldaten gearriveerd om de nog levende stadswachters in de gevangenis te versterken. Robert had zojuist vernomen dat schout Wilfred Means en al zijn mannen op zes na waren gedood. De zoon van de schout, Jonathan Means, stond in de hoofdruimte de schade op te nemen. Nog maar kort geleden had Robert de jongeman aangetrokken om in het geheim voor hem te werken in het nieuwe inlichtingennetwerk van de prins. De jonker legde een hand op Jonathans schouder. 'Gecondoleerd met het verlies. Je vader en ik zijn nooit bepaald goede vrienden geweest, maar ik had respect voor hem als een eerlijk man wiens trouw en plichtsbesef geen grenzen kende.'

Jonathan zag bleek en kon alleen maar knikken. Uiteindelijk kreeg hij zijn emoties onder controle en zei: 'Dank je.'

Robert knikte. 'Voorlopig brengen jij en de andere onder-schouten verslag uit bij kapitein Guruth. Arutha heeft tijd nodig om een nieuwe schout te benoemen en de komende tijd zijn jullie onderbemand.'

'Ik wil naar huis als dat kan,' zei Jonathan. 'Ik moet het mijn moeder gaan vertellen.'

'Ja, natuurlijk, ga naar je moeder,' zei Robert en hij stuurde de jongeman weg. Ondanks zijn jeugdige leeftijd was Jonathan een bekwaam man, maar hij betwijfelde of Arutha bereid zou zijn hem tot zijn vaders ambt te verheffen. Trouwens, als Jonathan belast werd met het bij de functie horende administratieve werk, zou dat Roberts plannen niet ten goede komen. Hij zette die gedachten opzij en ging Guruth zoeken.

De kapitein dirigeerde arbeiders en soldaten die begonnen met de herstelwerkzaamheden aan de gevangenis. 'Hebben jullie hem niet te pakken gekregen?' vroeg hij toen hij Robert en de anderen zag.

Robert hield een van zijn verbrande armen omhoog. 'Die schoft heeft het weeshuis in de fik gestoken om voor een afleiding te zorgen.'

Guruth schudde zijn hoofd. 'Wat een akelig stuk vreten is dat.' Hij wees met zijn hoofd naar de trap die omlaag liep naar de cellen. 'Je zou eens moeten kijken wat hij beneden heeft gedaan. Ik zou hem niet graag tegen me hebben.'

Robert ging de anderen voor de trap af naar het cachot. De gevangenis was een huis van bewaring voor kleine criminelen die nog moesten worden voorgeleid aan Arutha's magistraten, en voor gevangenen die wachtten op overplaatsing naar de paleiskerker of dwangarbeid. Het cellengedeelte bestond uit een grote kelder die door tralies en deuren in achten was verdeeld: twee grote gezamenlijke ruimtes en zes kleinere cellen om de lastige gevangenen apart te zetten. Op ieder uur van de dag zaten er dronkaards, zakkenrollers en andere onruststokers achter slot en grendel.

Een van de stadswachters salueerde toen hij Robert zag. 'Het is geen prettig gezicht, jonker. Er is er nog maar eentje die leeft, in de achterste cel.'

Robert kon zijn ogen niet geloven. Uit een van de twee grote cellen droegen wachters lijken weg. Meteen zag Robert wat er zich naar alle waarschijnlijkheid had afgespeeld. De boomlange man was naar beneden gekomen, mogelijk met trawanten, misschien alleen, en had twee van de cellen bezet aangetroffen, zes leeg. Zonder acht te slaan op de kleine cel aan de andere kant van het gangpad had hij de grote cel geopend. De deur lag op de grond, en Robert vroeg zich af wat voor een man die uit de scharnieren kon wrikken.

Drie mannen lagen dood in de cel, en een vierde werd weggedragen. Drie van die mannen waren met een zwaard omgebracht, snel gedood zo te zien, maar de vierde zag eruit alsof hij letterlijk aan stukken was gescheurd. De linkerarm van de kleine man was van de schouder gerukt, zijn rechterbeen verbrijzeld en op verscheidene plaatsen gebroken, en zijn linkerbeen onder de knie afgescheurd. De ogen in het verweerde gezicht waren opengesperd van pijn en doodsangst. Zijn bloed zat op alle muren.

Robert keek naar Jazhara en zag haar onbewogen naar het lijk staren. Wiliam zag bleek, ook al had hij vaker dode mannen gezien. 'Wie is tot zoiets in staat?' vroeg Wiliam.

'Iemand die in staat is serveersters te vermoorden en weeshuizen in brand te steken,' antwoordde Jazhara.

Robert knielde naast het lijk neer. 'Ik ken die man. Hij heet

Knute. Een piraat van langs de kust die vroeger van tijd tot tijd gestolen goed kwam helen. Slimme donder, maar kennelijk niet slim genoeg.'

'Hoe bedoel je?' vroeg Wiliam.

'Ik heb een idee, maar dat hou ik voor me tot ik meer informatie heb,' zei Robert. Met een flauw glimlachje keek hij zijn metgezellen aan en voegde eraan toe: 'Zodat ik geen figuur sla als ik me vergis.'

Hij stond op en ging naar de wachter. Wijzend naar de andere cel met de enige overlevende vroeg hij: 'Wat is zijn verhaal?'

De wachter schokschouderde. 'Valt niet veel uit te krijgen. Plaatselijke zuiplap denk ik, jonker. Gek van angst volgens mij.'

Robert wenkte zijn metgezellen met hem mee te komen. Hij liep door het vertrek en bleef staan voor de dronkelap, die met zijn handen rond de tralies geklemd stond, alsof hij bang was om ze los te laten. Zijn haar was grijs en zijn gezicht afgetobd en bleek, getekend door de vele nachten die hij dronken in de goot had gelegen. Met zijn ogen stijf dichtgeknepen mompelde hij: 'Goden, goden, goden! Kalm, kalm, probeer kalm te blijven. Ze komen zo. Ieder moment nu, ze moeten er zo zijn...'

'Scovy?' zei Robert.

Meteen sperde de man zijn ogen wijd open en verstijfde alsof hij klaar stond om weg te springen. 'Robbie!' riep hij uit toen hij Robert zag. 'Dala zij gezegend! Je komt me redden!'

'Niet zo snel, ouwe jongen,' zei Robert. 'Heb jij gezien wat er is gebeurd?'

De woorden rolden achter elkaar over Scovy's lippen. 'Ja, ja nou, dat heb ik gezien! Was ik maar naar Lims-Kragma's paleis vertrokken voordat ik had gezien wat er met die arme donder werd gedaan!'

'Je bedoelt Knute?'

Scovy knikte heftig. 'Knute was dat. Piraat van ergens in de buurt van Weduwpunt. Zelfvoldaan dat-ie was, zei dat hij niet zou hangen. Zei dat de prins zelf hem gratie zou verlenen als hij eenmaal had gehoord welk geheim Knute kende.'

'Een geheim?' vroeg Robert.

'Ik mag barsten als ik het weet, Robbie. Knute deed zijn mond niet open. Maar volgens mij was het een schat, die Knute ergens had verstopt... daar was al die drukte om.'

'Vertel eens wat er allemaal is gebeurd,' zei Jazhara.

Scovy keek Robert aan. 'Haal je me hieruit?'

Robert knikte. 'Als ik blij ben met wat ik te horen krijg.'

'Nou,' begon Scovy, 'eerst kwam dat kabaal van boven, alsof de goden zelf het gebouw lieten schudden. Twee keer heeft de grond gebeefd. Ik zat, maar ik stootte bijna mijn kop tegen het plafond, zo schrok ik. Ik werd er op slag weer nuchter van. Toen kwam die vent de trap af. Enorme kerel, met een baard en een litteken over zijn ene oog, en moordzucht in het andere. Knute noemde hem Beer.'

'En toen?' spoorde Wiliam hem aan.

'Nou, Knute piste bijna in zijn broek en zweerde bij alle goden dat hij Beer niet had verraden. Die grote leek hem te geloven, maar toen liep hij naar de deur en trok hem zo uit zijn hengsels. Doodbedaard wandelde hij naar binnen, trok een lang mes en stak die andere drie arme donders overhoop. Toen zei hij dat Knute met hem mee moest komen, en Knute deed een stap naar voren, en Beer greep hem bij de strot en tilde hem zo van de grond. Knute schopte en gilde als een speenvarken dat naar de slacht-bank wordt gebracht, en Beer vroeg hem maar waar "het" was, en waar hij het had verstopt.'

'En toen?' vroeg Jazhara.

'Knute bleef maar gillen dat hij niets had gedaan... Beer zei dat Knute loog dat hij barstte en begon in hem te snijden, steeds een stukje eraf. Hij wachtte niet eens op antwoord. Hij hield pas op toen hij ze boven hoorde vechten. Toen begon hij te krijsen als een beest en scheurde wat er over was van Knute aan stukken.' Met zachte stem vervolgde hij: 'De enige reden dat ik nog leef, is volgens mij dat Beer geen tijd meer had. Hij was gek, Robbie. Hij had iets over zich... niet normaal gewoon. Ik heb wel vaker sterke kerels gezien, maar niet zoals hij. En ik heb ook wel vaker gekken gezien, maar die vent is pas echt krankzinnig.' Met bevende lippen keek hij Robert aan. 'Haal je me hieruit?'

Robert knikte naar de wachter. 'Laat hem vrij.'

De wachter haalde een sleutel te voorschijn en maakte de deur open.

'Bedankt, Robbie. Dit vergeet ik nooit.'

'Zorg daar maar voor, Scovy.'

De gevangene holde de trap op, en Robert draaide zich om naar zijn metgezellen. 'Enig idee?'

'Die Knute heeft Beer verraden?' zei Jazhara.

Robert knikte.

'Wat "het" ook is,' zei Wiliam, 'die Beer wil het zo graag hebben dat hij er moord en doodslag voor over heeft om het terug te krijgen.'

Robert slaakte een langgerekte zucht. 'Precies wat ik dacht.' Hij draaide zich om naar de trap. 'Laten we maar eens gaan kijken of Guruth in de rotzooi nog wat belangwekkends heeft ontdekt. Maar één ding weet ik zeker.'

'Wat dan?' vroegen Wiliam en Jazhara tegelijk.

'Arutha zal hier niet blij mee zijn.'

4 Geheimen

Er kwam een soldaat de trap af.

'Kapitein, we hebben iemand gevonden die nog leeft,' zei hij. 'Het is Dennison.'

Robert keek naar Guruth, die knikte dat de jonker kon gaan kijken, en Robert beduidde Jazhara en Wiliam met hem mee naar boven te gaan.

Daar waren de kamers in even grote wanorde als die op de begane grond. Door een deur aan de andere kant van de gang zagen ze nog een gat in de muur, waardoor de man die Beer werd genoemd kennelijk de gevangenis had verlaten.

Op een krukje, met een koude natte doek tegen zijn hoofd gedrukt, zat de schrijver van de gevangenis, Dennison. De scribent keek op. 'Dala, die de zwakken en vromen beschermt, zij dank. Wie weet welke gruwelen ze mij aan hadden gedaan als jullie niet waren gekomen.'

Wiliam keek de kamer rond. 'Wat is hier gebeurd?'

'Ik werd door een explosie tegen de grond geslagen en raakte bijna bewusteloos van een tweede. Dit krukje waar ik op zit, kreeg ik boven op mijn hoofd.' Hij wreef over een lelijke bult op zijn voorhoofd. 'Ik had bloed op mijn gezicht toen ze kwamen, dus ik hield me dood. Ze hebben alle bewakers in de kazerne vermoord.' Hij wees naar de deur van de grootste kamer op de bovenverdieping. 'Iemand met een harde, zware stem gaf de bevelen, maar ik heb mijn ogen dichtgehouden, dus ik kan u niet vertellen hoe hij eruitzag. Maar ik heb wel een glimp opgevangen van een van zijn mannen.'

'Heb je hem herkend?'

'Dat denk ik wel. Ik had hem al eens gezien. Ze zeggen dat hij de bootsmansmaat is van Norse Michael, de piraat.'

Robert kneep zijn ogen tot spleetjes. In zijn tijd had hij al menig leugenaar gesproken, en dit was wel een hele slechte. 'Norse Michael? Hoe komt het dat een brave dienaar van de kroon zoals jij die man kent?'

De schrijver knipperde met zijn ogen. 'Eh, ik dronk wel eens wat... van tijd tot tijd... en af en toe kwam ik in de wat minder frisse kroegen... in de haven.' Op beduidend vlottere toon vervolgde hij: 'Maar misschien heb ik me vergist. Het gebeurde allemaal zo snel, en ik heb hem maar heel even gezien voordat ik mijn ogen weer dichtdeed. Ik bedoel, het kon ook iemand anders zijn...' Zijn stem stierf weg en hij keek ongemakkelijk de kamer rond.

Robert wierp een blik op Jazhara en Wiliam, en Wiliam schuifelde naar de trap terwijl Jazhara zich posteerde tussen de schrijver en het gat in de muur. 'Waarom zouden ze jou hebben laten leven, denk je, terwijl ze verder iedereen zo doelbewust vermoordden?' vroeg Robert.

'Raar dat ze dat niet even hebben gecontroleerd,' merkte Jazhara nonchalant op.

Robert knikte naar Wiliam, deed een snelle stap naar voren en greep de tengere scribent bij zijn hemd. 'Het is wel heel erg merkwaardig dat iedereen in deze gevangenis is omgebracht – iedereen behalve jij en die dronkelap beneden.'

'En die dronkelap alleen maar omdat hij in een andere cel zat,' bracht Wiliam naar voren.

Robert duwde de schrijver met zijn rug tegen de muur. 'Ze wisten precies wanneer ze deze bajes moesten overvallen. Wie was er van het rooster op de hoogte?'

De man werd nog bleker en sputterde: 'De schout! De onderschouten!'

'En jij!' zei Wiliam en kwam op de schrijver af. 'Er is een meisje vermoord door die huurlingen, het meisje van wie ik hield! Volgens mij weet jij veel meer dan je vertelt, dus kom er maar eens mee voor de draad voordat ik je bloed vergiet.'

Bevend van angst stak de schrijver een afwerende hand op en keek smekend van Wiliam naar Robert en Jazhara. 'Echt, meesters, ik heb geen idee.'

Wiliam trok zijn dolk te voorschijn en zette de punt op Dennisons keel. Er sijpelde een dun straaltje bloed over zijn hals. 'Je liegt! Zeg je gebeden maar op!'

'Nee, wacht!' gilde de schrijver. 'Ik zal het vertellen. Ik zal het vertellen. Maar maak me niet dood!'

Robert kwam even in beweging, als om Wiliam bij de schrijver vandaan te trekken, en zei op vlakke toon: 'Ken je die Beer?'

Dennison knikte en keek verslagen. 'We deden wat zaken. Hij schoof me een paar kronen toe in ruil voor informatie met betrekking tot de gevangenis en de bewakers, en bij gelegenheid verlichtte ik hier en daar wat vonnissen wanneer zijn mannen werden opgepakt. Ik zette ze weer op straat, waar niemand iets van merkte. Ik weet niet wat Beer moest met die piraat Knute, maar hij was gloeiend giftig toen Knute werd opgepakt.'

'Welk geheim kende die piraat dat Beer heeft aangezet tot moord?'

De schrijver liet een bitter lachje horen. 'Niemand hoeft Beer aan te zetten tot moord, jonker. Dat doet hij wel uit zichzelf. Daarom kon ik in al die jaren ook nooit nee tegen hem zeggen. Hij zou me hebben vermoord zonder ook maar te knipperen met dat ene goede oog van hem. Ik weet niet waarom hij Knute moest hebben. Ik had nog maar pas gehoord dat Knute een kamer had in De Gebeten Hond, maar ik was nog niet in de gelegenheid geweest Beer dat te laten weten, en ik was niet van plan om overeind te komen om het te vertellen aan zijn mannen terwijl die iedereen ter plekke aan het vermoorden waren.'

'Ja, en je zal ook geen gelegenheid meer krijgen om het hem te vertellen,' zei Wiliam, en hij draaide zijn dolk om en gaf met het gevest een dreun achter op Dennisons schedel.

De schrijver zeeg neer.

'Ik vraag de kapitein wel hem naar het paleis te brengen en onder strenge bewaking te stellen,' zei Wiliam.

Robert knikte. 'Hij krijgt niemand te spreken.'

Wiliam pakte de slappe schrijver op, hees het dode gewicht over zijn schouder en droeg hem de trap af.

Jazhara schudde haar hoofd. 'Een mysterie.'

'Welk geheim Knute ook bij zich droeg,' zei Robert, 'Beer wilde het zo graag weten dat hij het er voor over had de meest gezochte man in het Westelijke Rijk te worden. Als ik Arutha goed genoeg ken, staat er morgen al een prijs van minstens tienduizend gouden soevereinen op Beers hoofd, zodat iedere huurling zich zal gaan afvragen of hij onder Beer wil werken of hem aan moet geven.'

'Wat doen we nu?'

Robert keek rond en knikte naar Dennisons tafel. 'Eerst schrijf ik een briefje aan Arutha. Daarna nemen we alle papieren hier door, voor het geval onze vriend van daarnet nog iets nuttigs heeft achtergelaten. En dan stel ik voor dat we op zoek gaan naar twee dingen.'

Jazhara stak een vinger op. 'Nummer één: Knute's geheim.'

Robert knikte en hield twee vingers omhoog. 'En nummer twee: Lucas, Talia's vader.' Bedachtzaam voegde hij eraan toe: 'En het zou me niet verbazen als het ene ons naar het andere leidt.'

De Gebeten Hond was een van de ergst verwaarloosde taveernen in heel Krondor, en dat wilde heel wat zeggen. Robert schudde zijn hoofd. 'Niet bepaald mijn favoriete uitgaansgelegenheid.'

Wiliam stond zichzelf een meewarig gegrinnik toe. 'Volgens alle verhalen die ik heb gehoord, Robert, heb jij wel ergere drankholen bezocht.'

Grijnzend duwde Robert de deur open. 'Er bestaan geen ergere. Wees op je hoede, we zijn hier niet welkom.'

Hij ging naar binnen, de anderen vlak achter zich aan, en op slag werd duidelijk wat hij bedoelde. Alle ogen werden gevestigd op Wiliam, of liever gezegd op het wapenkleed dat hij droeg: dat van de Wacht van het Koninklijk Huis. Ook de bloedspetters en schroeiplekken ontsnapten niet aan de aandacht.

Aan de andere kant van de lange gelagkamer stond een groepje mannen dicht opeen rond een hoge ronde tafel, zodanig ontworpen dat je er staande aan kon drinken. Hun kleding en blote voeten kenmerkten hen als zeelieden.

Drie andere mannen, kennelijk arbeiders, stonden bij de haard, eveneens starend naar de nieuwkomers.

Bij de deur hadden twee zwaarbewapende mannen hun gesprek gestaakt toen Wiliams binnenkwam.

Een lang moment heerste er stilte in de kroeg, tot er langzaam weer stemmen begonnen te klinken en er zacht mompelend verder werd gesproken. Robert kreeg de kastelein in het oog en liep naar de langwerpige tapkast.

'Wat moet je?' was het welkomstwoord van de kastelein.

Robert glimlachte. Wiliam herkende die glimlach. Die was een voorbode van naderend onheil.

'Iets te drinken, voor mij en mijn vrienden.'

De kroegbaas had een dikke bos donker haar dat mogelijk minstens een jaar lang geen kam had gezien. Zijn kin zat onder de stoppels en zijn dubbele onderkin en donkere kringen onder de ogen wekten de indruk van iemand die met te grote regelmaat van zijn eigen producten proefde. Hij zette drie volle flessen op de tapkast en gromde: 'Dat is dan zes koper. Opdrinken en wegwezen. We moeten hier geen knechtjes van het hof.'

'Allervriendelijkst,' mompelde Jazhara en nam een slokje van het bier. Dat was schraal en bitter, dus ze zette het terug op de tapkast en bleef staan kijken.

'Ben jij de knaap die ze Bofkont Pete noemen?' vroeg Robert.

Het pafferige gezicht spleet open in een grijns. 'Ja, Bofkont Pete, vanwege m'n vaardigheden met het andere geslacht.' Met een knipoog naar Jazhara zei hij: 'Kom me later maar eens opzoeken, schatje, dan zal ik je me houten been laten zien.' Hij legde een hand op de hare.

Ze glimlachte, boog zich voorover en fluisterde: 'Je kunt me er twee laten zien als we niet vinden wat we zoeken.' Ze haalde zijn hand weg.

Pete grijnsde en grinnikte, wat zijn verschijning er niet beter op maakte. 'Vol vuur, hè? Ik hou wel van wat pit in een vrouw.'

'We hebben gehoord dat ene Knute hier een kamer huurt,' zei Wiliam.

Pete hield zijn hoofd schuin. 'Knute? Zei je Knute? Ik ben hardhorend, weet je, en me geheugen is ook niet meer wat het geweest is, jongen.' Theatraal hield hij een hand achter zijn oor.

Robert keek rond en zag dat verscheidene bezoekers het gesprek rustig volgden. Hij was genoeg in louche dranklokalen als De Gebeten Hond geweest om te weten dat het binnen de kortste keren knokken was geblazen als hij Pete onder druk probeerde te zetten. Hij stak een hand in zijn beurs, haalde er twee gouden munten uit en legde die op de tapkast.

Pete's gezicht klaarde op. 'Ach, ja, me gehoor wordt met het moment beter!' Op zachtere toon sprak hij: 'Ja, ik ken die ouwe Knute wel. Gewoon een kruimelpiraatje, maar meestal boerde hij lang niet kwaad in zijn eentje. Tot die verrekte wachters hem te pakken kregen, tenminste.' Hij wierp een blik op Wiliam. 'Niet kwaad bedoeld, natuurlijk.'

'Zo vat ik het ook op... voorlopig,' antwoordde Wiliam. 'Heeft Knute de afgelopen dagen nog iets ongebruikelijks gezegd?'

Pete zei niets. Na een lange stilte legde Robert nog een munt op de tapkast. Meer stilte, en Robert haalde een vierde munt te voorschijn. Pete pakte de goudstukken op. 'Ha! Hij zoop tegen de klippen op, dus wie weet? Ik had hem alleen nog nooit eerder zo schrikachtig gezien, en het rare was dat toen de wacht hem in zijn kraag greep, hij bijna opgelucht leek. Alsof het de bedoeling was dat hij werd opgepakt. Begon zomaar een vechtpartij buiten de deur.' Pete wees naar de ingang van zijn kroeg. 'De meeste kerels als Knute doen er alles voor om buiten de bajes te blijven, begrijp je wat ik bedoel?' Robert knikte. 'Maar die Knute schopte een hoop drukte en toen bleef-ie gewoon zitten tot de wacht kwam, en toen gooide hij zijn bier in het gezicht van die knaap en schopte hem tegen de schenen, en meer van dat maffe gedoe. En Knute is geen vechtersbaas, als je begrijpt wat ik bedoel. Dat is een denker, maar deze keer was hij niet goed bij zijn hoofd, wat mij betrof.'

'Kunnen we zijn kamer zien?' vroeg Robert.

Met groot misbaar gaf Pete blijk van zijn verontwaardiging. 'Je bent niet lekker! Ik kan toch niet zomaar iedereen in de spullen van me gasten laten snuffelen!'

Robert schoof nog twee munten over de tapkast. 'Jouw gast is dood, aan mootjes gehakt.'

Pete veegde de munten op in zijn hand. 'Wel, in dat geval zal hij het vast niet zo erg vinden. Ga je gang. Hier heb je de sleutel.' Hij schoof hem de sleutel over de tapkast toe. 'Linkerdeur boven aan de trap. Je kan gaan kijken, maar maak het niet te lang en val me andere gasten niet lastig. En breng de sleutel meteen terug, of ik stuur me vrienden achter je aan!'

Ze namen de trap en belandden op een kleine overloop met vier deuren, twee tegenover de trap, één links en één rechts. Robert koos de linkerdeur en stak de sleutel in het slot.

Nauwelijks had hij hem omgedraaid of hij hoorde binnen iets bewegen. Hij deed een stap achteruit, trok in een vloeiende beweging zijn zwaard en schopte de deur open. In de kamer zat een forse man te rommelen in een kist die boven op een onopgemaakt bed was neergezet. Hij keek meteen om toen de deur werd opengesmeten en trok een groot mes.

'Laat vallen!' riep Robert.

De man draaide de dolk om, pakte hem bij de punt, bracht zijn arm naar achteren en gooide de dolk naar Robert.

'Liggen!' schreeuwde Robert en liet zich plat op de vloer vallen. Enkele duimen boven Roberts lichaam vloog het mes door de deur.

Robert hoorde glasgerinkel toen de man dwars door het raampje boven het achtererf van de herberg dook.

Wiliam sprong over Robert heen en stond al bij het raam voordat Robert overeind kon komen. 'Verdomme,' zei hij terwijl hij naar buiten keek.

Robert kwam achter hem staan. 'Wat is er?'

Wiliam wees en Robert keek omlaag. Beneden op de kasseien lag de man, armen en benen gespreid, zijn nek duidelijk gebroken, aan de hoek te zien waarin zijn hoofd was gedraaid.

'Kijk rond wat er te vinden is,' zei Robert tegen Wiliam, 'terwijl Jazhara en ik beneden naar onze vriend gaan kijken.'

Robert en Jazhara renden de trap af, langs Bofkont Pete, die vroeg: 'Waar is me sleutel?'

'Die komt Wiliam brengen als hij klaar is,' antwoordde Robert en wees naar een deur naast de tapkast. 'Is dat de weg naar het achtererf?'

'Ja, hoezo?'

'Omdat je daar een lijk hebt liggen,' zei Robert terwijl hij door de deur stormde.

Pete zette zijn ellebogen op te tapkast. 'Gebeurt zo vaak, jongen.'

Bij het lijk aangekomen knielde Robert neer. In zijn hand hield de man nog steeds een buideltje. Robert wrikte de vingers los van het buideltje, pakte het en bekeek de inhoud. Het bleek een eenvoudige sleutel te zijn.

'Waar denk je dat die voor is?' vroeg Jazhara.

'Ik weet het niet zeker, maar die sleutel komt me ergens bekend voor.'

Wiliam verscheen. 'Boven is er niets wat de moeite van het stelen waard is. Alleen wat kleren.'

'En dit.' Robert hield de sleutel omhoog.

Wiliam keek ernaar. 'Kom even mee naar het licht.'

Ze liepen naar de achterdeur van de herberg, waar een enkele lantaren brandde, en Wiliam nam de sleutel uit Roberts hand en wees op een merkteken. 'Zie je dit symbool?'

Robert pakte hem terug en keek aandachtiger. 'Dit is Lucas' sleutel! Van zijn luik naar het riool!'

'Dan is dit waar die boef naar op zoek was,' zei Jazhara. 'Wat betekent dat?'

Robert tikte met de sleutel tegen zijn wang. 'Lucas heeft een geheime doorgang naar het riool, in de opslagruimte achter de tapkast. Hij vroeg altijd geld voor het gebruik van de sleutel, *deze* sleutel.'

'Dus Knute heeft Lucas' geheime luikje gebruikt om in het riool te komen,' zei Wiliam.

Robert knikte. 'Ja. Waarschijnlijk om de schat van zijn laatste overval te kunnen verstoppen, de buit waar hij het tegen die dronkelap Scovy over had. Die waarmee hij Arutha's gratie wilde kopen.'

'Denk je dat hij die sleutel van Lucas heeft gestolen?' vroeg Jazhara.

'Nee, hij moet ervan hebben geweten. Knute's moordenaar wilde weten waar "het" was. Ik durf te wedden dat "het" de schat is.'

'Dus Lucas moet het riool in zijn gevlucht toen Beer binnenviel,' zei Wiliam. 'Maar waarom heeft hij dan geen contact opgenomen met jou of met de prins?'

'Omdat hij dat niet kan?' opperde Jazhara.

Robert schudde zijn hoofd. 'Lucas is de enige die als niet-lid van de Snaken het riool net zo goed kent als ik. Hij heeft verscheidene plekken om zich schuil te houden.' Robert ging zachter praten terwijl hij erover nadacht. 'Hij moet weten wat die Beer voor een vent is. En hij moet weten dat Arutha hem onvoldoende bescherming kan bieden als hij betrokken is bij piraterij of alleen maar het helen van gestolen goederen. Lucas balanceert zijn hele leven al op de grens tussen wetteloosheid en legitimiteit, maar deze keer is hij over de schreef gegaan.'

'En daar heeft zijn dochter de prijs voor betaald,' sprak Wiliam verbitterd.

Robert legde een hand op Wiliams arm. 'En daar moet Lucas de rest van zijn leven mee zien te leven.'

'Wat niet erg lang zal zijn als Beer hem weet op te sporen,' besloot Jazhara. 'Ons doel is duidelijk: we moeten Lucas vinden – en snel.'

Robert knikte instemmend. 'Hoop maar dat wij eerder bij hem zijn dan Beer.'

'Waar beginnen we?' vroeg Wiliam.

Met een spottend glimlachje keek Robert zijn vriend aan en wees omlaag. 'Het riool.'

Het bloed kleefde nog steeds aan de vloerplanken van herberg De

Bonte Papegaai, maar de lijken waren weggehaald. Bij de deur stond een soldaat toen Robert, Wiliam en Jazhara naderden.

'Simon!' zei Wiliam toen hij de wachtpost herkende. 'Hoe staat het ervoor?'

'Rustig hier, luitenant. De lijken zijn eruit en naar de tempel van Lims-Kragma gebracht, zodat ze fatsoenlijk op weg kunnen worden geholpen.'

'Waar zijn de andere wachters?' vroeg Robert.

'Nou, Jack staat bij de achterdeur, en dat was het, jonker. Sergeant Tagart heeft de rest van de jongens de lijken naar de tempel laten brengen. Ik denk dat de sergeant het niet zo heel erg vond als een toch al leeggeroofde herberg werd geplunderd. Aan het einde van de wacht worden we door een paar jongens afgelost, en dan kunnen we met de anderen mee.'

'Waarheen?' vroeg Robert.

'Nou, het riool. Had u het nog niet gehoord, jonker?'

'Wat?'

'Een paar uur geleden is er iemand uit de gevangenis vrijgelaten. Hij heeft iemand in een bierhuis zover gekregen iets te drinken voor hem te kopen als hij zou vertellen waarom de gevangenis is overvallen.'

Robert kromp ineen. 'Scovy.'

'Zou best kunnen dat hij het was,' zei de soldaat. 'Maar hoe dan ook, het gonst nu van de geruchten. Piratenschatten in het riool. Bergen juwelen en goud. Zei dat een piraat genaamd Beer de gevangenis heeft overvallen omdat iemand daar wist waar de schat lag.'

'Dus nu wemelt het in het riool van de schatzoekers,' zei Wiliam.

'Reken maar, luitenant,' antwoordde Simon. 'Van iemand van de stadswacht die hier langskwam voordat u verscheen, hoorde ik dat er een hele groep kerels uit het grote rooster bij de Vijfsprong kwam hinken, bloedend en wel. Ze zeggen dat de Snaken verder iedereen uit het riool weren zodat ze zelf op zoek naar de schat kunnen.'

Robert zuchtte. 'Wel, ik vroeg me al af wat er nog meer kon gebeuren om de speurtocht naar Lucas te bemoeilijken.'

'Ja, en iemand zei ook nog dat er daar een monster zit, jonker.'

Robert keek Simon aan. 'Je maakt een grapje, zeker?'

'Erewoord, jonker,' bezwoer de soldaat hem. 'Het schijnt dat ze twee nachten geleden een lijk in de baai zagen drijven, helemaal aangevreten als een muis door een kat. Daarna hoorden ze dat een of andere vent in De Gebeten Hond van een andere vent had gehoord dat er een groep smokkelaars is aangevallen door iets wat zo groot was als een stier, met lange armen en grote tanden.'

'En daar wou jij gaan kijken?' vroeg Jazhara aan Robert.

'Nee,' antwoordde de voormalige dief, 'maar we hebben geen keus. Als we Beer willen grijpen, moeten wij Lucas eerder vinden dan hij. Ik heb zo'n idee dat ik weet waar Lucas zich schuilhoudt.'

Wiliam knikte. 'Ook al vindt Beer hem niet, als Lucas met Knute onder één hoedje speelde en boven op die schat zit, zal iemand die hem eerder vindt dan wij waarschijnlijk Lucas doden.'

'Geen getreuzel meer,' zei Robert. 'Kom op.' Tegen Simon zei hij: 'Als je wordt afgelost, zeg de wachtsergeant dan dat wij in het riool achter de moordenaar aan zijn. Stuur bericht naar het paleis om de prins te vragen een compagnie achter ons aan te zenden om ons te helpen die schatzoekers te verwijderen.'

'Zoals u zegt, jonker.' Simon salueerde.

Robert begon al weg te lopen, maar Simon voegde eraan toe: 'Nog één ding, jonker.'

'En dat is?'

'Een poosje geleden heeft er nog een gerucht de kop op gestoken.' Hij keek rond als om zich ervan te vergewissen dat er niemand anders meeluisterde. 'Het schijnt dat er een zooitje dronken lui uit de buurt van Visstad vlak bij de Vijfsprong uit het riool kwam, slepend met een stel kerels. Ze waren er behoorlijk beroerd aan toe.'

'Snaken?' informeerde Robert, zich afvragend of de vissers misschien het dievengilde tegen het lijf waren gelopen.

'Nee, geen Snaken, jonker.' Wat zachter sprak hij verder: 'Ze zeiden dat het dat monster was waar ik u net over vertelde. Ze gingen naar de tempel van Dala en moesten de priesters al het koper in hun zakken geven om te voorkomen dat hun maten doodbloedden.'

'Dat monster weer?' Wiliam keek bedenkelijk. 'Hou toch op met die onzin.'

Simon haalde zijn schouders op. 'Ik vertel u gewoon wat ik heb gehoord, luitenant. Een of ander... beest, anderhalf keer zo groot als een mens. Een van de vissers zei dat het zomaar uit het niets naast hen in de tunnel opdook en meteen begon met botten breken en vingers afbijten.'

'Schitterend,' zei Robert. 'Werkelijk schitterend.' Hoofdschuddend ging hij zijn metgezellen voor naar de achterkamer en liep naar een muur die van vloer tot plafond volhing met schappen vol gedroogd voedsel, aardewerk en flessen wijn. Daar haalde hij de sleutel te voorschijn die ze in Knute's kamer hadden gevonden, en sleepte vervolgens een zak gedroogde bonen opzij. Erachter verscheen een sleutelgat waarin Knute's sleutel paste.

Hij stak de sleutel erin en draaide. Er klonk een zacht rommelend geluid en een harde klik, en Robert greep de zijkant van de planken en trok naar rechts. De planken schoven moeiteloos opzij en onthulden een half-manshoge doorgang met een trap naar beneden. 'Je moet een beetje bukken om die trap af te gaan,' zei hij. 'Wiliam, ga eens wat licht halen.'

Wiliam keerde terug naar de gelagkamer en verscheen een ogenblik later met een lantaren.

'We zouden op een stuk of tien andere plaatsen naar binnen kunnen,' zei Robert, 'maar hier is het misschien makkelijker om Lucas' spoor op te pikken.' Hij wenkte Wiliam hem de lantaren te geven, pakte hem uit Wiliams uitgestrekte hand en ging hun voor de duisternis in.

'Denk om het afstapje,' fluisterde Robert en sprong drie voet omlaag van de tunnel uit Lucas' herberg naar de rioolvloer. Hij draaide zich om en bood Jazhara zijn hand, die ze aannam, en haar staf gebruikend voor haar evenwicht sprong ze behendig omlaag. Wiliam kwam achter haar aan en belandde met zijn laars op iets wat een zompig geluid maakte.

'Wat een stank!' klaagde Wiliam, zijn laars schoonschrapend aan de stenen die boven het duimdiepe water uitstaken.

'Ik ben bang dat dit niet precies is wat ik bedoelde met een rondleiding door de stad,' verontschuldigde Robert zich bij Jazhara. 'Maar de plicht roept...'

'Denk je heus dat je vriend Lucas hier naar toe is gevlucht?' vroeg ze.

Robert tuurde een moment in het donker rond. 'Hij kent dit riool bijna net zo goed als de Snaken.' Hij speurde de vloer en muren af alsof hij zocht naar een punt waar hij kon beginnen. 'In de tijd van de Oorlog van de Grote Scheuring werkte Lucas samen met zowel de Snaken als Gregor Tromps smokkelaars. Daarmee heeft hij een hoop goede wil bij de Snaken gekweekt, zodat ze hem hier beneden met rust laten. Dat kunnen er niet veel van zichzelf zeggen, en daarom is dit de plek om heen te gaan wanneer hij in moeilijkheden verkeert.'

'We hebben een flink stuk af te leggen, dus we moesten maar eens op weg gaan,' zei Wiliam. 'Welke kant op?'

Robert wees. 'Daarheen, stroomafwaarts.'

'Waarom?' vroeg Jazhara.

'Er zijn wat oude smokkelaarsschuilplaatsen die Lucas kent. Zelfs bij de Snaken zijn er maar weinig die nog weten waar die zijn. Ik wed dat Lucas zich in een van die geheime kamertjes heeft opgesloten.'

'Weet jij dan waar ze zijn?' vroeg Wiliam.

Robert haalde zijn schouders op. 'Het is jaren geleden, maar de plek weet ik nog wel ongeveer.'

Wiliam slaakt een geërgerde zucht. 'Ongeveer?'

Jazhara schoot in de lach. 'Beter dan geen idee, lijkt me.'

Terwijl ze door het riool liepen, werden de geluiden die ze maakten gecamoufleerd door het druppelen, spetteren en gorgelen van het water, dat door de tunnels galmde. Zo nu en dan hield Robert een hand omhoog om hen tegen te houden, en luisterde.

Na bijna een half uur behoedzaam lopen kwamen ze in een brede tunnel. Van verderop klonk het geluid van stromend water. 'Daarginds ligt het hart van het rioolstelsel. Daar komen zes grote tunnels op uit en het systeem loopt verder naar het zuiden van de baai. Daar nemen we een andere tunnel naar de oude smokkelaarssteiger. De uitloop is breed genoeg om een boot door te laten, en daarom hadden de smokkelaars aan het andere einde hun steiger, vlak bij de oostmuur van de stad.'

'Wordt die tegenwoordig nog gebruikt?' vroeg Wiliam.

'Door iemand anders dan Lucas? Weet ik niet. De meesten die hier zijn geweest en niet in dienst van de prins zijn, leven nu niet meer. Misschien hebben de Snaken die opslagruimten ontdekt.'

Ze betraden een grotere buis, en het geluid van snelstromend water werd luider. 'Voorzichtig lopen, hier,' waarschuwde Robert.

Het rioolhart bleek een grote ronde ruimte waar zes tunnels vandaan liepen als de spaken van een wiel. Boven hen kwamen kleinere pijpen op de koepel uit, en onder hen spetterde smerig water neer.

Behoedzaam liepen ze achter elkaar over het smalle wandelpad langs de muur, want de stenen rond het diepe gat zaten vol met glibberig vuil. Toen ze langs de tweede brede tunnel liepen, vroeg Wiliam: 'Waar gaan die buizen heen?'

'Elk naar een ander deel van de stad,' antwoordde Robert. Hij bleef staan en wees naar een van de tunnels aan de overzijde van de koepel. 'Die daar gaat naar het paleis. Jaren geleden zal er een prins zijn geweest die besloot het riool te verbeteren.' Hij wees omhoog in het donker. 'Daarboven zit een oud reservoir met het water waarmee 's nachts het riool moest worden doorgespoeld. Ik weet niet of het ooit naar behoren heeft gewerkt, maar...' Hij liep verder. 'Ik ken niemand die zich kan herinneren dat het is gebruikt. Veel kooplieden graven gewoon hun eigen tunnel naar het riool wanneer ze hun winkel beginnen. De ingenieurs van de prins hebben kaarten, maar de meeste zijn verouderd, nutteloos.' Bijna in zichzelf voegde hij eraan toe: 'Dat zou de moeite waard zijn, die kaarten bijwerken en de mensen verplichten de kroon te informeren wanneer ze veranderingen aanbrengen.'

De derde tunnel betredend zei Robert: 'Voorzichtig. We begeven ons nu in het Snakenterritorium.'

Korte tijd later kwam de tunnel uit in een kleinere koepel, met nog twee tunnels op een derde van de wand aan weerszijden, een Y-sprong vormend. Bij de kruising stond een oude man met een lange stok in het voorbij drijvende afval te porren.

Langzaam begon Wiliam zijn zwaard te trekken, maar Robert stak zijn hand naar achteren om zijn vriend tegen te houden. 'Het is maar een oude vlotselaar, Rattenstaart Jack genaamd.'

'Vlotselaar?' fluisterde Jazhara.

'Die doorzoekt het vuil naar dingen van waarde. Je staat versteld van wat er hier nog wordt gevonden.' Langzaam liep Robert in het zicht. 'Goeiedag, Jack.'

De man keek om. 'Robbie, hoe is het mogelijk! Paar jaartjes geleden, zeg.'

Van dichterbij bleek de man van middelbare leeftijd, met afhangende schouders en mager. Zijn haar was viltig en vies, van onbestemde kleur. Hij had een wijkende kin en grote ogen, en die hield hij gevestigd op Robert en zijn twee metgezellen.

'De uitkijk aan het spelen, zie ik,' zei Robert, even grijnzend.

De man hield op met zogenaamd in het bezinksel prikken. 'Je kent het vak te goed, ouwe jongen.'

'Wat is er loos?'

'Moordpartijen en een zooitje maffe schatzoekers. Er zijn al wat jongens naar de tempels gebracht die een genezer nodig hadden. De Dievenheerbaan moet worden afgesloten, is er gezegd.'

'Dus dan zou ik eigenlijk om moeten keren en teruggaan.'

'Zelfs jij, ouwe jongen.' De man wees naar de andere twee tunnels. 'De zware jongens staan op wacht. Ga maar niet verder. Dat is het territorium van de Snaken. Die grote "ratten" daar maken gehakt van je.'

'Ook niet ter wille van vroeger?'

'Zelfs dat niet, Robbie, ouwe jongen. Je staat niet meer op de dodenlijst, heb ik gehoord, maar je behoort nog steeds niet tot de Lepe Broederschap, en als de Dievenheerbaan dicht is, mogen er alleen maar Snaken door.'

'Is er geen andere weg?' fluisterde Wiliam.

'Te lang,' antwoordde Robert. 'We zullen de lui die verderop staan moeten zien om te praten.'

'En als dat niet lukt?' vroeg Jazhara.

'Dan wordt het vechten,' zei Robert. Hij draaide zich weer om naar Jack. 'We zijn op zoek naar Lucas. Heb je iets van hem gehoord of gezien?'

'Hij houdt zich verstopt, jongen, hier ergens, maar ik kan je niet verder helpen.'

'En Beer?' vroeg Wiliam. 'Is daar nog bericht over?'

'Dat is nog 's een stuk schorem,' zei Jack. 'Was hier een paar dagen geleden ergens naar op zoek. Heeft een paar jongens van kant gemaakt. We hebben hem op de dodenlijst gezet.'

'Ook door de kroon wordt hij gezocht,' zei Robert.

'Dat maakt de Snaken en de kroon nog geen vrienden, ouwe jongen,' wierp Jack tegen.

'Wie heeft er daarginds de leiding?' vroeg Robert.

'Bootsman Mace.'

Robert schudde zijn hoofd. Bootsman Mace was als matroos uit de Koninklijke Vloot gezet wegens diefstal en had zich bij de Snaken aangesloten om zijn talenten rendabeler aan te wenden. Het was een humeurige bullebak die Robert nooit had gemogen toen hij nog tot de Snaken had behoord. Hij was als een van de weinigen bevriend geweest met Lachebek Jaap, een zware jongen die door Robert was gedood wegens een mislukte aanslag op het leven van de prins.

'Dat wordt een flinke knokpartij,' zei Robert tegen zijn metgezellen.

'Niet per se, jongen, als je die legendarische slimheid van je gebruikt,' zei Rattenstaart Jack. 'Er is altijd wel iets om mee te onderhandelen.'

'Zoals?' vroeg Jazhara.

'Ga maar met Mace praten,' zei Jack, 'en als hij gaat dreigen, vraag je hem wie er aan zijn jongens heeft geknaagd. Dan wordt hij vanzelf nieuwsgierig.'

'Bedankt, Jack,' zei Robert en gaf zijn metgezellen een teken om verder te lopen. Ze namen de linkertunnel. Toen ze naar binnen liepen, liet Jack een schril gefluit horen.

'Wat was dat?' vroeg Wiliam.

'Jack, die voor zichzelf zorgt,' verklaarde Robert. 'Als hij geen alarm had geslagen, zouden de zware jongens denken dat hij met ons onder één hoedje speelde.'

Een korte afstand later bereikten ze een verbreding van de

tunnel, en langs beide kanten van de muur stapten er mannen in zicht om het drietal te omsingelen. Ze waren met zijn zessen, allemaal bewapend. Vooraan stapte een grote man met grijs haar in het fakkellicht.

Even later glimlachte hij. Het was geen prettig gezicht. Stoppelige wangzakken hingen neer van een hoofd dat een maat te groot leek voor een mens. Zijn ogen leken eerder op die van een varken. Een klompneus die menigmaal gebroken was geweest, vormde het meest opvallende kenmerk in zijn misvormde gezicht.

'Zo, Robbie de Hand,' zei de grote man, in zijn linkerhand slaand met de lange knuppel die hij in zijn rechter hield. 'Kwam jij een pak slaag halen, jongen?'

'Ik kwam om te praten, Mace.'

'Ik heb altijd al gevonden dat je te veel praat, ook toen je nog een van ons was, snotjong. Pak ze, jongens!' schreeuwde hij en zwaaide met zijn knuppel naar Roberts hoofd.

5   Monsters

Robert bukte zich.

Terwijl de knuppel over zijn hoofd heen suisde, riep hij: 'Mace! Wacht! We moeten praten!'

Jazhara hield haar staf in de aanslag en Wiliam hief zijn zwaard, maar geen van beiden gingen ze het gevecht met de op hen af komende dieven aan tot de eerste klap was uitgedeeld.

'Ik zal met je praten,' antwoordde Mace, nogmaals zwaaiend naar de wegduikende ex-dief, 'hiermee!'

'Wie heeft er aan jouw zware jongens geknaagd?' schreeuwde Robert terwijl hij de derde klap ontweek.

De grote man bleef staan, zijn knuppel hoog boven zijn hoofd ter voorbereiding op een nieuwe slag. 'Wat weet jij daarvan, jongen?'

Robert bleef op afstand. 'Ik hoor wel eens wat.'

Ineens keek de man bezorgd, en Robert begreep dat er iets ernstigs moest zijn voorgevallen, want zo lang hij Mace de Bootsman had gekend, had de man nooit enig blijk van angst of twijfel gegeven. Mace liet zijn knuppel zakken en hield zijn vrije hand omhoog om de andere dieven te beduiden hun opmars te staken.

'Goed dan,' zei hij uiteindelijk. 'Wat heb je gehoord?'

'Alleen dat jullie jongens door iemand – of iets – worden gegrepen en helemaal worden...' Robert blufte. Bijzonderheden wist hij niet, maar hij ging ervan uit dat wat Rattenstaart Jack had gezegd op een of andere manier in verband stond met de 'monsters' die Simon bij De Bonte Papegaai had beschreven. En de raad van de oude vlotselaar om dit onderwerp ter sprake te brengen was tot dusver nuttig gebleken.

'Verminkt,' zei een van de andere dieven.

'Verminkt,' herhaalde Robert.

'Het is ronduit walgelijk,' zei een andere dief. 'Ze zien eruit alsof er op hen is geknaagd, zoals een hond doet met een bot, weet je wel, jonker?'

Anderen knikten.

'Waar?' vroeg Robert.

'Dat is het punt,' zei Mace. 'Eerst hier, dan weer daar – er is geen pijl op te trekken, je weet het nooit.'

'Hoe lang is dit al aan de gang?' vroeg Robert.

'Bijna een week nu,' antwoordde Mace.

'Als jij ons erlangs laat, Mace, dan zal ik uitzoeken wat het gevaar voor jouw mannen is en maatregelen nemen,' beloofde Robert.

'Hoe wou je dat doen als mijn stoerste kerels er niet tegen op kunnen, wat het ook is?'

Jazhara hield haar hand omhoog en er verscheen een bol van licht.

'Krijg nou de vellen!' riep een van de dieven uit. 'We staan hier te kijken naar een verrekte magiër!'

'De verrekte hofmagiër,' verbeterde Robert.

Mace zwaaide met zijn knuppel naar Jazhara. 'Je weet dat de Snaken niets met magie te maken willen hebben!' schreeuwde hij. 'Jonker van de prins of niet, maar je kent de Snakenwet!'

Jazhara sloot haar hand en het licht verdween. 'Kijk even de andere kant op.'

'Of laat me anders een paar pelotons van de Krondoriaanse Wacht halen,' zei Wiliam. 'Met een paar honderd gewapende mannen moeten we dat beest er wel uit kunnen krijgen, denk je niet?'

De gedachte aan soldaten die de Dievenheerbaan binnendrongen bleek beduidend erger dan een magiër, want na een poosje zei Mace: 'Goed dan, jullie kunnen verder. Maar als er ook nog maar één van mijn jongens wordt gedood, sta jij weer op de dodenlijst, jongen, jonker van de prins of niet. Daar geef ik je mijn woord op.'

Robert maakte een theatrale buiging. 'Uw waarschuwing is vernomen. Mogen we nu gaan?'

Mace wuifde hen verder. 'Pas op je tellen, Robbie de Hand. Er zitten lui die geen lid van het gilde zijn.'

'Genoteerd. Wat is het wachtwoord?'

'"Lange slungel,"' antwoordde Mace.

Ze verlieten de Snaken en volgden de tunnel. Toen ze veilig buiten gehoorsafstand waren, vroeg Jazhara: 'Ik begrijp dat veel mensen bang zijn voor magie, maar waarom zijn de Snaken er zo fel op tegen?'

'Omdat dieven gebaat zijn bij misleiding en bedrog,' antwoordde Robert. 'Heb je ooit gehoord van een dief die van een magiër stal?'

Jazhara begon te lachen. 'Alleen in verhalen.'

'Dat is het punt. Als Arutha de stad diefvrij wilde maken, zou hij dat een tijdlang kunnen doen door jou, of iemand als jij, hen met magie op te laten sporen.'

Jazhara keek de tunnel rond. 'Ik denk dat ze onze vermogens overschatten. Ik zou het een klein aantal in een beperkt gebied vrij lastig kunnen maken, maar zodra ik weg ben, komen ze volgens mij zo weer terug, als ratten.'

Robert grinnikte. 'Vrijwel zeker, maar niemand zei dat angst gebaseerd dient te zijn op de realiteit.'

Jazhara keek hem aan. 'Jonker, ik weet dat u de roep heeft iemand te zijn die op jonge leeftijd al veel heeft bereikt, maar dat u tevens een groot denker bent, is indrukwekkend.'

Nu was het Wiliams beurt om te grinniken, waardoor Robert zich af begon te vragen of haar opmerking bedoeld was als compliment of als steek onder water.

Tweemaal hielden ze halt om zich te verstoppen toen er een groep gewapende mannen langskwam. Nadat de tweede groep veilig voorbij was, zei Robert: 'Die lui zijn aan het bakkeleien geweest.'

Wiliam knikte en stak de lantaren weer aan. 'Twee van hen halen het niet als hun kameraden hen niet dragen.'

'Welke kant gaan we nu op?' vroeg Jazhara.

'Waar zij vandaan kwamen,' zei Robert.

Ze gingen voort, dieper het riool in.

Het geluid van kabbelend water kondigde het bestaan van een andere grote waterweg aan. 'Dit is de oorspronkelijke riviersluis,' zei Robert. 'Gebouwd door een van de eerste prinsen. Ik heb gehoord dat hij vroeger bovengronds lag... misschien bedoeld als doorvaart voor schuiten van de rivier.'

Wiliam knielde neer om het steenwerk te bekijken. 'Ziet er oud uit.' Hij stond op en keek rond. 'Moet je daar zien,' zei hij en ging de nabijgelegen muur van dichterbij bekijken. 'Dit ziet er niet uit als een gewone tunnelwand. Het lijkt veel meer op een vestingmuur.' Hij wees op de grootte van de stenen en de vrijwel naadloze manier waarop ze waren gezet.

'Geen houvast voor hand of voet,' beaamde Robert.

'Hoe komt hij dan hier, zo ver onder de grond?' vroeg Jazhara.

Robert trok zijn schouders op. 'Omdat er wordt gebouwd. En de ruimte tussen de gebouwen wordt opgevuld om wegen te maken. Minstens tien rioolbuizen zien eruit als oude wegen die zijn overkapt, en die centrale koepel waar we eerder doorheen kwamen, is eeuwen geleden vrijwel zeker een waterreservoir geweest.'

'Fascinerend,' zei ze. 'Hoe oud, denk je?'

'Krondor is vierhonderd jaar oud,' zei Robert. 'Misschien een weekje meer of minder.'

Jazhara schoot in de lach. 'Een jonge stad nog, naar Keshische maatstaven.'

Robert haalde zijn schouders op en liep verder. 'Deze kant op.'

Toen ze de hoek namen naar een andere tunnel die parallel aan de grote waterweg liep, schoot er halverwege de tunnel iets door hun gezichtsveld, aan de rand van het lantarenlicht.

'Wat was dat?' vroeg Wiliam en bracht zijn zwaard in de aanslag.

'Groot,' zei Jazhara. 'Anderhalf keer zo groot als een mens.'

Ook Robert had zijn zwaard getrokken. 'Voorzichtig, mijn vrienden.'

Behoedzaam slopen ze door de tunnel tot ze bij de kruising kwamen waar de gedaante was verdwenen. Verderop lag een lange gang naar rechts, terwijl links een korte buis terugliep naar de rand van het kanaal. 'Als dat beest door het water gaat,' zei Wiliam, 'verklaart dat meteen waarom hij zo moeilijk te vinden is.'

'En hoe hij zo snel van de ene naar de andere plek kan,' merkte Robert op. 'Die kant op,' zei hij, wijzend naar links.

Ze liepen langzaam. Zo'n tien stappen verder zagen ze een vaag groen licht in de verte flikkeren. 'Mijn haar staat recht overeind,' fluisterde Jazhara. 'Er is magie werkzaam.'

'Bedankt voor de waarschuwing,' zei Robert.

Jazhara haalde iets uit de buidel aan haar riem. 'Als ik het zeg, laat je dan op de grond vallen en sla je handen voor je ogen.'

'Begrepen,' zei Wiliam. Robert knikte.

Ze slopen naar het licht en zagen een deur in de stenen muur. Hij stond open. Toen ze bij de opening kwamen, bleven ze abrupt staan.

Robert trachtte wijs te worden uit wat hij zag. Overal lagen mensenbeenderen, verspreid tussen de botten van ratten en andere kleine dieren. Vodden en stro waren gerangschikt tot een grote ronde matras waarop verscheidene grote leerachtige vormen lagen, zo lang als een arm, van binnenuit pulserend met een misselijkmakend groen licht.

Jazhara snakte naar adem. 'Bij de goden!'

Plots besefte Robert waar ze naar keken. In de leren zakken, zoals hij ze eerst beschouwde, waren kleine gedaanten zichtbaar.

'Het zijn eieren!' riep de magiër vol afschuw uit. Ze sloot haar ogen en begon een zachte spreuk. Uiteindelijke vlogen haar ogen open. 'Dit is de allerzwartste magie. Dit hol moet worden vernietigd. Scherm je ogen af!'

Beide mannen gingen met hun rug naar de deur staan en Jazhara smeet het ding uit haar buidel naar binnen. De hele omgeving baadde in een witte lichtflits terwijl de hitte over hen heen spoelde.

In het plotseling opflitsende schijnsel werd de andere kant van de gang onthuld. Daar stond een misvormde, gebochelde gedaante, een wezen van minstens zeven voet groot. Boven op het lijf zat een immense kop, het gezicht een karikatuur van menselijke trekken met een vooruitstekende onderkaak waaruit ontblote tanden van zeker een duimlengte staken. Een paar zwarte kraaloogjes werden wijd opengesperd van schrik bij de uitbarsting van licht. De armen hingen tot aan de grond, en in plaats van in handen eindigden ze in grote eeltige zwemvliezen waar het wezen met zijn gewicht op rustte.

Een tel later viel het monster brullend aan.

Robert en Wiliam stonden al paraat toen Jazhara omkeek.

De wezen was al bijna bij hen toen Robert met zijn linkerhand zijn dolk wierp. Het was een snelle, vaardige worp die het beest in de borst trof. Het monster aarzelde nauwelijks, maar brulde van de pijn.

In het licht van het vuur achter hen waren gapende wonden op het monsterlijke lijf te zien. Door de gevechten met andere groepen in de tunnels was hij verzwakt, hoopte Robert, en in ieder geval betrof het een sterfelijk wezen, aangezien er uit verscheidene snijwonden bloed sijpelde.

Wiliam stak zijn zwaard met de punt over Roberts hoofd heen en zette zich schrap om het wezen ermee op te vangen. Het monster hield in, en in plaats van zich te spietsen bracht het wat Robert meer op armen dan op voorpoten vond lijken omhoog. Met een plotselinge uithaal zwiepte de zwemvliesachtige hand door de lucht, en Robert wist ternauwernood te voorkomen dat hij werd onthoofd. Met een harde klap sloeg het zwemvlies tegen de stenen. Robert begreep dat er een harde en mogelijk scherpe rand van eelt of bot langs de rand moest lopen.

Jazhara intoneerde een spreuk en hield haar hand omhoog. Boven op de kop van het wezen verscheen een punt van verzengend rood licht, en het monster jankte van pijn. Beide zwemvliezen kwamen omhoog als om de kop af te schermen, waardoor Wiliam een opening kreeg.

Het lange anderhalfhandszwaard schoot naar voren. Zo klein van stuk als hij was, beschikte Wiliam over sterke armen en schouders, en met zijn volle gewicht stak hij zijn zwaard diep in het lichaam. Het monster jammerde.

Robert stormde langs zijn metgezel en sloeg met zijn rapier naar de keel, en enkele tellen later lag het monster op de stenen, dood.

'Wat is dat?' vroeg Wiliam hijgend.

'Geen natuurlijk wezen,' zei Jazhara.

'Door iemand gemaakt?' vroeg Robert, behoedzaam rond het roerloze lijk lopend.

Jazhara knielde neer, raakte even een zwemvlies aan en liet haar hand over het voorhoofd boven de leeg starende ogen lopen.

Uiteindelijk stond ze op en veegde een traan weg. 'Het was een klein kindje.'

Wiliam kokhalsde bijna. '*Dat* was een klein kindje?'

Jazhara draaide zich om en liep de tunnel weer in. 'Ik moet hier weg,' zei ze, haar stem verstikt van emotie.

Robert en Wiliam renden haar achterna. 'Wacht!' riep Robert.

Bij de kruising bleef Jazhara staan. Voordat een van beiden iets kon zeggen, draaide ze zich om. 'Er is hier een onvoorstelbaar kwalijke magie gebruikt. Er is een tak van het Mindere Pad die door sommigen "Arcanum Vitae" wordt genoemd, in de oude taal. Het betekent "de verborgen kennis van het leven". Ten goede aangewend kan er de reden van ziekte en dood mee worden opgespoord of een middel tegen misvorming of zwakte worden gevonden. Ten kwade gebruikt kunnen er dergelijke wezens mee worden gemaakt.'

'Kleine kinderen?' vroeg Wiliam.

Jazhara knikte. 'Kinderen die kort na hun geboorte worden ontvoerd of gekocht om in die "eierzakken" te worden geplaatst opdat ze door kwaadwillige krachten opnieuw kunnen worden gevormd, tegen alle wetten van de natuur in.'

'Dus dit monster was het eerste dat is uitgekomen?' vroeg Robert hoofdschuddend.

'Dat arme kind was geen monster,' zei Jazhara. 'Degene die het zo heeft gemaakt is het monster.' Ze keek Robert aan. 'Ergens in Krondor bevindt zich een magiër die groot onheil aanricht. Iemand die de gang van zaken in de prinsenstad grondig wil verstoren.'

Robert deed zijn ogen dicht. 'Alsof Beer nog niet genoeg was.' Hij slaakte een zucht. 'Eén probleem tegelijk, graag. Laten we op zoek gaan naar Rattenstaart Jack en Mace, en dan naar Lucas.'

Ze keerden om en volgden hun spoor terug langs de weg die ze waren gekomen.

Onderweg zei Jazhara: 'Dat wezen kan daar nooit lang hebben gezeten.'

Robert keek bedachtzaam. 'Mace zei dat de problemen ongeveer een week geleden zijn begonnen.'

'Misschien wilde degene die hem heeft gemaakt eerst zien of het werkte, om er daarna nog meer te maken,' opperde Wiliam.

'Daar kon je wel eens gelijk in hebben,' meende Jazhara, 'wat inhoudt dat de magie erg krachtig is, want niet alleen wordt de menselijke natuur erdoor misvormd, maar ook werkt het snel, misschien in een paar dagen of een week tijd.'

'Dus dat wezen was echt een klein kindje,' zei Robert. 'In beide betekenissen.'

'Ja, en hij leed.' Jazhara's stem klonk bitter. 'Dit soort gruwelen zijn het die de mensen tegen de beoefenaars van de mystieke kunsten opzetten. Om die reden worden magiërs gemeden en gehaat. Ik moet bericht sturen naar meester Puc om hem te laten weten dat er in Krondor een machtige schurk zich met magische kunsten bezig houdt.'

'Eh,' zei Robert, 'dat zou ik maar aan de prins overlaten. Arutha geeft meestal de voorkeur aan een rechtstreeksere aanpak. Als hij het nodig vindt om Sterrewerf te informeren, zal hij dat wel doen.'

'Natuurlijk,' zei Jazhara. 'Ik zal Zijne Hoogheid ook alleen maar adviseren bericht aan meester Puc te sturen.'

Zwijgend liepen ze verder, af en toe halt houdend wanneer ze anderen in het riool hoorden. Uiteindelijk kwamen ze op de plek waar Mace en zijn bende hen hadden tegengehouden.

'Zijn ze weg?' vroeg Wiliam.

Robert liep door. 'Ze zitten vlakbij, geloof me maar.'

Ze liepen naar het grote kanaal en troffen daar Rattenstaart Jack aan, die nog steeds in het langsdrijvende afvalwater stond te porren. Toen ze dichterbij kwamen, keek hij op. 'Jullie leven nog?

Dat betekent dan zeker dat we je een beloning schuldig zijn, jonker.'

Robert zei niets, maar keek spottend.

'Wat dacht je ervan als we je niet doden voor het breken van je eed aan de Snaken en het betreden van het riool zonder onze toestemming? Is die beloning groot genoeg voor je, jonker?'

Het enige wat Robert zei, was: 'Lucas.'

'Dat monster is echt dood?'

'Ja. Wat weet je van Lucas?'

Jack hield op met prikken in het drijvende rioolslib. 'We hielden Lucas een beetje in het oog. Hij is een oude... zakenrelatie van lang geleden, maar we kregen de indruk dat hij wat zaken deed die ons rechtens toekwamen. Op een nacht werden er drie boten door wat grimmig kijkende jongens vanuit de haven het grote kanaal op geroeid. Ik kon niet zo dichtbij komen om te zien welke van de oude smokkelaarsschuilplaatsen hij gebruikte, maar daar zouden we vroeg of laat toch wel achter zijn gekomen. Lucas ging omhoog naar zijn herberg. En gisteren komt hij midden tussen ons terecht en biedt ons zijn herberg aan, als we hem er maar door laten. Nou, in ruil voor dat mooie herbergje van hem zeiden we "ga je gang", en hij stoof weg. Hij kent het riool, die ouwe Lucas, want de knul die hem moest schaduwen raakte hem al kwijt voordat hij bij de smokkelaarssteiger was. Maar we kregen het idee dat we hem toch maar moesten gaan zoeken, want de jongens die boven controleerden, hoorden geruchten over piraten en goud. Dus wij denken dat Lucas weet waar hun schat is verstopt, want daarom was hij natuurlijk zo gul om ons zijn herberg te geven en zo. Dus stuurden wij een paar zware jongens achter hem aan, maar toen kwam dat monster te voorschijn en begonnen al die schatzoekers door de tunnels te rennen...'

'Waar is hij nu?'

'We hebben een redelijk idee van waar hij zat, jonker, maar je weet hoe het gaat bij ons Snaken. Alles altijd verkeerd opbergen. Maar voor een prijs kan alles natuurlijk worden teruggevonden.'

'We hebben dat monster gedood,' zei Wiliam.

'En daarvoor krijgen jullie vrije doorgang, verder niets,' wierp Jack tegen.

'Wat is je prijs?' vroeg Robert.

'Eén gunst, van jou en je nieuwe vrienden, nog nader te omschrijven.'

'Wat?' riep Wiliam uit.

'Waarom?' vroeg Robert.

'Voorlopig wordt er niet om gevraagd,' zei Jack, 'en misschien wel nooit, maar volgens ons zijn er problemen op komst. Grote problemen. Dat monster was nog maar het allereerste begin. En dan hebben we alle vrienden nodig die we kunnen krijgen.'

'Je weet dat ik mijn eed aan de prins niet kan breken en niets illegaals voor jullie kan doen,' zei Robert.

'Daar vraag ik ook niet om,' zei Jack. 'Maar we hebben vrienden nodig, nietwaar, Robbie de Hand?'

Robert overpeinsde het verzoek en zei tenslotte: 'We doen het, Rattenstaart Jack. Mijn woord erop.'

'Volgens ons zit Lucas bij de kelder waar ouwe Gregor Tromp de prinses verborgen hield toen jij nog klein was. Er zijn een paar kelders van gesloopte gebouwen waar je nog steeds in kan, groot genoeg om een schat in te verstoppen, en dicht genoeg bij het water om die schatten daar te krijgen.'

'Ik ken het gebied,' zei Robert. 'Voor zonsopgang zijn we het riool uit.'

'Zorg daar maar voor. We kunnen niet al die moordlustige honden hier beneden in het gareel houden.'

Robert gaf Jazhara en Wiliam een teken met hem mee te komen, en ze vervolgden hun weg in de richting van het centrale kanaal.

Het drietal liep stil en langzaam. In de verte hoorden ze het gemompel van mannenstemmen.

Behoedzaam gingen Robert en zijn metgezellen naar een punt vlak bij een kruising van het hoofdkanaal en een andere grote waterweg. Ineengedoken in het donker, hun lantaren afgedekt, wachtten Robert, Jazhara en Wiliam af.

Zes mannen, allen in het zwart gekleed, zaten in overleg met elkaar, zachtjes pratend. Aan de manier waarop Jazhara plotseling naar adem hapte begreep Robert dat ze hen herkende. Robert en Wiliam wisten al wat het waren: Izmalieten. Keshische huurmoordenaars. Meer dan tien waren er opgedoken in het woestijnfort van de Nachtraven dat prins Arutha nog maar enkele maanden geleden had vernietigd.

Robert koesterde geen illusies: als Jazhara kon toeslaan met een magische bezwering om er twee of drie een paar minuten onschadelijk te maken, dan hadden Wiliam en hij een kans. In een open gevecht zonder het voordeel van verrassing zou het een wonder zijn wanneer ze het met zijn drieën wisten te overleven.

Robert draaide zich om, tikte Jazhara op de schouder, wees naar de zes mannen en bracht zijn mond vlak bij haar oor. Zo zacht als hij kon, vroeg hij: 'Wat kan je doen?'

'Hen verblinden,' fluisterde Jazhara. 'Als ik het zeg, doe je je ogen stijf dicht.' Ze fluisterde dezelfde instructie in Wiliams oor, kwam overeind en begon aan een spreuk, met zachte stem. Een van de moordenaars werd door iets gewaarschuwd – een iets te luid uitgesproken woord, het schrapen van een laars langs steen – en hij keek om en trachtte de duisternis met zijn blik te doorboren. Hij zei iets tegen zijn metgezellen, en op slag staakten ze hun discussie om in de aangegeven richting te turen. Langzaam trokken ze hun wapens.

'Doe het nu!' fluisterde Robert.

'Ogen dicht!' zei Jazhara en liet haar bezwering los. Uit haar

hand schoot een bundel gouden licht die ontplofte in een gloei-
ende, withete flits, waardoor de zes moordenaars werden verblind. 'Nu!' schreeuwde Jazhara.

Robert sprong op, met Wiliam vlak achter zich aan. Jazhara
maakte de lantarenluikjes open en zette de tunnel in scherp con-
trast. Robert trof de voorste man met het gevest van zijn zwaard
en sloeg hem het kanaal in. 'Neem er eentje levend gevangen als
je kunt!' riep hij.

Wiliam sloeg er een neer, maar werd bijna doorboord toen hij
zijn volgende tegenstander in een verdedigingshouding aantrof,
klaar om te reageren op het geluid van een aanval. 'Ik denk dat ik
als eerste probeer zelf te blijven leven, Robert,' zei hij. Het lukte
hem met zijn lange zwaard door de verdediging van de verblinde
man heen te komen en hem te doden.

Jazhara verscheen naast Wiliam en sloeg een andere moordenaar in het gezicht met het ijzerbeslag op de punt van haar staf.
De man zakte ineen op de vloer.

Robert merkte dat de volgende twee Izmalieten hun gezichtsvermogen al enigszins hadden teruggekregen en klaar stonden
voor de aanval. Zoals Robert uit ervaring wist, neigden meervoudige tegenstanders elkaar in de weg te lopen, maar deze twee leken
geoefend in het vechten als duo. 'Ik zou best wat hulp kunnen
gebruiken,' zei hij tegen Jazhara.

Zodra hij zijn mond opendeed, deden beide mannen een ge-
coördineerde uitval, en alleen vanwege zijn bovennatuurlijke reflexen wist hij het er levend van af te brengen. De ene haalde uit
met zijn kromzwaard naar Roberts lichaam, terwijl zijn metgezel
een halve tel later sloeg naar de plek waar Robert zou hebben
gestaan wanneer hij de verwachte reactie op de oorspronkelijke
aanval had vertoond.

Robert had echter rechts geblokkeerd met zijn zwaard, en in
plaats van zich terug te trekken, had hij druk op zijn eigen wapen

gezet om de eerste moordenaar te dwingen verder naar diens linkerkant te stappen. Met zijn linkerhand greep Robert de rechterelleboog van de Izmaliet en wierp zich met zijn volle gewicht tegen de man, die daardoor het kanaal in tolde.

Plotseling stond de tweede moordenaar alleen tegenover Robert, terwijl Jazhara met haar staf op hem af kwam, klaar om toe te slaan, en Robert nu aan zijn vrije kant stond.

Wiliam viel zijn laatste tegenstander aan en riep: 'Ik heb deze klem!'

De Izmaliet tegenover Jazhara zei iets in een taal die Robert niet verstond, bracht zijn linkerhand naar zijn mond en zeeg neer op de stenen. Wiliams tegenstander deed hetzelfde en kwam met een plons in het kanaal terecht.

'Verdomme!' schreeuwde Robert, grijpend naar de instortende moordenaar voordat die de stenen raakte. Zoals hij had verwacht, was de man al dood.

Jazhara keek naar de moordenaar die door Robert in het kanaal was geslagen. 'Hij drijft met zijn gezicht naar beneden.'

'Wat is er gebeurd?' vroeg Wiliam.

'Nachtraven. Ze hebben zichzelf van kant gemaakt. Fanatiekelingen.' Bij Jazhara informeerde hij: 'Kon je verstaan wat hij zei?'

'Volgens mij gaf hij de anderen het bevel tot zelfmoord, maar de woorden kende ik niet. Ze zeggen dat de Izmalieten hun eigen taal hebben die ze aan niemand buiten hun clan leren.'

'We hadden al wat van die lui gevonden toen die demon werd opgeroepen in het verlaten fort in de woestijn,' zei Wiliam.

'Demon?' vroeg Jazhara.

'Vertel ik je wel in het paleis,' beloofde Robert. 'Maar het is duidelijk dat de Nachtraven Keshiërs in hun gelederen tellen.'

'Waardoor ze gevaarlijk zijn voor zowel Kesh als het Koninkrijk.'

Robert keek de jonge vrouw geruime tijd aan en zei toen: 'Het zou wellicht verstandig zijn je oudoom wat specifieke informatie te sturen.'

'Misschien,' zei Jazhara, leunend op haar staf, 'maar zoals je al eerder hebt opgemerkt, dat besluit is aan de prins.'

Robert grijnsde. 'Laten we de lijken controleren.'

Ze onderzochten de vier moordenaars die niet in het kanaal waren beland, en vonden niets. De enige persoonlijke eigendommen die ze bij zich hadden, waren de Nachtraaf-amuletten rond hun hals.

'Ik dacht dat we in de woestijn voorgoed met hen hadden afgerekend,' zei Wiliam.

'We hebben hen daar zeker een gevoelige slag toegebracht, en één van hun nesten vernietigd, maar er zijn er nog meer.' Robert stond op en stak een amulet in zijn hemd. 'Die is voor de prins. Hij zal er niet blij mee zijn.'

'Wat deden ze hier eigenlijk?' vroeg Jazhara.

'Zoeken naar de schat, vermoed ik,' zei Wiliam.

'Als ze hun akelige rijkje willen herbouwen, hebben ze goud nodig,' beaamde Robert. Hij keek rond. 'We kwamen net op tijd, geloof ik.' Hij liep naar een grote muur met twee ijzeren ringen, en draaide aan de linker. Even later klonk er een zwaar gerommel en bewogen de stenen opzij.

'Lucas!' schreeuwde hij. 'Ik ben het, Robert! Ik kom van de prins om je te helpen!'

Van diep in de donkere tunnel riep een stem: 'Robbie! De goden zij dank dat jij het bent. Ze zijn al overal naar me op zoek, om me te vermoorden.'

Robert wenkte Jazhara met de lantaren en met zijn drieën betraden ze de tunnel. Twaalf voet verder naar binnen stond Lucas met een kruisboog, en zodra hij de twee jongemannen herkende, legde hij die met een opgelucht gezicht neer. 'De kleerkasten van die gek van een Beer hebben een hele dag achter me aan gezeten.'

'En ze zijn de enigen niet,' zei Wiliam. 'Schatzoekers en huurmoordenaars en dieven ook.'

'Verdomme,' zei Lucas. 'Knute beweerde dat hij zijn mannen zelf had uitgekozen en dat ze hun mond niet voorbij zouden praten, maar ik vermoedde al dat die idioot zelf zijn kop niet kon houden.'

'Waar zit Beer achteraan?' vroeg Robert.

'Ik mag hangen als ik het weet, Robert,' antwoordde Lucas. De oude man ging zitten op een watervat. 'Ik zou Knute helpen met het helen van de buit van zijn laatste overval. Ik denk dat Knute Beer heeft belazerd, omdat Beer met wat van zijn mannen naar mijn herberg kwam en iedereen begon te vermoorden. Ik wist er zelf ternauwernood vandaan te komen nadat ik Talia en de anderen had gezegd via de keuken te vluchten.'

Robert en Wiliam keken elkaar aan. 'Talia is dood, Lucas,' zei Robert met zachte stem. 'Beer heeft haar te pakken gekregen en wilde haar dwingen te vertellen waar jij je verborgen hield.'

Lucas leek van binnenuit in te storten. Zijn gezicht werd grijs en de tranen welden op in zijn ogen. 'Talia?' Zijn kin viel op zijn borst. Lange tijd bleef hij zo zitten, tot hij met een snik zei: 'Ik heb mijn zoons in de oorlog verloren, maar ik had nooit gedacht dat Talia...' Hij zuchtte. Na een tweede lange stilte ging hij verder: 'Na die klus met Knute zou ik binnen zijn geweest. Dan had ze geen serveerster meer hoeven zijn. Dan had ze een fatsoenlijke bruidsschat voor een fatsoenlijke jongeman gehad.' Hij keek op naar Wiliam.

Ook bij Wiliam stonden de tranen in de ogen. 'Je weet dat ik veel om haar gaf, Lucas. Ik zweer je dat we Beer zullen vinden en dat Talia zal worden gewroken.'

Lucas knikte droevig. 'Al die moeite, al dat moorden, en nu is het allemaal voor niets geweest. Ik denk dat ik die buit maar gewoon teruggeef aan Knute.'

'Dus je hebt nog niet gehoord over Knute?' vroeg Robert.

'Ik heb gehoord dat de wacht hem eergisteravond heeft opgepakt. Hij zit in de gevangenis.'

'Nu niet meer,' zei Wiliam. 'Beer is de gevangenis binnengedrongen en heeft Knute aan stukken gescheurd.'

'Bij de goden!' riep Lucas uit. 'Hij is gek geworden.'

'Wij rekenen wel af met Beer,' zwoer Wiliam.

'Dank je, Wiliam,' zei Lucas, 'maar pas op je tellen. Talia mag er dan niet meer zijn, maar jij nog wel, en dat hou ik liever zo. Die Beer is gevaarlijk, en hij maakt gebruik van magie.'

'Wat voor een magie?' vroeg Jazhara.

'Duistere krachten, mevrouw. Knute was doodsbang nadat hij Beer met magie bezig had gezien. Daarom brak hij ook met hem.' Hij schudde zijn hoofd. 'Willen jullie zien waar het die schoften om te doen was?'

Robert knikte. 'Daar ben ik best een beetje nieuwsgierig naar.'

Lucas stond op en nam hen mee naar een massieve houten deur. Hij haalde de dwarsbalk eraf, gooide hem opzij en trok de deur open. Jazhara kwam naar voren met haar lamp, en zelfs Robert liet een waarderend zacht gefluit horen.

De kleine ruimte lag kniehoog vol met schatten. Op verscheidene kleine kisten waren zakken met gouden munten gestapeld. Overal lagen massief gouden standbeelden en stapels juwelen. Lucas stapte de kamer binnen en maakte een van de kisten open. Daarin zat nog meer goud, en een beeldje. Jazhara bukte zich en pakte het op. 'Dit is Ishapische kunst,' zei ze zacht. 'Het is een heilig icoon van hun kerk, het Symbool van Ishap.'

Roberts ogen werden groot. 'Ze hebben een Ishapisch schip overvallen! Een gevaarlijker onderneming voor een piraat kan er niet zijn, naar mijn idee.'

'Overmoedig, zouden de meesten zeggen,' vond Lucas. 'Beer had het gemunt op iets bijzonders aan boord van dat schip, maar wat het ook was, Knute wist zeker dat het niet bij de buit zat die hij hier had verstopt.'

'Hoe wist hij dat dan?' vroeg Jazhara.

'Knute vertelde me dat Beer razend werd toen het schip zonk, ondanks dat ze dit allemaal hadden buitgemaakt.' Hij zwaaide met zijn hand. 'Dat is een van de redenen waarom Knute Beer wou laten verdrinken. Hij was bang dat Beer hem de schuld zou geven dat het schip te snel was gezonken.'

'Een gegronde vrees, gezien wat Beer hem heeft aangedaan,' merkte Jazhara op.

Wiliam keek verward. 'Maar wat schieten we hiermee op? We weten nog steeds niet echt op wie we nu precies jacht maken en waar hij naar op zoek is.'

Lucas opende nog een kist, een die er anders uitzag dan de andere. Die was van donker hout, veel ouder, en leek nooit te zijn schoongemaakt. Hij zat vol vlekken en de scharnieren waren roestig. Lucas haalde er een opgerold perkament uit en gaf dat aan Robert. Daarop gaf hij een verweerd, in leer gebonden boek aan Jazhara. 'Hier staat het allemaal in. Dit zijn de lijsten van alle schepen die Knute's bemanning door de jaren heen heeft laten zinken, deze laatste klus met Beer inbegrepen.'

Robert keek naar de kaart. 'Hier staat op waar het Ishapische schip is overvallen.'

'Knute was grondig, dat moet ik die kleine rat nageven,' bekende Lucas.

'Maar daarmee weten we nog steeds niet waar het Beer om te doen was,' bracht Jazhara naar voren.

'Zouden we hem niet naar ons toe kunnen lokken als we het gerucht verspreiden dat wij dat weten?' opperde Wiliam.

'Misschien,' gaf Robert toe, 'maar laten we ons beperken tot één ding tegelijk. Eerst moet ik naar het paleis om te rapporteren bij de prins.' Hij keek Lucas aan. 'Jij blijft hier met Wiliam. Ik stuur Jonathan Means met wat onderschouten hierheen om voor al dit goud te zorgen.'

'Wat ga je ermee doen?' vroeg Lucas.

Robert glimlachte. 'Teruggeven aan de Ishapiërs. Wij weten dan niet waar het Beer om te doen was, maar ik durf er een jaarinkomen onder te verwedden dat zij dat wel weten.'

Lucas' schouders zakten iets, maar hij knikte.

Jazhara en Wiliam volgden Robert de kamer uit, en ze keerden terug naar het riool. Terwijl ze door een gang naar de dichtstbij-zijnde uitgang renden, hoorden ze de geheime deur van de oude smokkelaarsschuilplaats achter hen dichtslaan.

6   Intriges

Arutha wachtte tot de hofjonker weg was.

Toen de jongen uit het kantoor van de prins was vertrokken, keek de heerser over het Westelijke Rijk van het Koninkrijk der Eilanden Robert aan. 'Wel, de chaos is groter dan we hadden gedacht, niet?'

Robert knikte. 'Veel meer dan een gewone jacht op een piratenschat, Hoogheid.'

Arutha schonk Robert een scheve glimlach, en keek toen met zijn donkere ogen Jazhara onderzoekend aan. 'U hebt een vrij ongebruikelijke ontvangst in onze stad gekregen, nietwaar, vrouwe?'

'Gezien onze recente geschiedenis was het gebruikelijker dan we zelf graag zouden willen, Hoogheid,' grapte Robert.

Jazhara moest glimlachen om de losse manier waarop de twee mannen met elkaar omgingen. 'Hoogheid, mijn instructies van hertog Puc waren simpel: ga naar Krondor en help de prins op welke manier je ook kunt met betrekking tot magische kwesties. Met dat doel ben ik hier om u te dienen, ook al betekent het dat ik de wat strijdlustiger kanten van de kunst moet beoefenen om uw rijk te verdedigen.'

Arutha leunde achterover en plaatste zijn vingertoppen tegen elkaar, de vingers beurtelings spannend en ontspannend, een zenuwtrekje dat Robert hem vanaf hun eerste ontmoeting had zien maken. Even later zei hij: 'We hebben twee van deze gespreksonderwerpen, die allebei, zoals u het stelt, "de wat strijdlustiger kanten van de kunst" vereisen.'

'Het wezen,' begon Robert.

Jazhara knikte instemmend. 'Hoogheid, de aanwezigheid van dat monsterlijke kind en de kwaliteit van de schandelijke magie die voor zo'n onderneming nodig is, wijzen op de betrokkenheid van bijzonder machtige, kwaadwillige krachten.'

'Inderdaad,' zei de prins. 'Kunt u zich één reden voor de geest halen waarom iemand zulke gruwelijke magie binnen de muren van de stad zelf zou beoefenen? De kans op ontdekking was groot, zelfs in een verlaten hoekje van het riool.'

'Als het beoogde doel het scheppen van chaos in uw stad betrof, Hoogheid, is zo'n keus logisch,' antwoordde Jazhara. 'Een andere reden kan ik niet bedenken, nee. Het is een keus die alle begrip tart. Dus, aangenomen dat het ging om het scheppen van chaos, dan was de mogelijke uitkomst het risico van een vroegtijdige ontdekking zeker waard.' Ze aarzelde even en voegde eraan toe: 'Het wezen dat door de op die kinderen gebruikte kwalijke magie gestalte heeft gekregen, zou ongetwijfeld sterker zijn geworden. Volgens de berichten had die ene die we hebben vernietigd in de loop van enkele dagen meer dan tien gewapende mannen gedood of verwond. Hij was verzwakt toen wij hem aantroffen. Bovendien was hij niet volgroeid, naar alle maatstaven nog een klein kindje. Met een paar weken zou hij behoorlijk sterk zijn geworden. Een horde van die wezens die vrij door uw stad zwerft...'

'U schetst een onaantrekkelijk beeld,' zei Arutha. 'Maar uw argument is overtuigend.' Hij boog zich voorover. 'Sinds de komst van de moredhelse afvallige Gorath hebben we geworsteld met een reeks schijnbaar onverklaarbare voorvallen, doch bij al die voorvallen is er één constante factor geweest: iemand die Krondor in een enorme chaos wenst te storten.'

'De Kruiper,' zei Robert.

Arutha knikte. 'Precies.'

'Wie is deze Kruiper, Sire?' vroeg Jazhara.

Arutha knikte naar Robert, die zei: 'Dat weten we niet. Als we het wisten, dan was hij inmiddels al lang opgehangen. Ruim een jaar geleden dook hij voor het eerst op, als leider van een bende die probeerde de Snaken in Krondor uit het zadel te wippen. Maar tegelijkertijd schijnt hij werkzaam te zijn in de haven, waar hij zich met de handel bemoeit. Verder hebben we vastgesteld dat hij een sterke binding had met de Nachtraven. Met andere woorden, het is een door en door slechte kerel.'

'En mogelijk veel gevaarlijker dan we in eerste instantie dachten,' voegde Arutha eraan toe. 'Hij schijnt de hand te hebben gehad in de aanval op de Hertog van Olasko en zijn familie.'

'De man beweegt zich in vele kringen,' zei Robert.

'En dan is er nog de kwestie met de Ishapiërs.' Arutha wees op het beeldje dat Robert mee naar het paleis had genomen. 'Ik heb bericht gezonden naar de hogepriester van de tempel hier in Krondor en verwacht gauw van hem te horen.'

'Heeft het iets te maken met dat huis aan het plein tegenover het paleis, Hoogheid?' vroeg Robert.

Arutha's scheve glimlach keerde terug. 'Er ontgaat jou niet veel, hè?'

Robert glimlachte slechts en maakte een buiging.

'Ja,' antwoordde Arutha, 'maar ik wacht eerst op de aanwezigheid van de hogepriester of zijn vertegenwoordiger voordat ik die informatie met je deel. Neem rust, jullie allebei, maar wees erop voorbereid om ieder moment hierheen geroepen te worden. Ik denk niet dat de Ishapiërs lang zullen dralen met hun antwoord op mijn ontbieding.'

Daar had Arutha gelijk in. Jazhara en Robert waren nog niet eens halverwege de terugweg naar hun respectievelijke kamers toen ze werden ingehaald door hofjonkers, die hun informeerde dat de prins hun ogenblikkelijke aanwezigheid in de troonzaal verlangde.

Daar troffen ze de hogepriester van Ishap aan, vergezeld van twee andere priesters en een krijgsmonnik. De hogepriester was een al oudere man met het voorkomen van een geleerde en kort, sneeuwwit haar. Evenals hun meerdere waren de twee priesters blootshoofds en droegen hun donkere haar kortgeknipt. In tegenstelling tot andere orden neigden de Ishapiërs naar eenvoud. De priesters waren gekleed in met bruin afgezette witte habijten. De krijgsmonnik droeg een wapenrusting en een helm onder zijn linkerarm. Aan zijn gordel hing een grote strijdhamer.

Prins Arutha zat op zijn troon, en al waren er slechts twee andere hofbeambten aanwezig – hertog Gardaan en zijn schrijver – toch was het Robert meteen duidelijk dat Arutha dit vraaggesprek wilde houden vanuit de machtspositie die bij zijn rang hoorde.

Al heel lang werden de Ishapiërs beschouwd als de geheimzinnigste van alle Midkemische religieuze orden, die niemand bekeerden, zoals de andere tempels deden. In de oude abdij te Sarth was Robert al eerder met hen in aanraking gekomen, en zodoende wist hij dat de Ishapiërs meer macht hadden dan algemeen werd geloofd. Ze vormden een soort oppergezag over de andere tempels, die ieder conflict met hen uit de weg gingen.

'Hoogheid,' sprak de hogepriester, 'uw boodschap had een gebiedend karakter en ik ben gekomen zodra ik deze ontving.'

'Dank u,' zei de prins. Hij gebaarde naar Gardaan, en de schrijver van de oude hertog kwam naar voren met het beeldje, dat hij ter nadere inspectie aan de hogepriester overhandigde.

'Hoe komt u hieraan, Hoogheid?' vroeg de hogepriester met in zijn stem een zweem van verrassing en bezorgdheid.

Arutha gaf een teken aan Robert, die zei: 'Het is eerder op de

138

dag ontdekt in een schuilplaats vol gestolen goederen. Buit van een piratenoverval.'

'Buit?' zei de hogepriester.

'Vader,' zei Arutha, 'we weten allebei wat er dit jaar staat te gebeuren. Ik wil graag weten of dat beeldje afkomstig is van het schip dat deze maand in Krondor wordt verwacht.'

'Dit zijn zaken die niet in de openbaarheid van het hof kunnen worden besproken, Hoogheid,' zei de hogepriester.

Arutha knikte naar Gardaan, en de hertog stuurde de schrijver weg, waarop de hogepriester naar Jazhara en Robert keek. Maar Arutha zei: 'De jonker is mijn persoonlijke assistent en Jazhara is mijn raadsvrouwe op magisch gebied. De hertog geniet mijn volledige vertrouwen. U kunt vrijuit spreken.'

De hogepriester zag eruit alsof er acuut een last op zijn schouder werd geplaatst, want ze gingen zichtbaar omlaag. 'De *Ishaps Dageraad* werd een week geleden reeds in Krondor verwacht, Hoogheid. We hebben schepen op weg gestuurd om haar te zoeken, helemaal tot aan de Vrijsteden. Misschien mankeert er iets aan het schip, of...' Hij keek Robert aan. 'Een piratenoverval? Is dat mogelijk?'

'Kennelijk,' antwoordde Robert. 'Het blijkt dat uw schip is overvallen door een gek genaamd Beer, bijgestaan door, naar het schijnt, zwarte magie. De rest van de buit wordt door de wacht naar het paleis gebracht, om aan u te retourneren, vader.'

Er fonkelde een glans van hoop in de ogen van de hogepriester. 'Zegt u eens... zit er een grote kist bij...'

Robert onderbrak hem. 'Volgens zijn eerste stuurman is datgene waar Beer het op had voorzien met het schip gezonken. Dat was de reden van aanzienlijke wrijving tussen hen. Beer heeft de man met zijn blote handen aan stukken gescheurd in zijn poging achter de locatie van het gezonken schip te komen.'

Het gezicht van de krijgsmonnik bleef onbewogen, maar de

hogepriester en zijn twee andere begeleiders leken bijna flauw te vallen.

'Dan is alles verloren,' fluisterde de hogepriester.

Arutha boog zich voorover. 'Het schip vervoerde de Traan der Goden?'

'Ja,' antwoordde de hogepriester, 'en alle andere schatten die in de afgelopen tien jaar door alle tempels van de Verre Kust tot aan de Vrijsteden zijn verzameld. Maar al het goud en juwelen' – hij zwaaide met het beeldje – 'zijn zinloos zonder de Traan.'

Robert ving Arutha's blik, en de prins zei: 'Toen ik nog maar pas op deze troon zetelde, is mij iets over het belang van de Traan verteld, maar het geheim ervan hebt u voor de kroon verborgen gehouden. Waarom is dat artefact van zulke grote waarde?'

'Wat ik u nu ga vertellen, Hoogheid, weten alleen uw broer de koning in Rillanon en een klein aantal lieden van onze orde,' zei de hogepriester. 'U moet zweren dat wat ik u hier vertel, altijd binnen deze muren zal blijven.'

Arutha keek naar Gardaan, die knikte, en vervolgens naar Robert en Jazhara, die eveneens instemden. 'Dat zweren we,' zei de prins.

'Eens in de tien jaar wordt er op een geheime plek in het noorden van de Grijze Torenbergen een juweel gevormd. Zelfs in onze oudste boeken is niet terug te vinden hoe onze orde in het begin achter het bestaan van de Traan der Goden is gekomen. Maar dit weten we wel: heel de macht van de goden komt tot de mens via dit artefact. Zonder de Traan zijn wij doof voor de woorden der goden en kunnen de goden onze gebeden niet horen.'

Jazhara kon zich niet inhouden. 'Dan bent u al het contact met de goden kwijt!' flapte ze eruit.

'Meer nog, vrezen we,' zei de hogepriester. 'Wij geloven dat ook alle magie zou verdwijnen. Want het is bij de gratie der goden dat het de mens is vergund de magische kunsten te beoefenen, en zonder goddelijke tussenkomst zouden we weer gewone stervelingen zijn. Binnenkort zal de bestaande Traan in onze moedertempel te Rillanon uitdoven en zijn stralend blauwe licht verdwijnen. Als de nieuwe Traan voordien niet op zijn plaats is, raken we onze verbinding met de hemelen kwijt.'

'Is er over tien jaar dan niet weer een Traan?' vroeg Robert.

'Jawel, maar kunt u zich een periode van tien jaar duisternis voorstellen? Tien jaar waarin de mens geen omgang heeft met de goden? Tien jaar waarin er geen genezing kan worden gedaan? Tien jaar zonder dat er gebeden worden verhoord? Tien jaar zonder hoop?'

Robert knikte. 'Een ontmoedigend beeld, vader. Wat kunnen we eraan doen?'

'We hebben de locatie van het gezonken schip,' zei Arutha.

Andermaal verscheen er een vonk van hoop in de ogen van de hogepriester. 'O ja?'

'Binnen een redelijk afgebakend gebied,' zei Robert. 'We hebben een kaart, en als het schip recht naar beneden is gegaan, moeten we het terug kunnen vinden.'

'Met onze magische kunsten kunnen we veel doen, Sire,' zei de hogepriester. 'Maar iemand in staat stellen onder water adem te halen om het wrak te doorzoeken valt buiten onze gaven. Is er een andere manier?' Hij keek nadrukkelijk naar Jazhara.

Arutha begreep de ernst van deze vraag. Meer dan welke andere instituten dan ook waren de tempels op hun hoede voor magie waarover ze geen zeggenschap hadden. Onder de gunstigste omstandigheden zou Jazhara al met argwaan worden bezien, en dit waren nauwelijks gunstige omstandigheden te noemen. 'Kent u een andere manier, Jazhara?' vroeg de prins.

Ze schudde haar hoofd. 'Helaas, Hoogheid, nee. Ik weet van mensen in Sterrewerf die tot dergelijke staaltjes in staat zijn, maar dat zijn overwegend niet wat men robuuste lieden zou kunnen noemen. Dergelijk werk vereist een krachtig zwemmer, en een lichtbron.'

'Dat lukt nooit,' zei Robert.

Arutha trok een wenkbrauw op. 'Nee?'

Robert grijnsde. 'Hoogheid, mijn hele leven woon ik al aan zee. Ik heb gehoord wat de matrozen zeggen. Eenmaal onder een bepaalde diepte drukt het water zwaar, en zelfs met een magische bezwering om te kunnen ademen zou het hoogst onwaarschijnlijk zijn dat een mens tegen zo'n hoge druk bestand is. Nee, het moet op een andere manier.'

'Hoe dan?' vroeg de hogepriester.

'Via het Bergersgilde,' antwoordde Robert. 'Het is hun vak om gezonken schepen boven te brengen. Zij kunnen ze lang genoeg boven water houden om ze te redden. In sommige gevallen kunnen ze een gat in de romp herstellen en het voorheen lekke schip veilig naar de haven verslepen om het opnieuw op te tuigen. Dat heb ik vaak genoeg gedaan zien worden.'

'Maar dan moet hun worden verteld over de Traan,' wierp de hogepriester tegen. 'En daar kunnen we met niemand over praten.'

Robert schudde zijn hoofd. 'Nee, vader. We hoeven hun alleen maar te vragen het schip omhoog te halen. Dan kan iemand die het vertrouwen van de kroon geniet het schip ingaan, dat artefact halen en het hier naar Krondor brengen.'

De hogepriester gebaarde naar de zwijgzame krijgsmonnik links van hem. 'Broeder Solon hier wordt die persoon. Er zijn mystieke beveiligingen rondom de Traan aangelegd; zelfs al had deze man genaamd Beer de Traan gevonden, dan nog had hij hem niet zomaar mee kunnen nemen. Broeder Solon is in staat die beveiligingen te verwijderen zodat de Traan kan worden gered.'

Robert keek Arutha aan. 'Sire, als deze Beer de precieze ligging van de Traan niet kent, moeten we er dan niet van uitgaan dat hij vlakbij blijft wachten op een Ishapische expeditie naar de plaats van het wrak? Het ligt voor de hand dat hij wacht tot het artefact is gered om dan toe te slaan.'

'Wij hebben de middelen om de Traan te verdedigen,' zei de hogepriester.

'Met alle respect, vader, maar volgens hetgeen Lucas ons vertelde van wat de piraat Knute hem heeft gezegd, heeft Beer een vorm van bescherming tegen uw magie. Hoe zou hij anders het schip hebben kunnen overvallen?'

De hogepriester keek bekommerd.

'Een amulet zei hij, geloof ik,' zei Jazhara, 'iets met de macht om de drager te beschermen tegen priestermagie.'

Arutha keek naar Robert. 'Jij adviseert om onopvallend te werk te gaan?'

'Ja, Sire,' zei Robert. 'We moeten een manier bedenken om Beers aandacht af te leiden. Als we hem uit de buurt kunnen houden terwijl we het schip omhooghalen, het artefact pakken en teruggaan voordat hij beseft dat hij wordt beziggehouden...' Hij haalde zijn schouders op. 'Dan hebben we misschien een kans.'

'Hoogheid,' zei de hogepriester, 'ik geef de voorkeur aan een grote gewapende strijdmacht –'

De prins hief zijn hand op. 'Ik besef dat de Traan het terrein van de Tempel van Ishap is, vader, maar het was mijn gevangenis die is opgeblazen, mijn vrouws weeshuis dat is afgebrand en mijn stadswachters die zijn afgeslacht. Daarmee is het een zaak van de kroon geworden om ervoor te zorgen dat zoiets niet nogmaals gebeurt. Als, zoals gemeld, Beer en zijn huurlingen immuun voor uw magie zijn, ziet het ernaar uit dat er wapengeweld noodzakelijk is om de Traan te redden. Hoeveel krijgsmonniken kunt u binnen een dag bijeenbrengen?'

De hogepriester keek verslagen. 'Slechts drie, Hoogheid. De

meerderheid van onze krijgsbroeders zat aan boord van de *Ishaps Dageraad* om de Traan der Goden te bewaken.'

'Vader,' waagde Robert, 'gezien het aantal dat er hier in Krondor is gesneuveld, raad ik aan de Traan terug te halen en er veilig mee op weg naar Rillanon te gaan voordat Beer in de gaten heeft dat hij niet meer op de bodem van de zee ligt.'

Arutha was een tijdlang stil en zei toen: 'Ik stem in met Roberts plan.' Hij richtte zich tot Robert. 'Wat die afleiding betreft, stuur de Padvinders meteen op weg om Beers spoor te zoeken. Laat Wiliam een voltallige patrouille van de Koninklijke Wacht verzamelen om vlug achter hen aan te gaan. Volgens jouw verslag is Wiliam gemotiveerd genoeg om die Beer dwars door de wildernis heen op te jagen. Beer mag dan ongevoelig zijn voor magie, maar ik wed dat hij van vierentwintig zwaarden last genoeg heeft om hem te dwingen te blijven lopen. En zeg Wiliam dat mocht hij Beer inhalen, de man ter dood is veroordeeld en hij met hem kan doen wat hij nodig acht. Dat moet afleiding genoeg zijn.'

'En de Traan?' vroeg Robert.

'Jazhara en jij gaan naar het Bergersgilde en huren genoeg leden om een schip te lichten. Breng hen onopvallend bijeen op een punt buiten de stad, laat hen de stad getweeën of gedrieën verlaten en kom bijeen in een van de dorpjes langs de weg naar Sarth. Rijd dan snel naar...'

'Weduwpunt,' hielp Robert.

'Weduwpunt,' herhaalde Arutha, 'en begin meteen met het bergen van de Traan.'

Robert maakte een buiging. 'Hoeveel nemen we er mee?'

'Jij, Jazhara en iedereen die je van het gilde krijgt, vertrekken samen met broeder Solon morgenochtend bij het eerste licht. Ik stuur de dag daarna een patrouille op weg met als bestemming...' Hij keek naar Gardaan. 'Welke stad ligt het dichtst bij Weduwpunt?'

Zonder een landkaart te raadplegen gaf hertog Gardaan antwoord: 'Haldenhoofd. Dat ligt aan het klif boven de Punt. Het is een toevluchtsoord voor strandjutters die de wrakken daar afstropen, maar voor de rest is het een slaapstadje.'

'Te dichtbij, Sire,' zei Robert. 'Als Beer spionnen bij het wrak heeft geposteerd, zullen die vrijwel zeker in Haldenhoofd zijn gestationeerd. Onze komst alleen al zal veel stof doen opwaaien als we niet binnen een dag of zo weer vertrekken. Het onverwachts verschijnen van een patrouille zal Beers mannen zeker waarschuwen.'

'Wat is het eerstvolgende dorp in zuidelijke richting?' vroeg Arutha.

'Molenaarsrust,' zei de hertog.

'Stationeer hen dan daar. Zodra je de Traan hebt, Robert, ga je zo snel mogelijk zuidwaarts naar Molenaarsrust en laat je door de patrouille terug naar Krondor brengen. Als je iets tegenkomt wat je niet aankunt, stuur je iemand naar Molenaarsrust en komt de patrouille je versterken. Is dat duidelijk?'

'Ja, Sire,' zei Robert en maakte een buiging.

Tegen de hogepriester zei Arutha: 'Vader, ga de benodigde maatregelen treffen en laat uw krijger twee uur na het eerste licht buiten de poorten op Robert wachten, bij de eerste kruising van wegen. Robert, jij neemt die mannen van het Bergersgilde en vertrekt met de helft ervan bij het eerste licht. Jazhara en de anderen van het gilde vertrekken één uur daarna. Jullie moeten moeiteloos kunnen opgaan in het gewone verkeer dat de stad bij zonsopgang verlaat.' Robert aankijkend voegde de prins eraan toe: 'Is het nodig dat ik aandring op voorzichtigheid?'

Met zijn bijna aanstootgevende grijns zei Robert: 'Voorzichtigheid is dus geboden, Hoogheid.'

Arutha wees met een beschuldigende vinger. 'Wij hebben samen veel gezien, Robert, meer dan menigeen in tien levens, maar deze taak is even belangrijk als alle vorige die je hebt gehad. Kwijt je er goed van, want het lot van ons allen rust in jouw handen.'

Robert maakte nog een buiging. 'Dat zal ik doen, Hoogheid.'

Vervolgens wendde Arutha zich tot Jazhara. 'Ik vertrouw erop dat u onze jonge avonturier helpt herinneren aan de ernst van deze taak.'

Ook zij maakte een buiging. 'Waar nodig, Hoogheid.'

'Ga nu, jullie allemaal, en mogen de goden uw inspanningen gunstig gezind zijn.'

Buiten de troonzaal hield Robert Jazhara op tot eindelijk hertog Gardaan door de deur kwam. 'Excellentie?' zei Robert.

De hertog keek om, zijn donkere gezicht gerimpeld als oud leer, maar zijn ogen nog immer helder en alert. 'Wat is er, jonker?'

'Zou ik u kunnen overhalen tot het sturen van bericht aan de bevoorradingsofficier dat wij komen om onszelf voor deze reis uit te rusten?'

'Is daar dan een probleem mee?' vroeg de hertog.

Robert grijnsde schaapachtig. 'Mijn geloofwaardigheid heeft de laatste tijd nogal wat te lijden gehad, aangezien ik de naam van de prins iets te vaak heb laten vallen...'

'Zonder dat Arutha daarvan wist,' maakte Gardaan zijn zin af. Hij grijnsde terug. 'Akkoord, ik zal meteen bericht sturen.'

'Wanneer gaat u nu eindelijk met pensioen?' vroeg Robert. 'Ik dacht dat uw vertrek al lang was afgesproken.'

'Ik zou over een maand naar Schreiborg vertrekken, maar nu weet ik dat niet meer,' antwoordde hij met een bijna theatrale zucht. 'Wanneer *jij* eens ophoudt met problemen naar het hof te brengen, denk ik.'

Met een schalkse grijns zei Robert: 'Als dat zo is, dan bent u hier over een jaartje of tien nog steeds.'

'Ik hoop van niet,' zei de hertog, 'maar als jullie terugkomen ben ik er vrijwel zeker nog. Niemand wordt van zijn taken onthe-

ven zolang deze crisis nog niet is opgelost. Nu, aan het werk, jij.'
Voor Jazhara maakte hij een buiging. 'Mijn vrouwe.'

'Excellentie,' zeiden ze allebei tegelijk.

Nadat de oude hertog was vertrokken, vroeg Jazhara: 'En nu?'

'Naar de Zeepoort en het Bergersgilde,' zei Robert.

Halverwege de ochtend gonsde het van de activiteiten bij de Zeepoort. Vracht die in de haven werd gelost om de stad in te worden
vervoerd zorgde voor tientallen wagens en handkarren die langzaam door de straat naar de Oude Markt en het gebied erachter
werden gereden. Matrozen die pas van een lange reis waren bin-
nengelopen, repten zich de schepen af om op zoek te gaan naar
een herberg en een vrouw. Boven de kade cirkelden klaaglijk krij-
sende zeevogels, speurend tussen het afval van gevallen vracht,
waaruit hun dieet voornamelijk bestond.

Tijdens het lopen onderdrukte Jazhara een geeuw. 'Ik ben zo
moe dat het kijken naar al die drukke mensen me het gevoel geeft
dat ik slaapwandel.'

Robert glimlachte. 'Daar wen je vanzelf aan. Een van de trucjes die ik in dienst van Arutha heb geleerd, is een dutje doen zodra
ik de kans krijg. Mijn persoonlijk record is vier dagen zonder slaap.
Uiteraard werd ik daarbij gesteund door een magisch drankje, en
toen dat eenmaal was uitgewerkt, was ik een week lang helemaal
niets meer waard...'

Jazhara knikte. 'Dergelijke dingen dienen omzichtig te worden
toegepast.'

'Daar kwamen we achter op de terugreis,' zei Robert, nu eveneens worstelend met een geeuw, als reactie op die van Jazhara.
'Welk lot ons ook wacht, ik hoop dat het ons minstens één goede
nachtrust brengt voordat we op weg gaan.'

'Inderdaad.'

Ze bereikten het Bergersgilde, een tamelijk nietszeggend gebouw van twee verdiepingen, een huizenblok verwijderd van de Zeepoort. Buiten stonden verscheidene mannen bij een grote wagen. Twee van hen klommen erop en een ander tweetal liep weg, slepend met een grote kist.

Robert bleef staan en tikte een van hen op de schouder.

Zonder te kijken wie er achter hem stond, snauwde de man: 'Hoepel op!'

Moe, en niet in de stemming voor onbeschoft gedrag, zei Robert: 'Zaken voor de prins.'

De man wierp hem een vluchtige blik toe. 'Hoor eens, als het om de gildemeester gaat, ik heb net alles verteld wat ik weet aan de kapitein van de wacht.'

Robert pakte de man stevig bij de schouder en draaide hem naar zich toe. De kruier hief al een ferme vuist om Robert een opstopper te verkopen, maar voor hij dat kon doen, hield de jonker al een dolk op zijn keel. 'Doe mij eens een lol,' zei hij met een niet geringe dreiging in zijn stem. 'Misschien heb je nog even tijd om het allemaal nog één keertje met me door te nemen. Wat heb je kapitein Guruth precies over de gildemeester verteld?'

De man liet zijn vuist zakken en deed een stap achteruit. 'Zelfs iemand met de hersens van een os kan zo zien dat hij is vermoord.'

'Dat heeft Kendaric gedaan!' riep een van de andere kruiers die naar hen stond te kijken. 'Die hebzucht van hem breekt ons nu allemaal op.'

De man bij Robert wees naar de ingang van het gildegebouw. 'Voor de bijzonderheden kan je het beste naar Jorath gaan, binnen. Die is als gezel nu de baas.'

Robert borg zijn dolk op en beduidde Jazhara met hem mee te komen. Ze betraden het gildegebouw, waar enkele mannen in de hoek diep in gesprek verwikkeld stonden. Vlakbij stond een jongeman die de indruk wekte nog maar net leerling te zijn. Hij hield verscheidene meubelstukken en persoonlijke eigendommen bij in een grootboek. Robert liep naar hem toe. 'We zijn op zoek naar ambachtsgezel Jorath.'

De jongen hield niet op met tellen, maar wees met zijn schrijfveer over zijn schouder naar een deur van een achterkamer.

'Bedankt,' zei Robert en liep verder.

Samen met Jazhara betrad hij een kamer die was ingericht met een grote schrijftafel en enkele stoelen. Voor de tafel stond een man van middelbare leeftijd met donker haar en een kort, keurig verzorgd baardje. Hij droeg een eenvoudig blauw gewaad van het soort dat men bij een priester of een magiër zou verwachten. 'Ja?' zei hij, opkijkend van het document dat hij aan het lezen was.

'Ik ben van het paleis,' zei Robert.

'Aangezien ik alle vragen al heb beantwoord, neem ik aan dat u me komt vertellen dat er vooruitgang in de zaak zit?' De arrogantie droop van zijn stem.

Robert kneep zijn ogen tot spleetjes, maar liet zijn ergernis voorbijgaan. 'Wij zijn niet van de wacht. Er moet een schip worden geborgen.'

'Dan vrees ik dat u pech hebt. Het gilde is gesloten. Kennelijk hebt u het nog niet gehoord, maar de gildemeester is vermoord.'

'Wat is er met hem gebeurd?' vroeg Robert.

'Dat weet niemand precies. Blijkbaar is er gevochten. Hij is dood aangetroffen in zijn kamer, met zijn spullen overal verspreid. Hij heeft zich flink verweerd, maar het schijnt dat zijn hart het heeft begeven.'

'Waarom wordt het gilde gesloten?' vroeg Robert.

'De gildemeester en Kendaric waren de enige leden van het gilde die de leiding konden nemen over de rite die nodig is om een groot schip te bergen.'

'Nou, dan moeten we meteen de gezel spreken.'

'Helaas onmogelijk, ben ik bang. Kendaric is de hoofdverdachte in deze moordzaak, en hij schijnt te zijn ondergedoken. Nu zowel hij als de gildemeester er niet meer zijn, zitten we zonder werk.' Zachtjes slaakte hij een zucht. 'Wat misschien niet eens zo slecht is, alles bij elkaar genomen.'

'Hoe bedoelt u, alles bij elkaar genomen?' vroeg Robert.

Jorath legde het perkament neer dat hij had geraadpleegd. 'Onder ons gezegd draait het gilde nu al enkele jaren met verlies. De gilden in andere steden, Durbin en Ylith bijvoorbeeld, hebben nieuwe technieken ontwikkeld waarmee ze doelmatiger kunnen werken, en die krijgen al de contracten.'

Geruime tijd was Robert stil. 'Hoe weet u dat het Kendaric was die de gildemeester heeft vermoord?' vroeg hij toen.

Jorath pakte een andere tekstrol op en keek ernaar. 'Ze hadden voortdurend ruzie. Soms raakten ze daarbij bijna slaags. Abigail, de vrouw die het gildegebouw schoonmaakt, heeft de avond voor de moord Kendaric en de gildemeester horen bekvechten.'

'Dat is geen bewijs,' wierp Jazhara tegen.

'Nee, maar vanaf het moment dat het lijk is gevonden, is hij spoorloos, dus is het een goede gok dat hij de schuldige is.'

Jazhara wilde net iets zeggen, maar Robert schudde zachtjes zijn hoofd en zei tegen Jorath: 'Mogen we in de kamers van de gildemeester en Kendaric kijken?'

Jorath haalde zijn schouders op. 'Ga uw gang. De wacht is er al geweest, maar als u denkt dat het iets uithaalt, bent u van harte welkom.' Hij wendde zich weer tot zijn perkamenten en liet het aan Robert en Jazhara over om de weg naar boven te zoeken.

Jazhara wachtte tot ze boven aan de trap stonden, maar zodra ze alleen waren, vroeg ze Robert: 'Wat?'

'Wat, wat?'

'Wat mocht ik niet zeggen tegen Jorath?'

'Wat je dacht,' antwoordde Robert, en ging naar de eerste van drie dichte deuren.

'Wat dacht ik dan?' vroeg Jazhara.

150

Over zijn schouder kijkend maakte Robert de deur open en zei: 'Dat Kendaric misschien ook dood is. En dat er iemand is die niet wil dat er een bepaald schip bij Weduwpunt wordt gelicht.' Hij keek omlaag en zei zachtjes: 'Dit slot is geforceerd.' Hij hield zijn hoofd schuin alsof hij luisterde, gebaarde om stilte en hield zijn hand omhoog. 'Er is iemand binnen,' fluisterde hij.

Jazhara nam naast Robert haar positie in en knikte. Robert deed een stap achteruit en gaf een trap tegen de deur. De slotplaat vloog los en de deur zwaaide open.

De oude vrouw die binnen stond, sprong met een gil achteruit. 'Hemel!' riep ze uit. 'Willen jullie een oude vrouw soms het graf in helpen?'

'Neem me niet kwalijk,' zei Robert met een verlegen grijns. 'Ik hoorde iemand binnen en zag dat het slot geforceerd was...' Hij haalde zijn schouders op.

'Toen ik de meester niet wakker kreeg, heb ik twee leerlingen met een koevoet gehaald om de deur open te breken,' verklaarde de oude vrouw. 'En toen vond ik de meester, liggend op de grond.' Ze snifte en veegde met de rug van haar hand een traan weg.

'Kunt u er ons over vertellen?' vroeg Robert. 'We zijn hier namens de prins.'

'De meester was een prachtmens, maar hij had een zwak hart. Ik zette altijd wat haagdoornthee voor hem, tegen de pijn in zijn borst. Het deed hem geen goed, dat eeuwige geruzie met ambachtsgezel Kendaric.'

'Wat was Kendaric voor iemand?' vroeg Jazhara.

'Een arme jongen van de straat, zonder familie of vrienden. De gildemeester heeft het inschrijfgeld voor het gilde voor hem betaald, omdat Kendaric er zelf het geld niet voor had. Maar de oude meester wist dat die jongen briljant was, en het zou een misdaad zijn geweest om hem wegens zijn armoede niet toe te laten. De meester had gelijk, want de jongen werd al gauw eerste gezel. Hij zou de logische keuze als de volgende gildemeester zijn geweest, ware het niet...' Haar stem stierf weg en er welden weer tranen op in haar ogen.

'Hij was briljant, zei u?' spoorde Jazhara haar aan.

'Ja, hij kwam altijd op de proppen met een nieuwe manier om iets aan te pakken. Hij werkte aan een bezwering waarmee een enkel gildelid een groot schip in zijn eentje kon lichten. Volgens hem zou het gilde met zijn nieuwe bezwering veel meer gaan verdienen, maar de gildemeester wilde de traditionele manier handhaven, en daar hadden ze altijd ruzie over. Hij zei altijd dat hij met Kendaric ruzie maakte als deel van zijn opleiding, om zijn geest te scherpen, om hem sterk genoeg te maken om het gilde na zijn dood over te nemen. Dat maakt het een beetje raar.'

'Wat is een beetje raar?' vroeg Jazhara.

'Nou, dat Kendaric hem zou hebben vermoord. Ondanks al dat geruzie zou ik hebben gezworen dat Kendaric werkelijk van de oude meester hield.'

'Iedereen schijnt ervan overtuigd te zijn dat Kendaric de moordenaar is,' peinsde Jazhara, 'maar is dat niet pure speculatie?'

De oude vrouw zuchtte. 'Misschien wel. Maar ik heb Kendaric en de gildemeester op de avond voor de moord horen bekvechten. Nou deden ze dat altijd, maar deze keer ging het er harder aan toe dan ik ooit had gehoord. En de volgende ochtend vond ik de oude meester dood toen ik hem zijn ontbijt kwam brengen. Zoals ik al zei, we moesten met twee leerlingen de deur openbreken. Kendaric moet hem hebben geslagen en zijn ontsnapt door het raam toen het oude hart van de meester het begaf. Zo heb ik het ook verteld tegen de wachters die ik heb geroepen. En die vonden het hartstikke slim van mij dat ik het zo had uitgeknobbeld.'

Met moeite kon Robert zich ervan weerhouden een blik ten hemel te werpen. Hij zei slechts: 'We kijken even wat rond, als u het niet erg vindt.'

Al vlug merkten ze dat alles van belang al door de wachters uit de kamer was gehaald. 'Wat ligt er achter die andere twee deuren?' vroeg Jazhara.

'Dat zijn de gezellenkamers,' zei Abigail.

'En welke is die van Kendaric?' vroeg Robert.

'Die hiernaast,' antwoordde de oude vrouw.

Robert ging terug naar de gang en deed de deur van het aangrenzende vertrek open. Meteen liet hij zich op de vloer vallen, net op tijd weg voor een verzengende hittestoot die door de deuropening schoot. Achter hem deed Jazhara hetzelfde, al kon Robert niet zeggen of ze de vlammen had kunnen ontwijken. Hij kreeg de tijd niet om dat te controleren, want de magiër die de vuurstoot had gelanceerd stapte opzij om een krijger in het zwart de gelegenheid te geven op de plek af te stormen waar Robert lag.

De Izmaliet hief zijn zwaard en liet het omlaagsuizen naar Roberts hoofd.

7   Complot

Robert rolde naar rechts.

Met een kletterende slag kwam het zwaard van de Izmaliet terecht op de plek waar Roberts hoofd een moment ervoor nog had gelegen, en de moordenaar bracht zijn wapen omhoog om opnieuw toe te slaan, met ongelooflijke snelheid.

Robert had geen tijd om zijn eigen zwaard te trekken, dus schopte hij naar de man, zo hard als hij kon. Hij werd beloond met het geluid van een brekende knieschijf en een gedempte kreet van pijn van de in het zwart geklede moordenaar. De Izmaliet struikelde, maar viel niet.

Robert liet zich verder rollen toen de krijger uithaalde, en kwam in een vloeiende beweging met getrokken zwaard overeind.

Jazhara loste een bezwering, maar de fonkelende bol rode energie schoot opzij en sloeg naast de vijandelijke magiër in de vloer. Ondanks het feit dat hij niet was geraakt, schrok de magiër van het besef dat hij zich tegenover een andere magiebeoefenaar bevond. Hij draaide zich om en vluchtte met een sprong door het open raam naar de straat eronder.

Jazhara richtte haar aandacht op de moordenaar die Robert belaagde. Ze hield haar staf over haar schouder, het uiteinde op de man gericht, klaar voor een aanval als Robert zich terugtrok. Robert haalde uit met zijn zwaard, met de bedoeling om zijn tegenstander te dwingen zich terug te trekken en gewicht op zijn gewonde been te plaatsen. De man was een ervaren zwaardvechter, en in plaats van de gewonde knie te belasten, verplaatste hij zijn gewicht zodanig dat Roberts zwaard gevaarlijk dicht langs hem heen zwiepte. Meteen riposteerde hij met een snelle binnenwaartse stoot die Robert bijna zijn hoofd kostte.

Toen Robert terugdeinsde, stak Jazhara haar staf naar voren en dwong de moordenaar verder de kamer in. Wijselijk nam hij positie in achter de deuropening, zodat Robert en Jazhara hem alleen om beurten konden belagen. Zonder zijn blik van de moordenaar af te nemen zei Robert: 'Jazhara, ga naar beneden om te zien of je nog een spoor van zijn magiërsvriendje kan vinden. Ik zorg wel voor dit moordlustige zwijn.'

Jazhara betwistte het bevel niet, maar draaide zich om en rende de trap af. Van beneden klonk het geroep van mensen die vroegen waarom er boven werd gevochten.

Robert nam de situatie in ogenschouw. Noch hij, noch de moordenaar was bereid door die deur te gaan. De eerste die oprukte, zou zeker worden aangevallen zodra hij op de drempel stond, waar zijn reactiemogelijkheden door het deurkozijn werden beperkt. En de aanval zou vrijwel zeker een zijwaartse beweging noodzakelijk maken. Ze stonden in een patstelling.

Toen deed Robert een stap achteruit en liet zijn zwaardpunt zakken, als om een aanval uit te lokken.

De Izmaliet stond paraat, zijn zwaardpunt behoedzaam cirkelend, en weigerde op de uitnodiging in te gaan.

'Er komt straks vanzelf hulp opdagen,' zei Robert. 'Het lijkt me sterk dat jij het met die gebroken knieschijf waagt om uit het raam te springen.' Hij keek omlaag naar het gewonde been. 'Ik heb bewondering voor je kracht. De meeste mannen zouden nu op de grond liggen gillen van de pijn.'

De moordenaar deed een heel klein stapje – niet meer dan twee duim – dichterbij.

Robert bleef praten. 'Door de jaren heen ben ik een groot

aantal van jullie Nachtravenclubje tegengekomen. De eerste die ik doodde, was bezig met een aanslag op de prins, jaren geleden. Ik was toen nog maar een jochie. Ik heb hem van het dak gegooid.'

Nog een duim naar voren.

Robert liet zijn zwaardpunt op de vloer zakken en haalde diep adem, alsof hij zich ontspande. 'Maar dat was niets vergeleken bij dat zooitje in de woestijn. Je zult het nog niet hebben gehoord, aangezien je waarschijnlijk al hier zat. Ik bedoel, zou je daar zijn geweest, dan was je nu net zo dood als de rest, nietwaar?'

En nog een duim.

'Ik snap nog steeds niet waarom jouw broederschap zich zomaar heeft laten manipuleren door een stelletje godsdienstfanaten. Het heeft jullie bijna je hele clan gekost. Zo veel kan de Kruiper toch nooit over de Nachtraven te zeggen hebben?'

De moordenaar verstijfde.

Robert bracht zijn gewicht een beetje over op zijn zwaard, alsof hij erop leunde. 'Eigenlijk maar raar om jou hier tegen te komen. Ik dacht dat ik de laatste van jouw soort had laten rotten in de zon, waar ze lagen te wachten op de gieren.'

De Izmaliet verstijfde nogmaals toen geschreeuw van buiten de komst van stadswachters aankondigde. Toen hief hij zijn zwaard en haalde uit naar Robert, maar Robert was al in beweging gekomen zodra hij het zwaard van de moordenaar omhoog had zien gaan. Zoals Robert had gehoopt, was de moordenaar door Roberts geklets zodanig afgeleid dat hij Roberts minieme beweging in de richting van de deur niet had opgemerkt. De punt van zijn kromzwaard raakte de latei boven de deur en schampte af, terwijl Robert met razendsnel omhoog gebracht zwaard op de man af dook. Verraden door zijn zwakke knie struikelde de man en kwam terecht op Roberts zwaardpunt.

Robert zette zijn gewicht achter de stoot, en de moordenaar versteende toen de rapier doel trof. Robert herstelde zich, trok zijn zwaard terug, en de Izmaliet zakte ineen op de vloer.

Een ogenblik later kwam Jazhara met twee stadswachters de overloop op. 'De magiër is ontsnapt,' zei de Keshische edelvrouw. 'Deze wachters stonden bij de poort en ik heb hun gevraagd te komen helpen.'

Kijkend naar de dode moordenaar merkte een van de wachters op: 'Zo te zien had u niet erg veel hulp nodig, jonker.'

Robert knielde neer om de dode moordenaar te onderzoeken. 'Hallo, wat hebben we hier?' Hij haalde een klein stukje perkament uit 's mans tuniek. 'Gewoonlijk hebben deze jongens niets op zak.' Na een korte blik gaf hij het aan Jazhara. 'Kan jij dit schrift lezen?'

Ze bestudeerde het. 'Ja, het is dezelfde woestijntaal als in de boodschap aan Yusuf. "Haal het perkament, elimineer de getuige in de steeg, keer terug naar de hond." Het is niet ondertekend, noch is er een zegel.'

'Getuige in de steeg?' vroeg de oudste wachter. 'Dat moet Ouwe Thom zijn, een dakloze matroos.'

'Die heeft een paar kratten in de steeg achter dit gebouw om in te wonen,' voegde de andere wachter eraan toe.

'Jazhara,' zei Robert, 'laten we eens gaan kijken waar deze jongens naar op zoek waren.' Toen sprak hij de wachters aan. 'Een van jullie houdt de wacht.' Daarop wenkte hij Jazhara om met hem mee de kamer in te gaan.

Ze keken rond, maar er scheen niets te zijn verplaatst. Robert haalde zijn schouders op. 'Ik had het een beetje te druk om te zien waar die halzensnijders stonden toen we de deur opendeden.'

'Bij deze tafel, Robert,' wist Jazhara.

Robert onderzocht de schrijftafel, die op het eerste gezicht heel gewoon leek.

'Wat denk je dat "keer terug naar de hond" betekent?' vroeg Jazhara.

Robert vervolgde zijn onderzoek. 'Waarschijnlijk een soort code voor een persoon of een plaats.' Zijn oog werd door iets getrokken en hij maakte een lade open. Met geoefend oog schatte hij de diepte van de lade en zei: 'Als er geen ruimte achter die la zit, heette ik geen Robbie de Hand.' Hij knielde neer en tastte achterin. Even klikte er een grendeltje en er viel een piepklein deurtje open, met daarachter een rood fluwelen buideltje. Hij pakte het en woog het in zijn hand.

'Het is zwaar. Alsof er een steen in zit.' Behendig knoopte hij het zijden sluitkoord van het buideltje open, hield het ondersteboven en liet de inhoud in zijn hand vallen.

In zijn handpalm lag een glinsterende groen-met-witte steen, bewerkt tot een nautilusschelp.

'Dat is een Schelp van Eortis!' riep Jazhara uit.

'Wat is dat?' vroeg Robert. 'Een poosje terug heb ik bij een bezoek aan Silden wat aanhangers van die god ontmoet, maar ik weet maar weinig van hun geloof.'

'Ik heb één keer zo'n ding in Sterrewerf gezien.' Jazhara hield haar hand boven de schelp, deed haar ogen dicht en mompelde een korte spreuk. Toen vlogen haar ogen wijd open. 'Hij is echt! Het is een oud en zeldzaam voorwerp dat watermagie ondersteunt. Je zou iemand als de meesters van Sterrewerf of de hogepriester van de tempel van Eortis de Zeegod moeten kennen om er van gehoord te hebben. Om er een in bezit te hebben... Dit moet deel uitmaken van het geheim van het Bergersgilde.'

'Maar waarom was hij dan niet opgeborgen in de kamer van de gildemeester?' peinsde Robert hardop. 'Is dit dan het bewijs dat Kendaric de hand had in de dood van de gildemeester, of heeft de meester hem aan zijn beste leerling in bewaring gegeven?'

'En waarom waren de Nachtraven ernaar op zoek?' piekerde Jazhara.

'Zou je hiermee een schip kunnen lichten?' vroeg Robert.

'Nee, maar wel het weer gunstig beïnvloeden voor zo'n onderneming, als je tenminste over de juiste bezweringen beschikt.'

'Denk je dat ze dit zochten?'

Daar dacht Jazhara even over na. 'Aangezien er geen schip mee omhoog gebracht kan worden, waarschijnlijk niet.'

'Laten we dan verder zoeken.' Hij bekeek de andere kant van de schrijftafel en vond ook daar een valse la, die ditmaal werd ontdekt door van beneden in de opening te voelen.

'Erg slim,' zei Robert toen hij er een kistje uithaalde, 'maar niet slim genoeg.'

Het kistje was ruwweg een voet lang, de helft zo breed en drie duim hoog. Een slot of grendel viel nergens te bekennen, en het deksel was ingelegd met mozaïeksteentjes. Robert probeerde de directe benadering en duwde het deksel open. Dat ging moeiteloos omhoog, maar het kistje bleek leeg. 'Niets,' zei hij.

'Nee, er is iets mee,' zei Jazhara. 'Doe het eens dicht en weer open.' Robert gehoorzaamde, en Jazhara zei: 'Het is een Scathische Puzzel. Het is een slot.'

'Waarvan? Dat ding is leeg. En de zijkanten zijn te dun voor een geheim compartiment.'

'Het is een betovering, bedoeld om de inhoud te camoufleren tot het slot eraf wordt gehaald.'

'Kan je dat?'

'Ik kan het proberen.' Jazhara nam het kistje van hem over, deed het deksel dicht en zette het op de tafel. Ze bestudeerde het mozaïek op het deksel en legde een vinger op een van de steentjes. Dat verkleurde van rood via groen naar blauw, en heel even meende Robert een wazig beeld over de steentjes te zien dansen. Vlug herhaalde Jazhara het gebaar en raakte het ernaast gelegen steentje aan. Weer veranderden de kleuren, en er verscheen een ander beeld op het deksel.

Behendig bewoog ze de steentjes in het rond, want ze schoven in de richting waarin zij ze duwde. Geboeid keek Robert toe, want het ontmantelen van vallen en sloten was in zijn dagen als dief een beroepsnoodzaak geweest, maar zo'n slot als dit was hij nog nooit tegengekomen. Na een tijdje werden zijn ogen groot, want hij merkte dat de steentjes terugschoten naar hun plaats in het oorspronkelijke patroon als Jazhara te lang met een verplaatsing aarzelde. En hoe dichter ze bij de oplossing van de puzzel kwam, des te sneller gleden ze terug.

Jazhara's vingers vlogen nu over het mozaïek, tot er uiteindelijk een afbeelding van een schip op zee werd gevormd. Toen was er een bijna onhoorbaar klikje, en het deksel kwam omhoog.

Het kistje was niet langer leeg. Op de bodem lag een opgevouwen stuk perkament. Robert pakte het, keek ernaar en zei: 'Niets wat ik kan lezen.'

Jazhara nam het document van hem over en keek ernaar. 'Ik geloof dat dit de bezwering is waarmee ze de schepen lichten.'

'Hoe werkt dat?'

Jazhara bestudeerde het perkament aandachtiger. 'Ongelooflijk,' fluisterde ze, en vervolgde met normale stem: 'Met dit perkament en wat andere componenten kan een enkel gildelid een schip op een mystieke nevel omhoog brengen!'

'Wat is daar zo bijzonder aan?'

'Gilden als de Bergers, die een beperkte magie beoefenen, hebben doorgaans de beschikking over niet meer dan een paar kleine bezweringen die van generatie op generatie worden overgeleverd, en gewoonlijk zijn er verscheidene gildeleden nodig om iets te bereiken. Degene die dit heeft geschreven, heeft veel meer verstand van magie dan de rest van het gilde.' Ze zweeg even en besloot: 'Ik wed dat die Kendaric niet eens wist dat hij een magiër van het Mindere Pad was!'

'Dan is deze bezwering voor het gilde een fortuin waard.'

'Ongetwijfeld,' zei Jazhara. 'Iedere magiër van het Mindere

160

Pad met een affiniteit voor watermagie zou hem uiteindelijk kunnen toepassen. Ik vermoed dat Kendaric de enige is die de bezwering zoals hier genoteerd kan gebruiken.'

'Dan moeten we Kendaric zien te vinden.' Wijzend naar het perkament zei hij: 'Verstoppen.' Hij draaide zich om en verliet de kamer. Jazhara borg het document op in een vakje in de buidel aan haar gordel en volgde Robert de kamer uit.

Neerkijkend op de dode Nachtraaf zei Robert tegen de wachter: 'Hou dat lijk in het oog, en als het beweegt, roep je me meteen.' Hij keek Jazhara aan. 'We gaan de steeg bekijken.'

Terwijl ze de trap af renden, vroeg Jazhara: 'Als het *beweegt*?'

Met een meewarige glimlach keek Robert over zijn schouder. 'De Nachtraven hebben de irritante gewoonte om niet dood te blijven.'

Hij ging haar voor het gebouw uit en liep achterom, waar ze een lange, donkere kronkelsteeg vonden. Al was het nog vroeg op de dag, de steeg was gehuld in diepe schaduwen waarin zich van alles kon ophouden. Uit voorzorg trok Robert zijn rapier. Jazhara verstevigde de greep op haar staf en bereidde zich eveneens voor.

Ze liepen de steeg door naar de plek onder het open raam waar de magiër doorheen was gesprongen. Robert wees. 'Hier moet hij terecht zijn gekomen, en toen...' – hij keek in beide richtingen – 'die kant op zijn gevlucht.' Hij gebaarde in de richting van waaruit ze waren gekomen. 'De andere kant is vrijwel zeker afgesloten.'

'Als hij, eenmaal op straat, in een normaal tempo is weggelopen, onderscheidde hij zich in niets van de andere voorbijgangers.'

Robert knikte. 'Daarom hou ik zo van steden en heb ik er zo'n hekel aan om alleen in de wildernis te zijn. Er zijn in een stad zo veel meer plekken om je te verbergen.'

Zoekend in de schaduwen liepen ze verder.

'Veel landgenoten van mij zouden het daar niet mee eens zijn,' zei Jazhara. 'Die vinden het juist makkelijker om je in de woestijn te verbergen.'

'Misschien is het je opgevallen dat ik geen woestijnbewoner ben,' merkte Robert op.

Ze kwamen bij een stapel kisten, en Robert duwde er een opzij. De stank die eruit opsteeg, deed Jazhara terugdeinzen. In de kist lagen een vieze deken, wat beschimmeld eten en een paar persoonlijke spulletjes: een wollen muts, een kapotte kam en een vuile tuniek. 'Niemand thuis,' zei Robert. Hij keek rond. 'Ouwe Thom zal wel uit bedelen of stelen zijn. We vinden hier pas iemand als het donker is.'

'Ik vind het maar moeilijk te geloven dat daar werkelijk iemand in slaapt.'

'Zo erg is dat niet als je er eenmaal aan gewend bent. De truc is om het rottende afval te gebruiken om de wachters uit de buurt te houden.' Hij keek de steeg nog eenmaal door. 'We gaan.'

'Waarheen?'

'Terug naar het paleis. We rusten wat uit, en na zonsondergang komen we terug voor een babbeltje met Thom. Volgens mij heeft hij iets gezien wat iemand anders liever geheim houdt, en als we erachter kunnen komen wat dat is, worden we misschien een beetje wijzer uit dit alles.'

'In ieder geval willen ze niet dat wij dat schip lichten.'

'Ja,' zei Robert. 'En terwijl Wiliam Beer door de wildernis achternazit, heeft iemand anders het druk met het vermoorden van gildemeesters en bedelaars.'

'De Kruiper?' vroeg Jazhara.

'Lijkt me wel,' zei Robert. 'Kom, dan gaan we terug naar het paleis om wat te slapen.' Vlug liepen ze vanuit de duisternis het daglicht van de drukke straat in.

Wiliam beduidde zijn patrouille te stoppen toen er een eenzame ruiter over het pad naar hem toe galoppeerde. Amper een uur geleden hadden ze de stad verlaten, de merktekens volgend die door twee Koninklijke Padvinders waren achtergelaten.

De ruiter hield in en salueerde. Het was Maric, een van de Padvinders. 'Luitenant.'

'Wat zijn jullie bevindingen?' vroeg Wiliam.

'Zes mannen hebben de stad te voet verlaten over de velden ten noordoosten van de Noorderpoort. Ze deden geen moeite hun sporen te maskeren. Een van hen was een grote, zware man, waarschijnlijk die Beer. Zijn voetafdrukken waren diep en stonden wijd uiteen. Aan de rand van de velden stonden paarden voor hen gereed, en ze zijn in galop over dat pad daar vertrokken. Jackson is hen achterna. Hij laat sporen achter.'

Wiliam gaf de mannen het teken verder te rijden. Maric stuurde zijn paard naast dat van de luitenant. De Padvinders waren legendarische spoorzoekers die afstamden van de eerste woudlopers en jachtopzieners van de vroegste Prinsen van Krondor. Ze kenden de omliggende wildernis als een moeder de gezichten van haar kinderen, en toonden zich doorgaans eenzelvige lieden die slechts met tegenzin bevelen opvolgden van officieren die niet tot hun eigen kader behoorden. Hun kapitein werd maar zelden in het paleis gezien, alleen wanneer de prins dat beval, en ze gingen nauwelijks om met de garnizoenssoldaten. Maar ze behoorden tot de beste spoorzoekers van het Westen en niemand in de Legers van het Westen twijfelde aan hun vaardigheden.

Na een ogenblik stilte vroeg Wiliam: 'En verder?'

'Hoe bedoelt u, luitenant?' reageerde de Padvinder.

'Wat heb je me nog niet verteld?'

De Padvinder wierp een zijdelingse blik op de jonge officier, glimlachte even en knikte. 'Die mannen nemen geen enkele moeite om hun sporen uit te wissen. Ze zijn niet bang te worden ontdekt. Ze hebben haast om een andere reden.'

'Ze moeten ergens snel naar toe,' begreep Wiliam.

'Of hebben een afspraak met iemand,' opperde Maric.

'Een hinderlaag?' vroeg Wiliam.

'Mogelijk,' beaamde de Padvinder. 'Als ze eerst zichtbaar haast maken over het pad en dan plotseling omdraaien...' Hij haalde zijn schouders op.

'Dan zou Jackson ons waarschuwen.'

'Als hij nog leeft,' zei Maric emotieloos.

Zwijgend reden ze verder.

Was het overdag al donker in de steeg geweest, 's nachts zag je er geen hand voor ogen. Robert opende de schuifjes van de lantaren die hij uit het paleis had meegenomen.

Na de rest van de ochtend en de vroege middag te hebben geslapen, hadden Robert en Jazhara met de prins en zijn gezin gedineerd. Het was Jazhara's eerste avondmaal met de koninklijke familie geweest, een voorrecht van haar nieuwe positie, en ze had genoten van de gelegenheid om te praten met prinses Anita, de kleine prinses Elena en de tweelingprinsen Borric en Erland. Robert had de prins op de hoogte gebracht van hun bevindingen tot dusver, en Arutha had zijn goedkeuring verleend aan Roberts onderzoek naar de vermiste ambachtsgezel Kendaric.

Wederom gekleed in haar praktische reismantel liep Jazhara achter Robert aan door de steeg. Toen ze de kratten naderden, vroeg Robert met een handgebaar om stilte, en Jazhara raakte even zijn schouder aan om aan te geven dat ze het had begrepen.

Vlak bij de kratten aangekomen hoorden ze iemand schreeuwen: 'Nee! Nee! Ouwe Thom heeft niemand iets verteld!'

'Thom, ik doe je niets,' riep Robert. Hij richtte de lantaren op de krat en in het licht zag hij een oude man, gehuld in lompen, ineengedoken in de kist. Zijn neus was misvormd en rood, van de vele breuken in zijn jeugd en het stevige drinken in zijn latere jaren. Zijn voortanden ontbraken, en het weinige haar dat hem nog restte was bijna wit, rond zijn hoofd verspreid als een zwakke stralenkrans.

Met bloeddoorlopen, waterig blauwe ogen keek hij hen aan. 'Je komt Ouwe Thom geen pijn doen?'

'Nee,' zei Robert, knielde neer en richtte het licht zodanig dat zijn eigen gezicht werd beschenen. 'Ik kom je geen pijn doen. Alleen een paar vragen stellen.'

'Aha, mannetje van de prins, hè?' zei de oude bedelaar. 'Het lot is genadig. Ik dach' dat die moordenaars waren teruggekomen om Ouwe Thom af te maken.'

'Waarom zouden ze jou willen afmaken?' vroeg Jazhara, achter Robert opduikend.

Thom wierp een blik op haar en gaf antwoord: 'Zal wel komen omdat ik hier was op de nacht da' ze inbraken bij het gildege-bouw.'

'Wanneer was dat?' vroeg Robert.

'De nacht dat de gildemeester overleed. Met z'n tweeën, hele-maal in het zwart, klommen zo tegen de muur omhoog ze kamer binnen, die twee.'

'Nachtraven,' zei Robert. 'Die waren inderdaad van plan terug te komen, Thom, maar voordat ze jou konden vinden, kregen wij hen te pakken.'

'Dan ben je een goeie jongen. Bedankt, knul.'

'Graag gedaan,' glimlachte Robert. 'Heb je verder nog iets ge-zien?'

'Nou, voordat ze in die zwarte pakken naar binnen gingen, hebben ze nog gepraat met iemand een stuk verderop in de straat.'

'Heb je gezien wie?' vroeg Jazhara.

'Da' kon Ouwe Thom niet precies zien, alleen droeg-ie gilde-kleuren.'

'Had hij een toque?' zei Robert.

'Ja, zo'n gekleurd ding die ze soms rond hun hals dragen.'

'Kan het Kendaric geweest zijn?' vroeg Jazhara.

'O, die kerel die altijd bonje had met de oude gildemeester?' zei Ouwe Thom. 'Die heb ik de avond van de moord nog gezien, ja. Hij ging vroeg naar huis die avond en is nooit meer teruggekomen.'

'Kan het Kendaric zijn geweest die met de Nachtraven praatte?' vroeg Robert.

'Zou bes' kunnen,' antwoordde Ouwe Thom. 'Maar misschien ook niet. Hij droeg geen kleuren toen hij wegging.'

Robert ging op zijn hielen zitten. 'Er zijn maar twee anderen die kleuren dragen: de meester en Jorath. Het gilde is vandaag al gesloten, maar morgen komen we terug voor een bezoekje aan ambachtsgezel Jorath.' Robert viste in zijn buidel en haalde er twee gouden munten uit, die hij aan Ouwe Thom gaf. 'Koop een fatsoenlijke maaltijd en een warme deken voor jezelf, oude vriend.'

'Bedankt, knul,' zei de oude visser. 'Ouwe Thom is je dankbaar.'

Robert en Jazhara lieten de oude man in zijn krat achter en keerden terug naar de straten van de stad.

De volgende ochtend waren Robert en Jazhara al vroeg weer terug bij het kantoor van het Bergersgilde, maar ditmaal troffen ze een veel rustiger tafereel dan de vorige dag. Bij binnenkomst vonden ze Jorath in het kantoor, documenten lezend. 'Alweer?' zei hij toen hij opkeek.

'We hebben nog een paar vragen, ambachtsgezel,' zei Robert.

'Vooruit dan maar.'

'We hebben wat dingen ontdekt, maar kennelijk kan deze zaak niet worden opgelost tot we ambachtsgezel Kendaric hebben gevonden. Wat kunt u ons over hem vertellen?'

'Hij was de oudste gezel van het gilde, de enige die nog boven mij stond,' zei Jorath. 'Er zijn er nog twee, die momenteel allebei de stad uit zijn. Kendaric beschikte over een ongebruikelijk talent en had het in zich om de beste van ons allemaal te worden, misschien zelfs de volgende gildemeester. Helaas was hij ook hebzuchtig en arrogant, waarschijnlijk vanwege zijn half-Keshische afkomst.'

Jazhara hield haar gezicht in de plooi, maar Robert zag haar knokkels wit worden toen ze haar greep rond haar staf verstevigde.

'Denkt u echt dat zijn afkomst ermee te maken heeft?' vroeg Robert kalm.

'Zeer zeker,' antwoordde Jorath. 'Arrogant is hij altijd al geweest, maar vanaf het moment dat hij zijn verloving met zijn Koninkrijkse vriendin moest verbreken, had hij het helemaal op ons voorzien. Haar ouders wilden niet dat hun dochter met een Keshiër zou trouwen, en wie kan ze dat kwalijk nemen?'

'Ik voel me beledigd door uw onmiskenbare vooroordelen jegens Keshiërs, gildeman.'

Jorath hield zijn hoofd een weinig schuin. 'Mevrouw, ik ben geen racist, maar als ambachtsgezel met niet geringe vaardigheid kan ik u zeggen dat Keshiërs, en in het bijzonder halfbloeden, in de regel hun emoties niet kunnen bedwingen.'

Met een ijzige glimlach boog Jazhara zich voorover. 'En als de pas aangestelde hofmagiër van Krondor en als achternicht van Abdur Rachman Memo Hazara-Khan, ambassadeur van Groot Kesh aan het prinselijk hof, kan ik u zeggen dat u zich ernstig vergist. Als ik niet in staat was mijn emoties te bedwingen, dan was u nu een glibberende worm.'

Al het bloed trok weg uit Joraths gezicht en hij stamelde: 'Mijn oprechte verontschuldigingen, mijn vrouwe. Neemt u het mij alstublieft niet kwalijk.'

Zijn pret verbergend zei Robert: 'Vertel eens over die vrouw met wie Kendaric was verloofd.'

Jorath leek blij van onderwerp te kunnen veranderen. 'Ze had een winkel, als ik me goed herinner. Ik weet niet hoe ze heette.'

Robert staarde de ambachtsgezel strak aan. 'Dank u. Als we nog meer vragen hebben, komen we terug.'

Toen ze het kantoor verlieten, wierp Robert een blik de trap op. Hij beduidde Jazhara zachtjes te doen, en ze slopen de trap op. Boven wees Robert naar de derde deur: Joraths kamer.

'Wat ga je doen?' vroeg Jazhara.

'Onze vriend beneden is mij een beetje te opgewekt over alles wat er is gebeurd. Hij verbergt iets.'

'Daar kan ik het mee eens zijn. Voor iemand wiens wereld zojuist op zijn kop is gezet, lijkt hij wel... opgelucht.'

Handig peuterde Robert het slot van de kamer open, en ze gingen naar binnen. Het was er keurig opgeruimd. 'Nette kerel, onze ambachtsgezel Jorath, nietwaar?' merkte Robert op.

'Inderdaad.'

Robert ging naar de schrijftafel terwijl Jazhara de inhoud van een kist aan het voeteneinde van Joraths bed onderzocht. In een lade vond Robert wat documenten en een grootboek. Die haalde hij eruit, en hij was net begonnen met lezen toen Jazhara uitriep: 'Kijk!'

Robert keek op. Jazhara hield een grootboek op dat precies leek op dat wat Robert op schoot had liggen. 'Die lag verstopt onder wat kleren.'

Robert pakte het tweede grootboek en hield het naast het eerste. 'Nou, daar heb je het,' zei hij even later. 'Onze vriend Jorath heeft fondsen van het gilde verduisterd. Nu de gildemeester dood is, komt niemand de boeken meer controleren.'

'En als hij Kendarics perkament met de bezwering zou hebben, kon hij met een schone lei opnieuw beginnen met het gilde, met zichzelf in de rol als gildemeester,' zei de vrouwelijke magiër.

Robert knikte. Hij las verder, legde document na document opzij, en stopte. 'Kijk eens wat we hier hebben,' fluisterde hij en gaf het perkament aan Jazhara.

Ze las hardop voor. '"Gildeman. U hebt er goed aan gedaan naar ons te komen met uw plannen. We hebben het door u beloofde goud ontvangen. Laat de kastelein deze brief zien en hij zal zich zeer behulpzaam tonen. Mijn mensen, die op u wachten bij de hond, regelen de laatste details en toekomstige betalingen. Orin.'"

'Bij de hond,' zei Robert.

'Een plek?'

Robert legde de andere documenten weg. 'Ja, De Gebeten Hond.'

'Ach, natuurlijk,' zei Jazhara. 'De kastelein. Bofkont Pete.'

'Nu begint het allemaal een beetje duidelijk te worden,' zei Robert. Hij pakte de twee grootboeken en het perkament en stond op. 'Ik denk dat we nog even een babbeltje gaan maken met ambachtsgezel Jorath.' Hij wikkelde de spullen in een tuniek die hij uit de kist haalde.

Vlug liepen ze de trap af en gingen het kantoor in, waar Jorath nog steeds documenten doornam. 'Ja?' zei hij, opkijkend. 'Alweer?'

'Jij weet wie de gildemeester heeft vermoord,' zei Robert.

Langzaam stond Jorath op en legde de tekstrollen op de schrijftafel neer, keurig gerangschikt. 'Wonderlijk. Ik had de bedienden van de prins voor stukken intelligenter gehouden dan u zich momenteel toont.'

'We weten dat je contact met de Nachtraven hebt gehad,' zei Robert.

Jorath scheen onaangedaan door deze beschuldiging. 'Zelfs al neigde ik naar omgang met criminelen, wie ik buiten het gilde ontmoet is mijn eigen zaak, tenzij u kunt bewijzen dat ik bij een misdaad betrokken ben geweest. Trouwens, dit gilde is mijn leven. Waarom zou ik dat in gevaar brengen door de gildemeester te vermoorden?'

Robert pakte de grootboeken en het perkament uit. 'Om te voorkomen dat je wordt ontmaskerd als zwendelaar.'

'En dan was Kendarics nieuwe bezwering er ook nog,' voegde Jazhara eraan toe. 'Als hij er niet meer was, kon jij doen alsof die van jou was.'

'Vooropgesteld dat je hem had kunnen vinden,' vervolgde Robert. 'Blijkbaar had je voor allebei die klussen de Nachtraven nodig.'

'Een interessante theorie,' zei Jorath, langzaam achteruit stappend. 'Goed uitgedacht en volledig. Zeg eens, denkt u dat ik dat allemaal ongestraft had kunnen doen als u niet had ingegrepen?'

Voordat Robert of Jazhara kon antwoorden, haalde de gildegezel iets uit de mouw van zijn gewaad en gooide het de lucht in. Er vlamde een fel licht op, waardoor Robert tijdelijk werd verblind. Zijn reflexen namen het over, en onmiddellijk stapte hij achteruit in het besef dat hij zou worden aangevallen zolang hij niet kon zien.

Hij voelde de kling vlak langs hem heen gaan. Verwoed knipperend met zijn ogen trok hij zelf zijn zwaard. Robert had vaker in het donker gevochten dan hem lief was, en hij sloot zijn ogen, aangezien die duisternis hem minder af zou leiden dan de wazige beelden en lichten die voor zijn ogen dansten.

Hij voelde dat Jazhara bij hem vandaan was gestapt, door haar eigen reflexen buiten het bereik van een mogelijke dreiging gebracht. Robert lanceerde een blinde hoge uitval en voelde de schok door zijn arm gaan toen zijn zwaard door dat van Jorath werd opgevangen.

Zonder aarzelen liet Robert zijn kling langs Joraths zwaard

omlaag glijden, naar voren stappend in plaats van zich terug te trekken. Robert hoopte maar dat de gezel geen geoefend zwaardvechter was, want anders zou hij Robert nu vrijwel zeker verwonden.

Zoals hij had gehoopt hoorde Robert een verschrikte uitroep van de gildegezel toen Robert zijn gewicht naar voren bracht. Met zijn vrije linkerhand greep hij Joraths rechterpols. Hij sloeg omhoog met zijn zwaard en hoorde het gevest met een bevredigende smak op Joraths kin terechtkomen.

De man zakte op de grond ineen. Terwijl Robert zijn tranen wegknipperde, keerde langzaam zijn gezichtsvermogen terug, inmiddels voldoende om de ambachtsgezel bewusteloos op de vloer te zien liggen. Ook Jazhara knipperde verwoed met haar ogen om haar zicht terug te krijgen.

'Niets meer aan de hand,' zei Robert. 'Hij is buiten westen.'

'Wat gaat er met hem gebeuren?' vroeg Jazhara.

'Arutha hangt hem vrijwel zeker op, maar eerst zal hij moeten worden ondervraagd.'

'Denk je dat hij betrokken was bij de zoektocht naar de Traan?'

Langzaam schudde Robert zijn hoofd. Bij de deur verscheen een gildeleerling die naar de gevallen ambachtsgezel keek. Zijn ogen werden groot van schrik. 'Ga de stadswacht halen, jongen!' riep Robert.

De jongeling rende weg.

Robert keek Jazhara aan. 'Volgens mij paste dit gewoon toevallig in het straatje van de Nachtraven en de Kruiper.' Hoofdschuddend voegde Robert eraan toe: 'Of wie er ook achter al die waanzin zit.' Hij zuchtte. 'Ik denk dat de Nachtraven en degene die hen inhuurt ervoor wilden zorgen dat niemand anders dan zijzelf dat schip konden lichten. Als ik moest gokken, zou ik zeggen dat er straks iemand in Ylith gaat regelen dat er een werkploeg van het Bergersgilde aldaar op weg gaat naar Weduwpunt –

of daar al mee bezig is.' Wijzend naar de buidel waarin Jazhara het perkament van Kendaric had opgeborgen, vervolgde Robert: 'Als ze die bezwering hadden gevonden, zou dat het alleen maar makkelijker voor de Nachtraven hebben gemaakt. Ze zouden Jorath hebben beloofd wat hij wilde, hem het schip hebben laten lichten en hem daarna hebben vermoord.' Neerkijkend op de bewusteloze ambachtsgezel schudde Robert vol afkeer het hoofd. 'In beide gevallen was hij er hoe dan ook geweest. Wat een verspilling allemaal.'

'Wat nu?' vroeg Jazhara.

'Een bezoekje aan Bofkont Pete om te zien of we dit laatste nest van Nachtraven kunnen ontdekken en uitroeien. Daarna gaan we op zoek naar Kendaric. Ik denk dat we er veilig van uit kunnen gaan dat hij niet langer verdacht is.'

'Waar zouden we hem kunnen vinden?'

'We zoeken eerst naar de vrouw met wie hij was verloofd. Misschien weet zij waar we de speurtocht kunnen beginnen.'

'Jorath zei dat hij niet wist wie ze was.'

Robert grijnsde. 'De ambachtsgezel misschien niet, maar iemand anders hier vast wel. Waarschijnlijk de oude Abigail. Dergelijke roddels blijven nooit lang geheim.'

'Ik ga het haar wel vragen,' zei Jazhara.

Robert knikte. 'Dan wacht ik hier op de stadswacht.'

Een paar minuten later kwam Jazhara terug, op het moment dat er twee stadswachters met de leerling arriveerden. Robert droeg ze op Jorath naar het paleis te brengen en zei hun wat ze hertog Gardaan moesten vertellen. De wachters salueerden en droegen de nog steeds bewusteloze gildegezel weg.

'Heb je een naam?' vroeg Robert.

Jazhara knikte. 'Ze heet Morraine. Het is de eigenaresse van een winkeltje dat Het Gouden Toverboeck heet.'

Robert knikte. 'Echt iets voor jou. Een apothekerswinkel waar ook wat magie te koop is, volgens de geruchten. Het is in het leukere deel van de stad.' Hij keek rond. 'Hier zijn we klaar.'

'Waarheen als eerste?' vroeg Jazhara toen ze naar de deur liepen.

'Als eerste naar het paleis om een stuk of zes van de beste zwaardvechters van de hertog op te halen. Daarna terug naar De Gebeten Hond.'

'Verwacht je moeilijkheden?' vroeg Jazhara.

Robert schoot in de lach. 'Altijd.'

Robert gaf een teken.

Lopend naar De Gebeten Hond hielden de jonker en Jazhara hun omgeving goed in de gaten. Bij de kruising van de twee straten die het dichtst langs de herberg liepen, wachtten zes leden van Arutha's paleiswacht, verborgen in de schaduwen van de vallende avond. Bovendien was er aan de overkant van de straat een jonge stadswachter, Jonathan Means, geplaatst. Het was de zoon van de gesneuvelde schout Wilfred Means, en zonder direct bevel van de prins trad hij op als zijn vaders plaatsvervanger. Robert had hem tevens aangetrokken als een van zijn eerste vertrouwenspersonen voor wat naar hij hoopte eens de Koninkrijkse Inlichtingendienst zou worden. Means junior zou een kwartier wachten en dan de herberg binnengaan. Op zijn beurt zou hij bij het eerste teken van moeilijkheden het peloton soldaten waarschuwen, dat dan het gebouw zou bestormen.

Robert en Jazhara wilden eerst zien wat ze aan Bofkont Pete konden ontfutselen voordat ze hun toevlucht namen tot geweld. En als er Nachtraven aanwezig waren, was het nuttig versterkingen achter de hand te hebben.

Robert duwde de deur open. Binnen begonnen de nachtelijke geneugten net op gang te komen. Hoeren en havenarbeiders die na een dag werken op weg naar huis waren, stonden drie rijen dik langs de tafels te slempen.

Rondkijkend merkte Robert dat ze de aandacht hadden getrokken van een arbeider vlak bij de deur die naar hun mooie kleren keek. 'Wat hebben we hier?' zei de man luid.

Zijn metgezel keek om. 'Zo te zien een hielenlikker van het hof en zijn Keshische poes.'

Zonder de moeite te nemen de man aan te kijken zei Jazhara: 'Ik zou maar uitkijken, vriend. Deze poes heeft klauwen.'

De man knipperde verbaasd met zijn ogen, maar zijn vriend barstte in lachen uit.

'Zo is het genoeg,' zei Robert. 'We komen hier geen moeilijkheden zoeken.' Hij pakte Jazhara bij een elleboog en stuurde haar naar de tapkast aan het einde van de gelagkamer, waar de eigenaar kroezen volschonk en ze doorgaf aan een jongen om ze naar de tafels te brengen.

Toen ze dichterbij kwamen, keek Pete op. 'Wat moeten jullie nou weer?'

'Gewoon wat informatie, Pete,' zei Robert.

De jongen pakte de kroezen en liep weg, en Pete veegde met een vieze vaatdoek een plas gemorst bier op. 'Gaat je kosten. Zoals altijd.'

'Heb je iets gehoord over de problemen bij het Bergersgilde?'

Pete haalde zijn schouders op. 'Zou best kunnen.'

Robert schoof een munt over het ruwe hout van de tapkast.

'Ja, daar heb ik wat over gehoord.'

Robert liet nog een munt schuiven, maar Pete bleef stil. Even later schoof Robert een derde munt over de tapkast, en Pete zei: 'Een of andere gezel schijnt niet te hebben kunnen wachten tot de oude meester doodging en diens positie vacant kwam, dus heeft hij die ouwe een handje op weg geholpen naar Lims-Kragma's paleis. Kerel heet Kendaric.'

'Dat hebben we gehoord,' reageerde Robert. 'Enig idee waar we die Kendaric kunnen vinden?'

'Dit antwoord is gratis: nee,' zei Pete.

Even overwoog Robert of Pete misschien loog, maar verwierp het idee, gezien Pete's voorliefde voor goud. Als hij loog, zou het zijn om meer goud, niet om minder. Robert wierp een blik op Jazhara, en ze knikte even om aan te geven dat ook zij meende dat ze zo niet verder kwamen. Op zachtere toon zei Robert: 'Ik zou ook wat informatie kunnen gebruiken over het verkrijgen van "bijzondere" diensten.' Weer schoof hij een munt over de tapkast.

'Wat voor "bijzondere" diensten?' vroeg Pete, het geld opstrijkend.

'Ik zoek de hulp van wat mannen met... spierkracht.'

Pete haalde zijn schouders op. 'Zware jongens kosten een koper per dozijn in Krondor. Je kan ze vinden in de haven, op de markt...' Hij kneep zijn ogen tot spleetjes. 'Maar dat wist je natuurlijk al, zeker?'

Nog een munt over de tapkast. 'Ik heb gehoord dat je hier moest zijn om in contact te komen met een speciaal soort roofvogels die alleen 's nachts vliegen.'

Pete raakte de munt niet aan. 'Waarom zou jij met die "vogels" willen praten?'

'We willen hun een goedbetaalde klus aanbieden.'

Even was Pete stil, toen pakte hij de munt op. 'Lef heb je genoeg, jongen, maar heb je ook de poen om je woorden kracht bij te zetten?'

Robert knikte. 'Meer goud dan je ooit hebt gezien, als je kunt leveren.' Hij legde nog een munt op de tapkast en plaatste er vlug nog vier bovenop in een mooi klein stapeltje.

Meteen streek Pete de munten op. 'Niet meer dan een eerste aanbetaling, jonker.' Hij grijnsde, verkleurde tanden tonend. 'Ja, jongen, je bent aan het goede adres. Ga maar naar achteren, als je wilt. In het kamertje zitten de heren die je wilt spreken.' Hij wierp Robert een sleutel toe en gebaarde naar een deur achter de tapkast. 'Die heb je nodig, knul.'

Robert ving de sleutel op en liep naar de aangewezen deur. Hij deed de deur van het slot en wierp een blik over zijn schouder naar Jazhara, die klaar stond voor problemen. Robert schatte dat ze nog ongeveer tien minuten hadden tot Jonathan Means de herberg binnenkwam. Robert had duidelijke instructies achtergelaten: als Jazhara en hij niet in zicht waren, moest Jonathan het peloton roepen.

Robert en Jazhara betraden een gang, en de deur naar de schenkkamer klikte achter hen dicht. Voor hen kwamen er nog drie deuren op de gang uit. De deur meteen links was van een provisiekast, waarin Robert slechts een vluchtige blik wierp. De eerste deur rechts gaf toegang tot een sjofel ogende slaapkamer, vies en bezaaid met kleren en etensresten. 'Vast Pete's kamer,' fluisterde Robert. Hij keek over zijn schouder naar de deur van de gelagkamer. 'Kan je straks iets dramatisch met die deur doen, iets wat genoeg lawaai maakt om onze Means en de wachters hierheen te brengen?'

Met een flauw glimlachje om de lippen knikte Jazhara. 'Ik weet wel iets leuks, als ik tenminste niet word afgeleid.'

'Mooi,' zei Robert en deed de achterste deur open. Ze betraden een kleine kamer, ingericht met een enkele tafel, waarachter twee mannen zaten. De rechter van de twee, het dichtst bij Robert, was een bebaarde kerel met donker haar en zwarte ogen. De ander was glad geschoren en had steil blond haar dat tot op de kraag van zijn jasje viel. Beide mannen waren gekleed in een zwarte tuniek en broek. Allebei droegen ze een zwaard aan de heup en dikke zwarte handschoenen.

Ze keken op naar Robert en de donkere vroeg: 'Ja?'

'Pete zei dat we hier iemand konden vinden die lastige problemen kon oplossen.'

Beide mannen schoven achteruit in hun stoel, een schijnbaar terloopse beweging, maar Robert wist dat ze dit deden om gemakkelijker op te kunnen staan en hun zwaard te kunnen trekken. 'Wat wil je?' vroeg de blonde man.

Robert haalde de brief te voorschijn die hij in Joraths kamer had gevonden. 'We weten van jullie regeling met het Bergersgilde. Voor een zacht prijsje beloven we dat niemand anders het te weten komt.'

De twee mannen keken elkaar aan, en de blonde nam het woord. 'Als jij soms je zakken met goud wil vullen, moet je weten dat je te maken hebt met het moordenaarsgilde. Wie ons probeert af te persen, leeft doorgaans niet zo lang meer. Tenzij je natuurlijk een aanbod hebt voor een ander soort regeling?'

Robert glimlachte. 'Dat is precies wat ik in gedachten had. Ik had het volgende idee –' Robert sprong plotseling naar voren en gooide de tafel om in de richting van de blonde man, terwijl hij tegelijkertijd de stoel onder Baardmans vandaan schopte. 'Jazhara! Nu!'

Jazhara draaide zich om, richtte haar staf op de deur aan het einde van de gang en sprak een paar woorden. Uit de staf schoot een schicht witte energie door de korte gang, en met een oorverdovende knal werd de deur uit zijn hengsels geslagen.

Robert had zijn zwaard al in de hand. Hij grijnsde. 'Daar zullen ze vast wel op af komen.' De bebaarde zwaardvechter krabbelde achteruit, weg van Roberts wapen, terwijl hij onhandig zijn eigen zwaard trachtte te trekken. De blonde man benutte de omvergegooide tafel als barrière, zodat hij zich verder terug kon trekken naar de muur, waarmee hij de ruimte kreeg om zijn zwaard te trekken.

Robert moest wegspringen voor een uitval van de blonde man, gericht op Roberts linkerzij. Jazhara sloeg met haar staf omlaag naar de arm van de blonde man en raakte met een verlammende klap zijn pols. Jankend van pijn liet de man zijn zwaard vallen. Toen hij met zijn andere hand zijn dolk wilde trekken, sloeg Jazha-

178

ra hem met het ijzerbeslag tegen de slaap. De man viel op de grond.

Robert hoorde geschreeuw en rennende voeten aan de voorkant van het gebouw en begreep dat Jonathan Means en de wachters nu de gelagkamer binnenkwamen. Tenzij er daar nog meer Nachtraven waren, zouden de havenarbeiders niet gauw verzet tegen gewapende soldaten bieden.

Robert zwiepte met zijn zwaard en sneed in de hand van de bebaarde man op de vloer die nog steeds zijn zwaard probeerde te trekken. Het had de gewenste uitwerking, want de man liet het gevest los. Robert zette de punt van zijn zwaard op 's mans keel. 'Ik raad je aan niet te bewegen als je wilt blijven ademen.'

Jazhara draaide zich om naar de deur, paraat voor het geval dat de eerste die erdoor kwam hen niet vriendelijk gezind was.

Baardmans verplaatste zijn gewicht een stukje, en Robert drukte de kling in zijn keel tot de man begon te piepen. Behendig tikte hij Baardmans kraag met zijn zwaardpunt opzij en duwde de punt vervolgens onder een ketting die de man om zijn hals droeg. Met een snelle polsbeweging trok hij de ketting over Baardmans hoofd. Er gleed een amulet langs de kling omlaag. Zodra de punt van Roberts wapen de lucht in ging, deed Baardmans een verwoede greep naar zijn eigen zwaard. Zonder zijn ogen van de amulet te halen, haalde Robert uit met zijn linkerlaars. Hij raakte de man vol op de kin en schopte hem bewusteloos.

Op dat moment stormde Jonathan Means door de deur aan het einde van de gang, gevolgd door twee leden van de Wacht van het Koninklijk Huis. Ze hielden Bofkont Pete tussen hen in, en zijn houten been tikte op hoogst komische wijze op de vloer.

'De meeste lui daarbinnen maakten dat ze wegkwamen toen Jazhara de deur uit zijn scharnieren blies,' zei Jonathan. Hij glimlachte naar haar. 'Ik neem tenminste aan dat u het was en niet een andere magiër, mijn vrouwe?'

Ze knikte en glimlachte terug.

De plaatsvervangende schout sprak verder: 'De rest probeerde bijna allemaal te ontkomen toen ze ons met z'n zevenen binnen zagen komen stormen. Die daar' – hij wees naar Pete – 'en een paar anderen pleegden verzet, maar we hadden ze binnen een paar tellen overmeesterd.' Hij keek naar de twee bewusteloze gedaanten op de grond. 'Wat hebben we hier?'

Robert bracht zijn zwaard omlaag en liet de amulet van de kling glijden, in Means' hand. 'Valse Nachtraven. Ze horen bij de groep die een paar maanden geleden het riool in werd gestuurd om het echte moordenaarsgilde voor de schuld te laten opdraaien, als ik me tenminste niet sterk vergis.'

'Hoe weet je dat ze niet echt zijn?' vroeg Jazhara.

'Geen gifringen, en ze hebben niet geprobeerd om zelfmoord te plegen,' antwoordde Robert. 'De Nachtraven zijn fanatiekelingen die zich niet levend gevangen laten nemen.' Hij stak zijn zwaard in de schede.

'Wat wil het zeggen, dat deze nep zijn?' vroeg Jonathan.

'Daar moeten we nog achter zien te komen als we deze twee ondervragen,' zei Robert. 'Ik stel voor dat je hen naar de paleiskerker brengt en vasthoudt voor verhoor. Nu de Oudemarktgevangenis er niet meer is, wordt het of het paleis, of de havengevangenis.'

Means knikte. 'Het paleis dus, jonker.' Hij riep om assistentie en er verschenen nog vier wachters om de bewusteloze 'Nachtraven' weg te dragen.

Robert wendde zich tot Bofkont Pete. 'Zo, dan is het nu tijd dat wij eens gaan praten.'

Pete probeerde te glimlachen, maar zijn gezicht was een toonbeeld van paniek. 'Maar jonker, ik heb niks te vertellen, echt niet. Ik heb alleen wat kamers en de kelder aan die jongens verhuurd.'

Robert kneep zijn ogen tot spleetjes. 'De kelder?'

'Ja, door dat luik daar de trap af.' Hij wees naar een plek op de vloer in de gang.

'Verdomme.' Robert trok zijn zwaard weer en zei tegen Means: 'Laat iemand achter bij Pete en kom mee.'

Robert trok het luik open en kroop erdoor zonder te kijken wie er achter hem aankwam. Hij rende de stenen trap af, die halverwege uitkwam op een kleine steiger en verder doorliep naar de keldervloer eronder. Van boven riep Jazhara: 'Robert! Er is hier iets niet in orde!'

Zich omdraaiend om naar haar te kijken zei Robert: 'Ik voel het ook.'

In de lucht knetterde energie, wat erop wees dat er vlakbij magie werd verzameld, en uit ervaring wist Robert dat dat geen goed teken was. Het haar op zijn armen en achter in zijn nek ging overeind staan toen hij onder aan de trap bij een deur kwam. Hij wachtte tot Jazhara, Means en een van de wachters bij hem waren en zei toen: 'Klaar staan!'

Hij schopte de deur open en kwam terecht in een grote ruimte, in de grond onder de taveerne uitgehold. In het midden van de ruimte stonden drie mannen, twee op dezelfde wijze gekleed als het tweetal boven, in zwarte tuniek en broek, zwarte handschoenen en een zwaard aan hun zij. De derde had een gewaad aan, en Robert herkende hem als de magiër die hij bij het Bergersgilde had gezien.

Maar wat Robert abrupt deed stilstaan en snakken naar adem, was de gedaante die zich vlak bij hen aan het vormen was, binnen een complex patroon dat met een witte substantie op de grond was getekend. 'Een demon!' schreeuwde hij. Het wezen was net vaste vorm aan het krijgen en reeds gematerialiseerd van kop tot middel. Zijn kop was misvormd, met twee kromme horens die vanaf het voorhoofd naar voren en omlaag bogen. Met gloeiend rode ogen keek het monster naar de indringers en brulde als een stier, zijn massieve schouders spannend in zijn poging bij hen te komen.

'Hou hen tegen!' schreeuwde de vijandelijke magiër. 'We zijn bijna klaar!'

De twee zwarte zwaardvechters trokken hun wapen en verkleinden de afstand die Robert van de demon scheidde. Jazhara probeerde een bezwering, maar moest haar concentratie verbreken om niet te worden geraakt door een van de twee mannen.

Robert pareerde de andere aanvaller terwijl Jonathan Means en de wachter het vertrek binnenkwamen.

'Goden!' riep Means. 'Wat is dat voor een beest?'

'Schakel de magiër uit!' schreeuwde Robert.

De wachter aarzelde niet. In plaats van de magiër te naderen, met het gevaar binnen bereik van een bijna geheel gematerialiseerde demon te komen, trok de soldaat een dolk uit zijn gordel en smeet het mes met een krachtige worp tollend naar de magiër.

De dolk trof de magiër in het hart, en terwijl hij achterover viel, kreeg de demon volledig vaste vorm. Het monster brulde van razernij en probeerde aan te vallen, maar de lijnen op de grond leken een mystieke barrière te vormen die voorkwam dat hij bij Robert en de anderen kon komen.

Robert zag Means Jazhara te hulp schieten en concentreerde zich op zijn eigen tegenstander. De man was een kundig zwaardvechter, en Robert was zich scherp gewaar van de woedende demon die hij over diens schouder heen kon zien. Ook de moordenaar was zich bewust van de demon achter hem, want hij waagde een blik achterom voordat hij zich op Robert richtte. Robert trachtte dat voordeel te benutten, maar daar was de zwaardvechter op voorbereid.

'Jazhara!' riep Robert, opzij stappend. 'Kan je iets aan dat beest doen?'

Jazhara was bezig zichzelf van de andere zwaardvechter los te maken en het gevecht over te laten aan de wachter of aan Jonathan Means, maar het was te vol in de kamer om makkelijk van positie te wisselen. 'Ik heb het druk op het moment, Robert.'

'Laat me erlangs!' riep Means, en ogenblikkelijk trok Jazhara haar staf naar zich toe, hield hem rechtop en draaide zich om, en plots schoot Means langs haar heen en stootte naar de zwaardvechter, die zich terug moest trekken.

Jazhara keek naar de demon. 'Ik weet bijna niets over dergelijke wezens, Robert!'

Robert weerde een aanval van zijn tegenstander af en probeerde hem met zijn rug naar de demon te drijven. 'Ik begin zo onderhand een expert op dat gebied te worden, helaas,' riep hij terug. 'Dit is de derde al die ik in mijn leven tegenkom.'

'Eén ding weet ik wel,' riep Jazhara. 'Stap niet binnen dat diagram en zorg dat je de lijnen niet verbreekt.'

'Dank je,' zei Robert. Hij stak toe met zijn rapier en wist de moordenaar in het been te raken. 'Dat zal ik in gedachten houden,' voegde hij eraan toe terwijl hij zich terugtrok.

Jazhara zag de patstelling tussen haar metgezellen en de twee moordenaars en bleef staan om op adem te komen. Ze sloot haar ogen, diepte een spreuk op uit haar geheugen, en toen ze die stevig voor de geest had, begon ze langzaam haar bezwering te weven. Toen ze klaar was, vloog er een vuurrode energiestoot uit haar uitgestrekte hand die de moordenaar tegenover Robert in het gezicht raakte. De man schreeuwde het uit en liet zijn zwaard vallen. Gillend van de pijn greep hij naar zijn ogen en wankelde achteruit.

Te laat besefte hij plotseling dat hij binnen het getekende patroon op de vloer was gelopen. Hij probeerde nog te ontkomen, maar de demon greep hem beet. Als een vader met zijn kind, tilde de twaalf voet lange demon de moordenaar van achteren op en smeet hem hoog de lucht in, zodat hij letterlijk tegen het plafond stuiterde. Toen de moordenaar viel, sloeg het wezen toe met zijn stierachtige horens en ving hem op de punten op. De man krijste eenmaal en was dood.

Robert richtte zijn aandacht op de andere zwaardvechter, strekte zich over Means' schouder uit en sneed de keel van de man open. Met een gorgelend geluid liet de moordenaar zijn zwaard vallen, verbluft kijkend terwijl het bloed uit zijn mond en neus begon te stromen. Hij maakte een deppende beweging met zijn linkerhand naar zijn keel, alsof hij het bloed probeerde te stelpen, viel toen voorover en stierf.

Robert draaide zich om naar de demon, die klaar was met het verscheuren van de moordenaar die hij met zijn horens had opgevangen. De lichaamsdelen lagen verspreid door de kamer en brullend van woede keek het wezen naar Robert en zijn metgezellen.

'Wat doen we nu?' vroeg Jonathan Means, bevend nu hij begreep tegenover wat voor soort monster ze stonden.

'Hij kan die ruimte niet uit,' zei Jazhara, 'tenzij hij toestemming krijgt van degene die hem heeft opgeroepen. Maar hij blijft hier nog lange tijd als we hem niet uitdrijven of doden.'

'Die krengen zijn moeilijk dood te krijgen,' zei Robert. 'Daar weet ik alles van.'

Jazhara draaide zich om naar de wachter. 'Breng bericht naar het paleis. Vraag naar pater Belson en zeg hem dat we een demon te verdrijven hebben.'

De wachter wierp een blik op Robert, die knikte en zei: 'Laten wij ondertussen buiten de kamer wachten tot de goede pater verschijnt.'

De tijd kroop voort terwijl ze wachtten op de komst van prins Arutha's religieuze adviseur. Robert stond net achter de deuropening te kijken naar het helse wezen, dat woest tekeer bleef gaan, de rode blik vol kwaadaardigheid. Ettelijke malen veinsde hij een aanval, maar hield telkens in bij de mystieke barrière.

'Wat is dat voor een onzin over een demon?' riep iemand van boven.

Robert keek om en zag pater Belson verschijnen. De slanke geestelijke met de zwarte baard was kennelijk zo spoedig mogelijk gekomen, want in plaats van zijn gebruikelijke purper-met-rode gewaad droeg hij slechts een wollen nachthemd onder zijn dikke mantel. 'Deze idioot gunde me niet eens de tijd om me aan te kleden,' mopperde hij, over zijn schouder naar de wachter wijzend. Toen keek hij langs Robert en kreeg de demon in het oog. 'O, gunst,' zei hij zachtjes.

'Ik ga wel opzij, zodat u aan het werk kunt, pater,' zei Robert.

'Aan het werk?' reageerde pater Belson, verwonderd knipperend met zijn ogen. 'Waaraan?'

'Om die demon kwijt te raken. Daarom hebben we u laten komen.'

'Die demon kwijtraken?' vroeg de priester van Prandur vol afschuw. 'Dat kan ik helemaal niet.'

Robert knipperde met zijn ogen als een uil die verrast was door licht. 'Dat kunt u niet?'

'Demonen zijn wezens uit de lagere rijken en als zodanig verteren ze vaak vuurenergie. Door mijn dienst aan de Heer der Vlammen heb ik niet de beschikking over enige vaardigheid op het gebied van magie om hem op enigerlei wijze te kwellen.' Opnieuw kijkend naar de demon voegde de priester er zacht aan toe: 'Op zijn best kan ik hem ergeren, en op zijn slechts nog sterker maken.'

'En uitdrijven?' vroeg Jazhara.

Met een blik op de Keshische magiër antwoordde de priester: 'Dat doet mijn tempel niet. Dan moet u op zoek naar een priester van Sung, en een machtige bovendien, of een Ishapiër.'

Robert zuchtte en keek naar de wachter die pater Belson had gehaald. 'Ren naar de tempel van Ishap en zeg de hogepriester dat we de diensten nodig hebben van iemand die een demon kan uitbannen – en snel. Noem de naam van de prins. Wegwezen!'

De soldaat salueerde. 'Jonker.' Hij draaide zich om en holde weg.

'Het spijt me dat we u wakker hebben gemaakt,' zei Robert tegen pater Belson.

Zonder zijn ogen van het wezen te halen zei de priester: 'O, maar dit had ik voor geen goud willen missen.'

'Mooi,' zei Robert. 'Houdt u dan dat beest een beetje in de gaten, voor het geval dat, terwijl ik een gevangene ga ondervragen.' Hij ging terug naar de kamer erboven, waar Pete op een stoel zat, door een wachter geflankeerd. 'Nu dan,' zei Robert, 'voordat we zo ruw werden onderbroken...'

Pete leek de paniek nabij. 'Ik zeg u, jonker, ik weet helemaal niks. Het zijn gewoon een paar kerels die met goud smijten om ervoor te zorgen dat ik geen lastige vragen stel en dat ik de andere kant op kijk wanneer ze gebruik willen maken van de kelder en de doorgang naar het riool. U weet hoe dat gaat.'

Robert knikte. Hij wist maar al te goed hoe dat ging. 'Breng hem naar het paleis,' zei hij tegen de wachters. 'Sluit hem op in de kerker, dan zullen we eens zien wat hem mettertijd nog te binnen schiet.'

De wachter greep Pete onzacht onder een arm. 'Meekomen, mannetje.'

De voormalige zeeman met het houten been protesteerde luidkeels tegen deze behandeling, maar liep toch keurig mee.

Het duurde bijna een uur voordat de Ishapiërs arriveerden, een grijsharige priester van vrij hoge rang en twee gewapende krijgsmonniken. Eenmaal door Robert op de hoogte gebracht van de situatie beneden, beaamden ze dat het verstandig was geweest hen te ontbieden. Ze haastten zich de trap af naar de kelder, waar de Ishapische priester tegen pater Belson zei: 'U kunt nu gaan, dienaar van Prandur.'

Belson maakte een lichte buiging. 'Zoals u wenst.'

Toen hij voorbijliep, vroeg Robert: 'Gaat u weg?'

Met een meewarige glimlach antwoordde de priester: 'Ik weet wanneer ik niet gewenst ben.'

Robert stond versteld. Tijdens zijn ambtsvervulling aan Arutha's hof had hij veel geleerd over de politiek in het Koninkrijk, maar de relatie van de tempels onderling was een ingewikkeld vlechtwerk van intriges waar hij zich voordien nauwelijks van bewust was geweest, en voor het onderzoeken daarvan had hij weinig reden gehad.

De priester van Ishap draaide zich om naar Robert. 'Hoe is dit ontstaan?'

Robert wees op de dode magiër aan de andere kant van de kelderruimte. 'Die man heeft het wezen opgeroepen.'

De priester keek de kamer door. 'Als hij nog had geleefd, zou het aanzienlijk eenvoudiger zijn geweest om het wezen terug te sturen naar de hel waarvandaan hij is ontboden.'

'Tenzij die kerel de demon opdracht zou hebben gegeven om aan te vallen, natuurlijk,' merkte Jazhara droog op.

De priester wierp een blik op de magiër, maar reageerde verder niet op haar. 'Zo zij het,' zei hij tegen Robert. 'Laat ons beginnen.'

De twee monniken kwamen aan weerszijden van de Ishapische priester staan en begonnen een zacht, monotoon gezang. Even later voelde Robert de lucht beduidend koeler worden en hoorde hij de stem van de priester boven de andere twee uitkomen. De taal kwam hem akelig bekend voor, al kon hij hem niet verstaan.

Vanachter de barrière, opgericht door de mystieke symbolen op de vloer, keek de demon woedend toe, machteloos. Van tijd tot tijd brulde hij uitdagend, maar uiteindelijk was het met hem gedaan. Robert knipperde van verbazing met zijn ogen. Het ene moment stond het wezen er nog, en het volgende was hij verdwenen. Het enige blijk van zijn verscheiden was een subtiele verandering in de luchtdruk en een zacht geluid, alsof er ergens vlakbij een deur werd gesloten.

De priester keek Robert aan. 'Het is de tempel een genoegen de kroon bij te staan, maar het zou voor ons allen beter zijn als u zich weer richtte op de u toegewezen hachelijke taak, jonker.'

'We zouden vanochtend vertrekken, priester, maar de situatie bleek wat minder gunstig dan ik had verwacht. Maar we gaan zo snel mogelijk op pad.'

De priester knikte onaangedaan. 'Broeder Solon wacht u vanaf zonsopgang op bij de poort.' Hij draaide zich om en verliet de kamer, gevolgd door de twee monniken.

Robert slaakte een zucht. 'Arutha zal niet blij zijn als we nog langer moeten wachten.'

'We hebben nog één ding te doen voordat we weg kunnen,' zei Jazhara.

'Kendaric zoeken,' knikte Robert. 'En ik denk dat ik weet waar we moeten beginnen.'

Het Gouden Toverboeck was een bescheiden, maar goed uitgeruste winkel. Het was een soort apotheek, maar Jazhara herkende meteen de inhoud van verscheidene stopflessen en kistjes als ingrediënten die door magiërs werden toegepast. Een slaperig ogende jonge vrouw had hen pas binnen willen laten nadat Robert met nadruk had verklaard dat het voor de prins was. 'Wat wilt u?' vroeg ze toen ze binnen stonden, met argwaan in haar stem.

Robert nam haar in ogenschouw. Dit moest Morraine zijn, dacht hij, de vrouw met wie Kendaric verloofd was geweest. Ze was fijn gebouwd, had een smal gezichtje, maar was lang niet onknap. Wakker en aangekleed zou ze er vast een stuk aantrekkelijker uitzien. Robert haalde de schelp te voorschijn. 'Kunt u ons vertellen wat dit is?'

Morraine trok haar wenkbrauwen op. 'Leg hem daar even neer, alstublieft.' Ze wees op een groene vilten doek op de toonbank, vlak bij een brandende lantaren. Nadat Robert dat had gedaan, bekeek ze het voorwerp aandachtig. 'Dit is vast en zeker een Schelp van Eortis. Hij heeft krachtige magische eigenschappen. Men zegt dat er maar een paar van bestaan. Voor een zeekapitein of iemand anders die de oceaan bevaart, is het een voorwerp van onschatbare waarde.' Ze keek Robert aan. 'Hoe komt u eraan?'

Robert had bewondering voor de kalmte die de vrouw wist te bewaren. Ze zou een niet onverdienstelijk gokker kunnen zijn, dacht hij. 'Je weet vast wel waar we hem hebben gevonden, Morraine,' zei hij.

Morraine keek hem nog een tijdlang aan en sloeg toen haar ogen neer. Ze toonde zich niet verrast bij het horen van haar naam. 'Kendaric. We zijn een poos verloofd geweest, maar mijn familie verbood ons te trouwen. Hij heeft hem van mij cadeau gekregen. Het was mijn dierbaarste bezit.' Toen, op bijna tartende toon, voegde ze eraan toe: 'Ik heb hem al een hele tijd niet meer gezien.'

Robert glimlachte. 'Hou maar op met liegen. Dat gaat je niet goed af. Kendaric is onschuldig en daar hebben we bewijs van. Het was ambachtsgezel Jorath die de gildemeester heeft laten vermoorden om zijn verduistering van gildefondsen te maskeren.'

De vrouw zei niets, maar haar ogen flitsten van de een naar de ander.

'Je kunt ons geloven,' zei Jazhara. 'Ik ben de hofmagiër van de prins en dit is zijn persoonlijke jonker. We zoeken Kendaric voor een uiterst belangrijke onderneming namens de kroon.'

'Kom maar mee,' zei Morraine zacht, pakte de lantaren van de toonbank en ging hun voor naar een boekenkast waarin verscheidene dikke boeken stonden.

Jazhara keek naar de titels. Vele ervan waren kruidengidsen en handleidingen voor het maken van geneesmiddelen en drankjes, maar er stonden er ook een paar tussen over magische onderwerpen. 'Als ik wat meer tijd heb moet ik hier toch eens terugkomen,' mompelde ze.

Morraine haalde een dik boek weg, en de boekenkast schoof opzij. Erachter lag een trap. 'Deze gaat naar een geheime kamer op de zolder,' zei ze.

Ze nam hen mee de trap op naar een kamertje dat amper groot genoeg was voor een eenpersoonsbed en een tafel. Op het bed zat een man in een groene tuniek. Hij had een snor en een geitensik en droeg een gouden ringetje in zijn linkeroor. 'Wie zijn die mensen?' vroeg hij Morraine op bezorgde toon, starend naar Robert en Jazhara.

'Ze komen van de prins,' zei Morraine.

'Ik heb het niet gedaan!' riep Kendaric uit.

'Rustig maar,' zei Robert. 'We hebben het bewijs dat het Jorath was die de gildemeester heeft laten ombrengen.'

'En die mannen in het zwart?' vroeg de ambachtsgezel van het Bergersgilde. 'Die wilden mij vermoorden! Ik wist ternauwernood te ontsnappen!'

Jazhara bespeurde een licht Keshisch accent in zijn spraak, afkomstig uit een van de noordelijke steden. 'Ook die zijn gepakt,' antwoordde ze.

Kendaric sprong overeind en omhelsde Morraine. 'Dat is schitterend! Dan kan ik terug naar het gilde. Bedankt voor dit goede nieuws.'

Jazhara hief haar handen op. 'Een ogenblikje, gildegezel,' zei ze. 'We hebben uw diensten nodig.'

'Natuurlijk,' zei Kendaric, 'maar misschien kan dat een dagje of zo wachten? Ik heb nog veel te doen. Als Jorath schuldig is aan moord, moet ik terug om de leiding over de leerlingen op me te nemen. Het zal wel even duren voordat de orde bij de Bergers is hersteld.'

'Eh, helaas hebben we je.hulp meteen nodig,' zei Robert. 'De prins heeft je hulp nodig. En aangezien het best de Nachtraven hadden kunnen zijn die jou als eerste hadden gevonden, en je het aan ons te danken hebt dat hen dat niet is gelukt, ben je ons wat verschuldigd.'

'Ik heb toch niet om jullie hulp gevraagd? Ik moet terug naar het gilde! Al die schulden die nog moeten worden betaald!'

'Kendaric!' zei Morraine op scherpe toon.

'Ja, Morraine?' antwoordde hij gedwee.

'Je bent ondankbaar en onbeschoft tegen mensen die jou het leven hebben gered.'

'Maar de onkosten, lieverd –'

'Daar verzinnen we wel wat op. Dat hebben we steeds gedaan.' Ze wendde zich tot Robert. 'Hij zal u helpen, jonker. Hij heeft een goed hart, maar soms laat hij zich afleiden door zijn persoonlijke behoeften.'

'Morraine!'

'Het spijt me, schat, maar het is zo. Daarom heb je mij, om je op het rechte pad te houden.'

'Dus u bent van plan uw ouders te trotseren?' vroeg Jazhara.

Met opgeheven kin en een dappere glimlach verkondigde Morraine: 'We gaan trouwen zodra Kendaric terug is van de opdracht die u voor hem heeft.'

'Nou, goed dan,' zei de gildegezel met een verslagen blik.

'Pas alstublieft een beetje op hem. Kendaric wil nog wel eens wat te veel hooi op zijn vork nemen.'

Jazhara glimlachte. 'We zullen goed voor hem zorgen.'

'Bedankt voor het herstellen van zijn goede naam.'

Ze liepen de trap af naar de deur. Robert en Jazhara wachtten op straat tot Kendaric afscheid van Morraine had genomen, en toen de ambachtsgezel de winkel uitkwam, zei Jazhara: 'Je mag jezelf wel gelukkig prijzen om iemand te hebben die zo veel van je houdt.'

'Gelukkiger dan u denkt,' zei Kendaric. 'Ik huiver bij de herinnering aan het kreng dat ik had voordat ik Morraine leerde kennen. Haar vriendelijkheid heeft me het leven gered, maar haar liefde zorgde voor het behoud van mijn ziel.'

Robert wierp een blik op de door sterren verlichte hemel. 'We hebben nog drie uur voor het licht wordt. Tijd genoeg om terug naar het paleis te gaan, verslag uit te brengen bij de prins en broeder Solon bij de poort op te pikken.'

Terwijl ze naar het paleis wandelden, vroeg Robert: 'Kan je paardrijden?'

'Niet zo erg goed, vrees ik,' antwoordde de ambachtsgezel.

Lachend zei Robert: 'Tegen de tijd dat we op de plek van bestemming zijn, ben je een expert.'

9   Schijnactie

Wiliam wachtte geduldig.

Zijn paard krabde over de grond, ongeduldig om weer verder te gaan of om iets te grazen te vinden. In beide gevallen moest Wiliam zijn rijdier kort houden.

Het was koud, en zijn adem ontsnapte in wolkjes aan zijn mond. De avond was gevallen en de patrouille had halt gehouden op een open plek in de bossen, groot genoeg om er te kamperen. Achter hem onthielden de mannen zich van het gebabbel en gemompel dat gewoon was tijdens het stilstaan in gelid. Ze wisten dat de vijand in de buurt was.

Naarmate de avond viel en de duisternis in het bos toenam, raakte iedereen gespannener. Ze voelden dat er een gevecht op komst was. Met de zwaarden los in de scheden en de bogen binnen handbereik hielden de mannen hun omgeving scherp in de gaten, op zoek naar tekenen van naderend onheil.

Verderop verschenen twee gedaanten op het pad, opduikend vanuit het donker. Maric en Jackson reden in korte galop, en op slag ontspande Wiliam zich. Als de vijand vlakbij was, zouden ze in volle galop zijn genaderd. Zonder te wachten op hun verslag keerde Wiliam zijn paard en zei: 'We kamperen hier.'

De sergeant van de patrouille, een oude veteraan genaamd Hartag, knikte. 'Ik zet de schildwachten wel uit, luitenant.'

Terwijl de sergeant zijn bevelen blafte, hielden de twee Padvinders hun rijdieren in. 'We zijn ze kwijt,' zei Maric.

'Wat?' Wiliam vloekte.

De andere Padvinder, Jackson, een oudere man, boven zijn oren vrijwel haarloos maar met lange grijze lokken tot op de schouders van het kransje dat hem nog restte, knikte. 'Ze sloegen ineens af tussen de rotsen, waar we het spoor kwijtraakten. Morgen pikken we het wel weer op, maar met dit licht niet meer.'

Wiliam kon zijn frustratie amper bedwingen. 'Dus ze weten dat we hen volgen.'

'Ze weten dat ze worden gevolgd,' bevestigde Maric, 'maar niet door wie en hoeveel.'

'Hoe ver vooruit?'

'Twee uur, misschien drie. Als ze vandaag langer doorgaan dan wij, zal het een halve dag kosten voordat we hun spoor weer kunnen oppikken.'

Wiliam knikte. 'Ga wat eten en kruip vroeg in je bedrol. Zodra jullie denken dat het licht genoeg is, gaan jullie weer op pad om dat spoor te vinden.'

De twee Padvinders knikten en stegen af.

Wiliam reed het pad nog een paar el af om te zien of hij misschien nog iets in de verte kon ontwaren. Het paard eiste voer, en met zijn aangeboren talent voor mentale communicatie stelde Wiliam hem gerust. *Straks.* Hij steeg af en wreef het paard over de neus, waardoor het de bovenlip liet trillen. Hij wist dat het dier dat lekker vond. Onderwijl bleef hij de donker wordende bossen in staren met de gedachte dat Beer daar ergens zat te wachten. Maar uiteindelijk keerde hij het paard en ging terug naar de open plek, waar de mannen al vuurtjes hadden aangelegd en hun slaapspullen hadden uitgerold.

Hij vond een plek vlak bij zijn sergeant en knikte hem toe. Wiliam maakte zijn eigen bedrol los, gooide hem op de grond en bracht zijn paard naar de plek waar de dieren waren vastgezet. Daar zadelde hij hem af, verwijderde het hoofdstel, deed hem een kluister om en zette die vast aan de grond. Tenslotte gaf hij hem een voederzak met graan en zond een geruststellend *Binnenkort grazen* naar alle paarden. Verscheidene dieren snoven en stuurden mentale beelden waaruit een merkwaardig menselijk sarcasme sprak, alsof ze zeiden: *Ja hoor, dat kennen we.*

Daar moest Wiliam om glimlachen. Een ogenblik later besefte hij dat het zijn eerste glimlach was sinds Talia's dood. Hij keek naar de blote hemel en zei in stilte: *Binnenkort word je gewroken.* Terwijl hij terugging naar zijn mannen, vroeg Wiliam zich af hoe het Robert en de anderen verging met hun queeste.

Robert voerde zijn paard mee aan de teugel. Een paar minuten eerder waren ze afgestegen om de paarden rust te gunnen, maar ze bleven lopen. De reis vanuit Krondor was tot dusver zonder noemenswaardigheden verlopen, en dat wilde Robert graag zo houden. De volgende dag zouden ze het dorpje Molenaarsrust moeten bereiken en de dag erna Haldenhoofd.

Robert had besloten met een kleine karavaan mee de stad uit te glippen, opgaand tussen de bewakers en kooplieden. Bij een tweesprong in de weg was hij met de anderen onopvallend afgeslagen naar een pad dat uitkwam op een niet vaak gebruikte weg in noordelijke richting. De reis duurde al een week, waarin ze niet waren opgemerkt, voor zover ze dat tenminste konden vaststellen, en Robert hoopte voor het vallen van de avond een kleine herberg te bereiken.

Deze herberg stond op de plek waar ze, als alles volgens plan verliep, contact zouden leggen met een van prins Arutha's mensen te velde, en Robert had er zijn zinnen op gezet die man in te lijven in het netwerk dat hij aan het opzetten was. Momenteel was de man, luisterend naar de naam Alan, gewoon een kleine hofambtenaar wiens taak bestond uit het toezicht houden op verscheidene landgoederen die de prins in het noorden van het Vorstendom bezat. Onofficieel was hij aangesteld om uit de roddels en geruchten de belangrijke informatie te ziften en zuidwaarts naar zijn vorst te sturen.

Kendaric en broeder Solon waren het grootste deel van de reis stil geweest. Robert achtte de monnik van Ishap een zwijgzaam man van nature, die zelden uit zichzelf iets zei en vragen het liefst beantwoordde met een eenvoudig ja of nee. Een paar maal had Robert getracht de monnik tot een gesprek te verleiden, gewoon om de verveling te verdrijven, maar tevens uit nieuwsgierigheid. Solon had een wat vreemd accent dat Robert vaag bekend voorkwam, maar de monnik sprak zo weinig dat Robert het niet kon plaatsen.

Kendaric had zich voornamelijk nors getoond. Hij had hun verzekerd dat hij het schip zou kunnen lichten met de bezwering die Jazhara in Kendarics kamer had gevonden, maar hij had bezwaar tegen de noodzaak te paard te reizen. Hij was een ongeoefend ruiter, en aan de eerste paar dagen hield hij een groot aantal zere en gevoelige plekken over, al begon hij nu, eindelijk, een beetje fatsoenlijk in het zadel te zitten en wat minder over zijn zere rug en benen te klagen.

Jazhara was Roberts spraakzaamste reisgenoot geweest, ook al verviel ook zij regelmatig in diep, bedachtzaam stilzwijgen, dat zij af en toe verbroken met een vraag over hun positie. Ze vond het landschap ten noorden van Krondor fascinerend, want het koele bosgebied was nieuw en vreemd terrein voor een edelvrouw uit de woestijn. Robert was nog altijd onder de indruk van haar intelligentie en interesse in alles om haar heen. Hij had besloten dat hij haar niet alleen graag mocht, maar dat ze tevens een grote aanwinst voor Arutha's hof vormde. En nu snapte hij ook waarom ze zo'n krachtige uitwerking op Wiliam had gehad toen hij nog op Sterrewerf had gewoond. Robert deelde die gevoelens niet, buiten de normale waardering van een man voor een opvallende vrouw, maar hij begreep dat een ander gemakkelijk smoorverliefd op haar kon worden.

Uiteindelijk zei broeder Solon: 'Ziet de weg er verderop niet rijp uit voor een verrassing?' Zijn kenbare bezorgdheid deed hem de langste zin uitspreken die Robert sinds de dag van hun ontmoeting van hem had gehoord.

De krijgsmonnik had een rollende r en zei 'vur' in plaats van 'voor'. Robert hield in en keek over zijn schouder. 'Nu herken ik dat accent!' zei hij. 'Ik heb lang genoeg met dwergen opgetrokken om dat taaltje te kennen.' Boven Solons hoofd kijkend ter overdrijving van 's mans lengte zei hij: 'Jij bent de langste dwerg die ik ooit heb gezien, Solon!'

'En jij bent de grootste domoor die ooit een prins heeft gediend als je denkt dat ik een dwerg ben,' reageerde de monnik. 'Ik ben opgegroeid op een boerderij vlak bij Dorgin, met niks dan dwergenjongens om mee te spelen. Dus dat is de reden voor mijn manier van praten. Maar verander niet van onderwerp.' Hij wees. 'Vat je wat ik bedoel over de weg verderop?'

'Jij maakt je zorgen over een paar struiken en een breed stuk in de weg?' vroeg Kendaric.

Robert schudde zijn hoofd. 'Hij heeft gelijk. Er zit verderop iemand verstopt in de bomen.'

'En nog niet eens fatsoenlijk ook,' voegde Solon eraan toe.

'Zullen we terugrijden?' opperde Jazhara.

De monnik gaf de teugels van zijn paard aan Kendaric. 'Ik dacht het niet, mijn vrouwe. Ik sluip niet als een lafaard over dit pad!' Hij verhief zijn stem. 'Jullie, die daar verstopt zitten! Jullie schuilplaats is mij geopenbaard door mijn geloof. Stel je te weer tegen de macht van Ishap of vlucht als de laffe honden die jullie zijn!'

Na een korte stilte dook er een groepje mannen op uit hun schuilplaats. Hun kleren waren weinig meer dan vodden, en hun wapens en wapenrusting een merkwaardig samenraapsel van slecht bij elkaar passende stukken. Twee boogschutters bleven achter terwijl twee anderen de flanken afdekten. Het groepje liep de weg op, kwam naderbij en bleef op een paar voet afstand van Solon staan.

De leider deed een stap naar voren, een slungelige vent van gemiddeld postuur met een onmogelijk grote neus en adamsappel. Het trof Robert hoeveel hij leek op een kalkoen en verwachtte half dat de man zou gaan klokken.

In plaats daarvan glimlachte hij en toonde een gebit dat door verrotting bijna helemaal zwart was. 'Verschoning, heren,' begon hij met een onhandige buiging, 'maar als u vandaag veilig op uw bestemming wilt arriveren, zou het niet onverstandig zijn ons wat zilver te gunnen in ruil voor een veilige doortocht. Per slot van rekening is dit wel erg ruig heuvelgebied.'

Solon schudde met zijn vuist naar hem. 'Waag jij het een priester te beroven?'

De leider keek achterom naar zijn vrienden, die zich wat onzeker toonden. Toen keek hij Solon weer aan. 'Verschoning, meneer. We zoeken geen problemen met de goden. U bent vrij om te gaan waar u wilt. Maar zij moeten betalen.' Hij wees naar de rest van de groep uit Krondor.

'Zij staan onder mijn bescherming!'

De bandiet staarde omhoog naar de boven hem uit torenende monnik en wierp nogmaals een blik op zijn metgezellen. In een poging tot vastberadenheid zei hij: 'Zij dragen geen heilig ambtskleed.'

Solon stapte dichter naar hem toe. 'Als jij de toorn van mijn god zoekt, kan je daar maar beter een goede reden toe hebben!'

'Laten we hem nou gewoon afmaken en verder rijden,' zei Robert.

'Geen bloedvergieten als het niet hoeft, Robert,' zei Solon, en met verrassende snelheid voor iemand van zijn omvang zwaaide de krijgsmonnik een vuist omhoog en trof de bandietenleider vierkant onder de kin. De tengere man kwam los van de grond en tuimelde achterover. Het janhagel achter hem haastte zich om hem op te vangen toen hij neerviel. Solon staarde hen vanonder zijn goudkleurige helm woedend aan. 'Verder nog een lijpe sufferd die denkt dat hij ons wat zilver kan afpersen?'

De mannen keken elkaar aan. Toen pakten ze hun bewusteloze leider op en gingen ervandoor, terwijl degenen langs de kant van de weg in het struikgewas verdwenen.

Toen de weg er weer verlaten bij lag, liep Solon terug naar zijn paard. 'Ik dacht het niet,' zei hij.

Robert en Jazhara keken elkaar even aan en begonnen allebei te grinniken. Robert steeg op zijn paard en verklaarde: 'We gaan.'

De anderen volgden zijn voorbeeld en al gauw reden ze behoedzaam verder door de donker wordende bossen.

Met het vallen van de avond rondden ze een bocht en zagen verderop licht. Robert gebaarde om voorzichtigheid en ze vertraagden tot stapvoets.

Toen ze het licht naderden, bleek het afkomstig van een herberg, op een open plek vlak langs de weg. De herberg, een enkel gebouw van twee verdiepingen met een grote schuur voor paarden erachter, werd gemarkeerd door een vrolijk schijnsel van binnen, rook die opsteeg uit de schoorsteen en een uithangbord met een man met een rugzak en een wandelstok.

'Dit moet De Reiziger zijn,' zei Robert.

'Daar zit dat mannetje van de prins dus op ons te wachten?' vroeg Kendaric. 'Die Alan?'

Robert knikte. 'Voordat we naar binnen gaan,' zei hij tegen Kendaric, 'denk erom, praat niet te veel over wie we zijn of waar we naar toe gaan. Beer kan hier ook spionnen hebben.'

'Hoor eens, al dat gekonkel kan me helemaal niets schelen,' zei Kendaric. 'Ik wil gewoon een warme maaltijd en een bed. Is dat te veel gevraagd?'

Robert keek de gildegezel aan. 'Helaas,' antwoordde hij droog, 'vaak genoeg wel, ja.'

Ze stegen af en Robert riep om de stalknecht.

Al gauw arriveerde er een bediende uit de schuur achter het gebouw die de paarden meenam. Robert nam een moment om de jongen op het hart te drukken de rijdieren goed te verzorgen. Toen hij tevreden was, wenkte hij de anderen hem te volgen naar de herberg.

Robert duwde de deur open en ze betraden een nette, zij het drukke schenkkamer. In de haard brandde een vrolijk vuur.

Robert nam zijn metgezellen door de schenkkamer mee naar de tapkast. De gezette man erachter keek op en zei met een brede glimlach: 'Welkom, heer!' Toen hij Jazhara en de andere twee mannen in het oog kreeg, voegde hij eraan toe: 'Vrouwe, heren, ik ben huisvader Royos, de herbergier. Waarmee kan ik u van dienst zijn?'

'Om te beginnen een rondje bier voor deze vermoeide reizigers.'

'Zeker!' Met geoefend gemak tapte hij vier grote tinnen kroezen bier, zette ze voor hen op de tapkast en vroeg: 'Waar gaat de reis naar toe?'

'Naar het noorden,' antwoordde Robert. 'En, is er nog nieuws in deze contreien?'

'Och, de laatste tijd is het allemaal vrij rustig geweest, al is boer Toths vrouw pas langsgereden op weg naar Krondor. Ze scheen nogal van streek.'

'Enig idee waarom?' vroeg Jazhara.

Royos haalde zijn schouders op. 'Kan ik niet zeggen. Haar man en zij hebben een boerderij zo'n mijl of tien aan deze kant van Haldenhoofd. Gewoonlijk stoppen ze onderweg naar de stad of terug hier voor een hapje, en soms brengen ze de nacht onder hun wagen door, hierachter, waar ik de paarden hou. Aardige lui.'

'U zei iets over Haldenhoofd,' zei Kendaric. 'Daar gaan wij heen. Is het nog ver?'

'Haldenhoofd?' zei Royos. 'Nee, nog maar een paar dagen. Ik wil jullie niet bang maken, maar ze zeggen dat Haldenhoofd onder de vloek van hekserij verkeert!'

'Wat bedoelt u met hekserij?' vroeg Jazhara.

'Begrijp me niet verkeerd,' zei Royos. 'Ik ben zelf niet bijgelovig, maar al sinds de mensen voor het eerst deze wateren bevoeren, zijn er voor Weduwpunt schepen gezonken. Sommigen zeggen dat het een vloek is, maar volgens mij zijn het gewoon de riffen en zandbanken en het grillige tij.'

'U zegt dat er daar veel schepen vergaan?' vroeg broeder Solon.

'Honderden jaren al. Sommige vallen ten prooi aan hun kapiteins onwetendheid met betrekking tot de riffen en de getijden, andere worden door piraten overvallen. Er zijn piraten die deze kustlijn kennen als hun broekzak. Die laten schepen aan de grond lopen en enteren ze als ze hulpeloos zijn.'

'Zo te horen weet u waar u het over heeft,' merkte Robert op.

Royos begon te lachen. 'Ik ben niet altijd herbergier geweest...'

Robert knikte. 'Ik zal maar niet vragen wat u vroeger was.'

'Verstandig,' zei Royos.

'Maar wat is er in Haldenhoofd om bijgelovig over te zijn?' vroeg Solon.

Royos grinnikte. 'Nou, sommige mensen zeggen dat er in de streek wordt gespookt door de geesten van al die dode zeelui.' Hij schudde zijn hoofd. 'Maar waarschijnlijk is het gewoon de mist die langs de kust blijft hangen.'

'Meer niet?' hield Solon aan.

Royos fronste zijn wenkbrauwen en zijn houding werd wat ernstiger. 'Nou, de laatste tijd heb ik verhalen gehoord over lui die daar vermist raakten en vee dat ziek werd en zo.' Toen keerde zijn opgewekte bui terug. 'Maar vee wordt altijd wel eens ziek, lijkt me, en mensen verdwalen nu eenmaal van tijd tot tijd.'

'We zijn ook op zoek naar ene Alan,' zei Kendaric.

'Dat is Alan daar in de hoek rechts van jullie,' zei Royos. 'Hij komt regelmatig even aan wanneer hij langsrijdt.' Op zachtere toon vervolgde de herbergier: 'Volgens mij doet hij iets voor de kroon, maar het is niet zo'n prater.' Achterover leunend voegde hij eraan toe: 'Maar hij kan goed luisteren. Heb hem nog nooit zien weglopen voor een goed verhaal.'

Robert wierp Kendaric een vuile blik toe, draaide zich om en liep door de menigte naar de andere hoek. Daar zat een man alleen aan een tafeltje, met zijn rug naar de muur.

'Alan?' vroeg Robert.

'Neem me niet kwalijk. Ken ik u?'

'Dat denk ik niet. We komen van de "citadel".'

Alan wenkte Robert dichterbij. 'Blij dat te horen. "Oom Arthur" heeft bericht gestuurd dat jullie langs zouden komen.'

Robert nam plaats op de enige andere stoel aan het tafeltje, terwijl Kendaric en Jazhara achter hem bleven staan. Solon keek de kamer rond om te zien of ze werden afgeluisterd.

'Wat is het laatste nieuws over Wiliams missie?'

'Die verloopt prima. Samen met zijn vrienden is hij op jacht in de bergen. Er is bericht teruggestuurd dat ze sporen van een "beer" hebben gevonden.'

Op gedempte toon vroeg Robert: 'Wat heb je gehoord over Haldenhoofd?'

'Daar ben ik al een poosje niet meer geweest. Dat stadje schijnt te lijden onder een of andere vloek. Ik heb iets gehoord over zieke mensen, ziek vee, vermiste kinderen, en er gaan geruchten over duistere wezens die 's nachts rondwaren. Ik weet niet wat er waar van is, maar ik heb onderweg een hoop mensen ontmoet die daar zijn weggetrokken. Volgens hen is het hekserij.'

'Ik haat dat woord!' zei Jazhara. 'Wat bedoelt u ermee?'

Alan keek op naar Jazhara, en al had hij haar nog nooit gezien, hij moest hebben geconcludeerd dat zij de nieuwe magiër van de prins was, want hij zei: 'Neemt u mij niet kwalijk, mijn vrouwe. In Weduwpunt woont een oud vrouwtje naar wie de bewoners van Haldenhoofd met hun gebruikelijke kwaaltjes gaan. Ze hebben haar altijd getolereerd, zelfs verwelkomd wanneer ze ziek waren, maar met de vreemde gebeurtenissen van de laatste tijd zijn ze haar als heks gaan bestempelen.'

'Misschien kunnen we ergens mee helpen wanneer we in Haldenhoofd zijn,' zei Jazhara.

'Waar ga je hierna naar toe?' vroeg Robert.

'Ik ben met spoed op weg naar het garnizoen te Sarth. Volgens de berichten hebben we ten oosten van hier te kampen met plunderende gnomen. Waarschijnlijk is er een kamp in de buurt.'

'Wordt het een probleem voor ons om Haldenhoofd te bereiken?' vroeg Robert.

'Dat denk ik niet, maar het kan geen kwaad om overdag op de weg te blijven. Tot dusver heb ik alleen nog maar gehoord dat ze boerderijen overvallen voor het vlees van de dieren.' Hij keek de drukke gelagkamer rond. 'Ik kan er maar beter nu tussenuit knijpen. Verderop heb ik een kleine patrouille op kamp. Ik vond het maar beter om niet de aandacht op mezelf te vestigen. Ik moet naar hen terug en bij het eerste licht op weg naar het zuiden.' Hij stond op. 'Nog één ding: de patrouille die jullie ter versterking is gestuurd, heeft Molenaarsrust nog niet bereikt. Misschien zijn ze er al tegen de tijd dat jullie daar langskomen, of anders duiken ze later op. Zorg dus maar dat jullie in Haldenhoofd geen problemen krijgen voordat ze er zijn.'

Robert bedankte Alan en de spion vertrok.

'Kunnen we iets te eten krijgen?' vroeg Kendaric.

Robert knikte. 'En kamers.' Hij stond op en keerde terug naar de tapkast om dat te regelen met huisvader Royos.

Wiliam wachtte geduldig op de terugkeer van de Padvinders. Hij had zijn patrouille halt laten houden op een kleine open plek bij een beek. Een van de bomen was gekenmerkt met de afgesproken kerf, een symbool dat betekende: 'Wacht hier.'

Hij voelde de spanning in zijn maag. De enige reden om zo'n merkteken aan te brengen was dat ze hun prooi naderden. De tijd kroop voort terwijl hij wachtte tot de verkenners terugkwamen. Hij overwoog zijn mogelijkheden. Al langer dan een week was hij Beer nu op het spoor. Verscheidene malen had hij moeten wachten omdat de Padvinders het spoor waren kwijtgeraakt, maar dat hadden ze telkens een paar uur later teruggevonden. Bij twee gelegenheden was het duidelijk dat Beer anderen had opgepikt. De Padvinders maakten daaruit op dat hij huurlingen rekruteerde. Tweemaal was Beers groep door ruiters verlaten voor een of andere boodschap. Drie keer waren ze sporen van gnomen in de buurt tegengekomen, en Wiliam had een van zijn ruiters erop uitgestuurd om het bericht van hun mogelijke inval in het Vorstendom naar Krondor te brengen. Wiliam hoopte dat het slechts een migratie naar beter jachtgebied betrof en geen bende plunderaars. Hij wilde zijn energie concentreren op Beer en zijn mannen, en niet verspillen aan een groep niet-menselijke lastpakken die koeien en kinderen kwamen stelen. Als hij een plunderbende tegenkwam, was hij het aan zijn eer verplicht de gnomen terug de bergen in te jagen, en daarmee liep hij het risico om Beers spoor kwijt te raken. Hoe graag hij de moord op Talia ook wilde wreken, hij kon zich onmogelijk neerleggen bij de gedachte dat er een mensenkind bij een magische gnomenrite werd geofferd.

Eindelijk verscheen een van de twee Padvinders. Het was Jackson die de open plek op kwam, met zijn paard aan de teugel. 'We hebben een groep huurlingen gezien, luitenant.'

'Beers mannen?'

'Maric denkt van wel, maar van de man zelf hebben we geen teken gezien. Volgens de beschrijving zie je hem niet zo makkelijk over het hoofd. Maric blijft in de buurt. Ze kamperen op een open plek, ongeveer een mijl de weg op. Het beste kunnen we de helft van de compagnie in een boog om hen heen sturen en ze dan van beide kanten tegelijk aanvallen.'

Wiliam overwoog het plan. Het idee om zijn strijdmacht tijdens de mars op te splitsen stond hem niet aan, maar als hij de huurlingen maar van één kant benaderde, konden ze de bossen in vluchten. En hij had meer behoefte aan inlichtingen dan aan lijken. Uiteindelijk knikte hij. 'Hoe lang?'

'We kunnen over een uur in positie zijn.'

Wiliam wierp een blik op de late middaghemel. Ze zouden de huurlingen aanvallen als het bijna donker was. 'Mooi. Paraat staan bij zonsondergang. Wacht tot je ons hoort komen en geef ze er dan van langs.'

'Luitenant?'

'Ja, Jackson?'

'Ik heb die groep herkend. Het is de Grijze Klauw, uit Landreth.'

'Landreth?' vroeg Wiliam. 'Dalbewoners.'

Jackson knikte. 'Taaie rakkers. Ik heb pas nog gehoord dat ze voor een handelsonderneming in het Dal tegen Keshische overvallers vochten. Soms komen ze naar Krondor om hun goud uit te geven, maar gewoonlijk zien we hen niet zo ver naar het noorden.'

Wiliam overpeinsde de betekenis hiervan. 'Ze moeten in Krondor zijn geweest toen Beer daar was, en Beers man moet hun bericht hebben gestuurd om naar het noorden te gaan.'

'Zoiets,' stemde Jackson in.

'Wat inhoudt dat Beer niet veel meer van zijn oorspronkelijke bemanning over heeft.'

'Een redelijk vermoeden,' beaamde Jackson. 'Maar die jongens vragen pas om genade als ze een flink pak slaag hebben gehad. Dat weet ik.'

'Maar toch, het betekent dat ze geen persoonlijke betrokkenheid met dat monster voelen. Als we hen gevangen kunnen nemen...' Hij draaide zich om en wenkte sergeant Hartag. 'Hoe is de ligging van het land? Gaan we te voet of te paard?'

'Te voet, denk ik, luitenant. Het maakt te veel kabaal om de paarden 's avonds in stelling te brengen, en als we dichtbij kunnen komen voordat we de aanval inzetten, maken we een betere kans om ze in het strijdgewoel de baas te blijven.'

'Te voet, dan,' ging Wiliam akkoord. 'Neem de helft van de mannen en ga met Jackson mee. Zet de paarden vast en sluip zo dicht naar de andere kant van hun kamp als je kunt. Stel je boogschutters aan één kant op. Zij geven een teken wanneer ze klaar staan. We hebben hun dekkingsvuur nodig om ervoor te zorgen dat er geen van die schurken ontsnapt. Als je in moeilijkheden raakt, lok hen dan mee naar de bomen, trek je terug en laat hen door de boogschutters neermaaien. Wacht tot je ons vanaf deze kant van het pad hoort aanvallen en ruk dan snel en hard op. Maar denk eraan: ik wil er minstens eentje levend in handen krijgen.' Tegen Jackson voegde hij eraan toe: 'Ga nu meteen, zeg Maric mij op te wachten bij het pad en breng deze mensen in stelling.'

De Padvinder knikte, steeg op zijn paard en reed weg. Binnen enkele ogenblikken had de sergeant alle manschappen te paard. De compagnie splitste zich in twee pelotons, en hij nam het eerste mee het pad op naar de Padvinders. Wiliam wachtte tot ze het pad een aardig eind hadden gevolgd voordat hij zijn eigen peloton het bevel gaf te volgen. Rijdend door de donkere bossen voelde Wiliam zijn verwachting stijgen. Straks wist hij waar Beer zich verstopte, en dan had hij een appeltje met hem te schillen.

De mannen wachtten op het teken. Wiliam had het vijandelijke kamp bekeken en had moeten toegeven dat hun tegenstanders doorgewinterde beroepsstrijders waren. Het waren er ongeveer dertig, en al hadden ze verkozen op de grond te slapen, toch hadden ze de best verdedigbare plek tussen de bomen uitgezocht, boven op een heuveltje, met vrij zicht in alle richtingen. Het goede nieuws was dat ze de moeite niet hadden genomen om verdedigingswerken op te richten. Zelfs een primitieve aarden berm versterkt met scherpe staken zou al een hindernis voor Wiliams mannen hebben gevormd. Deze huurlingen hadden duidelijk zo'n haast dat ze vlak voor het vallen van de avond kamp hadden opgeslagen, en waarschijnlijk waren ze van plan bij het eerste ochtendkrieken het kamp weer op te breken. Ze zouden schildwachten uitzetten, en die zouden waakzaam zijn.

Wiliam wachtte tot de zon ver genoeg achter de heuvels was gezakt om het hele landschap in clair-obscur van donkergrijs en zwart te dompelen. Hij beraamde een plan en gaf zijn bevelen door aan zijn boogschutters. Vijf van zijn twaalf mannen zouden achterblijven.

Wiliam gebaarde met zijn zwaard en liep de open plek op. Zeven mannen liepen met hem mee. Hij had zo'n tien el afgelegd toen er vanuit het kamp werd geroepen: 'Wie daar?'

'Hallo, daarginds!' riep Wiliam terug, nonchalant verder lopend. 'Ik ben op zoek naar de Grijze Klauw.'

'Nou, die heb je dan gevonden,' kwam het antwoord. 'Kom niet dichterbij!'

Wiliam bleef staan. 'Ik heb een boodschap voor Beer.' Het afgesproken signaal voor de boogschutters was het woord Beer.

Toen de schildwacht wilde antwoorden, schoten er vijf pijlen door de lucht, en Wiliam schreeuwde: 'Nu!'

De boogschutters hadden hun doelen goed uitgekozen, en voordat ze beseften dat ze werden belegerd, waren er al vijf huurlingen uitgeschakeld. Van de andere kant snorden nog meer pijlen, en Wiliam begreep dat sergeant Hartag ook zijn boogschutters in stelling had.

Van beide kanten van het kamp verschenen er soldaten van het Koninkrijk, terwijl de Grijze Klauw-huurlingen naar hun wapens grepen en zich opmaakten om de aanval af te slaan. Wiliam stormde af op de dichtstbij staande schildwacht, die zijn schild ophief om de klap van Wiliams grote anderhalfhandszwaard op te vangen. Wiliam zwaaide omlaag, maar stuurde de enorme kling in een elliptische boog met een dreun tegen de zijkant van het schild, dat opzij werd geslagen. Door de klap werd de soldaat zodanig gedraaid dat hij niet terug kon slaan, aangezien zijn zwaardarm nu van Wiliam verwijderd was. Nog voordat de schildwacht zich kon herstellen, liet Wiliam zijn zwaard vanaf het schild omlaag zwiepen over de achterkant van de benen van de man, die het de kniepezen kostte. Met een kreet zakte hij ineen, en Wiliam schopte hem met zijn linkerbeen weg. Dood was de huurling niet, maar vechten kon hij niet meer. Wiliam wilde gevangenen. Wiliam wilde weten waar hij Beer kon vinden.

Wiliams mannen hadden het voordeel van de verrassing, maar de huurlingen van de Grijze Klauw waren harde en ervaren krijgers. Het werd een bloedige strijd, en slechts het feit dat er al eerder vijf huurlingen waren gesneuveld, stelde Wiliams mannen in staat de slag te winnen. Nadat Wiliam zijn derde tegenstander had gedood, keek hij rond in de verwachting de huurlingen te zien vragen om genade, maar tot zijn verbazing vochten ze gewoon door, ook al stonden er nu twee Krondoriaanse soldaten tegenover ieder van hen.

'Hou er minstens één in leven!' schreeuwde Wiliam en dacht aan de man die nog ergens te midden van de slachting met door-gesneden kniepezen moest liggen. Hij keek om te zien hoe zijn eigen commando het ervan afbracht. De boogschutters hadden hun bogen afgelegd en hun zwaarden getrokken, en betraden nu het strijdperk. De huurlingen bleven verzet bieden, en er lagen verscheidene soldaten van de prins op de grond, dood of ernstig gewond. 'Maak hier een eind aan!' schreeuwde Wiliam tegen een zich terugtrekkende huurling die wanhopig zijn best deed zich twee van Wiliams mannen van het lijf te houden.

Zonder acht op Wiliams woorden te slaan bleef hij zoeken naar een opening. Wiliam vloekte van frustratie toen er weer een huurling werd gedood. Hij trok in een boog rond een van de laatste huurlingen en sloeg hem van achteren met de platte kant van zijn kling op de helm. 'Laat hem leven!' riep hij naar de twee mannen die op het punt stonden hem te doorsteken. De man wankelde, en een van Wiliams soldaten sprong naar voren, wor-stelend met de zwaardarm van de huurling. De andere stapte in en sloeg de man met zijn zwaardgevest hard in het gezicht bewus-teloos.

Toen was het voorbij. Wiliam keek rond. 'Sergeant!'

Hartag kwam aangerend. 'Heer!'

'Wat is de schade?'

'Zes man kwijt, heer. Drie dood, twee die waarschijnlijk nog volgen, één die het misschien overleeft als we hem snel naar een genezer brengen. Verscheidene anderen zijn gewond, maar niets om over op te scheppen.'

'Verdomme,' mompelde Wiliam. Dat liet hem nog achttien man, niet allemaal volledig weerbaar. 'En de huurlingen?'

'Godsgruwelijk, heer. Ze vroegen niet om genade. Vochten zich dood. Nooit geweten dat huurlingen dat deden. Gewoonlijk zijn ze slim genoeg om te weten wanneer ze zijn verslagen.'

'Hoeveel leven er nog?'

'Twee,' antwoordde Hartag. 'Eentje bloedt dood van een diepe beenwond en is niet lang meer bij ons.' Wiliam knikte en begreep dat dit de man moest zijn die hij had uitgeschakeld. 'De ander is de kerel die u op zijn hersenpan heeft gemept,' vervolgde Hartag. 'Die wordt straks wel weer wakker.'

Een paar minuten later kwam de huurling bij, en Wiliam liet hem naar zich toe slepen. 'Wie ben je? Ben jij een van Beers mannen?'

'Niet meer. De naam is Shane McKinzey. Momenteel –' Hij keek rond. 'Vroeger bij de Grijze Klauwen. We werden benaderd door een mannetje van Beer, dus kwamen we ons aansluiten. Wanneer we hem ontmoetten, zei hij ons wat we moesten doen.'

'Waarom dat vechten tot de dood?' vroeg Hartag.

'Bevelen.' Hij wreef over zijn achterhoofd. 'Het schijnt dat onze kapitein –' Hij gebaarde naar een lijk dat werd versleept naar een geïmproviseerde brandstapel. 'Hij had gehoord dat Beer over magische krachten beschikte. Iedereen die hem verraadde, zou hij opsporen om zijn ziel op te vreten, had hij gezegd.' Hij knipperde met zijn ogen, als om een waas te verdrijven. 'Jongens, ik heb wel eens vaker een klap gehad, maar nog nooit zoiets.' Hij schudde zijn hoofd. 'Maar goed, de kapitein, die zegt dus dat een schone dood en een snelle rit naar Lims-Kragma's paleis stukken beter is dan wanneer al het bloed uit je lijf wordt gezogen en je ziel gevangen wordt gehouden door een of ander hels monster.'

'Waarom hadden jullie hier kamp opgeslagen?'

'We moesten achterblijven om iedereen te doden die hem achterna kwam. Dit was onze eerste klus voor hem. Zo te zien is het ook onze laatste.'

'Waar is Beer nu?'

'Weet ik niet. Wij moesten hier kamp opslaan en iedereen afmaken die deze kant op kwam. Op de ochtend van de nieuwe kleine maan moesten we naar hem toe in de Slagtandenpas.'

'Je liegt,' zei Hartag.

'Misschien wel, maar aangezien jullie me toch moeten doden om te voorkomen dat ik Beer waarschuw... waarom zou ik dan eerlijk zijn?'

'Aangezien we je hoe dan ook doden,' zei Wiliam, 'moest je misschien maar schoon schip maken en ons helpen de vent te pakken die jullie heeft belazerd.'

Shane keek Wiliam aan. 'Ik ben al langer huurling dan jij een zwaard kunt tillen, jongen. Ik ben niet bang om dood te gaan, maar ik kan wel zien dat jij bang bent om in koelen bloede iemand af te maken.'

Wiliam wees naar zijn mannen die de doden aan het opstapelen waren. 'Werp eens een blik op de rest van je mannen en zeg me dan nog eens dat ik ergens bang voor ben. Maar toch, je kunt blijven leven als je eerlijk bent. Je hebt nooit eerder voor Beer gewerkt, wel?'

'En wat dan nog?'

'Dan hoef je ook niet te delen in Beers straf. Zeg ons wat we willen weten, en mijn mannen brengen je terug naar Krondor. Daarvandaan kan je een schip nemen naar iedere bestemming die je maar wilt. Ik stel voor terug naar het Dal.'

Wrijvend over zijn achterhoofd overwoog de huurling zijn mogelijkheden. 'Wel, ik geloof dat ik niet veel gezelschap meer over heb. Nou, goed dan, afgesproken. Het was niet waar over dat iedereen-doodmaken-die-langskwam. Het moest eruitzien alsof het een makkie zou zijn om ons aan te vallen – en dat is het verdomme geweest ook – een beetje bloeden en dan maken dat we wegkomen. Beer ligt voor jullie in een hinderlaag in de Slagtandenpas. Wij moesten jullie daar naar toe lokken. Als je opschiet, ben je er nog eerder dan hij.'

'Je hebt een verstandige keus gemaakt. Bedankt.' Wiliam

wenkte een nabij staande soldaat. 'Jij en Blake nemen McKinzey hier mee terug naar Krondor met iedereen die te zwaar gewond is om verder te gaan.'

'Jawel, luitenant!' klonk het antwoord.

Hartag sprak zacht. 'Denk je dat hij deze keer de waarheid sprak, Wil?'

'Ja. Hij heeft geen reden om te liegen, en zo ver mogelijk bij Beer vandaan zien te komen als hij kan is duidelijk zijn beste keus.' Wiliams ogen schenen op te lichten toen hij vervolgde: 'We hebben hem. Laat de mannen terug naar de paarden gaan. We rijden de hele nacht door en de volgende ook als het moet, om eerder bij de Slagtandenpas te zijn dan Beer.'

'Heer!' zei Hartag en ging zijn bevelen ten uitvoer brengen.

10   Gnomen

Robert werd wakker.

Er klopte iets niet. Hij sprong overeind en schopte tegen het voeteneind van Kendarics bed. Met een slaperig gezicht verhief de gildegezel zich op een elleboog. 'Huh?' mompelde hij.

'Ik ruik rook.'

Robert rende naar de kamer ernaast, waar Jazhara en de monnik lagen te slapen, en bonsde op de deur. De gang stond al blauw van de rook, en de doordringende lucht van brandend hout prikte in zijn ogen. 'Wakker worden!' schreeuwde hij. 'De herberg staat in brand!'

Links en rechts in de gang vlogen er deuren open van andere gasten die kwamen kijken waar al die drukte om was. Zijn waarschuwing herhalend gordde Robert zijn zwaard om en greep zijn reisbundel. Een ogenblik later verschenen Jazhara en Solon, die achter hem en de anderen aan de trap af renden.

In de gelagkamer werd het meteen duidelijk dat de brand was begonnen bij de doordeur, want inmiddels had de hele wand rondom de uitgang vlam gevat. 'De keuken!' riep Robert. Hij rende door de deur achter de tapkast en zag huisvader Royos samen met een jonge vrouw bezig met het pompen van emmers water. 'Kalm blijven!' riep de herbergier.

Robert greep de man bij zijn hemd. 'Vergeet het maar. Je krijgt dat vuur nooit uit met emmers water. Ga naar buiten nu het nog kan!'

De man aarzelde even en knikte. Hij bracht het meisje via de keuken naar het achtererf met de laatste gasten die door de achterdeur vluchtten.

Aan het gegil hoorde Robert dat er iets nog ergers dan brand aan de hand was.

Solon en hij hadden hun wapens al in de aanslag toen ze het gebouw uitgingen en zagen gnomen, bezig met het losmaken van de paarden die onder het afdak van de schuur waren vastgezet.

Vlug telde Robert. Het waren er twaalf, die hij kon zien. De gnomen waren kleiner dan een mens en smaller in de schouders, maar niet veel. Hun wijkende voorhoofden kwamen uit op zware wenkbrauwen van borstelig zwart haar. Zoals de zwarte irissen in hun gele ogen het vuurlicht opvingen, leken ze in het donker te gloeien. Robert had vaker tegen gnomen gevochten en begreep meteen dat dit een ervaren bende overvallers betrof. Drie van de krijgers droegen hun haar in een knot boven op het hoofd, compleet met veren of beenderen, om aan te duiden dat zij stamhoofden of priesters waren. Stuk voor stuk hadden ze een zwaard en een beukelaar, en Robert kon slechts dankbaar zijn dat ze zo te zien geen boogschutters bij zich hadden.

Er doken nog drie andere gewapende mannen op uit de herberg, zodat Robert samen met Solon en een paar gasten elf krijgers telde. Jazhara kon voor zichzelf zorgen, wist hij, dus riep hij naar Royos: 'Breng dat meisje achter ons!'

De gnomen vielen aan, en Jazhara stuurde een vuurbol naar het midden van de groep. Die trof vierkant doel. Op slag werden er drie gnomen door het vuur verteerd, terwijl er nog eens drie aan de zijkant ernstig werden verbrand.

De resterende zes gnomen kwamen joelend en woest zwaaiend aangestormd. Vanuit zijn ooghoek zag Robert Solon behendig zijn krijgshamer hanteren en de schedel van een gnoom inslaan voordat het wezen weg kon duiken.

Weer één neer, nog vijf te gaan, dacht Robert.

Kendaric verscheen in Roberts blikveld, onhandig zwaaiend met een kort zwaard, en plots besefte Robert dat de ambachtsgezel geen enkele vaardigheid bezat om zichzelf te verdedigen. Robert sprong naar opzij en gaf een van de gnomen die te ver naar voren was gekomen zo'n schop dat het wezen gestrekt op de grond belandde. Meteen sprong hij naar rechts, en met een zwiepslag sloeg hij de gnoom die Kendaric bedreigde achter in de nek.

Met grote ogen van paniek staarde de doodsbange berger Robert aan. 'Ga bij Royos staan!' schreeuwde Robert.

Kendaric scheen zich niet te kunnen verroeren, en ternauwernood wist Robert te voorkomen dat hij van achteren door een zwaard werd geraakt. Op het allerlaatste moment voelde hij de aanval komen en dook naar links. Had hij naar rechts gedoken, bedacht hij, dan was hij nu een kop kleiner geweest.

Met een ruk draaide Robert zich om en zag dat hij was aangevallen door een van de verbrande gnomen. Zijn hele rechterzij rookte nog en het oog was dichtgezwollen, dus meteen stapte Robert naar links om de gnoom vanaf zijn blinde zijde aan te vallen.

Jazhara ontketende een nieuwe bezwering, een gloeiend rode straal die in het gezicht sloeg van een van de gnomen die op Kendaric af kwam. Krijsend liet het wezen zijn zwaard vallen en greep naar zijn ogen. De ander keerde zich naar de herkomst van de aanval en aarzelde.

Dat ogenblik van verwarring benuttend draaide Kendaric zich om en vluchtte, waardoor de gnoom alleen achterbleef. Samen met iemand uit de herberg verscheen broeder Solon in zijn plaats en beiden vielen de gnoom tegelijkertijd aan. De gnoom zag Solons enorme strijdhamer aankomen en bukte zich, terwijl de andere man probeerde te slaan met zijn zwaard. De twee aanvallers zaten elkaar in de weg, en de gnoom zette het op een lopen.

Ineens renden de overgebleven gnomen allemaal voor hun leven. Robert deed nog een halfslachtige uitval naar eentje die zijn zwaardpunt wist te ontwijken, stond op en nam de schade in ogenschouw.

De herberg stond nu geheel in brand, en Royos en de jonge vrouw stonden ernaar te kijken, elkaar vasthoudend. De stalknecht stond bij de paarden, zijn ogen groot van angst.

Zes gnomen lagen op de grond.

Robert schudde zijn hoofd. 'Wat brengt die gnomen zo dicht bij de kust?' vroeg hij zich hardop af.

Broeder Solon kwam naast hem staan. 'Gnomen zijn over het algemeen behoorlijk dom, maar niet dom genoeg om paarden te komen stelen als ze geen kamp in de buurt hebben.'

De jonge vrouw kwam naar hen toe. 'Boer Toths vrouw is hier op weg naar Krondor langs geweest, meneer. Ze ging soldaten halen om haar kleine dochtertje te redden.'

'Maria!' riep huisvader Royos uit. 'Zulke dingen hoor jij helemaal niet te weten.'

'Vader,' reageerde het meisje, 'denk je dat je me altijd voor alle problemen kunt beschermen?' Ze draaide zich om en keek naar de brandende herberg. 'Is ons eigen huis niet voor mijn ogen verwoest?'

De herbergier sloeg zijn armen rond haar schouders. 'Ik vergeet dat je al groot wordt, dochter.'

De andere gasten, twee mannen met zwaarden, en een andere met een groot jachtmes, kwamen samen met twee vrouwen bij hen staan. 'Bedankt voor alles wat jullie hebben gedaan om die gnomen te verdrijven,' zei Royos.

Robert knikte. 'Ik wou dat we meer hadden kunnen doen.'

'Jullie hebben veel mensen het leven gered,' hielp Royos hem herinneren. 'Herbergen kunnen worden herbouwd. Klanten zijn veel moeilijker te vervangen.' Hij drukte een kus boven op Maria's hoofd. 'Dochters ook.' Royos en Maria gingen terug naar de herberg om een emmerbrigade te maken en de laatste vlammen te doven.

'Grif,' zei Solon. 'Ze stonden te wachten tot we naar buiten kwamen om ons af te maken.'

Robert krabde zich achter het oor. 'Waarom zo'n brute aanval? Ze moeten toch weten dat ze dan binnen de kortste keren door een patrouille in de heuvels op de hielen worden gezeten...'

'Om die patrouille ergens anders weg te houden?' opperde Jazhara.

Robert keek de jonge magiër aan en beduidde haar met hem mee te lopen. Toen ze buiten gehoorsafstand van de anderen waren, vroeg hij: 'Beer?'

'Misschien. Het zou hem zeker goed van pas komen als er geen soldaten in de buurt van Weduwpunt en Haldenhoofd waren wanneer hij de Traan der Goden te pakken probeert te krijgen.'

'Als we wisten hoe hij van plan was bij de Traan te komen, hadden we een beter idee van waar hij mogelijk zit.'

'Als ik die Beer was en Kendarics bezwering niet in handen had kunnen krijgen, zou ik wachten tot Kendaric verscheen en hem gevangennemen.'

'Of wachten tot wij het werk doen en de Traan van ons afpakken zodra we weer terug op het droge zijn.'

'In beide gevallen zou ik Kendaric gewoon naar Weduwpunt laten komen,' besloot Jazhara.

'Ik heb geen zin om te wachten,' zei Robert, 'maar het staat me ook niet aan om dit te proberen zonder de reservetroepen in Molenaarsrust.' Hij wierp een blik op de anderen en riep: 'Broeder Solon! Jij schijnt verstand van gnomen te hebben. Hoe groot zou dat kamp zijn dat ze in de buurt moeten hebben?'

Daar dacht de krijgsmonnik even over na. 'Da's moeilijk te

bepalen. Die stomme beesten denken niet zoals jij en ik. Misschien drie groepen zo groot als deze. Eén om het kamp te bewaken terwijl de andere twee op strooptocht zijn. Ze telden stamhoofden en priesters in deze groep, wat nogal ongebruikelijk is.'

'Met welk doel?' vroeg Kendaric, inmiddels voldoende van zijn vrees hersteld om het gesprek te volgen.

'O, dat is zo klaar als een klontje,' antwoordde Solon. 'Ze hebben een klein kind ontvoerd.' Hij keek naar de hemel, waar de sikkel van de kleine maan stond. 'En die kleine gaan ze over twee dagen offeren, als de maan donker is, als geschenk voor hun god. Dus zijn dit geen bandieten die op strooptocht zijn. Dit is allemaal bedoeld om de geesten gunstig te stemmen. Hun voorouders zeggen hun de bergen uit te komen om mensenbloed te vergieten en met mensenslaven en paarden terug te komen. Da's een hele slechte zaak.'

'Dan moeten we iets doen,' zei Jazhara. 'Als ze dat kindje over twee nachten gaan vermoorden, zijn de soldaten hier te laat.'

'Hoe erg ik het ook vind om een kind op zo'n manier dood te laten gaan,' zei Robert, 'we hebben dringender zaken elders.'

Jazhara greep Robert bij de bovenarm en gromde op zachte, woedende toon: 'Laat jij een klein kind achter om als een slachtdier te worden afgemaakt?'

Robert wierp een blik ten hemel en schudde zijn hoofd. 'Dit ga ik zeker niet winnen, hè?'

'Nee. Als het moet, ga ik alleen.'

Robert trok zijn arm los uit haar greep. 'Ken je plicht.'

'Je hebt zelf al gezegd dat dit kan zijn geweest om onze soldaten weg te lokken. We zullen hoe dan ook moeten wachten, Robert, als je niet verder naar Haldenhoofd wilt voordat de patrouille hier is. Als we dat kind kunnen redden en bij haar ouders terugbrengen, raken we maar een paar dagen kwijt, en als onze soldaten hier arriveren, kunnen ze meteen door naar Molenaarsrust.'

Met een zucht van berusting wenkte Robert Solon en Kendaric. 'Solon, zouden die gnomen voor Beer kunnen werken?'

'Ik denk het niet,' antwoordde de monnik. 'Al zou hij hen wel kunnen beïnvloeden. Wat wapens of een beetje magie, als geschenken, wat informatie over een veilige plek voor een overval, wat kruiken wijn of bier, en ze gaan nog denken dat de overval hier hun eigen briljante idee was.'

'Is die Beer dan overal?' vroeg Kendaric.

'Nee, dat denk ik niet,' zei Robert. 'Volgens mij zit Beer hier niet achter. Volgens mij werkt hij voor een ander.'

'Hoezo?' vroeg Jazhara.

'Dat vertel ik wel terwijl we op weg zijn.' Hij keek naar de lucht. 'Over een paar uur wordt het licht, en dan moeten we klaar staan om te gaan rijden.'

'Waar gaan we heen?' vroeg Kendaric.

Met een meewarige glimlach antwoordde Robert: 'Op gnomenjacht.'

Kendaric klaagde, alweer. 'Dit is hoogst onverstandig!'

Robert schudde zijn hoofd en negeerde hem. 'Ze nemen niet eens de moeite om hun sporen uit te wissen, hè?' zei hij tegen Solon.

De krijgsmonnik leidde zijn paard aan de teugels om het spoor van de gnomen te volgen. 'Nee, ze zijn een tikkie gewond en hebben haast om bij hun genezers te komen, lijkt me.'

Robert wees verderop. In de verte rezen de heuvels op en daarachter de toppen van de Calastiusbergen. 'Denk je dat ze daar tussen de rotsen zitten?'

'Vrijwel zeker,' antwoordde de monnik. 'Ze zullen een verdedigbare stelling hebben gevonden, misschien een kloof of een weiland, maar het zal een hels karwei worden om hen daar uit te spitten.'

'En dat gaan wij met zijn vieren doen?' wilde Kendaric weten.

Roberts geduld raakte op. 'Nee, dat gaan wij niet doen. Wij houden de paarden vast en sturen jou erop af om hen in te maken.'

Kendaric hield zijn paard in en keek met een verbluft gezicht omlaag. 'Ikke?'

Jazhara kon zich niet inhouden en schoot in de lach. Zelfs de zwijgzame Solon moest even grinniken.

Robert schudde zijn hoofd. 'Maak je nou maar geen zorgen. Ik heb een plan.'

Hij draaide zijn rug naar Kendaric, die nu wat verder achterop raakte, waardoor Jazhara de vrijheid kreeg om zich naar hem toe te buigen en te fluisteren: 'Je hebt een plan?'

'Nee,' fluisterde Robert terug, 'maar tegen de tijd dat we er zijn en ik heb rondgekeken wel. En misschien houdt hij dan zijn kop.'

Jazhara glimlachte en knikte. Ze reden verder.

Uiteindelijk gaf Solon een stopteken. 'Ik ben geen echte spoorzoeker, dat is zo, maar je zou toch blind moeten zijn om dit over het hoofd te zien.'

Hij steeg af en wees naar de grond, waar Robert diepe laarsafdrukken in het zand zag.

'Kennelijk had hij nogal haast,' zei de monnik.

'Wie is het dan?' vroeg Kendaric.

'Zolang niemand hier de gave bezit van het voorspellen van de toekomst blijft het giswerk,' antwoordde Solon, 'maar ik vermoed dat we kijken naar de sporen van die boer, die zijn lieve meisje terug komt halen.'

'Goed giswerk,' zei Robert, verderop wijzend. In de verte zagen ze een eenzame gedaante boven aan een heuveltop komen. Hij was aan het zicht onttrokken geweest door een dichterbij staande heuvel, maar nu konden ze hem doelbewust het pad op zien lopen. 'Laten we hem maar gauw inhalen voordat hij zichzelf de dood in jaagt.'

Solon steeg op en ze spoorden hun paarden aan tot een snelle galop. Vrij vlot haalden ze de boer in. De man keek om en nam de ruiters argwanend in zich op. Voor zijn borst hield hij een zeis vast als een wapen, klaar om te blokkeren of te slaan.

'Halt,' zei Robert met zijn rechterhand omhoog, de palm naar voren. 'Wij komen van de prins.'

'Eindelijk! Ik begon al te denken dat er geen hulp op zou dagen. Hoe is het met mijn vrouw?'

'Ik geloof dat u ons voor de verkeerde houdt,' zei Robert.

'Wat?' riep de boer uit. 'Bedoel je dat Becky jullie niet uit Krondor heeft gestuurd? Ik dacht dat jullie mijn dochter kwamen redden!'

'Kalm maar, boer Toth,' zei Solon. 'U verkeert nu in Ishaps genade. Wij weten over uw kind. Maar vertel ons alstublieft wat er met uw dochter is gebeurd.'

De man scheen zich te ontspannen. 'Het is nu bijna een week geleden dat mijn vriend Lane en ik op jacht gingen. We waren in de heuvels ten oosten van hier, toen we 's nachts fluiten en trommels hoorden. We gingen kijken wat het was, en in een kloof niet ver hier vandaan stuitten we op een gnomenbende. Ze hadden een klein jochie, en ze... o, goden... ze sneden dat kind in tweeën. Als offer! Ik schreeuwde het uit... Ik kon het niet helpen, en ze kwamen achter ons aan. We wisten te ontkomen, maar eergisteren overvielen ze ons op mijn boerderij. Lane en ik probeerden hen nog tegen te houden, maar het waren er gewoon te veel. Ze kwamen het huis in... en ze namen mijn dochter mee! Lane is spoorzoeker en ging hen achterna, en ik heb mijn vrouw Becky naar Krondor gestuurd om hulp te halen, en ben toen Lane gevolgd. En nu komen jullie.'

'Welke kant is Lane opgegaan?' vroeg Robert.

'Terug naar de kloof, weet ik bijna zeker. Hij heeft tekens voor me achtergelaten zodat ik hem kon volgen. Ik zou eerst wachten op de soldaten... maar ik kon de gedachte niet verdragen dat ze mijn kleine meisje gingen offeren.'

'Ze is veilig tot de eerstvolgende nieuwe maan,' zei Solon.

'De middelmaan was helemaal donker toen we dat jochie gedood zagen worden,' beaamde Toth. Toen raakte hij bezorgd. 'Morgennacht wordt de kleine maan nieuw!'

'Dan moeten we snel zijn,' zei Jazhara.

'Het komt allemaal door die heks,' zei Toth.

'Heks?' vroeg Jazhara.

'Er gaan geruchten over hekserij in Haldenhoofd. Die vervloekte heks moet mijn dochter hebben laten stelen voor haar smerige bezweringen!'

Jazhara kneep haar ogen tot spleetjes. 'Hebt u die "heks" gezien toen de gnomen die kleine jongen doodden?'

'Nou, nee, maar...'

'Dat maakt nu ook niet uit,' kwam Solon tussenbeide. 'Als we willen helpen, moeten we voortmaken.'

'Ik smeek het u!' zei Toth. 'Help me toch mijn dochtertje te vinden.'

Solon keek rond. 'Sla hier uw kamp op, beste boer. We zullen vannacht nog moeten toeslaan, want anders is het lieve kind verloren.'

Robert knikte. 'Vooruit, dus.'

Ze volgden te paard de weg terwijl de boer rondkeek naar een geschikte plek om te wachten. Robert keek om en zag het gezicht van de man. Heel zijn hoop was duidelijk op hen gevestigd.

'Zo te zien is Toths vriend Lane in de problemen geraakt,' zei Robert. Iets verder langs het pad dat ze het afgelopen uur hadden gevolgd, lag een kleine stapel lijken. Daarachter lagen nog twee gnomen dwars over een roerloze menselijke gedaante.

'Hij heeft die smeerlappen wel laten boeten,' gromde Solon.

'Maar tegen welke prijs?' zei Kendaric. 'De man is dood!'

'Kalm nou maar,' zei Jazhara.

'Kalm, zegt ze,' mopperde Kendaric hoofdschuddend.

'Volgens mij bewoog hij net,' zei Robert. Hij sprong van zijn paard en rende naar de man, trok de twee gnomen van hem af en onderzocht hem. 'Breng water!' gebood hij.

Meteen kwam Jazhara met een waterzak terwijl Robert het hoofd van de man in zijn schoot nam en toekeek hoe de magiër een beetje water in zijn gezicht goot om hem bij te brengen.

Knipperend met zijn ogen zei Lane: 'Gnomen... ze hebben het dochtertje van mijn vriend. Ik heb hun kamp gevonden, maar... het waren er veel te veel...'

'Maak je geen zorgen, we vinden hen wel,' beloofde Jazhara.

'Ze zitten vlakbij. Doodlopende kloof ten noorden van hier. Alstublieft. Zorg dat ze die kleine meid niet doodmaken.'

Robert wilde hem iets vragen, maar Lane's ogen rolden omhoog in de kassen. Robert bracht zijn oor naar Lane's mond. 'Hij is dood,' zei hij even later.

'Hij zal niet tevergeefs zijn gestorven,' zwoer Solon. 'We zullen het recht doen zegevieren.'

Voorzichtig legde Robert het hoofd van de man op de rotsen, stond op en keek omhoog. 'In nog geen twee uur wordt het donker. Laten we eens zien of we die kloof kunnen vinden.' Hij beduidde Solon en Kendaric af te stijgen. 'We voeren de paarden aan de teugels mee en laten hen achter bij de ingang van de kloof. Als we terugkomen, geven we Lane een fatsoenlijk graf.'

Het kostte hun nog geen uur om de ingang van de kloof te bereiken. Daar kwam een stroompje uit de rotsen, dat over het pad heen liep alvorens van de heuvel af te klateren.

'Laat de paarden drinken en zorg dat ze niet afdwalen,' zei

Robert tegen Kendaric. 'We komen zo gauw mogelijk terug.'

'Laten jullie me hier alleen achter?' vroeg hij geschrokken.

'Nou, als je liever mee gaat naar het gnomenkamp –'

'Nee! Het is gewoon, nou ja, alleen...'

'Hoezeer het me ook spijt dit te zeggen, maar op dit moment ben jij belangrijker dan Jazhara of ikzelf.' Hij dacht er even over na en zei toen: 'Solon, blijf jij ook maar hier. Als we niet terugkomen, ga dan naar Molenaarsrust om de patrouille op te pikken. Ga verder naar Haldenhoofd, licht het schip en pak de Traan.'

Solon scheen op het punt te protesteren, maar zag toen kennelijk de wijsheid van het plan in. 'Grif, ik wacht.'

Robert en Jazhara liepen de kloof in. Na voorzichtig door de smalle opening te zijn gestapt, kwamen ze bij een haakse bocht naar links. Robert gluurde om de hoek. Hij keek om, stak twee vingers omhoog naar Jazhara en vormde met zijn mond de woorden: 'Twee man.' Ze knikte. Hij keek omhoog naar de rand van de kloof en wees naar een plek iets achter Jazhara.

Zijn blik volgend zag ze houvast voor een hand en knikte instemmend. Nadat ze haar staf over haar rug had gehangen, klom ze behendig de rand op. Robert volgde. Boven aangekomen fluisterde hij in haar oor: 'Ik loop een stukje verder langs de geul om te zien wat er daar is. Als er een manier is om langs die schildwachten te komen, dan vind ik die. Zo niet, dan proberen we de andere kant.'

'En als er aan de andere kant ook geen weg is?' fluisterde ze terug.

'Dan moeten we de schildwachten doden en snel zijn voordat we worden ontdekt.'

Jazhara's gezicht verried haar reactie op die mogelijkheid. 'Vind alsjeblieft een andere weg,' zei ze.

Robert sloop langs de rand van de kloof, gebukt om de kans te verminderen dat hij tegen de nog lichte hemel werd gezien. Hij passeerde de bocht en keek omlaag om er zeker van te zijn dat hij niet zou worden opgemerkt door de wacht aan de andere kant van de kloof, maar tot zijn opluchting was die nergens te zien.

Robert vervolgde zijn langzame nadering. De helling won aan hoogte naarmate hij dichter bij het einde van de kloof kwam. Beneden zag hij twaalf tenten, waarvan één zo groot dat hij aan minstens twaalf krijgers plaats kon bieden. Even bleef hij op zijn hurken zitten om zijn zorgen te overwegen. De tenten waren van menselijke makelij. Gnomen bouwden hutten van stokken en takken in hun eigen dorpen of verbleven in grotten of onder afdaken wanneer ze op voedsel uit gingen.

Toen zag Robert een mens. Zo, dus er zaten vogelvrije mensen achter de overvallen van de gnomen! Hij verwachtte half dat de man het zwart van de Nachtraven droeg en was bijna teleurgesteld toen hij bij het vuur kwam en zichzelf als doodgewoon huurling openbaarde. Daar stond Robert even bij stil: huurlingen en gnomen. Het scheen dat Beer bij de overvallen van de gnomen betrokken moest zijn – of anders degene achter Beer...

Dat stelde Robert voor een probleem dat hij een andere keer diende te overpeinzen, aangezien hij op dit moment zich moest concentreren op het redden van het kind.

De huurling verkocht een schop aan een gnoom, die met tegenzin opzij ging, zodat de mens met zijn mes een homp vlees kon snijden van een kwart os die aan een spit werd geroosterd. Handig stak de man zijn dolk in het vlees, trok een stuk los en wendde zich af van de kring gnomen rond het vuur. Robert zag hem kauwen op het smakelijke rundvlees.

Toen hoorde hij een klein kind huilen. Een toevloed van emotie die hij niet had verwacht, ging gepaard met het besef dat het kind nog leefde. Het schonk hem opluchting en verdubbelde zijn haast. Met her en der schietende ogen liet Robert zijn blik over het kamp dwalen. De oude dief in hem bespeurde een koers langs de kloofrand die hem boven de grote tent bracht waarin het kind lag.

Robert keek nog eenmaal naar het kamp beneden. Een paar gnomen vertoonden wonden, kennelijk van hun afgebroken overval op De Reiziger van de vorige nacht. *Hoe kom ik binnen en buiten zonder te worden opgemerkt?* vroeg Robert zich af.

Hij wierp een blik naar de hemel en schatte het ongeveer drie uur voordat de sikkel van de kleine maan opkwam. De middel-maan was gewassen tot het eerste kwartier en stond nu hoog aan de hemel. Die zou ondergaan wanneer de kleine maan opkwam. De grote maan nam ook al af en zou een uur na de kleine opko-men.

Robert rekende. Dat gaf hem ruwweg een uur betrekkelijke duisternis om het kamp te infiltreren, het kind te pakken en terug te gaan naar de plek waar Solon en Kendaric wachtten. Hoe slecht het hem ook uitkwam om nog drie keer langs de schildwachten te glippen, hij moest terug naar Jazhara om zijn plan met haar te bespreken. Hij had haar hulp nodig.

Langzaam lopend passeerde hij de bocht en bereikte het punt boven Jazhara. Zachtjes fluisterde hij haar naam en hoorde haar antwoord van beneden: 'Hier.'

Hij sprong omlaag.

'Wat heb je ontdekt?' vroeg Jazhara.

'Het kind leeft nog en ik denk dat ik bij haar kan komen, maar ik moet eerst weten of jij iets hebt om haar kalm te houden. Ik word vrijwel zeker ontdekt als ze gaat huilen.'

'Ik kan wel iets maken,' zei Jazhara. 'Hoeveel tijd hebben we?'

'Ik moet binnen het uur terug boven de tent zijn.'

'Dan heb ik weinig tijd. Ik moet een vuurtje maken, en mijn spullen zitten op het paard.'

Robert beduidde haar mee te gaan. 'Vlug.' Hij nam haar mee terug de kloof uit naar de wachtende Solon en Kendaric. Meteen begon Kendaric vragen te stellen, maar Robert wuifde ze weg.

'Het kind leeft nog en ik ga haar halen, maar eerst heb ik vuur nodig.'

Solon aarzelde geen moment. Meteen begon hij te zoeken naar kleine takken en twijgen. Jazhara haalde haar reisbundel van haar paard en ging op de grond zitten met de bundel voor zich. Vlot haalde ze er verscheidene flesjes uit, een koperen kommetje en een paar handschoenen van dunne stof. Terwijl ze aan het werk toog, zei ze: 'Het zou moeilijk kunnen zijn om het kind iets te laten drinken, en ze zou ertegen kunnen protesteren. Ik kan iets maken dat het kind een paar uur diep laat slapen als je het haar kunt laten inademen. Een beetje op een doek en die voor haar neus houden, dat moet voldoende zijn. Maar kijk uit dat je de dampen zelf niet inademt, ook niet van een afstand. Al zal je er niet van in slaap vallen, je kunt er gedesoriënteerd van raken zodat het moeilijk wordt om terug te komen.'

'Dat kost je je leven, bedoelt ze,' zei Kendaric.

'Jochie,' zei Solon, 'heeft iemand ooit eens tegen je gezegd dat je soms net zulk prettig gezelschap bent als een steenpuist op de bil?'

Robert grinnikte, maar Jazhara was volledig geconcentreerd bezig met het schenken van piepkleine hoeveelheden vloeistoffen en poeders uit de vijf flesjes die ze had gekozen. Ze voegde een paar druppels water toe en met een spreuk zette ze het kommetje dicht bij het vuur dat Solon had aangelegd.

Daarop haalde ze een leeg flesje uit haar tas, deed de stop eraf en pakte behendig het koperen kommetje op, voorzichtig tussen twee gehandschoende vingers. Vlug schonk ze de inhoud over in het flesje en deed de stop erop.

'Voorzichtig,' zei ze toen ze het flesje aan Robert gaf, en ze begon in haar reisbundel te rommelen. Uiteindelijk stak ze hem iets toe. 'Hier is een schone doek. Vlak voordat je het kind oppakt, giet je een beetje van die vloeistof op de doek en die hou je boven haar gezicht. Een paar tellen moet genoeg zijn. Ze wordt niet wakker, ook niet als je haar door elkaar schudt of als er herrie wordt gemaakt.'

'Dank je,' zei Robert. 'Als er herrie wordt gemaakt, maakt het niet uit of ze wakker wordt of niet.' Hij keek naar de hemel. 'Ik moet opschieten. Blijf hier wachten en breng de paarden in gereedheid voor een razendsnelle aftocht als ik aan kom rennen.' Toen bedacht hij zich. 'Breng de paarden in gereedheid voor een razendsnelle aftocht, wat er ook gebeurt.'

'Eindelijk een verstandig voorstel,' zei Kendaric met een grijns.

Robert gespte zijn zwaardriem af. Mocht hij zijn zwaard nodig hebben, dan zouden hij en het kind hoogstwaarschijnlijk toch ten dode zijn opgeschreven. Hij controleerde zijn dolk en stak hem stevig in de schede. Met de doek en het flesje in zijn hemd gestopt draaide hij zich om en rende terug naar de ingang van de kloof.

Snel volgde hij de rand en liep ditmaal door tot hij boven de tent was. De middelmaan was in het westen weggezakt en de kleine en grote manen zouden zo opkomen. Het vuur in het midden van het kamp was aan het opbranden en verscheidene gnomen lagen eromheen te slapen op de grond. Het gesnurk dat uit diverse tenten klonk zei Robert dat het hele kamp zich voor de nacht te ruste had gelegd, behalve dan de uitgezette schildwachten. Hij bad tot Ruthia, de godin van het geluk, en tot Banath, de god der dieven, dat de gnomen en vogelvrijen niet slim genoeg waren om iemand langs de rand te laten patrouilleren. Hij nam positie in boven de grootste tent en keek rond. Toen begon hij voorzichtig aan de afdaling.

Op de grond aangekomen hield hij zijn oor bij de tent en luisterde, maar kon niets horen door het dikke doek. De onderkant van de tent was stevig verankerd, dus het doek optillen om eronderdoor te kruipen was onmogelijk. Hij trok zijn dolk.

Zachtjes duwde hij de punt in het dikke zeildoek en sneed met een vaste, doorgaande beweging omlaag om niet te veel geluid te maken. Hij maakte een spleet die groot genoeg was om doorheen te gluren en keek naar binnen. De stank die zijn neus trof deed hem bijna braken. Hij kende die stank: lijken. Zijn kokhalsreflex bedwingend keek hij rond.

Op de grond lagen drie gnomen op bedrollen te slapen, en een vierde lag op een verhoging voor een soort altaar. Robert zocht naar het kind en zag iets kleins achter het altaar, ongeveer ter grootte van een wiegje. Hij kroop door de snee in het tentdoek en sloop naar het ding.

Het was inderdaad een primitieve wieg, waarin het kind lag te slapen. Hij keek rond en onderdrukte een huivering. Op het altaar lagen lichaamsdelen, gerangschikt in een groteske parodie van een menselijke gedaante. Het bovenlijf van een vrouw lag boven het bekken van een man. Links was een kinderarm gelegd, terwijl aan de rechterkant een arm van een ouder kind of een kleine vrouw lag. Onder het bekken waren benen en voeten in dezelfde wanverhoudingen geplaatst. Robert keek in het wiegje. De kans was groot dat dit kind voor het hoofd moest zorgen. Hij had geen idee wat voor een zwarte magie er hier werd beoefend, en hij was ook niet van plan dat uit te zoeken. Na zijn recente ervaringen in het woestijnbolwerk van de Nachtraven, waar hij bijna de eregast bij een demonontbieding was geweest, had hij een sterke afkeer van dergelijke praktijken.

Handig viste Robert de doek met het flesje uit zijn hemd, en terwijl hij zijn adem inhield, deed hij wat vloeistof op de doek. Toen die vochtig aanvoelde, hield hij hem boven het gezicht van het kind, wachtte even en legde de doek op de rand van de wieg om de stop weer op het flesje te doen. Hij stak het flesje terug in zijn hemd en bukte zich om het kind op te pakken.

Een verrast gegrom deed hem over het altaar heen kijken. De gnomenpriester die aan de andere kant had liggen slapen, stond recht overeind met grote ogen van verbazing naar Robert te staren. Robert greep de doek, sloeg hem om en smeet hem tollend over het altaar tegen de neus en mond van de gnoom. De priester knipperde verrast met zijn ogen en bracht een hand met zwarte klauwnagels omhoog, maar nauwelijks hadden zijn vingers de doek aangeraakt of zijn ogen rolden omhoog in de kassen en hij zeeg neer op de vloer. 'Dank je, Jazhara,' zei Robert zachtjes en pakte het kind op.

Met haar dekentje maakte hij een schouderband en ontvluchtte het oord der verschrikking, het kind dragend zoals hij zo vaak zijn buit had meegenomen toen hij als jonge jongen op het inbrekerspad was geweest. Hij klom langs de rotswand omhoog en liep vlug langs de rand terug, bij iedere stap een alarmkreet verwachtend. Toen hij op een plek kwam waar hij veilig kon afdalen, sprong hij omlaag en begon te rennen.

Het scheen een eeuwigheid te duren om terug bij de anderen te komen, maar de paarden stonden klaar en ze zaten al in het zadel tegen de tijd dat hij hen bereikte.

'Ik heb haar,' zei Robert, en Jazhara stak haar armen uit. Robert gaf het kind aan de magiër en steeg op zijn paard.

Gevieren gaven ze hun paarden de sporen en draafden al gauw over het pad.

Een uur later vonden ze boer Toth, zittend bij een vuurtje, ongeduldig wachtend. Zodra ze in zicht reden, sprong hij overeind en rende naar hen toe.

'Is ze dat?' riep hij toen hij het bundeltje in Jazhara's armen zag.

Jazhara gaf hem het kind. 'Ze slaapt nog tot de ochtend, en ze zal ook nog een paar uur wat lusteloos zijn. Maar daarna is ze helemaal de oude.'

'Dank u! Loof de goden! Ze leeft en haar mankeert niets. Ontzettend bedankt, jullie allemaal.'

Robert keek rond. 'We rijden met u mee terug naar uw boerderij. De gnomen zullen morgenvroeg pas merken dat ze weg is, maar we kunnen maar beter voorzichtig zijn.'

'Ik ben jullie dankbaar,' zei de boer, naast hen meelopend over het pad.

'We hebben ander – slecht – nieuws, vrees ik,' zei Jazhara. 'Uw vriend Lane is dood.'

'Dat vermoedde ik al toen jullie zonder hem terugkwamen,' zei Toth.

'Hij heeft die smeerlappen flink laten vechten,' zei Solon. Hij wierp een blik op Kendaric, die zo verstandig was zijn mond te houden. 'Hij was een held, daar is geen twijfel over mogelijk.'

Toth was een tijdlang stil. 'We moesten ons kind nog een naam geven, maar ik denk dat ik haar voortaan Lane noem, ter nagedachtenis.'

'Da's een mooie eer,' beaamde Solon.

Toen de dag aanbrak, waren ze mijlen verderop het pad af. Een paar maal hadden ze even rust gehouden, en Robert en Solon hadden Toth bij tussenpozen laten rijden terwijl zij het kindje Lane droegen.

Kort na zonsopgang begon het kind wat drukte te maken. 'Ze heeft honger en haar moeder is nergens in de buurt,' zei de boer. 'Ze zal moeten wachten tot we bij mijn boerderij zijn en ik de geit kan melken.'

'Hoe ver nog?' vroeg Kendaric, die een stijve nek kreeg van het om de paar minuten over zijn schouder kijken.

'Niet ver meer,' antwoordde Toth. 'En met een beetje geluk, als moeder de vrouw in Krondor hulp heeft gehaald, is ze misschien al terug bij de boerderij als wij er zijn.'

Robert en Jazhara lieten hun paarden wat achterop raken. 'Je bent erg stil geweest over alles wat je in dat kamp hebt gezien,' merkte Jazhara op.

'Ja,' bevestigde Robert.

'Je bent ergens door geschokt,' zei ze.

'Ja.'

'Iets waarover je niet wilt praten?'

'Ja,' antwoordde Robert, maar even later zei hij: 'Nee, misschien moet ik er toch over praten, met jou in ieder geval. Jij bent de adviseur van de prins in magische zaken.' Hij beschreef het altaar met de lichaamsdelen.

'Kwalijke dodenbezwering, zeker,' zei Jazhara. 'Dat is een hele slechte zaak, maar het sluit wel precies aan bij dat monster dat we in het riool van Krondor hebben gevonden. Iemand maakt instrumenten van chaos om op het Koninkrijk los te laten... maar met welk doel?'

'Zou het geen toeval kunnen zijn? Misschien waren die gnomen toevallig geïnteresseerd in hetzelfde...' De vraag stierf weg onder haar afkeurende blik.

'Je weet wel beter,' reageerde ze. 'Er zit hier een sturende kracht achter, iemand die dit allemaal arrangeert.'

'De Kruiper?' vroeg Robert.

Jazhara haalde haar schouders op. 'Misschien, of misschien is het iemand die met de Kruiper onder één hoedje speelt, of iemand die de Kruiper gebruikt, of misschien zijn er toevallig *twee* kwaadwillige krachten los in het Westen van het Koninkrijk.'

'Schitterend,' mompelde Robert. 'Mijn oude narigheidsknobbel zegt me dat dit allemaal op een of andere manier toch met elkaar in verband staat. Het is alleen dat we het patroon niet kunnen zien.'

'En als er nou eens geen patroon is?' peinsde Jazhara.

'Hoe bedoel je?'

'Als alles wat we zien het product is van een reeks willekeurige handelingen? Als er geen plan achter zit, maar het gewoon een reeks gebeurtenissen zijn die het gebied in opschudding brengen?'

'Tot wiens voordeel?' vroeg Robert.

Jazhara glimlachte. 'Heb je een uurtje om de hele lijst met me door te nemen, Robert?'

Robert knikte, geeuwend. 'Ik zal wel moe aan het worden zijn,' bekende hij. 'Kesh, Queg, een van de Oosterse Koninkrijken, dan nog een handjevol lagere edelen die tijdens een periode van onstabiliteit de gelegenheid zien om hogere edelen te worden, enzovoort.'

'En dat zijn alleen nog maar de politieke realiteiten,' zei Jazhara. 'Maar er bestaan ook duistere krachten die geen politiek doel nastreven, maar maatschappelijke ambities hebben, of nog erger.'

'Hoe bedoel je?'

'Ik bedoel krachten die in verband staan met duistere machten die zitten te wachten op een chaos als een soort rookgordijn waarachter ze tot superioriteit kunnen komen.'

Solon keek om. 'Dat heb ik gehoord. En ze heeft gelijk ook. Er zijn krachten in het heelal wier enige doel het is ellende en duisternis over ons allen uit te storten.'

'Ik heb altijd problemen met dat idee gehad,' zei Robert, 'maar ik ben dan ook nooit een krankzinnige priester voor een duistere macht geweest.'

Jazhara begon te lachen, en zelfs Solon moest even grinniken. 'Nou, dan ben je in ieder geval verstandig genoeg om toe te geven dat er dingen bestaan die je je zelf niet kunt voorstellen,' zei de monnik terwijl hij zijn paard inhield om gelijk met Robert en de magiër te gaan rijden.

'Ik kan me een heleboel voorstellen,' zei Robert. 'En wat je net zei over krachten wier enige doel bestaat uit ellende en chaos, komt zeker overeen met onze huidige missie.'

'Grif,' beaamde de monnik. 'Dat is zo.'

Zwijgend reden ze verder tot ze aankwamen bij boer Toths boerderij. Op enige afstand van het woonhuis stonden twaalf paarden aan een hek getuierd. Op het erf stond een burgerwacht-compagnie, en Robert zag tot zijn verrassing een bekend gezicht bij de leiding.

'Jonathan!' riep hij naar hem. 'Wat brengt jou zo ver van de stad?'

De zoon van de voormalige schout van Krondor keek om en stak zijn hand begroetend op. 'Er wordt nog steeds van alles uit-gezocht, jonker, dus vond Zijne Hoogheid het beter dat ik een poosje uit de weg was.'

Robert steeg af en gaf zijn teugels aan een soldaat, terwijl boer Toth en zijn vrouw een vreugdevolle hereniging genoten. Robert beduidde Jonathan Means even mee te komen en vroeg: 'Wat betekent dat?'

'Dat betekent dat kapitein Guruth zijn best aan het doen is Zijne Hoogheid ervan te overtuigen het ambt van schout af te schaffen en alle uitvoering van de openbare orde in één stads-wachtkantoor bijeen te brengen.'

'En daarbij zelf te klimmen in macht en gezag,' begreep Ro-bert.

'En belang,' zei Jonathan. 'Zelf hoef ik het ambt niet te heb-ben, maar er is altijd een schout in Krondor geweest.'

Robert schudde zijn hoofd. 'Soms...' Langzaam liet hij zijn adem ontsnappen. 'Het is nooit verstandig geweest om de stad te veranderen in een landgoed van de kroon. Daar zijn de eerste prinsen van de stad kwaadschiks achter gekomen. De beste ma-nier om kleine vergrijpen en burgergeschillen te behandelen is altijd al via een hof van magistraten en een schout buiten het hof geweest.' Hij keek Jonathan recht aan. 'Ik zal er met Arutha over spreken als ik terugkom. Het lijkt me sterk dat hij met Guruths voorstel akkoord gaat.' Bijna in zichzelf voegde hij eraan toe: 'Maar wat is nou de reden dat hij je de stad uit wilde hebben?'

Means was Robert nooit voorgekomen als iemand met een

groot gevoel voor humor, maar hij glimlachte wel toen hij antwoordde: 'Misschien om terug te komen met bericht van jou met betrekking tot de zaken in het noorden?'

'Te mager,' zei Robert, 'tenzij je andere instructies hebt gekregen nadat jullie de boer en zijn vrouw kwamen helpen.'

Jonathan knikte, en ze liepen verder bij de anderen vandaan. 'Arutha zegt dat er verslagen zijn over nogal gruwelijke dingen die er in deze omgeving gaande zijn. Alan, zijn vertegenwoordiger, heeft in de afgelopen twee weken verscheidene rapporten van dien aard gestuurd: ziekte onder het vee, monsters in het bos, kinderen die verdwijnen, dat soort verhalen. Jullie dienen je te concentreren op je missie, maar voorzichtig te zijn. Ik moet me aansluiten bij de patrouille die op weg is naar Molenaarsrust en paraat blijven om hulp te bieden.'

'Dus Arutha denkt dat twaalf Krondoriaanse beroeps misschien niet genoeg zijn?' zei Robert.

'Blijkbaar,' antwoordde Jonathan. 'Wees op je hoede als je eenmaal langs de afslag naar Molenaarsrust bent geweest. Van daar naar Haldenhoofd zijn jullie op jezelf aangewezen tot we bericht krijgen om jullie te komen ontzetten.'

Bedankt,' zei Robert. Met een hoofdknikje gaf hij aan dat Jonathan terug kon gaan naar zijn mannen.

Een ogenblik alleengelaten met zijn gedachten verbaasde Robert zich andermaal over de omvang van de poging om de Traan te veroveren. Hoe paste dat in het schijnbaar willekeurige patroon van Nachtraven, dode dieven, monsters, tovenaars, krankzinnige priesters en al het andere dat ze waren tegengekomen sinds het verraad tegen Krondor dat door Makala en de andere Tsuranese magiërs was gepleegd? Er was altijd al een derde speler in het spel geweest, wist hij. Niet de Kruiper, en zeker niet de Broederschap van het Onzalige Pad, zelfs niet die krankzinnige priesters die de Nachtraven hadden overgenomen.

235

Hij voelde in zijn botten dat Jazhara gelijk had. Er ging een grotere macht schuil achter alles wat er in het afgelopen jaar was gebeurd, en hij was vast van plan nog voordat puntje bij paaltje kwam die kracht te ontmaskeren en het Westen er voorgoed van te bevrijden.

11   Haldenhoofd

Ze reisden nog twee dagen verder.

Robert en zijn metgezellen troffen geen patrouille in Molenaarsrust. Ze hadden weinig reden te blijven rondhangen, dus kochten ze wat proviand in een winkeltje bij de molen die het dorp de naam gaf, en vertrokken noordwaarts in de richting van Haldenhoofd. Ten zuiden van het dorp splitste zich een weggetje af naar het westen, omlaag door de kustkliffen naar een breed strand. Robert steeg af. 'Het is nog maar een klein stukje lopen naar de Punt.' Hij wees op een hoog stuk land dat de zee in stak. 'Als de landkaarten in het paleis kloppen, vinden we vlak om de bocht een landtong onder die kliffen.'

Ze drenkten de paarden, zetten ze vast en begonnen aan de wandeling. 'We hebben nog een paar uur daglicht over,' zei Robert terwijl ze door het zand sjokten. 'Kendaric, hoe lang duurt die bezwering?'

'Een paar minuten,' antwoordde de berger. 'Ik kan het schip lichten en lang genoeg boven de golven houden om naar binnen te gaan en te halen wat jullie zoeken.'

'Dan hebben we een boot nodig,' merkte Solon op.

Kendaric schoot in de lach. 'Nee hoor, monnik, want door de aard van mijn bezwering is het niet alleen zo dat één man hem kan uitvoeren, indien hij het talent heeft, maar ook nog eens dat het water rondom het schip verhard. Je kunt eroverheen lopen om je pronkstuk te gaan pakken.'

Robert grijnsde. 'Misschien hebben we geluk en kunnen we een beetje makkelijk bij dat "pronkstuk" komen.'

Ze rondden de kaap en kwamen tot de ontdekking dat de landkaart van de prins inderdaad juist was. Een lange vinger van rots en aarde stak uit in zee. Het was die middag gematigd weer, en er krulden trage golven rond de Punt. Ze zagen enkele masten boven het water uitsteken, overblijfselen van oude wrakken die nog niet geheel door de zee waren verzwolgen, en liepen de natuurlijke pier helemaal af.

Kendaric liet zijn blik gaan over de wrakken die door het lage tij werden onthuld, en de tientallen schuinstaande masten, als grafstenen op een begraafplaats. Hij fronste zijn wenkbrauwen. 'Welke moet ik nou lichten?' vroeg hij.

'Ik heb geen idee,' antwoordde Robert.

Solon kwam naar hen toe. 'Dit is een oord des doods,' zei hij gewichtig. 'Een dodenakker van schepen en mensen.'

Starend naar de schamele restanten van menig schipbreuk wilde Solon net weer iets zeggen toen Kendaric vroeg: 'Waar komt die geur vandaan? Als vlak voor een storm... scherp...'

Jazhara was de laatste die de punt bereikte, en ze riep: 'Dat is magie!'

Schijnbaar uit het niets rezen er windvlagen op, hen geselend en aan hun kleren trekkend. Rondom hen begon de zee te kolken, terwijl even verderop alles kalm was.

Solon kreeg plotseling een klap en sloeg met een smak tegen de rotsen. Robert trok zijn zwaard, maar hij kon niets ontwaren om te slaan. Kendaric liet zich vallen en hield zich zo laag mogelijk, terwijl Jazhara haar staf boven haar hoofd hief en schreeuwde: 'Laat de waarheid worden geopenbaard!'

Uit haar staf barstte een verblindend wit licht, zo fel dat Robert zijn blik afwendde en de tranen uit zijn ogen knipperde. 'Kijk!' hoorde hij Jazhara roepen. Met hersteld gezichtsvermogen keek hij op en zag twee wezens in de lucht boven de scheepsmasten zweven, allebei reptielachtig, met een lange, kronkelende nek en staart. Hun grote, verwoed klapperende, vleermuisachtige vleugels veroorzaakten de geselende wind. De koppen waren vrijwel kenmerkloos, met alleen twee robijnrode ogen en een spleet als mond die open en dicht ging, als een vis die water hapte.

Haar evenwicht bewarend moest Jazhara een bezwering schreeuwen om verstaanbaar te zijn. In haar hand verscheen een vuurrode energiebol, die ze naar de wezens wierp. De rode bal van licht trof het wezen rechts, en het monster opende zijn bek alsof hij het uitkrijste van pijn. Doch alles wat ze hoorden, was een hernieuwd huilen van de wind. Het monster aan de linkerkant dook recht op het gezelschap af, en Robert sprong overeind, zwaard in de aanslag, terwijl ook Solon opkrabbelde, zwaaiend met zijn strijdhamer.

Het wezen zweefde recht op Jazhara af, en Robert hieuw met zijn zwaard. Waar zijn kling doel trof, spatten withete vonken op, en zichtbaar geschrokken opende het wezen de bek. Het kabaal van snerpende wind galmde in hun oren. Het monster aarzelde, en Solon stapte naar voren met een neerwaartse slag van zijn enorme krijgshamer. Verdoofd door de klap viel het wezen op de rotsen.

Zodra een van de vleugelpunten de grond raakte, schoot er daar een groene vlam op die zich razendsnel over de vleugel uitstrekte om het hele monster te omgeven. Het beest lag spartelend op de rotsen, hulpeloos klapwiekend, en Robert en de anderen deden een paar stappen achteruit. Ineens was hij verdwenen, met achterlating van wat rook, die vrijwel meteen werd weggevaagd door de wind die nog maar half zo krachtig woei als daarvoor.

Het tweede wezen had zich aan Jazhara's bezwering ontrukt en cirkelde rond. Hij maakte een geluid dat klonk als de wind die door een holle boomstam gierde.

'Kijk!' wees Jazhara.

Uit de lucht verscheen nog een wezen, dat eenmaal rondcirkelde en zich bij de eerste voegde. Weer werd de hen geselende wind in intensiteit verdubbeld en moesten ze vechten om te blijven staan.

Andermaal deed Jazhara een bezwering, nu met een enkele rechte lans van vuurrode energie die het eerste monster in het gelaat trof. Kronkelend van pijn raakte het wezen zijn oriëntatie kwijt en rolde om, alsof hij midden in de lucht op zijn zij ging liggen, en langzaam tuimelde hij omlaag in zee. Zodra hij het water raakte, verdween hij in een flits van groene vlammen, zoals ook de vorige had gedaan.

Robert keek rond en vond een steen die groot genoeg was voor wat gewicht, maar klein genoeg om in zijn hand te houden. Zo hard hij kon slingerde hij hem naar het laatste wezen. Ook dat was een loeiend geluid gaan maken, waarvan Robert aannam dat het een lokroep was. De steen trof het monster in het gezicht, de lokroep onderbrekend.

'Jazhara!' schreeuwde Robert. 'Als je nog iets weet om met dat ding af te rekenen, doe het dan nu voordat hij er nog een van zijn soort oproept!'

'Ik kan nog één truc proberen!' Jazhara wees met haar staf en uit de punt schoot een vlammenbol. Robert en Solon draaiden allebei opzij toen de bol tussen hen door vloog, want ze konden de verzengende hitte voelen. Het vuur vloog onfeilbaar naar het wezen en omringde het. Plotseling werden de vlammen felgroen, en het wezen verdween uit het zicht.

Ogenblikkelijk hield de wind op.

Langzaam kwam Kendaric overeind. Rondkijkend alsof hij een nieuwe aanval verwachtte, vroeg hij: 'Wat waren dat voor beesten?'

'Luchtelementalen, geloof ik,' zei Jazhara, 'al had ik er nog nooit een gezien. Volgens mijn mentoren was Sterrewerf er een keer door aangevallen.'

Robert knikte. 'Dat verhaal heb ik van Gardaan gehoord. Zodra ze vuur, water of aarde aanraken, worden ze erdoor verteerd.'

Kendaric knikte. 'Ik hoop bij de goden dat we ze niet meer terugzien!'

'Iemand wil niet dat we een schip komen lichten,' concludeerde Solon.

'Des te meer reden om het te doen voordat degene die deze bewakers bij het schip heeft geplaatst, terugkomt,' merkte Jazhara op.

'Maar welk schip?' vroeg Kendaric.

'Duffe bikkelkop,' schold Solon. 'Dat schip daar!' Hij wees.

'Hoe weet je dat?' vroeg Kendaric.

Robert begon te lachen. 'Omdat dat het schip is dat door die elementalen werd bewaakt!'

Solon deed zijn ogen een moment lang dicht. 'En ik kan daar beneden ook iets voelen.'

'Wat dan?' vroeg de berger.

'Wat we hier komen halen,' antwoordde de monnik.

'Goed dan,' zei Kendaric. 'Geef me het perkament maar.'

Jazhara zette haar rugzak neer, maakte hem open en pakte het perkament dat ze bij zich had gehouden sinds ze het in Kendarics kamer had gevonden. Hij nam het van haar over, las de woorden en knikte. 'Ik zou het alleen kunnen, maar met jouw hulp, magiër, moet het vlug gaan.' Hij wees op twee plaatsen in de bezwering. 'Zing dit gedeelte met me mee en daarna die andere passage hier. Voor een spreukenwever met jouw macht moet dat niet moeilijk zijn.'

'Ik heb jouw bezwering bestudeerd,' zei Jazhara oordeelkundig. 'Ik zal doen wat ik kan om te helpen.'

Zich wendend naar de zee wees Kendaric met een hand naar

de mast van het schip in kwestie en begon te zingen. Jazhara viel in bij de passage die Kendaric had aangegeven, en hun stemmen stuurden mystieke woorden door de lucht.

Op de plek waar Kendaric wees, verscheen mist, verdichtend boven het water, en de zee werd onstuimig van mystieke energie. Er stak een klaaglijk geluid op, en de top van de mast begon te trillen.

Abrupt hield alles op. De mist verdween, het water kalmeerde en het schip bewoog niet langer.

'Ik geloof dat er nog aan die bezwering van jou moet worden gewerkt,' zei Robert.

'Nee,' sprak Jazhara hem tegen. 'Het lag niet aan zijn bezwering. Toen we die deden, voelde ik iets tegenwerken. Iemand anders heeft dit gedaan.'

Kendaric keek om naar de kliffen, alsof hij naar iemand zocht. 'Dat klopt. Ik voelde het ook.'

'Dan zullen we de storingsbron moeten opsporen,' zei Solon, eveneens de kliffen achter hen afspeurend. 'Want doen we dat niet, dan kan de gehele Orde van Ishap in gevaar zijn en een van haar grootste geheimen in de handen van de vijand vallen!'

Kendaric keek Robert aan alsof hij wilde vragen of de monnik overdreef. Met een grimmig gezicht keek Robert terug.

Kendaric knikte, en Jazhara ging hen voor, terug naar de paarden.

Haldenhoofd was een klein dorp, bestaande uit slechts een stuk of twaalf gebouwen rond een kruispunt. De noordzuid lopende Koningsheerbaan ging van Molenaarsrust naar Queesters Panorama. De oost-westroute liep van Weduwpunt naar de tussen het dorp en het beboste voorgebergte verspreid liggende boerderijen.

In het midden van het dorp stond een herberg, de Zeemansrust. Toen de reizigers aan kwamen rijden, zagen ze twee mannen voor de herberg staan, luidkeels ruziënd. Een van hen – een boer, te oordelen naar zijn eenvoudige kledij – schreeuwde: 'Het heeft nu lang genoeg geduurd! Er moet worden ingegrepen! Je had haar door die soldaten moeten laten terechtstellen toen ze hier waren!'

De andere man droeg een kwalitatief goede tuniek met een mouwloos jasje. Hij was van middelbare leeftijd en nogal gezet. 'Je hebt geen enkel bewijs, Alton!' schreeuwde hij terug. 'Na alle ellende die we hebben doorstaan wil jij nog meer creëren?'

'Als jij zo doorgaat, Toddy, ben je niet lang meer burgemeester. Barst, als je zo doorgaat is er straks helemaal geen dorp meer. Lyle zei dat –'

'Lyle is een dronkaard!' onderbrak de man die als Toddy was aangesproken toen Robert en zijn metgezellen de paarden tot stoppen brachten. 'Als hij denkt dat wij gaan...' De komst van de vreemdelingen ving eindelijk zijn aandacht.

'Zo te zien hebben we bezoek,' zei de boer.

'Welkom in Haldenhoofd, vreemdelingen. Blijven jullie lang?' vroeg de burgemeester.

'Niet als ze weten wat goed voor hen is!' wierp de boer ertussen.

'Alton! Je hebt vast nog wel andere dingen te doen.'

'We spreken hier nog wel over, Toddy,' reageerde de man die door de burgemeester Alton werd genoemd. 'Bij de hemelen, we spreken hier nog wel over!' Boer Alton draaide zich om en beende weg.

'Mijn verontschuldigingen voor boer Altons slechte manieren,' zei de andere man. 'Hij is een beetje van streek door wat problemen uit het recente verleden.'

'Wat zei hij net over soldaten?' informeerde Jazhara.

'Een paar dagen geleden kwam er een peloton van de Krondoriaanse Wacht voorbij, op jacht naar een voortvluchtige, geloof ik.'

Jazhara keek Robert aan. 'Wiliams compagnie?'

Robert knikte. 'Zou kunnen.'

Solon steeg af. 'Wat waren dat voor problemen waar de boer naar verwees?' vroeg hij.

Toddy keek even naar de grond en sloeg zijn blik weer op. 'We, eh, hebben de laatste tijd wat problemen met wolven gehad. Met de lange winter en zo... Als u mij wilt verontschuldigen, ik moet terug naar de herberg. U zou er goed aan doen met mij mee te gaan, aangezien ik de deuren tot hooguit een uur of twee na zonsondergang openhou, en ik zou niet graag zien dat u buitengesloten raakt...' Hij repte zich de herberg in en sloot de deur.

'Dat was raar,' merkte Kendaric op.

Robert gaf aan dat ze naar de achterkant van de herberg moesten rijden, en tegen de tijd dat ze het stalerf bereikten, stond er een jongen klaar om hun paarden mee te nemen. Robert droeg hem op hoe er voor de dieren diende te worden gezorgd, en ze liepen terug naar de voorkant van de herberg om door de voordeur binnen te gaan.

Het was een gezellige herberg, zij het klein. De begane grond werd in beslag genomen door een schenkkamer met keuken, en een enkele trap langs de achterwand naar de bovenverdieping. In de haard aan de linkermuur brandde een laaiend vuur, en uit de enorme ketel die ervoor hing, steeg de geur van een smakelijke soep op. Naast de haard stond een groot spit klaar voor het vlees dat de kost van die avond zou zijn.

Een ogenblik later verscheen Toddy met een grote lendebout aan het spit, dat hij in de houder deed. 'Maureen!' brulde hij. 'Kom het rundvlees draaien!'

Haastig kwam er een oudere vrouw uit de keuken, even knikkend toen ze langs de herbergier liep. Toddy wendde zich tot Robert en zijn metgezellen. 'Het doet me deugd dat u de nacht hier doorbrengt. Het is misschien niet zo sjiek als u gewend bent, maar beschouwt u het vooral als uw tweede huis ver van huis. Ik kan u bier schenken, als u wilt.'

'Dat zou een leuk begin zijn,' zei Kendaric.

'Welaan, dan,' zei de herbergier. 'Neemt u plaats, dan ga ik tappen.'

Een poosje later kwam hij terug met vier aardewerken kroezen vol schuimend bier. 'Mijn naam is Aganathos Toddhunter. Hier noemen ze me Toddy. Ik ben zowel herbergier als burgemeester van dit dorpje. Heb een volmacht van de prins om op te treden als rechter bij misdrijven en als vrederechter bij burgerzaken,' vermeldde hij met enige trots.

'Een hele verantwoordelijkheid,' zei Robert droogjes.

'Valt wel mee,' zei Toddy, nu wat minder pompeus. 'Het ergste wat er zich voordoet is dat er een varken wegdwaalt over het perceel van de buurman en dat er moet worden besloten wie de schade betaalt of wie het varken mag houden.' Het was een geforceerde poging tot humor.

'Waarom drinkt u niet wat met ons mee?' stelde Jazhara voor.

'Ach, erg vriendelijk van u om zo veel vreugde te brengen op deze vreugdeloze avond,' zei Toddy. Hij trok zich terug achter de tapkast, schonk zich een kroes bier in en kwam terug, maar bleef bij de tafel staan. 'Bedankt.' Hij nam een lange teug van zijn bier.

'Waarom zo vreugdeloos?' vroeg Jazhara.

'Nou, met die... wolven en zo... We hebben al verscheidene dorpelingen verloren.'

Solon keek Toddy strak aan. 'Wolven zo dicht bij de kust zijn een zeldzaamheid. Gewoonlijk blijven ze op veilige afstand van bevolkte gebieden. Is er niemand die de jacht op hen wil openen?'

Toddy nam nog een slok van zijn bier. 'Alstublieft, het spijt me dat ik het ter sprake heb gebracht. Het is uw zorg niet. Maak er maar een gezellige avond van. Maar ik druk u op het hart vannacht niet naar buiten te gaan.'

Robert keek de herbergier onderzoekend aan en zag een man die zijn uiterste best deed een diepgewortelde angst verborgen te houden. Van onderwerp veranderend vroeg Robert: 'U had het eerder over wachters. Weet u verder nog iets over hen?'

'Ze zijn hier één nacht gebleven, twee dagen geleden, en toen verder getrokken.'

'Kunt u zich herinneren wie het bevel had?' vroeg Jazhara.

'Een nogal jonge officier. Wiliam heette hij geloof ik. Een van zijn spoorzoekers heeft ergens ten oosten van hier het spoor van hun voortvluchtige gevonden.' Hij dronk het laatste bier uit zijn kroes. 'Als u het niet erg vindt, dan ga ik weer aan het werk. Als u eraan toe bent te gaan slapen, zal ik u uw kamers wijzen.'

De enige andere klant in de herberg was een man die in een hoek diep in zijn kroes zat te staren.

Robert boog zich voorover opdat de eenzame drinker hem niet kon horen. 'En, heeft iemand nog een goed idee wat we nu gaan doen?'

'Ik snap maar niet waarom mijn bezwering het niet deed,' zei Kendaric. 'Het begon goed, maar ik werd door een andere kracht... geblokkeerd. Er is daar iets in de buurt dat ons tegenwerkt.'

Jazhara knikte. 'Het is mogelijk dat er een andere bezwering werkzaam is om het schip onder de golven te houden tot Beer of degene die hem heeft ingehuurd, zover is om zelf het schip te lichten. Als dat het geval is, moet *jouw* bezwering werken zodra *die* bezwering wordt opgeheven.'

Robert was een tijdlang stil. 'Dus moeten we gaan zoeken waar die blokkerende magie vandaan komt en die opheffen?'

Solon knikte. 'Makkelijker gezegd dan gedaan, jochie. Al is mijn kennis van de mystieke kunsten heel anders dan die van Jazhara, toch weet ik dat zo'n bezwering niet kan zijn gedaan door een broddelaar. Degene die dat schip daarmee beneden de golven houdt, is geen beginneling in de magiërskunsten.'

Kendaric knikte instemmend. 'Dat moet wel, ja. Want een bekende kracht zou mijn bezwering nooit hebben kunnen dwarsbomen.'

Robert zuchtte. 'Wanneer krijg ik nou eens één keer een plan dat geheel volgens de bedoelingen verloopt?' Met slechts licht geveinsde frustratie voegde hij eraan toe: 'Zou het niet heerlijk zijn om morgen terug naar Krondor te gaan en te zeggen: "Nee hoor, Hoogheid, geen vuiltje aan de lucht. We zijn gewoon de Weduwpunt op gewandeld, hebben het schip gelicht en de Traan gepakt, zijn toen weer terug langs de kust gegaan, en daar zijn we dan." Zou dat niet geweldig zijn?' Hij slaakte nog een zucht. Ze vielen stil.

Na enkele minuten van zwijgzaam drinken werd het gezelschap benaderd door de herbergier. 'Gebruikt u de maaltijd?'

Kijkend naar het gebrek aan klanten aan de tafels vroeg Robert: 'Is er hier nog een andere plek waar we daarvoor terecht kunnen?'

'Nee,' antwoordde Toddy met een gepijnigde glimlach. 'Het is alleen dat sommige reizigers de kosten willen drukken door hun eigen spullen mee te nemen, meer niet.'

'Dan gebruiken we de maaltijd,' zei Robert, knikkend naar de vrouw die het lendenstuk aan het spit draaide.

'Het eten is over een uurtje klaar,' voorspelde de herbergier.

Toen hij wilde vertrekken, zei Jazhara: 'Meneer, een ogenblikje.'

De herbergier bleef staan. 'Mijn vrouwe?'

'Er schijnen hier problemen te heersen, of vergis ik me?' vroeg Jazhara.

'Het viel ons op dat het stadje een verlaten indruk maakt,' viel Solon haar bij. 'Waar wordt het door geplaagd?'

Toddy keek bezorgd, maar forceerde een glimlach. 'O... nou... gewoon een beetje stil in deze tijd van het jaar. De oogst nog niet binnen, geen graankaravanen... U weet hoe dat gaat in dit soort dorpjes.'

Robert keek de burgemeester recht aan. 'Eerlijk gezegd, heer, hebben we wat vreemde dingen over deze streek gehoord. Hoeveel waarheid schuilt er achter deze geruchten?'

De burgemeester keek rond, alsof er mogelijk iemand meeluisterde. 'Nou... sommige mensen zeggen dat er rond Weduwpunt wordt gespookt door de zielen van verdronken zeelui die Lims-Kragma's paleis niet in mogen vanwege een eeuwenoud, gruwelijk kwaad.' Hij ging zachter praten. 'Anderen zeggen dat ons stadje door hekserij is vervloekt, maar volgens mij is het allemaal bijgelovige onzin.'

'Van "hekserij" is nu al verscheidene malen melding gemaakt,' zei Jazhara.

Robert bestudeerde Toddy's gezicht. 'Heer, ik ben op een missie voor de prins. Het is u niet toegestaan het door te vertellen, maar mijn missie betreft iets dringends, en de situatie hier zou het vervullen daarvan in de weg kunnen staan. Daarom dring ik er bij u op aan openhartig met mij te spreken, of Haldenhoofd heeft een nieuwe burgemeester zodra ik terug ben in Krondor. Wat is er hier aan de hand? Waarom liggen de straten er overdag zo verlaten bij?'

De man keek verslagen. Uiteindelijk knikte hij. 'De mensen zijn bang, heer. Ze haasten zich van de ene naar de andere plek om zo kort mogelijk buiten te hoeven zijn, zelfs overdag. 's Nachts barricaderen ze hun deuren en wijken niet van hun haarden. Er heerst onheil.'

'Wat voor onheil?' vroeg Solon.

Langzaam liet Toddy de lucht uit zijn longen ontsnappen. 'Misschien dat ik het toch maar eens aan iemand moet vertellen. Wel, dit stadje wordt bestookt door een wezen, of wezens, die 's nachts rondwaren, brave burgers ombrengen en hun zielen roven. Zelfs pater Rowland is niet bij machte hen tegen te houden.'

'Wie is pater Rowland?' vroeg Solon.

'De goede pater is een volgeling van Sung. Hij is al een aantal jaren in de streek, maar sinds kort is hij van mening dat de heks voor onze problemen verantwoordelijk is.' Bij het horen van het woord heks verstijfde Jazhara, maar ze zei niets. Toddy vervolgde: 'Nu had ik zoiets wel verwacht van iemand als boer Alton, maar niet van een priester van Sung de Genadige en Reine.'

Jazhara knikte. '"Hekserij" bestaat niet. Ofwel iemand is een geboren genezer en maakt gebruik van heuse magie, of ze kent gewoon de medicinale waarde van bepaalde kruiden en wortels. "Hekserij" is een bijgeloof dat voortkomt uit onwetendheid.'

'Dat klopt, uiteraard,' beaamde Toddy. 'De oude vrouw heeft in het verleden wat dorpelingen geholpen met kompressen en brouwsels en is altijd erg vriendelijk geweest voor iedereen die om hulp vroeg, maar u weet hoe de mensen zijn. Door de huidige problemen zijn ze gaan vrezen wat ze niet begrijpen. Ze woont in de buurt van het klif boven Weduwpunt, als u haar zelf zou willen spreken.' Hij krabde op zijn hoofd en sprak verder op samen-zweerderige fluistertoon: 'Ze heeft natuurlijk niets te maken met deze gruweldaden, maar misschien weet ze iets waardoor u kunt besluiten of onze problemen gevaar opleveren voor uw missie voor de prins.'

'Heeft u deze problemen aan de prins gemeld?' vroeg Robert.

'Alleen aan die patrouille die hier een paar dagen geleden langs-kwam, en die scheen het te druk te hebben met een andere missie. Alan, de vertegenwoordiger van de prins in dit gebied, zou vorige week hier zijn geweest, maar hij is nooit op komen dagen. Dat gebeurt wel eens, als hij iets bijzonders voor de kroon te doen heeft. Ik heb erover gedacht een jongen met een boodschap zuid-waarts te sturen, maar geen ouder is bereid een kind alleen op weg te laten gaan... gezien de gruwelen die we hebben meegemaakt.'

'Hoe zijn die begonnen?' vroeg Robert.

'Ik wou dat ik het wist,' antwoordde de burgemeester. 'De ene dag ging alles nog gewoon zijn gangetje, en de andere... Het begon een dikke maand geleden, met de verdwijning van een houthakker en zijn gezin, die een paar mijl ten oosten van het dorp wonen. Wanneer ze precies zijn verdwenen weten we niet, maar de houthakker miste zijn gebruikelijke aflevering van hout voor het dorp, en toen begonnen we ons zorgen te maken. De volgende dag zijn er zes man naar zijn hut gegaan, maar er zijn er maar twee teruggekomen.'

'Wat hebben die twee u verteld?' vroeg een geschrokken Kendaric.

'Nathan en Malcolm? Malcolm, moge Lims-Kragma hem leiden, is gisteravond vermoord door... dat wezen dat voor deze verschrikkelijke situatie heeft gezorgd. Nathan heeft zijn hele huis dichtgespijkerd en is er sindsdien niet meer uit geweest. Mijn stalknecht brengt hem iedere dag te eten.'

'Zou hij met ons willen praten?' vroeg Robert.

'U kunt het proberen. Zijn huis staat op nog geen tien minuten lopen hiervandaan. Maar ik zou wachten tot morgenochtend, heer, want hij zal na het donker vrijwel zeker niemand willen spreken.' Wijzend naar de eenzame drinker in de hoek zei Toddy: 'Lyle daar was een goede vriend van Malcolm.' Zich naar hen toe buigend voegde hij eraan toe: 'Maar ik zou zijn woorden niet te letterlijk nemen. Zijn liefde voor het geestrijke' – hij maakte een drinkbeweging – 'vertroebelt nogal eens zijn oordeel.'

Robert stond op en Jazhara volgde hem. Ook Kendaric kwam overeind, maar met een van zijn massieve handen greep Solon de gildegezel bij de arm en duwde hem terug op zijn stoel, zachtjes schuddend met zijn hoofd. Daarop stond de geestelijke op en liep achter Robert en Jazhara aan. Kendaric deed zijn mond open om te protesteren, maar Solon legde hem het zwijgen op door slechts naar diens bier te wijzen om aan te geven dat hij keurig diende te blijven drinken.

Robert, Jazhara en Solon liepen naar de man die eenzelvig in een lege kroes zat te staren. 'Mag ik je iets te drinken aanbieden?' vroeg Robert.

De man keek op. 'Daar zeg ik nooit nee tegen, vreemdeling.'

Robert beduidde Toddy een fles bier te brengen, en toen die voor de man was neergezet, trok Robert een stoel onder de tafel vandaan en nam plaats. 'Jij bent toch Lyle?'

'Klopt,' beaamde de man.

'Ik heb begrepen dat jij bevriend was met een van de mannen die een of andere aanval hebben overleefd?'

'Malcolm, dat was een vriend van me,' bevestigde de man. 'Gisteravond doodgegaan.' Hij hief de bierfles. 'Op Malcolm!' In één teug dronk hij hem leeg.

Robert wenkte om een nieuwe en toen die werd neergezet, vroeg Lyle: 'Wat willen jullie?'

'Informatie,' antwoordde Robert.

'Vertel ons eens over die "heks",' specificeerde Jazhara.

'Iedereen denkt dat ze voor duistere krachten werkt, maar daar geloof ik niks van!' zei Lyle. 'Het is een vriendelijk oud vrouwtje. Ga zelf maar kijken. Neem het pad naar de punt, en waar dat afslaat naar het strand, blijf je op het smalle pad omhoog. Meestal is ze in haar hut, als ze niet ergens naar kruiden aan het zoeken is.' Hij slaakte een diepe zucht. 'Nee, de ware bron van dit onheil is iets anders.'

'Wat dan?' vroeg Robert.

Op zachte toon antwoordde Lyle: 'Bloeddrinkers.'

Robert kneep zijn ogen tot spleetjes en keek Jazhara aan voordat hij zijn aandacht weer op Lyle richtte en herhaalde: 'Bloeddrinkers?'

'Nachtwezens. Doden die weer tot leven zijn gekomen.'

Jazhara snakte naar adem. 'Vampieren!'

Robert keek haar aan. 'Vampieren?'

'Wezens uit een legende,' antwoordde ze. 'Geschapen met de meest walgelijke dodenbezwering.'

Terugdenkend aan de wezens in het riool van Krondor en de lichaamsdelen die door de gnomen waren gerangschikt, zei Robert: 'Daar hebben we de laatste tijd behoorlijk wat van gezien.'

'Ze drinken het bloed van de levenden om hun onzalige dorst te lessen,' legde Jazhara uit, 'en eenieder wiens bloed wordt gedronken, wordt één van hen.'

Robert deed even zijn ogen dicht en vroeg toen: 'En omdat ze al dood zijn, zijn ze zeker erg lastig nogmaals dood te krijgen?'

Jazhara knikte. 'Ze kunnen alleen worden uitgeschakeld met magie of vuur, of door hen aan mootjes te hakken.'

'Waar ze meestal bezwaar tegen maken, wed ik,' zei Robert droog.

'Ze kwamen uit het houthakkershutje!' zei Lyle. 'De houthakker en zijn vrouw woonden daar nog maar een paar maanden toen ze verdwenen. Zes goede mannen zijn gaan kijken naar dat arme gezin. En wat ze er ook hebben aangetroffen, vier van hen hebben het leven erbij gelaten, en Nathan en die arme Malcolm zijn zich helemaal wezenloos geschrokken.'

'Wat is er met Malcolm gebeurd?' vroeg Robert.

'Dood. Vermoord door die monsters. Malcolm heeft altijd geweten dat ze hem zouden komen halen nadat Nathan en hij waren ontkomen, dus probeerde hij hen te slim af te zijn. Hij dacht dat hij zich kon verstoppen om hen op te wachten, de ouwe gek. Hij wist dat ze uit het houthakkershutje kwamen, maar hij heeft me ook eens verteld dat ze onze begraafplaats hadden geschonden. Maar een paar heeft hij er te grazen kunnen nemen. Arme ouwe sloeber.'

'Hoe heeft hij dat dan gedaan?' vroeg Robert.

'Hij vond er eentje in een graf, die sliep zolang het licht was. Hij gooide er wat olie overheen waarmee we de akkers onkruidvrij maken, en stak hem in de fik. Hij brandde als een fakkel, zei hij. Die andere werd wakker, net na zonsondergang. Die heeft hij de kop afgehakt met zijn oude zwaard van zijn dienst tijdens de Oorlog van de Grote Scheuring. Smeet de kop in de rivier en zag hem wegdrijven. Ging de volgende dag naar het graf en zei dat het lichaam tot stof was vergaan. Maar het waren er gewoon te veel. Gisteravond kregen ze hem te pakken, de ouwe dwaas.'

Solon, die tot dusver had gezwegen, kon zich niet langer beheersen. 'Vampieren zeg je? Man, weet je dat wel zeker? Dat is kletskoek uit sprookjes, bedoeld om kleine kinderen 's avonds laat mee bang te maken.'

Jazhara knikte instemmend. 'Ik dacht altijd dat het mythische wezens waren.'

'Maar na alles wat we tot dusver hebben gezien...' peinsde Robert.

'Nee, beste heren en dame, ze bestaan echt,' zei Lyle. 'Nathan zegt dat ze iedere nacht naar hem toe komen. Daarom sluit hij zichzelf op. Hij is niet bang om dood te gaan, maar als die wezens hem te pakken krijgen, zegt hij, houden ze zijn ziel en krijgt hij nooit meer een nieuwe ronde op Lims-Kragma's Levenswiel!'

''t Is zowaar een zware godenlastering, als het echt zo is,' beaamde Solon.

Robert stond op. 'Nou, het schijnt dat deze Nathan de enige hier in Haldenhoofd is die deze wezens heeft gezien. Dus dan kunnen we maar het beste met hem gaan praten.'

'Ik zou maar uitkijken,' zei Lyle. 'De zon gaat al bijna onder en als het eenmaal donker is, doet Toddy de deur op slot en kom je er niet meer in, wat je ook te zeggen hebt.'

'Hoe ver is het naar Nathans huis?' vroeg Solon.

'Als je de deur opendoet,' antwoordde Lyle, 'kijk je recht de weg in die ernaar toe loopt. Je kunt het niet missen. Twee winkels voorbij, en dan het eerste huis links, dat is Nathans hut.'

'Er is nog tijd,' zei Robert. 'Als we opschieten.'

Ze haalden Kendaric op en haastten zich naar de deur.

'Terug zijn voor zonsondergang,' riep burgemeester Todd-hunter toen ze naar buiten wilden gaan, 'of jullie moeten de nacht buiten doorbrengen!'

Nadat ze de herberg hadden verlaten, mopperde Kendaric: 'Waarom doen we dit eigenlijk? Ik heb er ieder woord van ver-staan. Bloeddrinkers. Zijn jullie gek geworden?'

'Denk jij dat er een andere reden is dat jouw bezwering het niet deed?' kaatste Robert terug.

'Ik heb geen idee waarom hij het niet deed,' gaf Kendaric toe. 'Maar vampieren? Dat kan toch nooit!'

'Ik hoop dat je gelijk hebt,' zei Solon. 'De Heilige Schrift is heel duidelijk over levende doden. Met name vormen ze een gruwel voor Lims-Kragma en voor Ishap, want ze tarten de natuurlijke orde van de wereld.'

'Om nog maar te zwijgen van het feit dat ze ons vrijwel zeker naar het leven zullen staan,' voegde Robert eraan toe.

Kendaric keek naar de ondergaande zon. 'We hebben mis-schien maar een half uurtje, jonker.'

'Laten we dan maar opschieten,' reageerde Robert.

Binnen de vijf minuten hadden ze Nathans huis gevonden, en ook wanneer Lyle hun de weg niet had gewezen, zou het makke-lijk te vinden zijn geweest. Het huisje, weinig meer dan een hut, was dichtgespijkerd. Voor alle ramen zaten dikke planken. De deur, duidelijk de enige toegangsmogelijkheid, zat stevig dicht. De spijkerpunten die er rond omheen naar buiten staken wezen erop dat die van binnenuit op gelijke wijze was gesloten. In het rode licht van de zonsondergang zag de hut er haast verlaten uit, maar Robert zag een glimp van vuur tussen twee planken door flikkeren, ongetwijfeld afkomstig van een lantaren of een vuurpot.

'Hallo, daarbinnen!' schreeuwde Kendaric vanaf het bordes, een houten platform dat nodig diende te worden gerepareerd. 'We zouden u even willen spreken!'

'Ga weg, smerige monsters!' klonk het van binnen in het huis. 'Ik kom toch niet naar buiten!'

'Hallo,' zei Robert. 'Ik ben jonker Robert, van het prinselijk hof te Krondor.'

'Laat me met rust, verrekte demonen! Ik heb die vuile trucjes van jullie door!'

Robert keek naar Jazhara en haalde zijn schouders op.

'Meneer,' probeerde Jazhara, 'ik ben de hofmagiër van de prins. We komen om wat informatie over de wezens die u lastig vallen. Misschien kunnen we u helpen!'

'Ah, erg slim, heel erg slim,' kwam het antwoord. 'Ga weg, stelletje zielzuigende snoodaards!'

Verslagen schudde Robert het hoofd. 'Waarmee kunnen we je overtuigen, vriend?'

'Ga weg!'

Robert draaide zich om naar Jazhara. 'Misschien krijg jij het voor elkaar.'

'Laat mij het eens proberen,' zei Solon. Hij stapte op het bordes voor de dichtgespijkerde deur en riep: 'In naam van de Machtige Ishap, de Ene Boven Al, ik smeek u: laat ons erin!'

Geruime tijd bleef het binnen stil, tot Nathan zei: 'Dat is een goeie. Ik wist niet dat bloedstelers de naam der goden konden aanroepen! Daar had je me bijna even te pakken, met dat goedkope dwergenaccent!'

Solons gezicht werd rood van woede. 'Da's gin goeikoop dwergenaccent, zwamneus! Ik kom uit de streek bij Dorgin!'

Robert keek Jazhara aan. 'Het wordt duidelijker wanneer hij zich druk maakt, is jou dat ook al opgevallen?'

'Laat mij het nog eens proberen,' zei Jazhara. 'Meneer, ik ben magiër en kan uw huis in wanneer ik maar wil, maar ik wens uw huisvrede niet te breken. Als u ons er niet in wilt laten, vertel ons dan minstens wat u weet over het kwaad dat dit stadje bestookt. Misschien kunnen we helpen. We hebben onze eigen redenen om dit kwaad uit te roeien.'

Weer bleef het even stil, maar toen riep Nathan tussen de planken door: 'Daar had je me bijna, monster!' Hij lachte als een krankzinnige. 'Uit zien te vissen hoeveel ik weet zodat jullie je plan kunnen trekken, hè? Nou, daar trap ik mooi niet in.'

'Robert –' zei Kendaric.

Robert maande hem tot stilte. 'Hoor eens, Nathan, als je niet naar buiten wilt, hoef je ook niet, maar wij moeten de oorzaak van alle problemen in de streek zien te vinden. Zoals mijn vriend al zei, we hebben onze eigen redenen om daar een einde aan te maken. Als deze "vampieren", zoals jij hen noemt, echt zijn, kunnen ze ons tot last zijn en rekenen wij met hen af.'

'Daar krijg je gauw genoeg de kans voor!' schreeuwde Nathan.

'Robert –' herhaalde Kendaric.

Weer stak Robert een hand omhoog. 'Even wachten!' Toen hij net weer wat wilde zeggen, werd zijn arm beetgepakt door Kendaric, die hem met zijn gezicht naar het pad voor het huis draaide. 'Robert!' schreeuwde de berger. 'Zo te zien krijgen we nu onze kans!'

Terwijl de zon achter de horizon zakte, leken er zich in de lucht aan de rand van de nabij gelegen bossen donkere schaduwen te vormen. In de duisternis bewogen andere vormen, en plotseling verschenen er menselijke gedaanten waar even te voren alleen nog lucht was geweest.

Langzaam trok Robert zijn zwaard. 'Solon, Jazhara, enig advies wordt nu zeer op prijs gesteld.'

Zes gedaanten rukten op uit de bossen. Ze leken op mensen,

behalve hun doodsbleke huidskleur en hun ogen, waarin een roodachtig licht scheen te gloeien. Verscheidenen van hen vertoonden gapende wonden in de hals, en het lopen ging hun moeizaam af.

'Nathan...' zei de voorste. 'Kom bij ons... We missen je zo...'

Van verderop riepen anderen: 'Je had bij ons moeten blijven, Nathan. Je hoeft niet bang voor ons te zijn, Nathan.'

Met groeiende afkeer zag Robert dat een van de gedaanten een kind was, een meisje van hooguit zeven jaar oud.

'Er is maar één advies dat ik je kan geven, jochie,' zei Solon. 'Allemaal afmaken.' Hij hief zijn strijdhamer en liep op de voorste af.

12   Onheilsmagie

Robert stormde achter Solon aan.

'Let op,' riep Jazhara, 'je moet ze doden met vuur of het hoofd van de romp hakken!'

Kendaric bleef achter de magiër staan, zijn korte zwaard in de hand, maar ogenschijnlijk klaar om ervandoor te gaan als de gelegenheid zich voordeed. Jazhara begon aan een spreuk, liet haar staf zakken en wees ermee naar de groep naderende wezens. Uit de punt van haar staf schoot een bal van groene vlammen, die door de ruimte tussen hen in vloog en vier van de wezens in mystieke vlammen hulde. Jankend en kronkelend strompelden ze nog een paar wankele passen verder tot ze voorover op de grond vielen.

Solon stak een gehandschoende hand uit, greep het kindwezen en slingerde de kleine gedaante achteruit, de groene vlammen in. Krijsend sloeg het kleine wezentje wild om zich heen en bleef toen stil liggen.

'Moge Ishap je vrede brengen, kind,' riep de monnik en zwaaide zijn enorme krijgshamer naar een volwassen wezen. Hij raakte hem op de schouder, maar de monsterlijke gedaante bleef naar hem grijpen, zijn ene arm uitgestrekt, de vingers gekromd als verscheurende klauwen.

Solon haalde uit, de andere kant op, en met zijn hamer sloeg hij het wezen de schedel in. De dode viel op de grond en bleef kronkelend liggen, maar ook al was de helft van zijn hoofd tot moes geslagen, toch probeerde hij overeind te krabbelen. Jazhara rende naar de monnik en riep: 'Achteruit!' Hij trok zich terug, en ze liet haar staf zakken. Een tel later stond het wezen in lichterlaaie.

Robert had moeite met een bijzonder krachtige man – *of wezen, liever gezegd,* verbeterde hij zichzelf. Het monster was duidelijk de houthakker geweest over wie Lyle hun had verteld. Het was een grote, breedgeschouderde man geweest, en zijn armen waren lang en vlezig. Hij probeerde Robert in een houdgreep te nemen, doch die dook opzij. Maar het letsel dat Roberts rapier het wezen toebracht, deed weinig om hem tegen te houden.

'Kendaric!' schreeuwde Robert. 'Ik kan best wat hulp gebruiken!'

De berger stond met zijn rug tegen Nathans deur, zijn zwaard in zijn hand geklemd. 'Waarmee?' schreeuwde hij terug.

'Mijn zwaard is nou niet direct een hakmes!'

Kendaric zwaaide met zijn korte zwaard. 'En dit wel?'

Robert dook onder een enorme hand door. 'Die kling is beter om mee te houwen dan de mijne!'

'Ik leen hem je toch niet uit!' riep Kendaric, kijkend naar andere wezens die in zicht verschenen. 'Ik heb het zelf al moeilijk genoeg!'

Plotseling stond Jazhara naast Kendaric, en ze wrikte het zwaard uit zijn hand. 'Ja, met een aanval van lafheid,' zei ze minachtend. 'Robert, vangen!' Ze smeet het zwaard in een boog door de lucht, en met een haast bovenmenselijke snelheid zwiepte Robert met zijn rapier en sneed het schuifelende wezen achter in een been. Meteen daarop sprong hij omhoog om het korte zwaard met zijn linkerhand op te vangen. Met de twee wapens jonglerend kreeg hij de rapier in zijn linkerhand en het korte zwaard in zijn rechter. Het monster dat eens de houthakker was geweest, viel op één knie, en Robert hieuw met het zwaard dwars door de hals van het wezen, zodat het hoofd wegrolde. Meteen gooide Robert het korte zwaard terug naar Kendaric. 'Ik zou maar even een handje komen helpen, als je niet een van hen wilt worden!'

Er kwamen steeds meer gedaanten uit de bossen, en Jazhara loste verscheidene bollen van haar mystieke vuur. 'Robert, ik hou dit niet vol!' riep ze. 'Ik raak uitgeput.'

'We moeten op een verdedigbare plek zien te komen!' zei broeder Solon en zwaaide met zijn hamer naar het volgende wezen, dat zes voet achterover sloeg.

Robert rende naar de deur van Nathans huis en begon erop te bonken. 'Bij de goden, man, laat ons erin!'

'Nee, het is een truc, en ik laat me niet beetnemen!' werd er van binnen geroepen.

'Laat ons erin, of ik brand de hele boel om je oren heen plat,' dreigde Robert. 'Jazhara, heb je nog één zo'n vuurschot over?'

'Dat lukt me wel,' zei de magiër.

Luidkeels, maar op afgemeten, kalme toon, zei Robert: 'Doe die deur open of je krijgt het erg warm. Wat zal het zijn?'

Na een ogenblik stilte hoorden ze het piepen van spijkers die werden losgetrokken en het gebonk van zware planken die op de vloer vielen. Eindelijk gleed de grendel opzij en ging de deur op een kier. Een man met een mager gezicht gluurde naar Robert en zei: 'Je ziet er niet eens *uit* als een vampier.'

Robert knikte. 'Ik ben blij dat je het eindelijk door hebt. Maak de weg vrij terwijl ik mijn vrienden ga helpen. We zijn zo terug. Zodra we allemaal binnen zitten, spijkeren we die planken terug op hun plaats.'

Robert wachtte niet om de man te zien knikken, maar draaide zich om en onderschepte een bijzonder akelig ogend wezen dat recht op Kendaric af kwam. De berger zwaaide zomaar wat met zijn zwaard in de richting van het wezen, dat bleef staan om de mogelijkheid tot het oplopen van verwondingen te overwegen.

Die aarzeling gaf Robert precies de opening die hij nodig had om langs het wezen heen te schieten en hem met zijn rapier de kniepezen door te snijden. 'Daar gaat hij niet aan dood,' schreeuwde de jonker, 'maar het houdt hem wel even tegen! Hak nu zijn hoofd eraf!'

Op Kendarics gezicht stond duidelijk te lezen hoe hij over dat voorstel dacht. Hij deinsde terug om de afstand tussen hemzelf en het wezen zo groot mogelijk te maken.

'Kendaric, nutteloze zak varkensdraf! schreeuwde Solon. Hij rende naar hen toe en gebruikte zijn strijdhamer om het wezen de ruggengraat te breken.

Kendaric hield hem zijn zwaard voor. 'Hak *jij* zijn kop maar af!'

'Blatende ezel! Mijn heilige wijdingen verbieden me een zwaard op een lichaam te gebruiken! Als ik dat doe, verlies ik mijn gewijdheid en moet ik een jaar lang gereinigd worden door vasten en meditatie! Ik he' geen tijd vur een jaar van die flauwekul. Daar he'k het te druk vur!'

'Je hebt gelijk,' zei Jazhara tegen Robert. 'Het wordt inderdaad erger als hij zich opwindt.'

'Doe die deur open!' schreeuwde Robert. Er kwamen nog meer wezens in zicht, en Robert was ervan overtuigd dat ze straks zouden worden overmeesterd.

Kendaric stond al bij de deur en bonsde op de planken. Nathan zwaaide de deur met één hand open. In de andere hield hij een jachtmes. 'Naar binnen!' riep de dorpeling. Kendaric sprong het hutje in en de anderen stormden naar de deur. Met een ruk draaide Robert zich om toen hij achter zich een voetstap hoorde, haalde uit met zijn zwaard en sneed de keel af van wat eens een jonge vrouw was geweest. Ze viel niet, maar aarzelde lang genoeg om hem de kans te bieden zich weer om te draaien en weg te rennen. Ook Solon verbrijzelde nog een gezicht tijdens het vluchten. Jazhara rende door de deur met Solon en Robert op haar hielen. Nathan smeet de deur achter hen dicht en schoof de grendel ervoor. Meteen pakte hij een van de planken die hij zojuist had verwijderd. 'Help me met spijkeren!'

Solon pakte een ander stuk hout en gebruikte zijn strijdhamer om de lange spijkers terug in de deurstijl te slaan. 'Dat houdt nooit als ze volhardend zijn,' zei de monnik.

'Het houdt wel,' wist de dorpeling. 'Ze zijn wel volhouders, maar ook dom, en ze werken slecht samen. Als dat niet zo was, was ik vier nachten geleden al dood geweest.'

Robert stak zijn rapier in de schede en ging zitten op een kleine hutkoffer naast de haard. Hij keek rond. Het gebouw bestond uit een enkele kamer met een keukentje aan de ene kant. Een veren bed, een tafel, een ladekast en de koffer waarop hij zat, waren de enige meubelen.

Hun gastheer was een pezige man van middelbare leeftijd. Zijn donkere haar en baard waren dooraderd met grijs. Hij had het verweerde uiterlijk van een boer, en zijn eens gebroken vingers en dikke eeltknobbels wezen op de handen van een man die zijn hele leven hard had gewerkt.

Met een diepe zucht vroeg Robert: 'Wat is er hier nou precies aan de hand?'

'En toen begonnen er ook mensen van de boerderijen rondom het dorp te verdwijnen. Hier en daar staat er een hofstede in de heuvels, waar wat mooie weilanden zijn om de beesten op te laten grazen of zomertarwe te verbouwen. Sommige van die wezens die eerder op de avond hebben aangevallen, waren de arme zielen die daar woonden. Geen dorpsbewoners, maar lui die we kenden van wanneer ze kwamen om proviand in te slaan of hun waren te verkopen.' Hij schudde zijn hoofd alsof hij nog steeds moeite had te geloven wat hij zelf beschreef.

Robert en de anderen hadden meer dan een uur naar de boer zitten luisteren. Het was een rommelig en onsamenhangend relaas geweest, maar uiteindelijk was er een patroon opgedoken.

'Laat me even opsommen,' zei Robert. 'Er is iemand of iets naar het gebied gekomen. Die of dat heeft jullie leefgemeenschap besmet met een gruwelijke vloek die doodgewone mensen verandert in bloeddrinkers. Klopt dat?'

De boer knikte. 'Ja.'

'Deze wezens voeden zich met anderen,' vervolgde Robert, 'waardoor ook die in bloeddrinkers veranderen.'

'Vampieren,' zei Jazhara. 'De verhalen over hen lopen over van bijgeloof.'

'Maar dit is echt genoeg,' zei Kendaric.

'Ja,' beaamde Solon. 'Maar Jazhara heeft niettemin gelijk. Er bestaan legenden over deze wezens die niets van doen hebben met waarheid, waanideeën en verhalen om stoute kinderen bang te maken.'

'Dan ben ik vast een heel stout kind,' zei Kendaric met een woedende ondertoon in zijn stem, 'want ik ben heel erg bang.'

'Dus de houthakker en zijn gezin waren de eersten die in die wezens werden veranderd?' vroeg Robert.

'Ja,' antwoordde Nathan. 'Met zijn zessen zijn we gaan kijken. Slechts twee van ons hebben het overleefd. Er zaten daar een stuk of twaalf van die wezens te wachten. Sommigen waren de lui van de afgelegen boerderijen waar ik het over had, een paar kende ik niet.'

'Maar wie was dan de eerste?' vroeg Robert.

Nathan keek wezenloos rond. 'Weet ik niet,' zei hij met vermoeide stem.

'Is dat belangrijk?' vroeg Kendaric.

'Ja,' zei Jazhara, 'want zoals Robert al zei, iets of iemand moet die plaag hierheen hebben gebracht.'

'Dit soort magie is zo slecht, daar zijn geen woorden voor,' zei Solon.

Robert ging op de vloer zitten, met zijn rug tegen de muur. 'Maar met welk doel? Waarom juist *dit* dorpje besmetten?'

'Omdat ze dat kunnen?' opperde Kendaric.

Robert keek de berger aan. 'Hoe bedoel je?'

Kendaric haalde zijn schouders op. 'Ze moeten toch ergens beginnen? Als ze hier genoeg mensen krijgen om... net als hen te worden, kunnen ze een aantal sturen naar andere plekken en... wel, zoals je zei, net als een plaag.'

'Wat betekent dat we die besmetting hier zullen moeten uitroeien,' concludeerde Solon.

Robert hoorde buiten het geschuifel van voeten.

'Hoepel op, moordzuchtige bloedzuigers!' schreeuwde Nathan.

'Kom bij ons, doe mee,' werd er van buiten geroepen.

Jazhara huiverde. 'Het enige wat ik van die wezens weet, is uit legenden. Maar nu al zie ik dat die legenden slechts gedeeltelijk juist zijn.'

Robert keek naar Nathan. 'Heb je iets te drinken?'

'Water,' zei de boer, wijzend naar een grote kruik op de tafel.

Terwijl Robert een beker pakte en naar de kruik ging, vroeg hij aan Jazhara: 'Wat bedoel je met gedeeltelijk juist?'

'De legenden over vampieren vertellen ons van grote en machtige magiegebruikers die in staat zijn van vorm te veranderen en met dieren te praten, zoals ratten en wolven. Al waren ze lang niet ongevaarlijk, die armzalige wezens die we hier zagen, hadden vanavond allemaal tot rust kunnen worden gebracht als we een geoefend peloton soldaten bij ons hadden.'

Terwijl Robert hierover nadacht, herinnerde hij zich een tijd in Krondor toen hij als jonge knaap samen met prins Arutha had gevochten tegen de ondode dienaren van de valse profeet Murmandamus. 'Uit ervaring weet ik dat wezens die niet dood te krijgen zijn, een groter gevaar vormen dan je op het eerste gezicht zou zeggen.'

'En daarbij, mevrouw, ziet u iets belangrijks over het hoofd,' voegde Nathan eraan toe. 'Dit zijn geen grote en machtige magie-gebruikers. Dit waren boeren en arbeiders.'

'Dus dat betekent dat de grote en machtige magiegebruikende vampier nog ergens rond moet lopen,' zei Robert. 'En die zit hier overal achter.'

'Grif,' zei Solon. 'Van de Tempel ontvangen we onderricht over alles wat er bekend is over de krachten der duisternis. De bloeddrinkers vormen een oude en machtige lijn van kwaad, naar verluidt afstammend van één enkele, vervloekte magiër die eeuwen geleden leefde in een ver en onbekend land. Niemand weet of dat verhaal echt waar is, maar in de kronieken wordt verteld dat er van tijd tot tijd zo'n vervloekte verschijnt, en wee degene die hem tegen het lijf loopt.'

'Maar waarom?'

Alle ogen werden op Kendaric gericht.

'Waarom wee voor degene die hem tegen het lijf loopt?' vroeg Solon.

'Nee, ik bedoel, waarom bestaan er zulke wezens?'

'Dat weet niemand,' antwoordde Solon. 'Wat de Tempel ons leert, is dat de krachten der duisternis vaak wel varen wanneer er chaos heerst, dus veel van wat ze doen is er slechts op gericht om problemen te scheppen voor orde en heil.'

Kendaric knikte. 'Goed, dat kan ik geloven. Maar waarom hier?'

'Dat is toch zonneklaar?' zei Robert meteen. 'Ze willen niet dat we bij de Traan komen.'

'De Traan?' vroeg boer Nathan verbijsterd.

Robert wuifde zijn vraag weg. 'Dat wil je helemaal niet weten, geloof mij maar. Laat ik gewoon zeggen dat magie hier niet is wat die behoort te zijn.'

'Dat is zeker zo,' beaamde Jazhara.

'Het moet die heks zijn,' zei Nathan. 'Zij is de enige hier in de buurt die magie beoefent.'

'Heeft ze al eerder voor problemen gezorgd?' vroeg Jazhara.

'Nee,' gaf de boer toe. 'Maar... nou ja, wie zou het anders kunnen zijn?'

'Daar moeten we dus achter zien te komen,' zei Robert. Luisterend naar de stemmen van buiten vroeg hij: 'Hoe lang houden ze dit vol?'

'Tot het weer licht wordt,' antwoordde Nathan. 'Daar kunnen ze niet tegen, zeggen ze.'

'Zeggen wie?' vroeg Robert.

Nathan knipperde met zijn ogen. 'Heer?'

'Laat maar zitten,' zei Robert en ging op de grond liggen. 'Ik twijfel aan zo veel van wat er allemaal wordt gezegd en geloofd. Een van mijn vervelende eigenschappen. Maak me maar wakker als ze weggaan.'

Jazhara knikte. 'En wat gaan we dan doen?'

'Op zoek naar die magiegebruikende vampier om hem uit zijn lijden te verlossen.'

'Grif,' zei Solon. 'Als ons dat lukt, houdt de rest vanzelf op, zeggen ze.'

Robert weerstond de neiging opnieuw te vragen wie die 'ze' waren. 'Veel plekken kunnen er hier voor zo iemand niet zijn om zich verborgen te houden.'

'O, ik kan u wel vertellen waar zo'n plek is,' zei Nathan.

Robert kwam overeind. 'Waar dan?'

'Op de begraafplaats, ten zuiden van het dorp. Daar staat een crypte waarin is ingebroken. En ik weet zeker dat er daar iets te vinden is.'

'Waarom heb je daar dan niets over gezegd?'

'Heb ik gedaan,' wierp Nathan tegen. 'Maar Toddy en de anderen wilden er niets van horen. Pater Rowland zei iets over de krachten van de goden, die er wel voor zouden zorgen dat degenen die fatsoenlijk waren begraven, bescherming genoten of zoiets, en liet mij verder links liggen.'

'Wat raar,' vond Solon. 'Een priester van Sung de Reine zou een van de eersten moeten zijn om zo'n ontheiliging te onderzoeken. Hun orde staat vooraan in de strijd tegen juist dat soort duistere krachten.'

'Anderen misschien,' zei Nathan, 'maar hij houdt gewoon zijn gebedsbijeenkomsten en scheldt op die heks. Misschien heeft hij wel gelijk.'

'Alweer die "heks"!' zei Jazhara met onverholen minachting. 'Wat heeft die vrouw dan gedaan?'

'Nou, volgens boer Alton heeft ze zijn koeien vergiftigd, en boer Merricks kleine meid ligt in bed met een of andere vervloekte ziekte die die heks haar heeft gestuurd.'

'Waarom dan?' vroeg Solon. 'Als die vrouw altijd vriendelijk voor jullie is geweest, waarom zou ze zich dan nu tegen jullie keren?'

Nathan haalde zijn schouders op. 'Zegt u het maar. U bent priester –'

'Monnik,' verbeterde Solon.

'– monnik, dus u moet weten waarom die dingen gebeuren.'

'Ach, was dat maar zo,' verzuchtte Solon hoofdschuddend. 'Nee, de wegen des kwaads zijn ondoorgrondelijk.'

'Zullen we dat theologische debat voor een andere keer bewaren?' vroeg Robert. 'Dan kan ik proberen een beetje te slapen.'

Luisterend naar de zachte stemmen van buiten en de rond het huis schuifelende voetstappen vroeg Kendaric: 'Hoe kan jij nou slapen terwijl dit aan de gang is?'

Robert deed één oog open. 'Oefenen,' zei hij en deed het weer dicht.

Binnen enkele minuten sliep hij.

Vlak voor zonsopgang hielden de stemmen op. Robert werd wakker en trof Solon diep in slaap op de vloer, terwijl Jazhara vermoeid met haar armen rond haar knieën zat, haar staf bij de hand, kijkend naar de deur. Nathan zat zwijgend vlakbij. Kendaric was uiteindelijk toch in slaap gesukkeld en lag op de houten vloer te snurken.

Robert rolde zich om en stond op. Zijn gewrichten deden pijn van de nacht op de harde ondergrond. Zachtjes stootte hij met zijn laars Kendaric aan. Met een geschrokken gezicht schoot de berger overeind. 'Wat?'

Meteen was Solon wakker, besefte dat het slechts Kendaric was die dat kabaal maakte, en vroeg: 'Is de zon al op?'

Robert knikte.

Ook Nathan kwam overeind. 'Wat gaan jullie doen, vandaag?'

'Op zoek naar de bron van dit kwaad,' antwoordde Jazhara.

'Breng dan ook een bezoekje aan de heks op Weduwpunt,' zei Nathan. 'Volgens mij moet zij toch degene zijn die hier achter zit. Ze moet worden vernietigd!'

'Heb vertrouwen, vriend,' zei Solon. 'We zullen haar onheil even onherroepelijk verpletteren als we het kwaad hebben verdreven dat jou heeft geplaagd.'

'Als ze inderdaad de bron van dit kwaad is,' zei Jazhara nadrukkelijk.

'Zijn jullie gek?' viel Nathan uit. 'Wat jullie vannacht hebben gedaan was niets. Of denken jullie dat ik niet eerder tegen die krengen heb gevochten? Ze komen allemaal terug, behalve de paar die jullie met magisch vuur hebben verbrand of onthoofd. In het donker kunnen ze niet worden uitgeroeid!'

'Wel, we zullen zien wat we kunnen doen,' zei een vermoeide Robert. 'Maar eerst gaan we een hapje eten.'

'Toddy doet de deur wel voor jullie open nu de zon op is,' zei Nathan. 'Wilt u hem zeggen mijn eten te laten brengen, alstublieft?'

'Wat gaat u doen?' vroeg Kendaric.

'Mijn deur weer barricaderen.' Toen kreeg zijn stem een hysterische bijklank. 'Maar uiteindelijk krijgen ze me toch te pakken en maken ze me één van hen. Dat is gewoon een kwestie van tijd.'

'Rustig,' zei Solon. 'Daar komt niets van in. Met Ishaps goddelijke leiding maken we een einde aan de problemen die dit arme dorpje plagen.'

Robert en Solon verwijderden de planken die voor de deur waren gespijkerd, en ze gingen naar buiten. Nog voordat ze het bordes af waren, hoorden ze Nathan ze weer vasthameren. Kendaric keek naar de lucht.

'Wat is er?' vroeg Robert. 'Krijgen we regen?'

'Nee, er is iets... raars,' zei de berger. 'Al bijna twintig jaar heb ik aan zee gewerkt, maar nog nooit heb ik de hemel zo gezien.'

'Hoe?' vroeg Jazhara. 'Ik zie niets geks.'

'Kijk eens naar de opkomende zon.'

Dat deden ze, en even later riep Solon uit: 'Ishaps genade! Wat is er met de zon gebeurd?'

In de verte rees de zon op, maar ondanks dat het een heldere lucht was en er nergens wolken te bespeuren vielen, leek het licht gedempt, en al scheen de zon, de stralen waren minder helder.

'Magie,' zei Jazhara. Ze bleef staan, alsof ze ergens naar luisterde. 'Er is iets in de lucht dat het licht opzuigt. Gisteren is het ons niet opgevallen omdat we tegen zonsondergang arriveerden, maar de zonnestralen worden hier door een duistere macht aangetast.'

'Hoe kan zoiets?' vroeg Robert.

Jazhara trok haar schouders op. 'Een relikwie dat erg krachtig is, of een bezwering van een machtig magiër. Het moet een wel heel groot gebied bestrijken om de helderheid van de zon te verminderen.'

'Ik dacht dat het een beetje bewolkt was toen we kwamen,' zei Robert. 'Maar ik heb niet gezien of er wolken boven de kliffen hingen of niet.'

'Het is beslist geen natuurverschijnsel,' bevestigde Kendaric. 'Maar met welk doel is dit gedaan?'

'Zodat bepaalde nachtwezens ook overdag rond kunnen lopen?' peinsde Solon.

'Laat dat ontbijt maar zitten,' zei Robert. 'We moeten nu meteen naar die heks.' Zonder verder commentaar draaide Robert zich om naar de piek van Weduwpunt aan de andere kant van Haldenhoofd en begon te lopen.

Toen ze door het dorp kwamen, zagen ze Toddy zijn herberg uit rennen. 'Jullie!' zei hij met een brede grijns toen hij Robert en zijn metgezellen in het oog kreeg. 'Jullie hebben de nacht overleefd!'

Robert glimlachte. 'Overleven is iets waar we goed in zijn. Je schijnt haast te hebben.'

Het gezicht van de burgemeester van het stadje betrok. 'Boer Merricks dochtertje is ziek, en hij heeft thuis wat dorpsbewoners verzameld. Ik denk dat ze narigheid in de zin hebben.'

Robert wierp een blik op Jazhara, die knikte. Ze sloten zich aan achter de lijvige herbergier, die voortsnelde zo goed als zijn omvang hem dat toestond.

Toen ze bij het huis van boer Merrick arriveerden, troffen ze een handvol mannen uit het dorp en een even groot aantal vrouwen, verzameld voor de deur. De boer en zijn vrouw stonden in de deuropening. 'We moeten iets doen,' zei een gedrongen man met een hoogrood gezicht. 'Dit duurt nu al veel te lang!'

270

Toddy baande zich een weg door de kleine menigte. 'Wat is hier aan de hand?'

'We gaan iets doen aan die heks, Toddy!' riep de man met het rode gezicht.

'Ho, ho,' zei de burgemeester, zijn handen heffend. 'Laten we niet al te onbesuisd doen. Deze jongen hier' – hij wees naar Robert – 'is een vertegenwoordiger van de kroon. Hij komt hier orde op zaken stellen.'

Ogenblikkelijk verstomden alle stemmen, en alle ogen gingen naar Robert, die een vuile blik Toddy's kant op wierp. 'Goed,' zei hij toen. 'Wij zijn hier op een missie namens de kroon, en de gebeurtenissen hier zijn van belang voor Zijne Hoogheid. Dus: wie kan me vertellen wat er zich heeft voorgedaan?'

Meteen begon iedereen door elkaar heen te praten, en Robert hield een hand omhoog. 'Wacht even. Eén tegelijk.' Hij wees naar de hoogrode man, die had staan fulmineren toen ze kwamen. 'Jij. Doe je zegje.'

'Mijn koeien worden ziek!' brulde de man. Toen besefte hij dat hij niet boven de anderen uit hoefde te schreeuwen, en sprak normaal. 'Mijn koeien worden ziek, en dat komt door die heks. Die heeft een vloek gestuurd om ze langzaam dood te laten gaan.'

Een van de vrouwen in de menigte nam het woord. 'En we raken ons daglicht kwijt, stukje bij beetje. De zon komt iedere dag iets later op en gaat iedere avond vroeger onder. En het beetje zonlicht dat we hebben, ik weet niet hoe ik het uit moet leggen, maar kijk maar eens rond, het is anders. Binnenkort hebben we helemaal geen daglicht meer over. En je weet wat dat betekent!' snikte ze.

Er brak gemompel uit in de kleine menigte. Robert hield zijn hand omhoog voor stilte.

'Niet alleen jouw koeien worden ziek,' sprak boer Merrick vanuit de deuropening. 'Onze kleine meid is er heel slecht aan toe.'

Robert keek de boer aan. 'Wat scheelt het meisje?'

'Ze is vervloekt,' riep een vrouw aan de rand van de groep op het erf.

'Mag ik haar zien?' vroeg Jazhara.

'Wie bent u?' vroeg de hysterisch ogende vrouw aan Merricks zij, haar gezicht smal en bleek.

'Ik ben prins Arutha's persoonlijk adviseur op het gebied van magie,' antwoordde Jazhara.

'En ik ben een monnik van Ishaps Tempel,' zei broeder Solon. 'Als er kwalijke magie in het spel is, roeien wij die uit.'

De vrouw knikte en wenkte hen het huisje in.

Binnen troffen ze een enkele kamer, met een kleine haard tegenover de deur. Tegen dezelfde muur stonden ook twee bedden, een duidelijk groot genoeg voor de boer en zijn vrouw, het andere een kinderbedje. Dat was bezet door een klein meisje, haar gezichtje wit. Jazhara knielde naast het bedje neer en legde een hand op het voorhoofd van het meisje. 'Ze heeft geen koorts,' zei de magiër. 'Wat kunt u me vertellen?'

'Niets,' zei de boer, 'behalve dat ze te zwak is om te lopen of langer dan een paar minuten achtereen wakker te blijven. En als ze wakker is, herkent ze ons niet eens.'

'En soms bibbert ze,' viel de vrouw haar man bij.

Broeder Solon knielde naast Jazhara neer om naar het meisje te kijken. 'Wat is dit?' Hij tikte met een vinger op een kleine amulet. 'Het ziet eruit als het teken van Sung.'

'Die heeft pater Rowland ons gegeven,' antwoordde de vrouw. 'Ik ben naar die oude vrouw op Weduwpunt gegaan, en ze gaf me een middeltje om mijn kind te genezen,' flapte ze er toen uit. 'Zij vertelde me van iets groots en donkers dat het op de kinderen had voorzien. Ze probeerde hen te beschermen.'

'Larissa!' berispte de man. 'Ik heb je gezegd daar niet over te praten.'

'Gaat u verder,' spoorde Robert de vrouw aan.

Tartend keek ze haar man aan. 'Ze wilde ons dochtertje beschermen.'

'Zoals ze Remy's zoontje heeft beschermd?'

'Ja, precies zo!' Ze wendde zich tot Robert. 'Ze was te laat om die kleine van Remy te redden, maar toen ik thuiskwam en het middel onder het bed legde, hield mijn dochtertje op met bibberen. Beter werd ze niet, maar in ieder geval ook niet meer slechter! Toen keerde pater Rowland terug van een reis en kwam hij hiernaar toe. Vanaf gisteravond heeft hij de hele nacht zitten bidden, en mijn dochtertje begon weer te beven. Toen de zon opkwam, zou ik hebben gezworen dat het hem ergerde dat ze nog leefde!' De ogen van de vrouw drukten pure wanhoop uit.

'Larissa, dat is lasterpraat!' zei Merrick. 'De goede pater heeft zijn best gedaan om haar ziel te redden. Het is die heks haar schuld. Zoiets zei hij zelf voordat hij wegging.'

'Maar als het nou eens niet zo is?' wierp de vrouw tegen.

'Mag ik dat middel zien dat u van de "heks" hebt gekregen?' vroeg Jazhara.

De vrouw haalde een klein houten kistje onder het bed vandaan en gaf het aan Jazhara. Zij maakte het kistje open en vond verscheidene kruiden en wat kristallen. Ze deed haar ogen dicht, hield het kistje een lang moment vast en zei: 'Er schuilt hier niets kwaadaardigs in. Het is een eenvoudig middel ter ondersteuning van de natuurlijke energie van het kind, zodat ze zichzelf kan genezen.' Toen keek ze naar het meisje. 'Maar er is iets...'

Ze stak haar hand uit, pakte de kleine amulet rond de hals van het kind en trok haar hand snel terug, alsof ze zich brandde. 'Broeder Solon. U hebt meer verstand van klerikale magie dan ik. Wilt u die amulet even bekijken?'

Voorzichtig raakte Solon de hanger aan. Hij sloot zijn ogen, sprak een korte spreuk en trok zijn hand terug. Het metaal scheen op te krullen en donkerder te worden, tot het eenvoudig metalen embleem van Sung plotseling veranderde in een kleine muil, een mond met zwarte lippen en ebbenhouten tanden. Die ging wijd open, als om te bijten, en het meisje hoestte. Uit haar neus en mond ontsnapte een groen gaswolkje, dat door de kleine zwarte muil werd opgezogen. Meteen greep Solon de hanger beet en trok hem met een ruk van de hals van het bewusteloze meisje. Het kind snakte kort naar adem, eenmaal stuiptrekkend, en bleef toen rustig in het bedje liggen. Nadat ze een diepe zucht had geslaakt, scheen het ademen haar makkelijker af te gaan.

Jazhara onderzocht het kind en verklaarde: 'Nu al lijkt ze me een beetje aan te sterken.'

Solon hield de hanger omhoog, die er nu uitzag als een klauw met daarin een zwarte parel. 'Ik durf te wedden dat dit de oorzaak van haar ziekte is.'

Merrick stond perplex. 'Maar die heeft ze gekregen van pater Rowland!'

Robert keek naar Jazhara en de anderen. 'Voordat we ervandoor gaan om een oud vrouwtje te verbranden, moesten we maar eens een hartig woordje gaan wisselen met deze pater Rowland.' Zonder op antwoord te wachten liep hij het kleine boerderijtje uit.

13   Misleiding

Robert bleef staan.

Even keek hij omhoog naar de lucht, toen draaide hij zich om naar Jazhara en de anderen, die hem inhaalden. 'Ligt het aan mij, of wordt het donkerder?'

Kendaric wierp een blik op de westelijke horizon. 'Er nadert geen weerfront, en ik zie geen wolken.'

Ook Solon staarde omhoog en zei even later: 'Nee, het ligt niet aan jou. Het is inderdaad donker aan het worden.'

Jazhara keek naar het oosten en wees. 'Kijk de zon eens!'

Ze draaiden zich allemaal naar de zonsopgang, en met een fascinatie die al gauw omsloeg in afgrijzen zagen ze de zon versomberen. Het felle wit was nu verduisterd tot een dofgeel.

'Ik voel de warmte op mijn gezicht,' zei Jazhara, 'maar het licht neemt af!'

'Ja, daar heb je gelijk in,' zei Solon. 'Het licht wordt aan de lucht onttrokken!'

'Wat betekent dat?' vroeg Kendaric bekommerd.

'Dat weet ik niet,' antwoordde Jazhara. 'Ik ken geen magie die daartoe in staat is.'

'Maar wat betekent het?' herhaalde Kendaric hardnekkig.

Robert ging vlak voor de nu doodsbange berger staan. 'Hou jezelf een beetje in de hand! Wat het betekent is toch duidelijk, mag ik aannemen?'

'Maar wat betekent het dan?' eiste Kendaric.

'Het betekent dat onze vrienden van vannacht straks overdag ook gewoon rond kunnen lopen.'

Er renden mensen langs, en Robert hoorde iemand zeggen: 'Pater Rowland zal wel weten wat we moeten doen!'

De man met het rode gezicht, die de anderen voor Merricks huis had opgestookt, kwam naderbij. 'Als u een dienaar van de prins bent, zoals u beweert, ga dan die heks nu meteen uitbranden!'

'En wie bent u?' vroeg Robert.

'Mijn naam is Alton. Nadat ik me op een dorpsvergadering tegen die vrouw heb uitgesproken, heeft ze mijn koeien het boze oog gegeven, zodat ze nu staan weg te kwijnen. Vraag mijn buren maar. Die hebben mijn koeien dood zien gaan. En ze heeft nog veel ergere dingen gedaan.'

'Zoals?' vroeg Robert ongeduldig.

'Nou, neem de houthakker en zijn gezin. Dat waren aardige, normale mensen, en ineens waren ze verdwenen. Toen kwamen de bloeddrinkers. En Remy's kleine jongen. Die werd ziek nadat hij haar op een dag op Weduwpunt had bespied. Stierf twee weken later.'

'Jullie burgemeester schijnt anders te denken dat zij niet de oorzaak van die ziekten is,' merkte Robert op.

'Toddy is een fantastisch aardige man, maar hij kan soms een beetje dom zijn.'

Robert schudde zijn hoofd en keek naar enkele andere voorbij rennende dorpsbewoners. 'Waar is pater Rowland?' vroeg hij Alton.

'Loop maar gewoon met de anderen mee naar de kerk tegenover het plein. Daar gaan ze allemaal naar toe.' Plotseling snakte hij naar adem. 'Kijk!' Hij wees naar het oosten, en ze zagen dat de zon nu werd verduisterd tot een oranje kleur, alsof er dikke rook voor de bol langs trok.

Toen de boer wees, ving Robert een glimp op van metaal rond zijn hals, een ketting die bewoog door het schuiven van zijn tuniek. Onder aan de ketting zag hij heel even iets zwarts.

In zijn jeugd was Robert niet voor niets 'Robbie de Hand' genoemd. Met verbazingwekkende snelheid greep hij de ketting beet en hield hem hoog genoeg om een metalen hand met een zwarte parel als hanger te ontbloten. 'Hoe kom je hieraan?'

De ogen van de boer werden groot en hij deed een stap terug. Robert liet de ketting los. 'Die... die heb ik gevonden.'

'Waar?'

'Eh...'

'Wij hebben ook zo'n ketting gevonden,' zei Jazhara, 'rond Merricks dochters hals.'

'Het is gewoon een sieraad,' zei boer Alton.

Veel sneller dan verwacht voor iemand van zijn omvang ging Solon vlak achter Alton staan. 'Denk maar niet dat je voorlopig ergens heen gaat, mijn vriend.'

Voor het dramatische effect trok Robert langzaam zijn zwaard. Erg gevaarlijk zou deze brallende boer niet zijn, maar de tijd begon te dringen en Robert zat om antwoorden verlegen. 'Nogmaals: van wie heb je dat ding?'

Alton probeerde ervandoor te gaan, maar Solon greep hem bij een arm en hield hem op zijn plaats. 'Ik denk dat je die jongen maar beter kunt antwoorden. Hij lijkt me niet in de stemming voor onbezonnenheden.'

Alton wierp een blik op Jazhara, wier gezicht ijskoud stond, en vervolgens op Kendaric, die eveneens keek alsof zijn geduld opraakte. 'Ik zal jullie alles vertellen!' flapte de boer er plotseling uit. 'Het was niet mijn idee. Ik was gewoon een eerlijke boer die zich met zijn eigen zaken bemoeide toen hij bij me kwam. Ik vertrouwde hem. Iedereen doet dat. Hij bood me goud, heel veel goud, om mijn eigen koeien te vergiftigen en die heks de schuld te geven, dus deed ik dat. Het is gewoon een oud vrouwtje dat binnenkort toch doodgaat. Maar ik wist niet wat hij werkelijk was. Ik dacht dat hij mens was toen ik akkoord ging om voor hem te werken. Ik wist niet –' Ineens werd zijn woordenstroom afgesneden door een gesmoord, gorgelend geluid toen de ketting rond zijn hals plotseling verstrakte. Alton wankelde achteruit. Zijn ogen puilden uit, zijn gezicht werd zo mogelijk nog roder en hij greep naar zijn hals. Solon moest de man overeind houden toen zijn knieën knikten, en langzaam liet hij de boer naar de grond zakken. Er begon bloed te vloeien uit de wond in Altons hals. Terwijl zijn ogen omhoog in de kassen rolden, klonken de geluiden van scheurende spieren en brekende botten. Een ogenblik later rolde Altons hoofd van zijn romp en viel op de grond. Solon liet boer Altons arm los, en zijn lichaam zakte in het stof.

Robert staarde naar het lijk en toen naar de donker wordende zon. Hij beduidde de anderen hem te volgen en rende naar een klein gebouw aan de rand van de dorpskern. Bij aankomst zagen ze dat het een eenvoudig kerkje was met een grote, openstaande ingang. Banken waren er niet, en daarom stond de goegemeente, luisterend naar een man in een wit gewaad, die niemand anders dan pater Rowland kon zijn.

'Nogmaals zeg ik, als we nog langer wachten, worden we weggevaagd door het tij van kwaad. En waar, moet ik vragen, ligt de gerechtigheid in deze? Ik zal u vertellen waar gerechtigheid ligt. Die ligt in de kracht van uw armen, in de reinheid van uw ziel en in de verbranding die de wereld zal bevrijden van het kwaad van deze heks!'

Verscheidene dorpsbewoners riepen instemmend.

'Klinkt best een beetje hardvochtig voor een priester van Sung,' vond Solon.

Robert knikte. 'Hij schijnt er nogal haast mee te hebben om de "heks" uit de weg te ruimen.'

'En om anderen dat voor hem te laten doen,' voegde Jazhara eraan toe.

De priester verhief zijn stem. 'Sommige mensen zeggen dat deze heks wolven heeft opgeroepen die 's nachts als mensen rondwaren, bloeddrinkers die de zielen der onschuldigen verslinden en hen veranderen in monsters als zijzelf! Ik zeg dat ze vleesgeworden duisternis heeft opgeroepen – geesten, zo slecht dat ze het leven wegzuigen uit goede mensen als u en ik. Maar hoe dan ook, de schuld hiervan ligt op haar drempel. Deze invallende duisternis is de aankondiging van de definitieve aanval! *We moeten nu iets doen!*'

Enkele mannen juichten en schreeuwden bedreigingen, maar Robert kon hun angst horen, want veel van de reacties klonken halfhartig en zwak. Hij drong zich tussen de dorpelingen door om vlak voor de priester te blijven staan.

'Welkom, vreemdeling,' sprak pater Rowland. Hij was een man van gemiddeld postuur, met donker haar en een klein puntbaardje. Rond zijn hals hing een eenvoudige amulet van de Orde van Sung. Op zijn witte gewaad zaten vage vlekken en vuil, alsof het oud en vaak gewassen was. 'Komt u ons helpen dit verderf uit te roeien?'

Robert keek hem strak aan. 'Jazeker, maar ik betwijfel of het verderf is wat u zegt.'

Door de spleetjes van zijn toegeknepen ogen keek de priester hem aan. 'Hoe bedoelt u?'

'Alton is dood,' zei Robert.

De priester keek geschokt. 'Boer Alton is dood? Nog een slachtoffer van die ontaarde vrouw!' Langs Robert heen kijkend riep de priester: 'Is het nu nog niet genoeg? Wordt het niet tijd dat we iets doen?'

Er klonken nu meer bevestigende stemmen, maar Robert hoorde Jazhara roepen: 'Robert, kijk uit! Er klopt hier iets niet!'

Robert keek om en zag dat sommigen van de mensen die schreeuwden een lege blik in de ogen hadden, starend en levenloos. Robert draaide zich weer terug naar de priester en met verrassende snelheid greep hij de amulet rond 's mans hals. Met een enkele ruk trok hij hem los en hield hem omhoog. Voor zijn ogen veranderde het ding van het goedaardige embleem van Sung in een hand met een zwarte parel.

'Het zijn dienaren van het Kwaad!' schreeuwde de priester. 'Ze moeten dood!' Zijn handen grepen naar Roberts keel, de vingers gekromd als klauwen.

Robert probeerde achteruit te springen, maar werd plotseling gegrepen door sterke handen die hem op zijn plaats hielden. 'De mensen zijn onschuldig!' hoorde hij Jazhara roepen. 'Ze zijn bezeten! Probeer hen niet te verwonden!'

Robert voelde de vingers van de priester rond zijn keel. 'Ik zal eraan denken!' Hij liet zich helemaal slap worden en viel weg, zodat de vingers van de priester over zijn hoofd heen gleden. Liggend op de vloer kon Robert zijn zwaard niet trekken, maar hij kon wel bij de dolk in zijn rechterlaars. Die trok hij en stak omhoog, in het been van de priester.

Pater Rowland schreeuwde van de pijn en deinsde terug, en Robert ging hurkend door de knieën terwijl de handen hem vast probeerden te houden. Toen sprong hij uit alle macht naar voren, en zoals hij had gehoopt, verloren de handen hun greep op hem.

Verscheidene dorpsbewoners struikelden met hem mee, en hij wist ternauwernood te voorkomen dat hij van achteren omlaag werd getrokken. De priester deinsde verder terug. Robert keek vlug van links naar rechts. Jazhara zwaaide met haar staf om de dorpelingen op afstand te houden. Kendaric werd tegen de grond gedrukt, vastgehouden door twee sterke boeren, terwijl een derde hem tegen het hoofd probeerde te schoppen. Broeder Solon gebruikte zijn strijdhamer om mensen weg te duwen of anders te slaan in zijn poging de berger te bereiken om hem te helpen.

Robert gooide zijn dolk van zijn rechter- naar zijn linkerhand en trok zijn zwaard in één vloeiende beweging. Hij draaide de kling en sloeg de man die het dichtst bij hem stond met de platte kant tegen het hoofd. Desondanks werd de man door de dunne kling gesneden, maar het was geen diepe wond.

Door de klap wankelde de man een stap achteruit, waardoor hij degenen achter hem de weg blokkeerde. Dat korte moment was al wat Robert nodig had. Hij dook naar voren terwijl pater Rowland begon aan een magische bezwering. Voordat de priester zijn spreuk had voltooid, had Robert hem in de buik gestoken.

Verbluft keek de man omlaag, en zijn ogen werden groot van pijn toen Robert zijn zwaard lostrok. Toen rolden de ogen van de priester omhoog. Maar in plaats van te vallen, bleef hij staan. Zijn hoofd bungelde achterover en zijn mond hing open, maar daaruit verkondigde een zware, vreemde stem: 'Al zijn onze dienaren verslagen, onze macht blijft onverminderd. Proef de bittere smaak van het kwaad... en wanhoop.'

De priester zeeg neer op de vloer en met een ruk draaide Robert zich om, klaar voor de volgende aanval, maar in plaats van te worden belaagd, werd Robert onthaald op de aanblik van de dorpsbewoners, die verward knipperend met de ogen bleven staan. Sommigen keken elkaar aan of naar Kendaric en Solon, of naar Jazhara, en toen begonnen ze allemaal door elkaar te praten.

'Wat is er gebeurd?'

'Waarvoor zijn we hier?'

'Hoe komt het dat jij bloedt?'

Robert hief zijn hand op en riep: 'Stilte!' De stemmen verstomden. 'Deze man was geen priester van Sung,' vervolgde Robert. 'Hij was een knecht van hetzelfde duister dat hij beweerde te bestrijden. Hij leidde jullie aandacht af van de ware bron van het kwaad.'

Een van de vrouwen in de groep begon te gillen. 'De zon!' krijste ze, wijzend naar de ochtendzon.

Robert keek om. De zon was nog donkerder geworden. 'De nacht valt in,' zei hij, zonder een poging te doen om uit te leggen wat hij zelf niet begreep. 'Ga naar huis en barricadeer de deur. Wij gaan wel kijken waarom dit gebeurt.'

De dorpsbewoners vluchtten. Sommigen moesten worden geholpen door vrienden vanwege het pak slaag dat ze van Jazhara's staf of Solons strijdhamer hadden gekregen, maar Robert was opgelucht om te zien dat het enige lijk in het kerkje dat van Rowland was.

Kendaric keek angstig, maar ook hij scheen zich in de hand te hebben gehouden. Hij klopte het stof van zijn kleren en kwam bij Robert staan.

'Hebben jullie gehoord wat hij zei?' vroeg Robert.

'Nee,' zei Kendaric. 'Ik had het even te druk.'

'Ik heb hem wel horen praten,' zei Jazhara, 'maar niet verstaan.'

'Ik wel,' zei broeder Solon. 'Hij was een knecht van het duister, dat staat buiten kijf. Dat hij zich kon vermommen als een dienaar van de Reine is verontrustend. Zelfs een vals embleem zoals hij droeg zou door een dienaar van het kwaad moeilijk te verdragen moeten zijn.'

'Dit zijn erg machtige vijanden,' wist Robert. 'Ik heb die stem al eens eerder gehoord.'

'Wanneer?' vroeg Jazhara.

'Jaren geleden, uit de mond van een Zwarte Slachter. De dienaren van Murmandamus.'

'Maar Murmandamus is verslagen,' zei Jazhara. Toen wierp ze een blik op Solon en Kendaric, onzeker wat ze verder nog kon zeggen. Als Arutha's hofmagiër was haar door Robert verteld over de ware toedracht achter Arutha's gevecht met de valse moredhelprofeet en de recente problemen in het Schemerwoud, want er gingen geruchten dat hij nog steeds leefde.

Robert knikte. 'Dat is hij, ja, maar al zullen we niet met die snoodaard te maken hebben, onze tegenstander is in ieder geval iemand die bijna even machtig is als hij. En dat betekent dat we ons teweer moeten stellen tegen een veel groter gevaar dan we dachten.'

'Je wist dat het gevaarlijk was toen we je vertelden over ons schip dat was overvallen,' zei Solon. 'Je ziet er nu toch niet van af, hè?'

'Nee.' Robert wierp een blik op de donker wordende zon. 'Juist nu niet. Ik voel dat we in een stroomversnelling raken, en als we aarzelen, zijn we verloren.' Hij besefte dat hij zijn wapens nog steeds in de handen hield en borg ze weg. 'We hebben geen tijd om versterking te laten komen, en we weten niet in hoeverre Wiliam erin blijft slagen Beer hiervandaan te houden. Ik denk dat dit over hooguit twee dagen allemaal is afgelopen, ongeacht de uitkomst.'

'En nu?' vroeg Kendaric, zijn armen over elkaar geslagen alsof hij het koud had.

Robert slaakte een langgerekte zucht. 'Als het uiteindelijk donker is, komen die bloeddrinkers terug, en ik denk dat ze hier alleen maar zijn om ons bezig te houden. Dus wat we ook doen, we moeten er snel mee zijn.' Hij keek Jazhara aan. 'Eén ding valt me op. Rowland en Alton waren er zo op gebrand om die heks uit de weg te ruimen dat er meer achter moet zitten dan het vinden van een zondebok. Om een of andere reden waren ze bang voor haar.'

'Dan moeten we met haar gaan praten,' zei Jazhara, een blik op de zon werpend. 'En vlug ook. Volgens mij hebben we nog geen twee uur voordat de avond weer valt.'

Robert knikte en liep langs Jazhara heen. 'Laten we maar eens een bezoekje gaan brengen aan de heks op Weduwpunt.'

Terwijl ze de heuvel naar Weduwpunt beklommen, werden de

bossen onheilspellend donker. De verzwakkende zon wierp donkerder schaduwen over het pad dan normaal. 'Het is alsof het al schemert,' fluisterde Solon.

Robert moest erom lachen. 'Ik heb ook het gevoel alsof ik zachtjes moet praten.'

'Voorzichtigheid is misschien best geboden,' zei Jazhara, 'maar de tijd vliegt.'

Toen ze een bocht in het pad rondden, hield Robert een hand omhoog. 'Daar is iemand,' fluisterde hij.

Ze liepen verder, en al gauw zag Robert iemand in de schemering gehurkt zitten, met zijn rug naar hen gekeerd. Het was een jongen van hooguit negen jaar. Zonder zich stil te houden liep Robert naar hem toe, maar het kind hield zijn aandacht strak gericht op een kleine hut nabij het klif. Toen Robert een hand op zijn schouder legde, slaakte de jongen een kreet en viel bijna om van schrik.

'Niet bang zijn,' zei Jazhara. 'We doen je niets.'

De ogen van de jongen waren groot van angst. 'Wie zijn jullie?' vroeg hij.

'Ik ben Jazhara, en dit is jonker Robert van Krondor. Dat zijn broeder Solon en Kendaric. Wie ben jij?'

Zijn stem trilde niet langer, maar de jongen bleef angstig kijken. 'Ik ben Alaric. Ik kom naar de heks kijken. Pa zegt dat ze haar binnenkort gaan verbranden, dus wilde ik haar eens wat zwarte magie zien doen voordat ze haar te pakken kregen.'

Ik denk dat je maar beter vlug naar huis kunt gaan voordat het nog donkerder wordt,' raadde Robert hem aan.

'Is ze nu in de hut?' vroeg Jazhara.

'Ik heb haar niet gezien. Soms dwaalt ze over het strand onder Weduwpunt. Ik zou maar uitkijken. Ze is echt heel gevaarlijk.'

'Dank je,' zei Robert. 'En nu naar huis, jij. Je ouders maken zich vast zorgen.'

De jongen had geen verdere aansporingen nodig en verdween op een holletje over het pad.

Ze liepen verder naar het onderkomen. 'Hallo, daarbinnen!' riep Robert.

Er kwam geen antwoord.

Robert ging naderbij en beklom de enkele tree naar een houten veranda.

Het kleine bordes had een afdak waaraan een verscheidenheid aan kalebassen hing. Jazhara bekeek de kadavers van een paar kleine dieren die daar hingen te drogen, en nam vervolgens een assortiment aan kruiden in ogenschouw. 'Deze "heks" is ofwel een magiebeoefenaar ofwel gewoon een oude vrouw die goed thuis is in geneeskunsten. Verscheidene planten die hier hangen worden gebruikt voor kompressen of kruidenthee.'

De hut was gebouwd op een houten platform, dat als bordes een paar voet onder de voorgevel uitstak. 'In ieder geval houdt ze het droog als het regent,' zei Solon, omlaagkijkend.

'En het regent veel langs dit deel van de kust,' wist Kendaric. Hij sloeg zijn armen rond zijn ribbenkast alsof hij kou leed. 'Niet alleen wordt het donker, maar zo te voelen krijgen we ook regen.'

'Net wat we nodig hebben,' merkte Robert op. Hij duwde een stuk huid opzij dat bij wijze van deur aan de latei was bevestigd. In de hut stonden een primitieve tafel en een enkel krukje. Voor een vuur pruttelde een ketel.

Kendaric keek naar het bruine brouwsel. 'Geen heks? En wat is dit dan?'

Robert liep ernaar toe en wierp een blik op de borrelende vloeistof. Hij nam een pollepel van een haak boven de haard, stak hem in de ketel en haalde hem omhoog. Hij rook even, proefde en draaide zich om naar Kendaric. 'Soep. En erg lekkere ook nog.'

Hij hing net de lepel terug toen er bij de deur een stem klonk: 'Komen jullie me verbranden?'

Robert keek om en zag een broos oud vrouwtje in de opening staan, met een bundel takken.

'Nou, sta daar niet zo te staren. Moet een oude vrouw soms zelf al het hout voor haar eigen verbranding sprokkelen?'

De oude vrouw oogde nauwelijks groter dan het kind dat ze zojuist naar huis hadden gestuurd. Haar huid was bijna doorschijnend van ouderdom, en haar haar spierwit. Haar kleine vingertjes zagen eruit als vel over been, maar ze had al haar tanden nog en haar fonkelende ogen stonden helder.

Robert glimlachte. 'We zijn hier niet om u te verbranden.'

'O, dat zeggen ze allemaal,' zei ze, liep Kendaric straal voorbij en gooide de takkenbos bij de haard neer.

'Beoefent u magie?' vroeg Jazhara.

De oude vrouw nam plaats op haar krukje en trok haar schouders op. 'Ik kan een paar dingen. Maar voornamelijk meng ik geneesmiddelen voor de mensen, of voorspel ik hun toekomst.' Er verscheen een dromerige blik in haar ogen. 'Soms zie ik dingen, maar dat gaat... moeizaam. En het is zelden prettig.'

'Ik ben van het Bergersgilde in Krondor en ik heb geprobeerd een schip te lichten dat kort geleden voor de Punt is gezonken,' zei Kendaric. 'Maar er is iets wat mijn magie blokkeert. Het is krachtig, en ik moet weten wat het is.'

De oude vrouw keek Kendaric een tijdlang aan en wendde zich tot Jazhara. 'Bedrijft u het ambacht?'

'Ik ben de hofmagiër van prins Arutha,' antwoordde Jazhara.

'Ah,' zei de oude vrouw met een verstrooide glimlach op het gezicht. 'Een vrouwelijke magiër. Er is een tijd geweest dat je in Krondor ter dood werd gebracht wanneer je alleen maar beweerde de kunsten te verstaan.'

'De tijden veranderen,' zei Robert.

'In sommige opzichten misschien,' reageerde het vrouwtje. 'Maar in andere hoegenaamd niet.'

'Nou, misschien kunnen we daar op een dag in wat gemakke-lijker omstandigheden eens over praten,' zei Robert. 'Maar op dit moment hebben we andere dingen aan ons hoofd.' Hij gebaarde naar de uitdovende zon buiten.

'Ik heb het gezien,' zei het vrouwtje. 'Daarom dacht ik dat jullie misschien uit het dorp kwamen om me te verbranden.'

'Dat was "pater" Rowland,' zei Jazhara. 'Die stookte de dorpe-lingen op om dat inderdaad te komen doen.'

'Hoe hebben jullie hem daarvan af weten te houden?' vroeg de vrouw.

'Met mijn rapier,' antwoordde Robert. 'Hij was helemaal geen priester van Sung.'

'Dat had ik jullie ook wel kunnen vertellen,' zei de oude vrouw. 'Het kwaad sijpelde gewoon uit zijn poriën. Volgens mij was dat een van de redenen dat hij me uit de weg wilde hebben, de char-latan. Hij wist dat ik hem doorhad.'

'Er moet ook een andere reden zijn geweest,' zei Solon. 'U zou nauwelijks een betrouwbaar getuige tegen hem kunnen zijn om-dat u het kwaad in hem voelde.'

De vrouw knikte. 'Het is omdat ik het geheim van Halden-hoofd en Weduwpunt ken.'

'Is dat geheim ook de verklaring voor de gebeurtenissen hier en het feit dat we dat schip niet kunnen lichten?' vroeg Robert.

'Ongetwijfeld,' zei de oude vrouw.

'Hoe is uw naam?' vroeg Jazhara.

Het oude besje zweeg even en begon toen te lachen. 'Het is zo lang geleden dat iemand iets anders tegen me heeft gezegd dan "heks" of "oude vrouw" dat ik het me nauwelijks kan herinneren.' Ze slaakte een zucht. 'Noem me maar Hilda.'

'Hilda,' vroeg Robert, 'wat is het geheim waar u over sprak?'

De oude vrouw keek rond, alsof ze bang was te worden afge-luisterd. 'Onder de kliffen, diep onder de rotsen, ligt een eeuwenoude grot. Het is een tempel van het kwaad, ouder dan de herinneringen van de oudste levende mens teruggaan.'

'Wat voor een tempel?' vroeg Solon. Zijn hand ging automatisch naar de steel van zijn strijdhamer.

Langzaam stond Hilda op en liep naar een oude houten kist, die ze openmaakte om er een linnen buideltje uit te halen. Dat gaf ze aan Solon. 'Maak maar open.'

Dat deed de monnik, en toen hij zag wat erin zat, scheen hij het niet aan te willen raken. 'Precies die andere dingen,' fluisterde hij, schudde de inhoud uit het buideltje en hield het ding omhoog. Op zijn handpalm lag een gesneden metalen hand van tin of ijzer, met daarin een zwarte bol, gemaakt van een steensoort als obsidiaan. Doch in tegenstelling tot obsidiaan werd het licht van het vuur er niet in weerkaatst.

'Ik weet niet wie de Zwarte-Pareltempel oorspronkelijk hebben gebouwd,' zei de oude vrouw, 'maar het waren geen mensen.'

Solon stopte het voorwerp terug in de buidel. 'Mijn orde heeft een gids met alle sekten en geloofsbewegingen die in het Koninkrijk, het Oosten en in heel Kesh bekend zijn. Als Verdediger van de Gelovigen heb ik die documenten bestudeerd, maar ik heb nog nooit gehoord van een orde als de Zwarte Parel.'

De oude vrouw zuchtte nogmaals. 'En toch bestaat die.' Ze nam het buideltje van Solon over. 'Wat daar onder het klif ligt, is een woekerend kwaad. Het is gedeeltelijk daaraan te wijten dat er zo veel schepen beneden op de rotsen naar hun ondergang worden getrokken. Het is de reden waarom maar weinigen de vruchtbare grond tussen het dorp en mijn hut verbouwen. Wie het wel doet, wordt rusteloos of angstig en vertrekt na een seizoen of twee. Zelfs de jagers mijden de bossen hier.'

'Hoe komt het dan dat u hier woont?' vroeg Kendaric.

'Dit,' antwoordde de oude vrouw en hield het buideltje omhoog. 'Het is een talisman die me tegen hun kwaad beschermt, alsof ik reeds een van hen was. Ik wil hem jullie geven, want jullie gaan een ernstig gevaar tegemoet.' Ze keek elk van haar gasten in de ogen alvorens de buidel te overhandigen aan Solon, die het geschenk in ontvangst nam met een hoofdknik ten dank. Ze ging weer zitten. 'En het is nog meer.'

'Wat dan?' vroeg Robert.

'Het is een sleutel. Aan de kant van het pad omlaag naar de rotsen beneden is een kleine nis die door de zee in de rotsen is gesleten. Daar vinden jullie een klein, vaag symbool in de rotsen, op mijn ooghoogte. Met deze sleutel kan er een deur in de rotsen worden geopend.'

'Hebt u dat gezien?' vroeg Jazhara.

'Ja,' antwoordde Hilda. 'Menigmaal heb ik degenen die hier beneden komen en gaan bespioneerd. Een van mijn talenten is onzichtbaar blijven. Ik stond maar een paar voet van de veranda verwijderd toen jullie langskwamen, maar jullie hadden geen flauw vermoeden, toch?'

Jazhara glimlachte en knikte. 'Dat klopt.'

'Hebt u al geprobeerd hiermee binnen te komen?' vroeg Robert.

'Ja,' bevestigde Hilda. 'Dat heb ik geprobeerd. Maar ik kwam er niet in.'

'Waarom niet?' vroeg Kendaric.

'Omdat alleen gezworen dienaren van die zwarte krachten in de tempel hem kunnen gebruiken. Ik heb het geprobeerd, maar de deur ging niet open.'

'Maar hoe kunnen wij deze sleutel dan gebruiken?' informeerde Robert.

'Ik geloof dat jullie maar één keus hebben,' zei de vrouw. 'In het dorp houdt zich een wezen verborgen. Ik weet niet wie hij is of hoe zijn naam luidt, maar dat hij er is, is zeker. Hij is degene die is begonnen met het besmetten van de mensen die bloeddrinkers

zijn geworden. Hij is een dienaar van die duistere krachten beneden. Ik weet niet waarom hij er is, want het is slechts een kwestie
van tijd voordat de prins met zijn leger naar Haldenhoofd komt
om orde op zaken te stellen.'

'Wij weten wel waarom hij er is,' zei Robert. 'Om ons bezig en
uit de buurt van de Punt te houden.'

'Zodat zijn meester het schip kan lichten,' voegde Kendaric
eraan toe.

'Hoe kunnen we deze kennis benutten om de tempel in te
komen?' wilde Robert nog weten.

'Zoek het monster dat al zo velen heeft gedood. Dood hem en
haal zijn hand er bij de pols af. Bind de talisman aan de hand vast.
Zo moet de deur te openen zijn.'

'Waar vinden we dat monster?' vroeg Robert.

De oude vrouw keek hem indringend aan. 'Op de begraafplaats staat een oude crypte, gebouwd door de oudste familie van
deze streek, de Haldens. Van hen leeft niemand meer, maar de
crypte wordt bewaard uit eerbied voor de stichter van de stad. In
die crypte kunnen jullie volgens mij het monster vinden. En als je
hem vindt, vind je ook de oorzaak van deze duisternis. En als het
zover is, kom dan alsjeblieft terug, opdat ik zal weten dat ik jullie
niet de dood in heb gestuurd.'

'We moeten gaan,' zei Robert. 'Want tegen de tijd dat we op de
begraafplaats zijn, worden die wezens weer wakker, en ik heb hier
liever een eind aan gemaakt voordat we het met hen aan de stok
krijgen.'

Ze repten zich de hut uit, en de oude vrouw liep naar de deur
en bleef daar staan, kijkend hoe ze het pad naar het stadje afren-
den. 'Mogen de goden over jullie waken, kinderen,' zei ze zachtjes,
en hobbelde langzaam terug naar haar kruk om af te wachten.

De hemel verdonkerde.

Toen Robert en de anderen aan de zuidkant van het stadje kwamen, waar ze volgens Hilda de graftombe zouden vinden, verflauwde het licht.

'Het wordt donkerder,' zei Kendaric, zijn stem bijna trillend van angst.

'Bereid je maar voor op het ergste,' zei Solon. 'Ga er maar van uit dat die hufters weten dat we eraan komen.'

'Heeft jullie orde niet een of ander magisch gebedsding om dat soort wezens gewoon... te laten verdwijnen?' vroeg Kendaric.

'Ha!' riep de monnik uit. 'Was dat maar zo, jochie. De enige orde met de macht om dat te doen, zijn de aanbidders van Lims-Kragma.'

Kendaric keek rond. 'Ik dacht dat die met deze wezens onder één hoedje speelden.'

'Nee, jongen,' zei Solon, weer met zwaarder accent vanwege de spanning van het moment. 'Dat zijn dienaren van de juiste orde der dingen, en ze verachten alles en iedereen die de wil van hun meesteres dwarsbomen. Die wezens van hier zijn voor haar dienaren een nog grotere gruwel dan voor ons. Daarom is het onze missie om hen naar haar toe te sturen, zodat zij die smeerlappen kan aanpakken.'

'Nou, dan is dit je kans,' zei Robert toen er een handvol wezens uit de schemering opdoken, te voorschijn komend van de dodenakker. Hij trok zijn zwaard en dolk, maar bleef lopen. 'Laat je niet te lang door hen ophouden. Als het klopt wat Hilda zei, is het met hen gedaan zodra we hun meester vinden en met hem hebben afgerekend.'

'Dus je wilt ons vertellen dat we ons dwars door die wezens heen moeten vechten, maar wel vlug een beetje graag?' vroeg Kendaric.

'Da' zei die toch, jochie,' reageerde Solon. Hij pakte zijn strijd-hamer en liet hem trage rondjes voor zijn borst beschrijven. 'Gewoon een kop inrammen of een poot afhakken of zoiets, en doorlopen.'

Kendarics gezicht was bleek, maar hij deed zijn best vastbera-den te kijken. 'Tuurlijk. Geen probleem.'

'Ik zorg wel voor deze eerste golf,' zei Jazhara. Ze liet haar staf dalen en de lucht knetterde van de energie. Er schoot een felle flits actinisch licht op, alsof er een bliksemstraal uit een fles was ont-snapt. De lichtbol stuiterde als een bal over de grond, en toen hij bij de voorste ondode neerkwam, splitste hij zich op in kleinere bollen, die stuk voor stuk met elektrische furie opvlamden om de vampieren in te kapselen. Verstijfd en jankend van pijn raakten ze door de knetterende energie verzengd tot ze roerloos op de grond bleven liggen.

Robert zette het op een lopen. 'We moeten snel zijn!' riep hij. 'Daar staat de crypte!'

In het midden van de kleine begraafplaats rees een stenen bouwwerk op, een klein mausoleum met een puntdak, de deuren geopend. Binnen zagen ze minstens zes marmeren katafalken, waarop stenen doodskisten rustten. 'Waarom hebben ze hun do-den niet gewoon fatsoenlijk verbrand,' mopperde Kendaric, 'zo-als in de rest van het Koninkrijk?'

'We zitten vlak bij Yabon,' verklaarde Solon. 'Begraven is hier nog steeds in trek.'

'Voor deze keer,' zei Jazhara, haar staf op de deur richtend, 'ben ik het met Kendaric eens.'

In de crypte, door een griezelige rode gloed verlicht, hielden zich achter de stenen doodskisten enkele gedaanten op. 'We zullen ons een weg naar binnen moeten vechten,' zei Robert.

Jazhara loste nog een energieschicht, en verscheidene wezens in de voorste rij verstijfden. Robert rende langs hen heen, maar hem werd de weg versperd door een potig ogende man met een bleke huid en een roodachtige gloed in zijn ogen. Achter hem ontwaarde Robert nog iemand, niet zo groot, maar hij straalde immense macht uit, en op slag begreep Robert dat dit de vampierenmeester was. 'Hij is het! Maak hem dood!'

De vampierenmeester lachte. 'Kind van smart, ik was al dood voordat jij werd geboren!'

De potige vampier haalde naar Robert uit, zijn vingers gekromd als klauwen. Robert probeerde de klap niet eens te pareren. In plaats daarvan dook hij onder de zwaai door, kwam overeind en schopte met zijn rechterbeen, zijn laars in de borst van de vampier plantend. Hij duwde, en de potige man werd achteruit geworpen, op het pad van de Heer der Vampieren. Meteen daarop stootte Robert toe om de op hem af komende vampierenmeester de kniepezen door te snijden, maar met verbazingwekkende snelheid sprong het wezen opzij. Ineens werd Robert bang. Geen enkel levend wezen hoorde zich zo snel te kunnen voortbewegen. Zijn vorige treffen met het bovennatuurlijke had hij als volstrekt onprettig ervaren, en zijn ene voordeel in die gevallen was steeds zijn combinatie van intuïtie en snelheid geweest. Hij had de vampierenmeester onschadelijk willen maken door zijn benen onder hem vandaan te maaien of hem anderszins te verwonden, en het dan aan Jazhara over te laten om hem met haar mystieke vuur te verbranden.

Nu zag hij in dat zijn plan geen kans van slagen had.

'Terug!' schreeuwde Robert. 'We moeten hen hierbinnen verbranden!'

Solon verbrijzelde de schedel van een vampier, en Kendaric wist een andere zodanig te verwonden dat die op afstand bleef.

Goed gebruik makend van haar staf liet Jazhara twee van de wezens struikelen, waardoor een derde over hen heen viel. Vervolgens kraakte ze hun schedels met haar staf, maar zoals ze al waren gewaarschuwd, dat hield de wezens alleen maar even tegen in plaats van blijvend letsel aan te richten.

Ze begonnen zich terug te trekken, waarbij Jazhara en Solon een pad voor Robert vrij probeerden te maken. Robert vocht tegen paniek. Hij moest achteruit weglopen van de twee op hem af komende vampieren, en de potige was inmiddels zo oplettend dat Robert hem niet nogmaals kon laten struikelen.

Robert waagde een blik over zijn schouder, wat hem bijna letterlijk de kop kostte. Alleen door uit te halen met zijn rapier wist hij de Heer der Vampieren terug te drijven.

Plotseling stormde Solon naar voren, met beide handen de strijdhamer omklemmend. Met een brede zwaai liet hij hem neerkomen op de borst van de potige vampier, die achteruit de lucht door vloog, tegen zijn meester aan.

De vampierenmeester werd gevloerd, maar opnieuw sprong hij met onnatuurlijk gemak en snelheid overeind, de andere vampier als een pop opzij smijtend. De potige vampier lag nu echter op de stenen vloer te kronkelen van pijn.

Deze onverwachtse tegenaanval gaf Robert de tijd om weg te springen door de deuropening van het kleine mausoleum. 'Sluit de deuren!' schreeuwde Robert. 'Jazhara, de fik erin!'

Jazhara richtte haar staf, en uit de punt schoot een guts groen vuur. Kendaric worstelde met de ene deur, terwijl Solon de andere moeiteloos dichtduwde.

Robert keek toe, en zijn ogen werden groot van ongeloof toen hij de vampierenmeester door de vlammen zag lopen, onaange-tast.

Eindelijk sloegen de deuren dicht. Solon wierp zijn gewicht ertegenaan.

'We moeten ze barricaderen!' riep Robert.

Jazhara greep Kendaric bij de kraag van zijn tuniek en trok hem met zijn gezicht naar haar toe. 'Stenen!' schreeuwde ze, en de berger viel bijna om, zijn evenwicht op het laatste moment her-vindend.

Ze renden naar een kleine zerk aan het hoofd van een graf, die ze samen uit de grond wisten te trekken. 'Bedankt, wie u ook was,' richtte Jazhara zich tot het nu naamloze graf, en samen met Ken-daric sleepte ze de steen naar de mausoleumdeuren.

Robert en Solon drukten hun schouders tegen de deuren, die bol stonden van de onnatuurlijke kracht waarmee de vampieren-meester duwde. De ene na de andere grafsteen werd ertegenaan gestapeld, tot de deuren niet meer meegaven.

'Ik weet niet hoeveel tijd we hebben gewonnen,' zei Robert, buiten adem. 'Maar ik heb dat kreng dwars door jouw vuur heen zien lopen, Jazhara. Het deed hem niets.'

'Dan weet ik ook niet meer wat ik moet doen.'

'Misschien moet het per se natuurlijk vuur zijn,' opperde Ken-daric. 'We kunnen een vuurtje bouwen, wat lappen in olie dren-ken, die aansteken en naar binnen gooien.'

'Ik geloof nooit dat dat iets zou uitmaken,' zei de magiër. Ze dacht na. 'Misschien kan Hilda ons vertellen wat we moeten doen.'

'Rennen jullie twee terug naar Hilda,' zei Solon, 'dan zorgen Kendaric en ik dat die deuren dicht blijven.' Als om deze uitspraak te onderstrepen, klonk er een doffe dreun uit de crypte. De deu-ren trilden en rammelden tegen de grafstenen. 'Maak voort!' spoorde Solon hen aan. 'Hij zal die stenen deuren niet kunnen bewegen, maar mettertijd zal hij ze best tot gruis kunnen verpulveren.'

Robert knikte en keek naar Jazhara, die eveneens knikte. Ze vertrokken op een holletje noordwaarts door het stadje in de richting van Weduwpunt.

Bijna ademloos bereikten ze de hut op het klif. Hilda hoorde hen al aankomen en kwam hen op de veranda tegemoet.

'Het gaat niet goed,' begreep ze al.

Robert schudde zijn hoofd en trachtte op adem te komen. Hij haalde diep adem en zei: 'De vampierenmeester gaat niet dood.'

'De Heer der Vampieren is moeilijk te verslaan,' zei Hilda. 'Maar een god is hij niet.'

'Hij brandt niet,' zei Jazhara.

'Aha!' reageerde de oude vrouw en keek bedachtzaam. 'Dan heeft hij zijn essentie ergens anders ondergebracht.'

Robert keek naar Jazhara, die hem even wezenloos aankeek. 'Dat begrijp ik niet,' zei ze tegen Hilda.

Het oude vrouwtje haalde haar schouders op. 'Ik ben ook geen deskundige op dat gebied. Dodenbezwering is de kwalijkste aller kunsten en dient te worden gemeden.' Ze zweeg even en voegde er toen aan toe: 'Maar je hoort wel eens wat.'

'Zoals?' vroeg Robert.

'Er wordt wel gezegd dat de dienaren van de duistere machten niet echt leven. Zelfs die arme zielen die door deze vampierenmeester gevangen worden gehouden, hebben nog een draad van leven in zich. Snij die draad door, en ze sterven,' legde Hilda uit. 'Maar enkele machtiger dienaren van het kwaad zijn zover gegaan om hun lichamen volstrekt van sterfelijkheid te ontdoen.'

'Hoe moeten we die dan vernietigen?' vroeg Jazhara.

'Zoek de zielkruik. Om een dergelijke macht te verkrijgen, moeten er offers worden gebracht, en wat met de ene hand wordt gewonnen,' – ze hield haar ene hand op – 'wordt met de andere verloren.' Ze stak haar andere hand uit. 'Om het lichaam onsterfelijk te maken, wordt de geestessentie elders in de buurt geplaatst. Vaak wordt hij door bezweringen beschermd of zodanig verstopt dat hij vrijwel niet kan worden gevonden.'

'Daar hebben we geen tijd voor,' zei Robert. 'Die Heer der Vampieren is sterk. Misschien is hij nu al de crypte uit en heeft hij Solon en Kendaric verslagen.'

'En als we Kendaric kwijt zijn...' zei Jazhara.

Robert knikte grimmig. 'We hadden geen keus, we moesten hem wel bij Solon achterlaten. Maar we moeten opschieten.'

'Waar moeten we zoeken?' vroeg Jazhara. 'Bij de vampierenmeester in de crypte?'

Hilda schudde haar hoofd. 'Weinig kans. Hij zal hem hebben meegebracht en ergens veilig hebben opgeborgen zodra hij er was.'

'Waar is hij als eerste gezien?' vroeg Robert.

'De houthakkershut,' antwoordde Hilda.

'Dan gaan we daar kijken,' besloot Robert. 'Welke kant is het op?'

'Ren naar boer Altons boerderij en volg de weg die voor zijn huis langsloopt in oostelijke richting. Een mijl voorbij het laatste hek zie je een pad in de bossen, en nog een mijl verder staat het huisje van de houthakker. Maar pas op je tellen, want de Heer der Vampieren heeft beslist nog meer bondgenoten.'

Robert keek rond. 'Het is al bijna net zo donker als 's nachts. Hebt u een lantaren of een fakkel?'

De oude vrouw knikte. 'Een fakkel. Ik pak hem wel even.' Ze ging naar binnen en kwam even later terug met drie fakkels. Eentje brandde, de andere twee hield ze in de holte van haar arm. 'Dit is alles wat ik heb.'

Robert pakte de brandende, en Jazhara nam de andere twee

over. 'Dat moet dan genoeg zijn,' zei Robert. 'Bedankt, Hilda, voor al uw hulp.'

'Geen dank verschuldigd.'

'Als alles achter de rug is, kom ik terug om u over Sterrewerf te vertellen,' zei Jazhara.

'Dan zal ik luisteren,' zei het oude vrouwtje.

Robert wierp nog een laatste blik op haar gerimpelde gezicht. 'Vaarwel,' riep hij, draaide zich om en rende terug naar het dorp, Jazhara vlak achter hem aan.

De oude vrouw keek hen na tot ze uit het zicht verdwenen en liep toen langzaam haar hut weer in.

Robert en Jazhara renden bijna aan één stuk door en hielden alleen even halt wanneer er gevaar kon dreigen. Via het stadje kwamen ze op de weg naar het oosten, die ze verlieten toen ze het aangegeven pad vonden.

Het woud was in duisternis gedompeld, alsof dag en nacht van plaats hadden geruild. Daarenboven stond er nu geen maan om het pad te verlichten, en de duisternis was zowel onnatuurlijk als onheilspellend. Het was een veelgebruikt pad, maar smal, en Robert moest de neiging bedwingen om bij ieder geluidje op te springen.

De dagvogels hadden hun gekwinkeleer gestaakt, maar het zachte fluiten van hun nachtelijke tegenhangers ontbrak eveneens. De lucht was onnatuurlijk stil, alsof de magie die de zon temperde tevens de wind beteugelde.

Plotseling werd de stille lucht verscheurd door gehuil in de verte, dat al gauw door andere kelen werd beantwoord.

'Wolven!' zei Robert.

'Opschieten,' riep Jazhara, en Robert zette zo'n hoog tempo in dat ze verwondingen riskeerden op het smalle pad.

Over een rotsachtige ondergrond tussen boomstammen door

schietend, kwamen ze uiteindelijk op een open plek met een kleine hut. Vanuit de hut kwam een rode gloed, die door de spleten rondom de deur en het raampje ernaast sijpelde.

'Er is iemand binnen,' waarschuwde Robert.

'Er is iemand buiten,' wees Jazhara.

Van achter de hut doken vier gedaanten op, die allemaal doelbewust op Robert en Jazhara af liepen.

Jazhara bracht haar staf omlaag en weer schoot er een verblindende lichtflits uit de punt. De bladeren op de grond rookten waar de vuurbol langsstuiterde om zich op de vier gedaanten te werpen. De vampieren bleven doorlopen, maar hun lichamen stuiptrekten en sidderden onbeheerst.

'Ga jij naar binnen!' riep Jazhara. 'Ik reken wel met hen af.'

Robert rende langs de trillende gedaanten, waarvan er twee op de grond waren gevallen en lagen te spartelen als vissen op het droge. Zonder veel vaart te minderen bracht hij zijn rechterbeen omhoog en schopte hard tegen de deur, die naar binnen toe openvloog.

Op een kruk zat een vrouw, schijnbaar zorgend voor een klein kind in een mandenwieg, maar zodra ze op Roberts binnenkomst omkeek, stond het vast dat ze een vampier was. Grauwend stond ze op van haar kruk en wierp zich op Robert, haar vingers tot klauwen gekromd en haar tanden ontbloot.

Robert sprong opzij en sneed haar kniepezen door. Krijsend van pijn en razernij viel ze op de vloer, en Robert sloeg haar in de hals. Zijn smalle kling ketste af op het bot, en op dat moment wou hij dat hij een zwaarder zwaard had gehad.

Hij trok de rapier los uit de hals van de vrouw en hakte in op haar uitgestrekte armen. Brullend trok ze zich terug, krabbelde achteruit en kwam overeind.

Toen ze stond, sprong Robert naar voren, zette zijn voet in haar buik en duwde haar naar buiten. Haar gewonde been liet haar in de steek, en toen ze achterover viel, zwaaide Robert met zijn fakkel en raakte de zoom van haar rok met de vlam, zodat die in brand vloog.

Enkele tellen later lag de vrouw over de grond te rollen in een poging de vlammen te doven. Robert richtte zijn aandacht op het interieur van de hut. Er stond niets in, behalve een tafeltje, de mandenwieg en een emmer bij de haard. Een bergplaats viel er zo gauw niet te bekennen, noch een kist of een andere plaats voor een belangrijk voorwerp als de zielkruik van een vampier.

Robert stapte naar voren en keek in de mandenwieg. Hij trok een grimas om wat hij zag: het lichaampje van een zuigeling. Het kind was duidelijk al geruime tijd dood, want zijn kleine lijfje was verschrompeld, de huid strak over de broze beenderen gespannen. Maar het walgelijkste was het rode licht dat uit dit lichaampje straalde.

Robert aarzelde, niet genegen het lijkje aan te raken. Toen, zich verzettend tegen zijn weerzin, bevoelde hij de buik van het kind. Zijn vinger stuitte op iets hards. Hij trok zijn dolk, slikte iets weg en sneed de zuigeling open. In de ribbenkast lag een grote robijnkleurige steen met een onaangenaam rood schijnsel te gloeien.

Robert moest twee ribjes breken om het ding eruit te halen. Tegen de tijd dat hij zover was, verscheen Jazhara in de deuropening. 'Ze zijn allemaal dood...' Ze verstijfde, ontzet. 'Wat is dat?'

'Ik weet het niet zeker, maar volgens mij is dat kind de kruik.'

Jazhara staarde naar het rode juweel. 'Dan moet dat de zielsteen zijn,' peinsde ze. Ze sloot haar ogen, deed een bezwering en opende haar ogen weer. 'Er ligt een grote hoeveelheid magie in die steen besloten. En hij stinkt naar het kwaad.'

'Wat doen we ermee?'

'Mee naar buiten nemen.'

Het huilen van wolven klonk steeds dichterbij.

'Opschieten,' spoorde ze hem aan.

Robert gehoorzaamde bereidwillig.

Eenmaal buiten keek Jazhara rond. 'Daar!' Ze wees naar het werkschuurtje van de houthakker. In de hoek stond een kleine blaasbalg bij een smidse, waar gereedschap kon worden gerepareerd en geslepen. Ze zag meteen waar ze naar zocht. 'Leg die steen op dit aambeeld!' gebood ze.

Dat deed Robert.

Jazhara pakte een kleine ijzeren hamer en bracht hem omhoog. 'Wend je ogen af!'

Robert hoorde de hamer op het juweel neerkomen en kreeg kippenvel. Hij werd letterlijk ziek van een golf van energie en moest zich beheersen om niet over te geven. Vervolgens werd hij overspoeld door een gevoel van verlies en ontroostbaarheid, een nietigheid tot op het bot. Dat werd gevolgd door een vlaag van woede en razernij die zijn hart opjoeg en zijn ogen deed tranen.

Hij snakte naar adem en hoorde ook Jazhara naar adem snakken. Toen hij zijn ogen opendeed, zag hij dat zij haar misselijkheid niet had kunnen bedwingen.

Ondanks het lichte, desoriënterende gevoel in zijn hoofd trok het huilen van de naderende wolven zijn aandacht. Hij dwong zich tot concentratie.

Toen spatte de hemel aan stukken. Als door een rasterwerk van dunne lijntjes licht raakte de duisternis gebroken. Alsof er scherven van een kapotgeslagen raam van boven vielen, verdween de zwarte nacht. Het leek alsof er stukken donkere hemel naar beneden tuimelden, om op te lossen en te vervagen tot ijle mist alvorens op de boomtoppen rondom de open plek neer te dalen.

Achter iedere scherf scheen de helderheid van het daglicht.

Toen, abrupt, was het dag, klaarlichte dag.

Het gehuil van de wolventroep hield op, en de dagvogels begonnen te zingen.

'Dat had ik niet verwacht,' zei Jazhara.

'Nou, verwacht of niet, maar ik ben blij de zon weer te zien,' reageerde Robert. Hij keek in de richting van de vurige bol. 'Het is nauwelijks middag,' merkte hij op.

'Er is een hoop gebeurd. Kom, we moeten terug naar de begraafplaats om te zien wat er zich daar heeft afgespeeld.'

Ze renden terug naar het stadje en over de weg naar de begraafplaats. Onderweg zagen ze de dorpsbewoners uit hun ramen en deuren kijken, verbaasd en verrukt over het teruggekeerde daglicht. Een paar driestere lieden hadden zich al buiten gewaagd en keken elkaar nu aan alsof ze bevestiging zochten dat de situatie weer enigszins normaal aan het worden was.

Buiten adem en zwetend van de hitte van de zon bereikten ze de graftombe. Solon en Kendaric hielden de deuren van de crypte nog steeds geblokkeerd.

'Waar hebben jullie gezeten?' riep Kendaric uit.

'Jullie hebben iets gedaan,' begreep de monnik. 'Hierbinnen brak de complete waanzin uit, en toen viel de hemel boven ons aan duigen. Ik neem aan dat die twee dingen met elkaar te maken hadden?'

'We hebben de zielsteen gevonden en stukgeslagen,' verklaarde Jazhara.

'Ik dacht dat hij... dood zou gaan of zo wanneer we die steen kapotsloegen,' zei Robert.

'Ik heb niet veel verstand van dat soort dingen,' peinsde Jazhara. 'Misschien weet Hilda er meer over. Maar ik durf te wedden dat we hem nu op een of andere manier kunnen vernietigen, nu die steen kapot is.'

'Kunnen we hen daar niet gewoon opgesloten laten zitten tot ze zijn weggekwijnd?' vroeg Kendaric.

'Niet als hij de oorzaak is van het blokkeren van jouw bezwering.'

Met een berustende blik in de ogen keek Kendaric hem aan. Toen begon hij met het wegslepen van de eerste grafzerk van de stapel voor de cryptedeuren. 'Zou iemand mij misschien een handje willen helpen?'

'Eigenlijk niet,' zei Robert, maar hij begon toch met het oppakken van een andere steen.

'Hebben we al een plan?' vroeg Solon.

'We moeten een van de handen van de vampierenmeester afhakken,' bracht Jazhara hem in herinnering.

'We laten hem de deuren openmaken,' zei Robert. 'Ze houden niet van het licht, dus misschien verzwakt dat hen. Nog niet zo lang geleden ben ik een demon tegengekomen die zelfs verbrandde in het zonlicht. Misschien is dat met hen ook zo.'

'Met de gewone vampieren misschien wel,' zei Solon, zeulend met de volgende steen, 'maar ik vermoed dat de vampierenmeester het alleen maar een beetje vervelend vindt.'

'Misschien kunnen we hen één voor één doodmaken als ze naar buiten komen,' opperde Kendaric. Een paar el verderop liet hij een zerk vallen en kwam terug om er nog een te halen.

De deur begon te bewegen onder het gewicht van de vampieren binnen. 'We kunnen hen niet verbranden,' zei Jazhara. 'Of in ieder geval de leider niet. We hebben zijn hand nodig.'

'Misschien kunnen we hem zover krijgen dat hij die naar buiten steekt,' bedacht Kendaric. 'Dan hakken we hem af en zetten het op een lopen.'

Solon grinnikte. 'We kraken schedels en snijden halzen. Zo simpel is het.'

Robert stapte achteruit toen de deuren naar buiten begonnen te draaien. 'Ja, zo simpel is het.' Plots zwaaiden de deuren wijd open en werd hij door twee gedaanten besprongen. 'Maar daarmee nog lang niet gemakkelijk!'

De eerste vampier die onverwachts het daglicht in strompelde, werd door een zwiepslag van Roberts rapier in de keel getroffen. Zodra de zon het wezen raakte, sloeg zijn huid zwart uit en begon hij te janken van de pijn.

De tweede vampier draaide zich om en probeerde terug de crypte in te vluchten, maar werd weer naar buiten geduwd door de twee die achter hem aan kwamen. Solon maaide om zich heen met zijn strijdhamer en sloeg eerst de ene opzij en vervolgens de andere.

Jazhara sloeg omlaag met de ijzeren punt van haar staf, en al gauw lagen er drie lijken te roken in het zonlicht. Robert tuurde het donker van de crypte in. Door de felle zon was het interieur donker en schimmig. Er scheen niets te bewegen.

'Ik denk dat we naar binnen moeten om hem te gaan halen,' zei Robert zachtjes. Hij keek Kendaric aan en knikte naar diens zwaard. 'Jij hebt als enige een kling die geschikt is om hem de kop af te houwen. Als wij hem tegen de grond drukken, doe dan een beetje je best om mij of Solon niet te raken als je bezig bent.'

Kendaric werd bleek, maar hij knikte.

Daarop keek Robert naar Jazhara en trok een wenkbrauw op. Weer richtte hij zich tot Kendaric. 'Mocht zij zich gedwongen zien om hem in brand te steken, sta jij dan klaar om in te springen en een hand af te hakken.'

Met de rug van zijn mouw veegde Kendaric het zweet van zijn bovenlip. 'Welke hand?'

'Maakt niet veel uit, denk ik.' Robert knikte eenmaal naar Solon en allebei stormden ze de crypte in. Ze renden naar binnen, aan weerszijden van een in het midden geplaatste katafalk, de ogen schietend van links naar rechts.

Drie rijen drie katafalken besloegen de vloer van de crypte, en achter één ervan school de Heer der Vampieren. Toen Robert bij de tweede rij kwam, kreeg hij een voorgevoel. 'Solon, boven je!' schreeuwde hij.

Nauwelijks keek de monnik omhoog of er viel een zwarte vorm uit de punt van het dak. Roberts waarschuwing was Solons redding. Snel reagerend draaide hij zich om en zwaaide met zijn strijdhamer, de Heer der Vampieren de ribben brekend.

De vampierenmeester vloog door het mausoleum en sloeg tegen de muur bij Robert, die toestootte met zijn rapier om het wezen aan de grond te nagelen, maar met bovennatuurlijke snelheid kwam het wezen overeind, vlak langs Roberts zwaard heen.

Een tweede vampier liet zich naar beneden vallen, en plots werd Robert tegen de grond gedrukt. Terwijl de stank van verrotting een aanslag op zijn reukorgaan deed, moest hij het opnemen tegen de kracht en het gewicht van de twee vampieren. 'Solon!' schreeuwde hij.

Met twee grote stappen was de sterke monnik bij het worstelende drietal op de grond, greep een van de wezens bij de kraag van zijn tuniek en slingerde hem naar de deur. De vampier schoof het daglicht in en begon te krijsen van ellende.

Kendaric stapte naar voren en met een zo hard mogelijke klap hieuw hij het hoofd van het monster eraf.

'Bukken!' riep Jazhara.

Meteen dook Solon ineen. Jazhara wees met haar staf omhoog en loste een vlaag van groen vuur. De vlammen dansten over het stenen plafond en er vielen nog twee vampieren, kronkelend en brandend.

Robert bleek te kampen met de sterkste vijand waarmee hij ooit had moeten worstelen. De Heer der Vampieren was slechts zo groot als een lange volwassene, maar met zijn handen greep hij Roberts kin en draaide zijn hoofd even makkelijk als Robert met dat van een kind zou hebben gedaan. Hoe hij zich ook inspande, hij kon geen weerstand bieden. Zijn nekspieren leken los te worden gescheurd, en wanhopig trachtte hij zijn hoofd naar zijn vijand gedraaid te houden. Vanuit zijn ooghoek zag hij de slagtanden van het monster en met afgrijzen besefte hij dat die op het punt stond hem de keel af te bijten.

Verwoed probeerde hij te schokken met zijn lichaam om zichzelf een moment van vrijheid te gunnen, maar de vampierenmeester had de kracht van drie man. Toen zag hij Solon achter de vampier verschijnen. De sterke monnik greep het monster bij de lange golvende haren en trok zijn hoofd naar achteren. 'Ogen dicht!' hoorde Robert Jazhara schreeuwen.

Met een harde stoot stak Jazhara de punt van haar staf recht in de mond van de vampierenmeester. Hij sperde zijn ogen wijd open van verbazing en versteende een ogenblik, schijnbaar versteld van deze onverwachte aanval.

Toen sprak Jazhara een korte zin en barstte er energie los uit de punt van haar staf. Rond het hoofd van het wezen dansten witte vlammen, en er steeg een stank op van verbrand vlees.

Jankend en brullend kwam de Heer der Vampieren overeind, en Jazhara trok haar staf los. Zodra het gewicht van hem af werd gehaald, krabbelde Robert achteruit.

Kendaric kwam aangerend. Met een welgemikte slag zette hij zijn gewicht achter zijn zwaard, en in één enkele beweging scheidde hij het hoofd van de vampierenmeester van de romp. Het lichaam van de Heer der Vampieren viel neer als een blok.

Kendaric keek alsof hij ging overgeven.

'Bedankt,' zei Robert, 'jullie allemaal.' Hij keek naar Kendaric. 'Snij zijn hand af.'

Kendaric schudde zijn hoofd en hield Robert het gevest van zijn zwaard voor.

'Doe jij het maar, als je het niet erg vindt. Ik geloof niet dat ik het nog in me heb.' Toen rolden zijn ogen omhoog in zijn hoofd en viel hij in katzwijm op de grond.

Later die middag maakten ze het zich gemakkelijk in de herberg.

Genietend van een bitter, verfrissend biertje deed Robert zijn best de pijn in zijn verwrongen nek te negeren.

'En nu?' vroeg Kendaric, nog steeds beschaamd omdat hij was flauwgevallen.

'Wachten tot morgenochtend,' zei Robert. 'We zijn allemaal moe en aan rust toe. Zodra het licht wordt, gaan we dat schip proberen te lichten. Als het mislukt, heeft Hilda gelijk en was het niet de Heer der Vampieren, maar iets in die tempel.'

'Hoe staat het met versterking?' vroeg Kendaric.

'Morgen laat ik het garnizoen in Molenaarsrust waarschuwen. Dan zijn ze over twee dagen hier.'

'Wachten we daarop?' vroeg Solon.

'Nee, we gaan die oude tempel verkennen. Dat soort dingen heb ik al een paar keer eerder gedaan. Waarschijnlijk is er niemand daar, want anders zou iemand uit het dorp iets hebben gezien voordat hier de problemen losbarstten.'

Jazhara nam een slokje van haar bier. 'Twee dingen baren me nog steeds zorgen.'

Robert knikte. 'Wie zit hier achter?'

'Ja,' zei de magiër. 'Het is duidelijk dat iemand dit gebied geïsoleerd wil houden om zijn ondergeschikten de schat te laten ophalen.' Ze keek rond om zich ervan te vergewissen dat de plaatselijke bezoekers van de herberg haar niet konden horen. 'De Traan,' zei ze zachtjes.

'En het andere dat u zorgen baart, vrouwe?' vroeg Solon.

'Waar zijn Wiliam en de Krondoriaanse Wacht?' zei Jazhara.

Robert begreep de dubbele verwijzing meteen, want al zouden Solon en Kendaric aannemen dat ze zich afvroeg waar Beer zich bevond, hij wist dat ze ook ongerust was over Wiliams veiligheid.

Nadenkend over die twee kwesties dronk Robert van zijn bier en besefte dat hij daar net zo bezorgd over was als Jazhara.

15 Slagtanden

Wiliam keek in de verte.

Vlak boven de bomen zag hij de Slagtandenpas, zwart afstekend tegen de opkomende zon. Twee grote rotsen, een aan weerszijden van het pad, rezen op als de hoektanden van een roofdier, waaraan de pas zijn naam ontleende. Aan beide kanten van de slagtanden lag een open plek. In het noorden zag Wiliam de dichte bebossing grenzend aan de rechter open plek omhoog de heuvel op lopen. Links kwam de open plek uit op de rand van een diepe rivierkloof.

'Zijn ze er al, denk je?' vroeg sergeant Hartag.

'Dat voel ik in mijn botten,' antwoordde Wiliam. 'Vannacht is het nieuwe kleine maan, en dit is de ochtend waarop de Grijze Klauwen ons naar de slachtbank hadden moeten leiden.'

'We hebben ons uiterste best gedaan om hier te komen, Wil,' zei Hartag. 'Als we nog harder hadden gereden, waren de paarden nu dood en konden de mannen niet meer vechten.'

'Nou, in ieder geval weten we dat het vechten wordt en dat ze daar ergens zitten.'

'Hoe spelen we het?' vroeg de sergeant.

'Jij bent een oude rot in het vak, sergeant. Wat vind jij?'

Zwijgend dacht de sergeant na. 'Ze zitten vast en zeker in die bomen. Maar ik durf te wedden dat Beer er ook een stuk of twaalf heeft verstopt op dat weideveld links, bij de kloof. De grond golft daar, en volgens mij heeft hij achter die bult wat boogschutters geplaatst, waar wij hen niet kunnen zien. Ik denk dat het zijn bedoeling is dat wij de pas aanvallen, zodat zijn jongens over de top wegvluchten. Als wij dan de achtervolging inzetten en bij de Slagtanden komen, bestookt hij ons van rechts, en als wij de aanval afbuigen, komen zijn boogschutters van achteren.'

'Dat dacht ik dus ook,' zei Wiliam. 'Dus als we hem daar ruiters naar de top zien sturen om te kijken of de huurlingen er al aankomen, weten we dat je gelijk hebt.'

Nog geen uur later verschenen er twee ruiters van tussen de bomen om positie in te nemen aan de voet van de helling. 'Nou,' zei Wiliam. 'Zo te zien hebben we Beer gevonden.'

'Zal ik de Padvinders sturen?'

'Stuur hen de bossen in en laat hen zo ver gaan als ze kunnen om terug te komen met bericht over hun sterkte. Op zijn laatst moeten ze hier vanmiddag terug zijn.'

De tijd kroop terwijl ze wachtten, en Wiliam gaf de mannen het bevel zich voor te bereiden op de strijd. Hij vermoedde dat Beer een grotere strijdmacht in de bossen verborgen had. Wiliam rekende echter op het ontbreken van de Grijze Klauw-huurlingen om de balans in zijn voordeel te doen doorslaan.

Kort voor de middag keerden de twee Padvinders, Maric en Jackson, terug. 'Het zijn er ongeveer vijftig, verspreid door de bossen, heer.'

'Cavalerie of infanterie?'

'Allebei. Het zag ernaar uit dat ze ons in de verleiding willen brengen door ons de infanteristen te laten zien en de cavalerie over ons heen te laten rijden als we toehappen.'

Daar dacht Wiliam diep over na. 'Op zijn manier kunnen we het niet spelen.' Hij was in de minderheid: zijn zesendertig man tegen Beers vijftig of meer. 'Ga met zes man de bossen in,' droeg hij de Padvinders op. 'Wat je ook hoort, je blijft wachten, en pas als je hoort dat Beers mannen het bevel krijgen het bos te verlaten, val je van achteren aan. Blijf niet hangen, maar trek zo veel ruiters van hun paarden als je kunt.' Hij wees naar de linkerkant van de pas. 'Daar slaan we als eerste toe.'

'Hoe gaan we te werk?' vroeg Hartag.

'Met dertig man rijden we rustig daarheen,' – hij wees naar een groot rotsblok bij de voet van de helling – 'en dan vallen we de boogschutters aan. Die maken we zo snel mogelijk onschadelijk, zodat Beer gedwongen wordt ons aan te vallen. Of hij is te voet, of hij moet zich terugtrekken om op te stijgen. Als Jackson, Maric en de anderen wat van zijn ruiters uit het zadel kunnen lichten, is hij gedwongen al doende te reorganiseren. Of hij trekt zich terug en wij blijven volgen, of hij valt ons bij stukjes en beetjes aan, wat ons de kans geeft die we nodig hebben om hem af te maken.'

'En als hij zich terugtrekt?'

'Dan volgen we en vallen pas aan als wij in het voordeel zijn. Hoe graag ik die moordzuchtige hond ook te grazen neem, onze missie is alleen geslaagd als we hem bij zijn doel vandaan kunnen houden.'

'En dat is?' vroeg de sergeant.

'Weduwpunt boven Haldenhoofd.'

De sergeant keek rond. 'Volgens mijn berekening is dat de plaats waar hij ons naar toe lokt.'

'Wat?'

'Aan de andere kant van die heuvelkam in het westen vind je een pad dat over die toppen loopt en uitkomt in de bossen ten oosten van Haldenhoofd. Het is nog geen twee dagen hard rijden hiervandaan. Als we nu vertrokken, zouden we er morgen met zonsondergang zijn.'

'Verdomme,' zei Wiliam. 'Dat staat niet op de kaarten die ik heb gezien.'

De sergeant glimlachte. 'Veel dingen worden niet op de officiële landkaarten gezet, Wil. Het beste kun je het aan reizigers vragen als het kan, of de jongens die in dat gebied zijn geboren.'

'Bedankt. Daar zal ik aan denken.'

'En dan?'

'Dan zorgen we dat hij niet ontkomt.' Wiliam keek rond. 'Verrassing is ons enige voordeel. Ze zijn in de meerderheid, dus als de strijd niet goed verloopt, ga dan naar de rivier beneden.'

'De rivier? Ben je knetter, Wiliam? Ook al zouden we de val overleven, in die stroomversnellingen beneden ben je eerder verdronken dan –'

'Nee. Als we er te veel van langs krijgen, verzamel je de mannen en ga je naar het zuiden. Als hij op weg is naar Haldenhoofd, komt hij ons niet achterna. We trekken ons terug naar het draagpad dat we gisteren zijn tegengekomen, en dan bouwen we vlotten. Over de rivier zijn wij eerder bij Haldenhoofd als Beer zijn paarden rust moet gunnen.

'Ah,' zei de sergeant. 'Dus het was niet de bedoeling dat we in die kloof daar naar beneden sprongen?'

'Nou, als dat ons van de ondergang redt...'

'Laatste toevlucht, dus,' zei Hartag.

Met een hand boven zijn ogen nam Wiliam hun omgeving nogmaals in zich op. 'Hoe lang nog?'

'Maric en de anderen moeten nu op hun posten zijn.'

'Geef het bevel door. We stellen ons op en rijden in draf tot ik het bevel geef tot de aanval naar links.'

'Begrepen.'

Wiliam wachtte tot de mannen zich hadden opgesteld, en toen iedereen in positie stond, nam hij zijn plaats in aan het hoofd van de colonne. Met een blik op sergeant Hartag zei hij zachtjes: 'Voor het eerst in mijn leven wou ik dat kapitein Treggar hier was.'

Hartag schoot in de lach. Al was Treggar een bovengemiddeld officier, reeds lang voor Wiliams komst was hij al een doorn in het oog van alle andere vrijgezelle officieren van het garnizoen geweest, en al waren Wiliam en hij tot een zekere verstandhouding gekomen, gebaseerd op wederzijds respect, hijzelf bleef een moeilijk mens in de omgang. 'Ja,' zei de sergeant, 'ondanks zijn chagrijn is hij de man voor benarde situaties.'

'Ja, maar aangezien hij hier niet is, is het mijn hoofd op het hakblok. Rijden!'

De colonne zette een draf in. Wiliam voelde zijn maag verstrakken en dwong zichzelf langzaam adem te halen. Zodra hij het zoemen van een boogpees of het scherpe gekletter van metaal op metaal hoorden, zou hij die gespannenheid kwijtraken en een staat van mentale helderheid bereiken die hem nog altijd verbaasde, hoe vaak hij nu al in de strijd had gestaan. In de loop van een gevecht heerste er chaos, en alle plannen die hij had gemaakt, gingen al tijdens de eerste moment van contact met de vijand verloren. Al vroeg was Wiliam tot de ontdekking gekomen dat hij in de strijd op een of andere manier altijd wist hoe hij ervoor stond en wat er moest worden gedaan.

Ondanks de ruzie met zijn vader om zijn keuze de leefgemeenschap van magiërs op Sterrewerf te verlaten en bij het leger te gaan, wist Wiliam dat dit zijn ware roeping was, het vak waarvoor hij in de wieg was gelegd. Zijn paard snoof van opwinding, en Wiliam zond het dier kalmerende, geruststellende gedachten toe. Soms had zijn vermogen om mentaal met dieren te communiceren zijn nut, bedacht hij.

Toen Wiliams colonne op het laagste stuk van de weg kwam, verschenen de twee lokvogels aan de top. Met veel vertoon reden ze een paar el naar beneden, reageerden verrast en keerden hun rijdieren om te vluchten.

Wiliam stak zijn hand op en schreeuwde: 'Aanvallen!'

Maar in plaats van de lokeenden de heuvel op te volgen, zwenkten de mannen het grasland op. De wei liep omhoog naar een klein vlak stuk alvorens vlug weer weg te vallen. Geheel volgens Wiliams verwachtingen zaten er ongeveer twaalf boogschutters op het gras gehurkt, klaar om overeind te springen en het vuur op Wiliams mannen van achteren te openen.

Ineens werden ze door cavalerie belaagd, en al werden er wat schoten gelost, de meesten werden omver gereden en gedood voordat ze zich konden verzamelen. Wiliam liet zijn mannen een gelid vormen en hield zijn paard in.

De bevelen luidden simpel. Stand houden tot de vijand zich liet zien. Zoals verwacht week Beers reactie weinig af van wat Wiliam had voorspeld. Vanuit het bos rende een groep infanteristen te voorschijn, klaar voor de aanval. Vlug telde Wiliam de koppen en zag dat er achttien man als lokaas waren ingezet. Dat hield in dat er meer dan dertig man te paard tussen de bomen wachtten. 'Stand houden!' commandeerde hij.

Beers mannen stonden in het gelid, en toen duidelijk werd dat ze niet werden aangevallen, begonnen ze op hun schilden te slaan en de Krondorianen te beschimpen.

'Stand houden!' herhaalde Wiliam.

Zo stonden de twee partijen lange tijd tegenover elkaar. 'Zullen we de inzet verhogen, Wil?' vroeg Hartag.

'Doe maar,' gelastte de jonge officier.

'Boogschutters!' schreeuwde Hartag, en zes Krondorianen wisselden van wapen. 'Pees spannen en vuren naar eigen goeddunken; vuur!' beval hij, en de Krondoriaanse boogschutters lieten hun pijlen los.

Zes van Beers mannen vielen. Tegen de tijd dat de boogschutters de pijlen voor een tweede salvo op hun bogen hadden gezet, waren de overige twaalf huurlingen al hals over kop op de vlucht geslagen. Ze bereikten de bomen en verdwenen in de schemering. De boogschutters lieten los, maar toen de pijlen insloegen, waren er aan de overkant geen doelen meer.

'Bogen schouderen!' commandeerde Hartag.

De boogschutters deden wat hun was opgedragen, trokken hun zwaarden en hieven hun schilden.

Het werd stil. Beer en zijn mannen wachtten tot de Krondorianen aanvielen, maar Wiliam was vastbesloten de strijd in het open veld te voeren.

'En nu?' vroeg een van de soldaten vlakbij.

'Kijken wie het eerste jeuk aan zijn kont krijgt, jongen,' zei Hartag.

Wiliam vroeg zich af hoe lang ze moesten wachten.

Kendaric stond op het rif onder Weduwpunt te kijken naar de mast van het schip dat Solon eerder had aangewezen. 'Let op of er nog meer van die wezens komen die ons de vorige keer probeerden tegen te houden.'

Robert trok zijn zwaard. 'Schiet nou maar op.'

Kendaric begon aan zijn bezwering, en opnieuw lukte het niet. 'Niets,' zei hij, snibbig van frustratie. 'Nog steeds tegenwerking.'

Jazhara haalde haar schouders op. 'Dat hadden we kunnen verwachten. Hilda zei al dat de Heer der Vampieren niet het ultieme kwaad was.'

'De tijd dringt,' zei Solon. 'We moeten die grot gaan zoeken.'

Ze keerden terug naar het strand achter het rif en vonden de grot met verrassend gemak. Hij was maar een el of tien diep, en de schemering werd door het ochtendlicht verdreven. Achter in de grot vonden ze een patroon van stenen. Robert drukte op een ervan om te proberen, en de steen bewoog. Hij luisterde. Er klonk geen geluid.

'Het is geen mechaniek,' concludeerde Robert.

'Dus is het een magisch slot,' begreep Jazhara.

'En dat betekent dat ik hem niet open krijg.'

'Wat nu?' vroeg Kendaric.

'We hebben de hand en de sleutel,' bracht Solon naar voren.

Robert deed zijn rugzak af en haalde de talisman en de hand van de vampier eruit. Hij sloeg de dode vingers rond de talisman en bracht hem naar de deur. Nadat hij een handvol combinaties van druk en patronen had geprobeerd, hield hij ermee op. 'Hilda heeft ons dus niet alles verteld,' merkte hij op en stak de dingen terug in zijn rugzak.

'Maar ze vroeg ons wel om terug te komen,' hielp Jazhara hem herinneren.

'Laten we het haar gaan vragen.' Robert deed zijn rugzak weer om en stond op.

De wandeling naar de punt van het klif duurde nog geen half uur. Hilda stond hen al op te wachten toen ze de hut bereikten. 'Dus jullie hebben de vampier te pakken gekregen?'

'Ja,' antwoordde Robert. 'Hoe wist u dat?'

'Daar heb ik geen magie voor nodig, jongen. Als jullie hem niet hadden verslagen, zou hij jullie wel te pakken hebben gekregen en stonden jullie nu niet hier.' Ze draaide zich om. 'Kom mee en luister.'

Ze volgden, en eenmaal binnen zei de oude vrouw: 'Geef mij de hand.'

Robert maakte zijn rugzak open en gaf haar de hand van het wezen. Ze haalde een grote ijzeren braadpan van een haak boven het vuur en legde er de hand in. 'Dit is het nare gedeelte,' zei ze en hield hem in de vlammen.

De huid op de hand van de vampier verschrompelde en blakerde, en plots sprong er een blauwe, stinkende vlam rondom op. Een paar tellen later waren er alleen nog zwartgeblakerde beenderen over.

Ze haalde de pan uit het vuur en zette hem op de stenen haard. 'Even af laten koelen.'

'Kunt u ons vertellen wat ons ongeveer te wachten staat?' vroeg Jazhara.

Hilda keek grimmig. 'Daarom had ik jullie niet verteld van de noodzaak om de hand tot as te reduceren. Daarom had ik jullie het patroon van het slot niet gegeven.' Ze keek van de een naar de ander. 'Jullie staan op het punt het op te nemen tegen een groot kwaad, en ik moest weten of jullie waardig genoeg waren. Dat jullie de Heer der Vampieren hebben verslagen geeft aan dat jullie over de nodige vastberadenheid en moed beschikken. Maar jullie bevinden je tegenover een veel ergere vijand. Al jaren weet ik dat de Zwarte-Pareltempel onder het klif er is. Ik heb er nooit binnen kunnen kijken, behalve via mijn kunsten. En het beetje dat ik kan zien, is onvoorstelbaar slecht.'

'Over welk "groot kwaad" spreekt u?' vroeg Solon.

'Waar zal ik beginnen?' vroeg Hilda retorisch. 'De zeelieden die voor de kust zijn verdronken, en dat zijn er veel geweest, zijn nimmer echt tot rust gekomen. In plaats daarvan zijn hun zielen tot slaaf gemaakt van de duistere macht die in de tempel heerst. Ik kan zijn aanwezigheid voelen, als een groot oog. Dat is jaren gesloten geweest, maar nu is het open, en het kijkt naar dit gebied.'

Robert dacht aan de slag om Sethanon, toen de valse profeet van de moredhel, Murmandamus, de levensenergie van zijn sneuvelende dienaren opving als brandstof voor zijn poging de Levenssteen onder Sethanon te grijpen. 'Dus we kunnen ervan uitgaan dat dit plan – wat het ook is,' voegde hij er snel aan toe, om niet onbedoeld het ophalen van de Traan tegenover Hilda te moeten vermelden, 'al een hele tijd aan de gang is.'

'Zonder twijfel,' zei Hilda. Ze stond op, liep naar een kist en haalde er iets uit. 'Maar het oog wist niet dat er naar hem werd gekeken.' Ze hield een lang, smal voorwerp omhoog, een staf of een stok, schijnbaar van berijpt kristal gemaakt. 'Ik heb hem maar één keer durven gebruiken, en sindsdien apart gehouden in afwachting van dit moment. Ik waarschuw jullie, wat je te zien krijgt, kan onthutsend zijn.'

Ze zwaaide met het voorwerp door de lucht en zei een spreuk, en plotseling verscheen er boven hen in de lucht een scheuring, zwart, maar toch met de suggestie van kleur erin. Toen kwam er een afbeelding tot leven en zagen ze de binnenkant van een spelonk. Aan een stenen wand hing een barokke spiegel. Ze zagen iemand naderen, weerkaatst in de spiegel, en zowel Jazhara als Solon mompelden een zachte vloek. Het was iemand die Robert eerder had gezien, of liever gezegd iemand als hij, een dode priester of magiër, met zwarte kunsten tot leven gebracht. Enkele maanden geleden had hij er onder het oude, verlaten Keshische fort in het zuiden van het Koninkrijk tegen gevochten, en hij begreep dat er een verband bestond tussen alles wat hij daar had ontdekt en wat er zich nu afspeelde.

De gedaante zwaaide met een knokige hand, en in de spiegel verscheen het beeld van een man. Hij had een haviksneus, en ogen waarin een zwart vuur leek te branden. Boven op zijn schedel was hij kaal, en hij liet zijn lange grijze haar los op zijn schouders hangen. Zijn kleren waren alledaags en gaven hem het voorkomen van een koopman. Toen hoorden ze de stem van de ondode magiër.

'Ze komen,' zei hij.

'Is de gildeman bij hen?' vroeg de man in de spiegel.

'Geheel volgens plan. Met zonsondergang worden ze geofferd. Heb je de amulet?'

'Nee,' antwoordde de man. 'Mijn pion heeft hem nog.'

'Jij had hem, maar het was de stem van onze god die hem macht verleende,' zei het ondode wezen. 'Hij heeft een ander verkozen, zoals hij jou verkoos boven mij.'

De man in de spiegel gaf blijk van ergernis bij het horen van dit commentaar. 'Maar hij is de macht niet waard.'

'Niettemin, zonder de amulet gaat het niet door.'

'Ik vind hem wel. En als ik hem heb...'

Ineens verschoof het beeld, en daar op de rotsen van Weduwpunt stond een verzameling van wezens uit de diepste lagen van de hel opgesteld. Ternauwernood weerstond Robert de neiging zijn mond open te doen, want sommige wezens herkende hij, maar andere waren nog angstwekkender en machtiger. 'Wie is dat?' fluisterde hij uiteindelijk.

'Een hoogst sterk en machtig kenner van de zwarte kunsten, jongen,' antwoordde Hilda. 'Zijn naam ken ik niet, maar zijn maaksels wel, en hij is gelieerd aan krachten die nog zwarter zijn dan je in het beeld ziet. Kijk en leer.'

De man draaide zich om naar de verzameling wezens, en Roberts ogen werden groot toen hij zijn eigen lichaam op de rotsen zag liggen, zijn borst opengerukt als door een reusachtige hand. Vlakbij lagen Solon en Jazhara. Nog levend, maar gebonden als een kalf op de slachtbank, spartelde Kendaric tegen zijn touwen. Rond de hals van de man hing een groot amulet met een bloedrode robijn aan een ketting. En in zijn ene hand had hij een lang, zwart mes. In de andere hield hij een enorme ijsblauwe edelsteen.

'De Traan!' fluisterde Solon.

Met een enkele beweging knielde de magiër neer, sneed Kendarics borst open en stak zijn hand in de holte om Kendarics hart eruit te rukken. Het nog kloppende orgaan omhooghoudend liet de magiër bloed over de Traan druipen en draaide zich om naar de demonen om het hun te laten zien. De kleur van de Traan veranderde van ijsblauw naar bloedrood, en de menigte schreeuwde triomfantelijk. Plotseling verdween het beeld.

'Laat je door die visioenen niet overdonderen,' waarschuwde Hilda.

Kendaric leek de hysterie nabij. 'Maar ze gaan me vermoorden! Ons!'

'Dat gaan ze proberen, jongen,' zei Hilda. 'Maar de toekomst staat niet in steen gebeiteld. En het kwaad is zeer bedreven in het zien van wat het wil zien. Dat is zijn zwakte. Het kwaad houdt geen rekening met de mogelijkheid dat zijn plan mislukt. En jullie nu wel. Meer nog: jullie kennen de prijs van jullie eigen falen.'

'Dus die visioenen...' vroeg Jazhara.

'Dienen als waarschuwing. Jullie weten nu meer over jullie vijand en wat hij van plan is, dan hij over jullie. Hij weet dat jullie zijn gekomen voor de Traan der Goden –'

Solons hand viel op zijn strijdhamer. 'Vrouw, hoe weet u dit?'

Hilda wuifde geringschattend met een hand. 'Je bent niet de enige die weet hoe het universum in elkaar zit, Ishapiër. Ik was al oud voordat jouw grootmoeder werd geboren, en als de goden vriendelijk zijn, leef ik nog steeds wanneer je kleinkinderen sterven. En zo niet, dan ben ik op mijn manier een dienaar van het goede geweest, en dat stelt me tevreden. Misschien is het slechts mijn lot hier te zijn om jullie dit te leren, en zijn mijn dagen na jullie welslagen of falen geteld. Dat weet ik niet. Maar ik weet wel dat, mochten jullie falen, ik niet als enige een verschrikkelijk einde zie naderen. Vergeet nooit, visioenen zijn van een krachtige magie, maar zelfs de beste visioenen zijn slechts illusie, een afspiegeling van mogelijkheden. Jullie kunnen je toekomst nog steeds veranderen. En dat moeten jullie ook!' Ze stond op. 'Ga nu, want de tijd dringt en jullie hebben nog veel te doen. Dat wezen dat jullie zagen wordt in de oude taal een liche genoemd. Het is vanwege uiterst machtige en zwarte kunsten dat hij leeft. Hij zal jullie leiden naar datgene wat jullie belet het schip te lichten. Jullie moeten hem vinden, hem vernietigen, en een einde maken aan de plaag die zeelieden in hun gezonken vaartuigen hun graf doet vinden, die dienaren van duisternis 's nachts rond doen waren, en die oude vrouwen boze dromen brengt. En dat moeten jullie doen voordat die andere verschijnt, want hij is zelfs nog gevaarlijker, meen ik, en dat hij die amulet heeft... wel, jullie hebben gezien wat hij van plan is.'

Hilda stond op en liep naar de inmiddels afgekoelde braadpan. 'Broeder Solon, de talisman, alstublieft.'

Solon haalde de buidel uit zijn tuniek. Op Hilda's aanwijzing hield hij het zakje open terwijl de oude vrouw een zilveren trechtertje boven de opening van de buidel hield en de asresten van de vampierenhand in het zakje goot. Daarop nam ze de buidel van Solon over, bond hem weer dicht, mompelde een korte spreuk en schudde even met de buidel alvorens hem terug aan de monnik te geven. 'Nu hebben jullie de sleutel van de tempel. Om hem te gebruiken, dienen jullie het volgende patroon bij de rotsdeur te maken.' Ze tekende een patroon in de lucht, een eenvoudig weefsel van vier bewegingen. 'Dan hoort de deur open te gaan.'

'Laat nog eens zien, alstublieft,' verzocht Jazhara.

De oude vrouw herhaalde het patroon, en zowel Robert als Jazhara knikten.

Jazhara pakte Hilda's hand. 'U bent werkelijk verbazingwekkend. U bent een onuitputtelijke bron van wijsheid.' Ze keek rond. 'Toen ik de eerste keer hier binnenkwam, stond ik versteld van uw kennis van medicinale en magische kruiden en planten. Nu zie ik dat u nog veel meer te bieden hebt. Als we klaar zijn, kom ik terug om u over Sterrewerf te vertellen. De wereld zou ermee gebaat zijn wanneer u daar uw wijsheid met de leefgemeenschap deelt.'

De oude vrouw glimlachte, maar in haar ogen stond twijfel. 'Kom eerst maar terug, meisje. Dan praten we wel verder.'

Jazhara knikte en volgde de anderen naar buiten.

De oude vrouw keek hen na. Toen ze uiteindelijk tussen de bomen verdwenen, ging ze terug naar het vuur, want ze had het koud, ondanks de warmte van de zon.

'Nu!' schreeuwde Wiliam, wijzend naar de bomenrand. De mannen spoorden hun paarden aan voor de aanval op de ruiters die uit het bos kwamen denderen. Het had bijna vier uur geduurd voordat Beer zijn geduld verloor, en nu had Wiliam het gevoel dat hij een kans had, aangezien ze op open terrein vochten. Hij mocht dan in de minderheid zijn, maar zijn mannen waren beter bewapend en opgeleid. Terwijl de Krondorianen over de weg galoppeerden, bad Wiliam in stilte dat zijn acht extra aanvallers achter Beers mannen voor genoeg afleiding zorgden om hen de manschappen op te doen splitsen.

'In het gelid blijven! Let op de flanken!' riep sergeant Hartag, en de Krondorianen staken hun zwaarden naar voren, hun beukelaars paraat om slagen af te weren, met hun teugels op de hals van hun rijdieren slaand om hun paarden tot grotere spoed te manen.

Wiliams wereld veranderde in een waas van beelden. Zoals altijd in de strijd, richtte hij als vanzelf zijn aandacht op slechts één enkel onderwerp: de man recht voor hem. Een aanstormende ruiter ging in de stijgbeugels staan, zijn zwaard hoog gehouden voor een harde slag op Wiliams hoofd of schouders.

In een vloeiende beweging helde Wiliam over naar rechts, hief zijn linkerarm boven zijn hoofd en liet de klap afketsen op zijn beukelaar, terwijl hij met zijn eigen korte zwaard uithaalde naar het rechterbeen van de ruiter. De man schreeuwde het uit, en toen was Wiliam hem voorbij.

Hij wist niet of de man was gevallen of nog in het zadel zat, en hij keek er ook niet naar om, want vlak voor hem kwam er weer een ruiter op hem af. Op slag was de eerste ruiter vergeten. Deze man kwam van Wiliams linkerkant, zodat hij makkelijk kon afweren, maar een tegenaanval met zijn korte zwaard was nu moeilijk. In een flits zag Wiliam het nut in van het Keshische gebruik van het lange kromzwaard of zelfs de sabel uit de Oosterse Koninkrijken voor de gevechten te paard. Een langer, lichter wapen was nu veel beter van pas gekomen. Zonder verdere aandacht aan die gedachte te besteden, koos Wiliam het goede ogenblik voor zijn reactie. Op het laatste moment dook hij onder de slag door in plaats van die af te weren, liet zijn paard een korte draai maken en stormde achter de zojuist gepasseerde ruiter aan. De man had het voorzien op een uit het zadel geworpen Krondoriaan toen Wiliam hem inhaalde. Een enkele klap van achteren en de man viel van zijn paard, kwam met een smak op de grond terecht en rolde zijn dood tegemoet onder de handen van de soldaat die hij enkele tellen geleden nog omver had willen rijden.

Plotseling keerde Wiliams geluk. Zijn paard gilde, en hij voelde het dier onder zich instorten. Zonder erbij na te denken schopte hij zijn voeten uit de stijgbeugels en liet zich door de neergaande beweging van zijn paard uit het zadel werpen. Hij liet zijn zwaard los, maar klemde zijn beukelaar stevig vast. Zijn hoofd wegdraaiend rolde hij over zijn linkerschouder met de beukelaar als hefboompunt omdat hij zijn schouder zelf niet kon gebruiken vanwege het lange bastaardzwaard in de schede op zijn rug.

De rol bracht hem op de been achter een huurling die in gevecht was met een van Wiliams mannen. Wiliam gaf de man een dreun met zijn beukelaar, zodat de andere soldaat hem kon doden. Razendsnel bevestigde hij het schild aan zijn gordel en trok het bastaardzwaard over zijn schouder, zonder acht te slaan op het steken van zijn protesterende, gekneusde spieren.

Met beide handen aan het gevest maaide Wiliam met grote doelmatigheid om zich heen. Zoals altijd vernauwde de wereld zich om hem heen vanwege zijn concentratie om in leven te blijven. Doch al die tijd had hij nog steeds een idee van het verloop van de strijd, en die was niet goed.

Vanuit de bossen dook een groep van Beers ruiters op, bebloed en over hun schouders kijkend. De acht man die van achteren aanvielen hadden zichtbare schade aangericht, maar nu dreigde de slag in Beers voordeel uit te pakken. Wiliam hieuw de huurling voor hem neer, stond even stil en zond met al zijn kracht één enkel beeld naar de aanstormende paarden: *Leeuw!*

Hij probeerde het oorverdovende gebrul van de grote leeuwen uit het noordelijke woud te imiteren en suggereerde de geur van het roofdier op de wind.

De paarden werden wild. Bokkend en snuivend wierpen verscheidene dieren hun berijders af.

Wiliam keerde zich om en begon in te hakken op een andere tegenstander. Enkele ogenblikken later drong het tot hem door dat de huurlingen vluchtten.

Meteen draaide Wiliam zich om en zag zijn mannen ofwel achter de vluchtenden aanrennen, ofwel zich verzamelen rond het enkele groepje van Beers mannen dat nog stand hield en bleef vechten. Wiliam voelde een golf van verrukking. De slag was bijna gewonnen. En nu wist hij waar zijn vijand zich bevond. Hij rende naar voren, zo snel mogelijk naar Talia's moordenaar toe om wraak te eisen.

Toen hij hem naderde, ging zijn haar rechtovereind staan, en hij herkende de werking van magie. Uit zijn ervaringen als kind op het eiland Sterrewerf begreep hij dat hij wat voorbarig op de overwinning had gerekend.

Een van de Krondoriaanse soldaten strompelde naar Wiliam toe. Het bloed liep over zijn gezicht. 'Wiliam!' riep hij en viel op zijn knieën. 'Hij is immuun voor onze wapens!' Toen stortte hij in.

Wiliam zag andere mannen vallen. Beers metgezellen beschikten niet over deze ongevoeligheid, en tegen de tijd dat Wiliam het strijdgewoel bereikte, stond Beer nog als enige rechtop. Als zijn in het nauw gedreven naamgenoot stond Beer fier rechtop, door zes Krondoriaanse soldaten omsingeld. 'Noemen jullie dat een aanval?' schreeuwde hij tartend.

De koude rillingen liepen Wiliam over de rug toen hij zag dat het zwaard van een van zijn mannen, die Beer van achteren sloeg, afketste op zijn rug alsof hij een onzichtbaar pantser droeg. Behendig draaide Beer zijn zwaard andersom en stak de punt diep in de buik van de soldaat. Zijn ene goede oog was groot van waanzin en hij lachte alsof het een kinderspelletje was. 'Wie is de volgende die eraan gaat?' schreeuwde hij.

Terwijl Beers zwaard naar achteren was gericht, greep een van de Krondorianen de gelegenheid aan voor een uitval, maar de kling ketste af van zijn arm zonder een spoor na te laten. Beer nam niet eens de moeite zijn zwaard uit de stervende achter hem te trekken, maar schopte domweg de man voor hem in het gezicht, zodat die achteruit vloog. 'Armzalig stuk soldaat! In mijn compagnie zou je het nog geen dag hebben volgehouden!'

Wiliams oog viel op de amulet rond Beers hals. De rode steen in het midden gloeide bloedrood, en meteen begreep Wiliam dat daar Beers macht vandaan kwam. Hij greep een van zijn mannen bij de schouder. 'Ga naar zijn rechterkant en leid hem af!'

Het was een radeloos plan, maar een andere keus had Wiliam niet. Hij moest die amulet van Beers hals zien te halen.

Wiliam keek alsof hij aarzelde, en op dat moment haalde de andere soldaat naar Beer uit. Ook al was hij onkwetsbaar, Beer had nu eenmaal de reflexen van een mens, en hij wendde zich tot zijn aanvaller. Onmiddellijk stak Wiliam met zijn lange zwaard toe, maar in plaats van de man te willen doorboren, probeerde hij de punt van zijn kling onder de zware ketting rond Beers hals te krijgen. De schakels van de ketting waren groot genoeg om de amulet zo op te wippen, waarna hij hem met groot genoegen kon doden.

In plaats daarvan reageerde Beer onnatuurlijk snel en greep de zware kling beet. Wiliam voelde de schok tot boven in zijn arm toen het zwaard werd vastgehouden als in een bankschroef. Met een valse grijns en een spottend lachje keek Beer hem aan. 'Slimme jongen, hè?'

Zonder aandacht voor de verwoede aanvallen die Wiliams mannen op zijn rug en zijden openden, stapte Beer naar Wiliam, hem dwingend achteruit te lopen of zijn zwaard los te laten.

Wiliam gaf het zwaard op en dook naar Beers benen. Hij greep hem halverwege de dijen beet en tilde hem op. Door zijn eigen gewicht topzwaar, viel de enorme piraat om. 'Stapelen!' commandeerde Wiliam.

Zes soldaten gehoorzaamden onmiddellijk en wierpen zich boven op Beer in een poging hem op de grond gedrukt te houden.

'Haal die amulet van zijn hals!' riep Wiliam.

Terwijl de mannen verwoed naar de ketting grepen, liep Wiliam rond om de amulet te pakken. De stapel mannen deinde, en met ongelooflijke kracht stond Beer op en schudde de mannen van zijn rug zoals een vader met zijn spelende kinderen zou doen. Hij sloeg Wiliams hand weg en schreeuwde: 'Genoeg!'

Met kwaadaardig genoegen greep Beer met zijn rechterhand de keel van de man die het dichtst bij hem stond en verbrijzelde die, terwijl hij de schedel van een andere met de rug van zijn linkerhand insloeg. Met grote ogen stapte Wiliam achteruit terwijl Beer systematisch iedereen binnen handbereik doodde.

De laatste twee mannen achter Beer deinsden terug en Wiliam schreeuwde: 'Vluchten!'

Een tweede bevel hadden ze niet nodig om het op een lopen te zetten. Nu stond Beer alleen tegenover Wiliam. Hij deed een stap naar de jonge officier. Wiliam maakte een schijnbeweging naar links en sprong toen naar rechts. Beer stapte mee en bleef tussen Wiliam en de weg.

Met een schok besefte Wiliam dat hij geen andere keus had. Al die tijd had Beer met zijn mannen gespeeld. Ze hadden zijn huurlingen ingemaakt, maar hijzelf was onkwetsbaar, en hij had hen naar zich toe gelokt om er zo veel mogelijk te kunnen doden met zijn blote handen.

Wiliam draaide zich om en rende recht op het klif af. Na een korte aarzeling zette Beer de achtervolging in. Wiliam keek niet achterom, want zelfs een halve stap kon het verschil betekenen tussen de ontsnapping en de dood. Met een sprong van het klif had hij een kans, zij het een erg kleine.

Aangekomen bij de rand van het klif weerstond Wiliam de neiging vaart te minderen en omlaag te kijken. Vertrouwend op blind geluk sprong hij zo ver mogelijk het klif af in de hoop beneden, na een val van bijna honderd voet, in het diepste deel van de rivier terecht te komen, want anders werden de rotsen zeker zijn dood.

Er scheen geen einde aan het vallen te komen, en al die tijd galmde Beers gevloek hem in de oren. Toen raakte Wiliam het water en stortte hij de duisternis in.

16 Tempel

Robert aarzelde.

Even deed hij zijn ogen dicht en knikte toen in zichzelf. Het patroon dat hij in de rotswand had ontdekt, kwam overeen met wat hij zich van Hilda's woorden herinnerde. Hij pakte de met as bedekte talisman, tikte de platen in volgorde aan en wachtte.

Ze voelden een zacht gerommel onder hun voeten, en een deel van de muur week naar achteren en gleed naar links. Robert pakte een fakkel en stak hem aan.

Voorzichtig liepen ze een donkere gang binnen. Hij leek uit het gesteente van het klif te zijn uitgehouwen, een ruwe tunnel die wel wat weg had van een verlaten mijnschacht.

'Wacht,' zei Robert toen ze erdoor waren. In gedachten tellend keek hij naar de deur, die na iets langer dan een minuut dicht gleed. Hij onderzocht de muur rondom de deur en vond het ontsluitingsmechanisme. Toen hij dat in werking stelde, schoof de deur weer open. Hij beduidde de anderen te blijven wachten en telde opnieuw. Nadat ongeveer dezelfde tijd verstreken was ging de deur weer dicht. Robert knielde neer en stak de talisman terug in zijn rugzak. 'Voor het geval er verderop in de gang nog een slot is.'

'Nou, het is in ieder geval goed te weten dat we er zonder dat ding weer snel doorheen kunnen als het nodig is,' liet Kendaric zich ontvallen.

'Akkoord,' zei Solon.

Langzaam liepen ze de gang door, twee aan twee, Robert en Jazhara voorop, Solon en Krondor vlak achter hen aan. Na zo'n honderd el zei Solon: 'Wacht even.' Hij wees naar een plek op de muur en zei tegen Robert: 'Hou je fakkel daar eens bij.'

Dat deed Robert, en Solon bekeek de muur.

'Dit is een hele oude tunnel,' zei hij. 'Eeuwenoud. Lang voordat het Koninkrijk zich naar deze kuststreek uitbreidde, was hij al uit de rotsen uitgehouwen.'

'Hoe weet je dat?' vroeg Kendaric.

'Als je je hele jeugd met dwergenjongens doorbrengt, pik je zo hier en daar wat over mijnbouw op.'

'Maar deze sporen zijn nog niet zo oud,' merkte Robert op toen hij zijn aandacht richtte op de grond onder hun voeten.

Kendaric keek omlaag. 'Welke sporen?'

Robert wees op kleine beetjes zand en modder hier en daar. 'Er ligt geen stof, maar die stukjes modder zijn vast en zeker afkomstig van laarzen die hier pas nog hebben gelopen.' Hij tuurde de duisternis verderop in. 'Blijf op je hoede.'

'Alsof je ons dat moet vertellen, jonker,' zei Kendaric.

Langzaam gingen ze verder, steeds dieper het klif onder Weduwpunt in.

Na tien minuten lopen in gespannen stilte kwamen ze bij een toegang naar een grote zaal, die ze omzichtig betraden. Het licht van Roberts fakkel wierp griezelige schaduwen op de ruw uitgehouwen rotswanden. Solons hand vloog automatisch naar de steel van zijn krijgshamer toen hij een skelet zag. Negen nissen waren er rondom in de wanden uitgehakt, op enige afstand van elkaar. In elke nis stond een skelet in een sierlijk harnas, een wapen en schild aan hun zij. In de vloer was een complexe reeks symbolen gekrast, net diep genoeg om in het flakkerende toortslicht zichtbaar te zijn, zonder het patroon volledig prijs te geven.

Voor zover Robert het kon bepalen, was de grot bijna dertig voet hoog. Toen ze de tegenoverliggende wand naderden, werd een bas-reliëf zichtbaar dat erin was uitgehouwen.

'Goden,' fluisterde Kendaric.

Ontelbare wezens uit een nachtmerrie stonden erop afgebeeld, allemaal verschillend van elkaar, veelal bezig met het offeren van mensen. De verdorvenheid van de taferelen was onmiskenbaar.

'Houdt dien flambouw op, jochie!' zei Solon in het zwaarste accent dat ze tot dusver van hem hadden gehoord.

Robert hield zijn fakkel omhoog om meer licht te werpen terwijl ze de wand naderden.

'Staan blieven!' gelastte Solon en wees naar Jazhara. 'Meis, nog een fakkel! Vlug!'

Jazhara pakte een fakkel uit en gaf hem aan de monnik, die hem aanstak aan de toorts in Roberts hand en aan Kendaric gaf. 'Ga jij daar staan!' Hij wees naar links.

'Hè?'

'Gade-gij daar staan, zee ik, suffe zwamkanis!'

Solon nam nog twee fakkels van Jazhara en stak ook die aan. Een gaf hij aan Jazhara met de opdracht rechts te gaan staan. De andere hield hij zelf omhoog en liep ermee naar voren, zodat nu het hele panorama van beeltenissen werd onthuld.

'Bij de Gewijde Heiligen en Helden van Ishap,' fluisterde hij.

'Wat is er?' vroeg Robert.

'Zie je dat middenstuk, jochie?' Solon wees naar een leeg gebied dat eruitzag als een rond venster, waaromheen de gruwelijkste aller wezens aanbiddend knielden.

'Ja,' zei Robert. 'Dat is leeg.'

'Nee, da's nie' leeg, mijn vriend. Er staat alleen iets wa' je nie' kan zien.' Heen en weer lopend langs de muur bleef Solon af en toe staan om het een of ander beter te bekijken. Uiteindelijk zette hij zijn fakkel vast in een stapel stenen en beduidde de anderen dat ze hun armen konden laten zakken.

'Wat heeft dit allemaal te betekenen?' vroeg Kendaric.

Solon keek hen allemaal om beurten ernstig aan. 'Jullie moeten allemaal goed onthouden wat ik nu ga zeggen. Prent het in je geheugen alsof je leven ervan afhangt.' Hij draaide zich om en wees naar de muur. 'Deze wand verhaalt de geschiedenis van een erg wrede tijd.' Hij zweeg en haalde diep adem. 'In de Tempel hebben we geleerd dat er na de Chaosoorlog een periode van grote duisternis over bepaalde delen van de wereld neerdaalde terwijl de krachten van goed en kwaad elkaar bestreden. Er zijn al eerder plaatsen als deze gevonden, waar demonen en andere kwalijke wezens hebben gehuisd, wezens die niet van deze wereld zijn en moeten worden uitgebannen zodra ze worden ontdekt. Deze wand vertelt een verhaal. Het gaat nu even niet om de details, maar het is van het grootste belang dat mijn tempel van deze ontdekking op de hoogte wordt gebracht. Ze moeten weten van het bestaan ervan. Wat er verder ook gebeurt, er zijn twee dingen die we per se moeten doen. Ten eerste moeten we terug om het mijn orde te vertellen, zodat ze deze plek kunnen reinigen en voor altijd verzegelen. En wat je verder ook vergeet, zorg dat je melding maakt van wat jij zojuist dat "lege venster" noemde, en hun ook zegt dat ik zeker wist dat dit het werk was van de volgelingen van de Naamloze.'

'De Naamloze?' vroeg Kendaric. 'Wie is dat?'

'Als het lot je vriendelijk gezind is, jochie,' antwoordde Solon, 'dan kom je dat nooit te weten.' Hij blikte rond. 'Al vrees ik dat het lot ons nu allesbehalve vriendelijk gezind is.'

'Je zei dat er twee dingen waren,' zei Robert. 'Wat is het andere?'

'Dat het ons per se moet lukken de Traan der Goden thuis te brengen. Want niet alleen zou het verlies fnuikend voor ons zijn, maar ik weet nu ook waarom hij wordt gezocht en door wie.'

'Waarom dan?' vroeg Jazhara.

Wijzend naar de lege plek op de muur verklaarde Solon: 'Om een poort te openen die veel lijkt op die daar, en als die poort ooit wordt geopend, staat ons een onvoorstelbare ellende te wachten. Geen mens, elf of dwerg – zelfs de Onzalige Broeders, gnomen en trollen niet – geen enkele sterveling zal zich staande weten te houden. De machtigste der priesters en magiërs zullen worden weggevaagd als kaf op de wind. Zelfs de mindere goden zullen sidderen.' Hij wees naar de beeltenissen van onmenselijke wezens die mensen aten of verkrachtten, en vervolgde: 'En dit is dan het lot van de overlevenden. Wij zouden zijn als vee, gefokt voor hun zinnelijke lusten.'

Kendarics gezicht verloor alle kleur.

'Als je weer flauwvalt, laat ik je hier liggen,' dreigde Robert.

Kendaric haalde een keer diep adem. 'Het gaat alweer. Als we maar opschieten en uitzoeken waardoor mijn magie wordt geblokkeerd.'

Ze liepen naar een tweetal grote deuren links van hen. 'Ze zitten op slot,' zei Robert toen hij ze probeerde, en wees naar een patroon van juwelen in de deur.

'Kun je hem open krijgen?' vroeg Kendaric.

'Ik kan het proberen.' Robert onderzocht het slot. 'Het is een... magisch slot, denk ik.' Hij vloekte. 'En die zijn altijd het ergst.'

'Waarom?' vroeg Kendaric.

'Omdat een mechanisch slot alleen maar een vergiftigde naald in je duim steekt of een vuurbal laat ontploffen als je iets fout doet. Ik heb eens een slot moeten openmaken waaruit een scherp mes klapte dat je hand afsneed als je die niet snel genoeg terugtrok. Maar met een magisch slot is... van alles mogelijk.'

Kendaric deed een stap achteruit. 'Weet je wel zeker dat je hieraan moet... peuteren?'

'Ik sta open voor andere suggesties,' zei Robert ongeduldig. Aandachtig bekeek hij het slot. 'Er zijn zes juwelen. En zes gaten met een flauwe kleur eromheen. Iets wat eruitziet als een robijn en een rood gat. Een groen juweel en een groen gat.' Hij leunde tegen de deuren, zijn neus bijna tegen het slot drukkend. 'Langs de randen zitten piepkleine spiegeltjes.' Terugverend op zijn hurken raakte hij een kleine witte steen in het midden aan. Plots schoten er zes spaken van licht aan. 'O, verdomme!' Haastig begon hij de spiegeltjes langs de randen van het cirkelvormige slot te bewegen.

'Wat gebeurt er?' vroeg Kendaric.

'Ik denk dat Robert ieder juweel en spiegeltje zodanig moet draaien dat het licht door het juweel gaat, van kleur verandert en in het goede gat schijnt,' zei Jazhara.

Zonder erop te reageren deed Robert zijn uiterste best om dat inderdaad te doen.

'Wat is dan het probleem?'

'Gezien de concentratie waarmee Robert bezig is, vermoed ik dat de tijd die hij ervoor heeft, beperkt is.'

Robert wilde net de zesde spiegel-juweelcombinatie bewegen toen plotseling het licht uitging.

Er gebeurde niets.

Toen klonk er achter hen geluid.

Solon had zijn strijdhamer al geheven en Robert zijn zwaard getrokken voordat ze zich omdraaiden.

In alle negen nissen waren de skeletkrijgers bezig hun wapens en schilden te pakken en uit de nis omlaag te stappen.

'Dit is erg,' fluisterde Kendaric.

Wiliam lag in het donker. Het laatste wat hij zich herinnerde was dat hij in het water terechtkwam en door de razende stromingen werd meegesleurd tot hij met zijn hoofd tegen een rots sloeg.

Hij stond op en merkte dat hij droog was. Hij keek naar zijn handen en omlaag langs zijn lichaam en zag geen verwondingen. Aarzelend betastte hij zijn gezicht en voelde geen letsel. Geen wonden, geen pijn, nog geen schram of blauwe plek.

Even vroeg hij zich af of hij dood was en zich ergens in Lims-Kragma's paleis bevond.

'Wiliam!'

Met een ruk draaide hij zich om en zag dat hij in De Bonte Papegaai stond. Vlak voor hem werd Talia door Beer bij de keel vastgehouden, en hij schudde haar door elkaar zoals een terriër met een rat doet. De enorme man smeet haar opzij en ze sloeg hard tegen de muur. Haar belager rende weg door de deur naar het achterdeel van de herberg.

Wiliam wilde naar het meisje toe gaan, maar hij kon zijn voeten niet bewegen. *Ik droom,* dacht hij.

Rondom Talia vlamde een zuil van vuur op, en gillend van pijn en schrik stond Talia op van de vloer. Er verschenen vuurwezens, demonen met dierenkoppen, die Talia's vlammencel omsingelden. 'Wiliam!' gilde ze.

Ineens kon hij zich weer bewegen. Hij droeg een wapenrusting en had een zwaard van verblindend licht. Hij sloeg de eerste demon in de rug en het wezen krijste van pijn.

Als één draaiden alle wezens zich om en stortten zich tegelijkertijd op Wiliam, die ferm stand hield, geen duimbreed prijsgaf en met zijn zwaard om zich heen maaide. Maar voor elke demon die hij neeersloeg, kwam een andere in de plaats. Met hete klauwen sloegen ze naar zijn schild en wapenrusting. Hij voelde pijn en hitte, maar de wapenrusting bleef ongeschonden. Zijn arm werd moe en zijn benen begonnen te bibberen, maar hij bleef standhouden, met iedere steek, slag of stoot letsel uitdelend.

Na een schijnbare eeuwigheid stonden zijn longen op barsten en moest hij zichzelf iedere handeling opleggen alsof hij een onwillige bediende bevelen gaf, zo ongehoorzaam dreigden zijn armen en benen te worden. Maar de demonen bleven hem bestoken, en steeds vaker wisten ze hem met hun klauwen te treffen.

Toch zag hij nog steeds geen schade aan zijn wapenrusting, noch vertoonde zijn lichaam verwondingen, al voelde hij iedere klauw en slagtand, en de verzengende hitte ervan op zijn huid. Ze drongen hem terug en hij dreigde door wanhoop te worden overmand, maar telkens wanneer hij dacht dat hij onmogelijk kon volhouden, hoorde hij Talia's smekende stem: 'Wiliam! Kom me redden! Wiliam, help!'

En weer hief hij zijn arm, bijna door pijn overweldigd, voor een volgende slag.

Langzaam keerde het tij. Er viel een demon, zonder dat er een andere verscheen. Hij draaide zijn pijnlijke lichaam om het volgende wezen op de kop en schouders te slaan tot hij verdween.

Met iedere demon die viel, rees er nieuwe hoop in Wiliam op, en hij dreef zichzelf voort. Krachtbronnen waarvan hij het bestaan niet vermoedde, boorde hij aan en hij sloeg toe, keer op keer.

En plotseling was de laatste demon verslagen. Hij struikelde, amper nog in staat de ene voet voor de andere te plaatsen. Op een of andere manier wist hij de vlammende toren waarin Talia gevangen zat, te bereiken. Kalm stond ze daar naar hem te glimlachen.

Zijn uitgedroogde lippen gingen vaneen en met een stem zo droog als zand zei hij: 'Talia?'

Toen hij een hand naar de vlammen uitstak, verdwenen die. Het meisje van wie hij hield hing in de lucht, en haar glimlach straalde.

'Het is ons gelukt, Talia,' zei Wiliam zacht. 'Het is voorbij.'

Rondom hen begon het te rommelen, en de gelagkamer van De Bonte Papegaai viel als een spiegel aan scherven, de splinters verdwijnend in het niets. In een volstrekt kleurloze, zwarte leegte stonden ze tegenover elkaar. Wiliam stak een hand naar Talia uit, maar voordat hij haar wang kon aanraken, dreunde een stem: 'Nee, zoon van conDoin. Al heb je Talia's ziel bevrijd van het alverterende vuur, jouw rol in deze is nog maar amper begonnen.'

Talia keek Wiliam aan en haar lippen bewogen niet, maar hij hoorde haar laatste woorden in zijn hoofd: 'Ik zweer bij Kameeni dat mijn wraak zoet zal zijn!'

De zware stem klonk opnieuw: 'Ik ben Kameeni, God van de Wraak, en jouw toewijding roept mij aan. Vanwege jouw toewijding zal ik het laatste gebed van deze vrouw verhoren. Je zult niet alleen staan in wat er voor je ligt.'

Talia begon voor zijn ogen te vervagen. Wiliam strekte zijn handen naar haar uit, maar zijn vingers gingen dwars door haar verschijning heen, als door rook. 'Talia,' riep hij huilend, 'blijf alsjeblieft!'

Ook uit Talia's ogen rolden tranen, en ze sprak met een stem als een fluisterende bries. 'Zeg me vaarwel, alsjeblieft...'

Op het laatste moment, voordat ze onstoffelijk werd, fluisterde Wiliam: 'Vaarwel, mijn lief.'

Plotseling werd zijn lichaam gekweld door helse pijnen en brandden zijn longen alsof ze in lichterlaaie stonden. Hij rolde zich om, kokhalsde, en het water liep uit zijn longen. Hoestend werd hij overeind geholpen door een paar sterke handen.

Hij knipperde met zijn ogen om helderder te kunnen zien. Over zijn kletsnatte kleren droeg hij de wapenrusting waarin hij tegen Beer had gevochten, niet het mystieke harnas dat hem tegen de demonen had beschermd.

Er zweefde een gezicht voor zijn ogen, langzaam scherper wordend. Een man met een haakneus staarde hem met intense blik aan.

'Ik ken jou!' zei Wiliam even later.

'Ja, mijn jonge vriend,' zei de man, zittend op zijn hurken aan de rivieroever. U bent die jonge officier die ik enkele weken geleden heb ontmoet, toen hij wat hoogwaardigheidsbekleders uit een ander land begeleidde op de jacht, als ik me goed herinner. Mijn naam is Sidi. Ik zag u in de rivier drijven, en aangezien het weinig voorkomt een knaap in wapenrusting te zien zwemmen, concludeerde ik dat u best wat hulp kon gebruiken. En kennelijk had ik gelijk.'

Rondkijkend vroeg Wiliam: 'Waar ben ik?'

'Aan de oever van de rivier, natuurlijk.' Stroomafwaarts wijzend voegde Sidi eraan toe: 'Die kant op ligt het stadje Haldenhoofd en daarachter de zee.'

Nogmaals keek Wiliam rond. Ze zaten in een stuk bosland, en behalve bomen viel er niet veel te zien. 'Wat deed je hier?'

'Ik was op zoek naar iemand.'

'Wie?'

'Een moordlustige slager, iemand die luistert naar de naam Beer.'

Wiliam voelde de warrigheid in zijn hoofd optrekken. 'Dan is het maar goed dat je hem niet hebt gevonden. Ik kwam hem tegen met dertig Krondoriaanse beroepssoldaten, en hij heeft ons in zijn eentje een verpletterende nederlaag toegebracht.'

'De amulet,' zei Sidi. Hij knikte in zichzelf. 'Kom, dan praten we verder tijdens het lopen,' zei hij uiteindelijk.

'U weet van de amulet?' vroeg Wiliam.

'Zoals ik u de vorige keer al zei, ik ben handelsreiziger in zeldzame en waardevolle voorwerpen benevens alledaagsere goederen. Die amulet is een bijzonder oud en waardevol artefact. Behalve dat hij de drager aanzienlijke macht verschaft, heeft hij helaas ook de neiging hem gek te maken. Hij was bedoeld als eigendom van een kunstig en intelligent magiër en niet van een bruut als Beer.'

'Hoe komt hij eraan?'

Sidi wierp Wiliam een zijdelingse blik toe. 'Hoe hij eraan komt doet er niet toe. Hoe we hem terugkrijgen is de vraag.'

'We?'

'Zoals u al zei, als eenendertig jonge soldaten Beer niet konden verslaan, hoe kan ik, een oude man alleen, daar dan op hopen?' Toen glimlachte hij. 'Maar u en ik samen...' Hij maakte de zin niet af.

'"Je zult niet alleen staan in wat er voor je ligt," zei hij,' mompelde Wiliam.

'Wat?'

Wiliam keek hem aan. 'Ik denk dat mij is verteld dat u mij zou helpen.' Wiliam keek omlaag naar zichzelf en vervolgens naar zijn metgezel. 'Aangezien ik zonder wapens ben –'

'Die amulet is net zo ongevoelig voor wapens als voor magie, dus iedere aanval op Beer moet zijn opgebouwd uit misleiding en onopvallendheid. Maar ik heb hulpbronnen, mijn jonge vriend. Breng mij bij Beer en ik help u de amulet terug te krijgen. U sleept hem voor het gerecht, en ik bezorg het kleinood terug bij zijn rechtmatige eigenaar.'

'Ik weet niet of ik dat wel kan beloven, meneer,' zei Wiliam. 'Alles wat we in beslag nemen moet naar Krondor om aan de prins te worden voorgelegd. Als u aanspraak op het voorwerp maakt, en de prins is van oordeel dat het geen bedreiging voor zijn domein vormt, mag u een verzoek tot teruggave indienen.'

Sidi glimlachte. 'Dat is van latere zorg. Ons eerste doel bestaat eruit de amulet af te pakken van Beer. Als we hem eenmaal van het toneel hebben verwijderd, kunnen we het altijd nog over de uiteindelijke beschikking hebben. Maar kom, we moeten voortmaken. De tijd dringt en Beer zal vrijwel zeker vóór ons in Haldenhoofd zijn.'

Wiliam probeerde zijn hoofd helder te schudden. Er was iets wat hij deze man moest vragen, maar hij wist niet precies zijn vinger erop te leggen. Maar wat het ook was, over één ding had hij gelijk: Beer moest worden tegengehouden, en daarvoor moest hem de amulet worden afgenomen.

Jazhara richtte haar staf en hield haar hand omhoog. Uit de palm sprong een bol van vuurrood licht dat over de dichtstbij staande skeletkrijger speelde als was het een lantaren. Het wezen aarzelde en begon toen te sidderen.

Solon hief met zijn ene hand zijn strijdhamer en beschreef met zijn andere een patroon in de lucht terwijl hij een spreuk opzei. Twee van de skeletkrijgers stokten in hun bewegingen en draaiden zich om alsof ze de afstand tussen hen en de monnik zo groot mogelijk wilden maken.

Er naderden nog steeds zes gedaanten.

Solon viel aan, zwiepend met zijn krijgshamer. De eerste krijger die hij aanviel, weerde behendig af met zijn schild, en de klap galmde door de grot. De strijd was begonnen.

Het skelet dat door Jazhara was bezworen, lag sidderend en stuiptrekkend op de grond. Ze richtte haar aandacht op de rest die dichterbij kwam. Ze haalde uit met haar staf, maar met onverwachte snelheid blokkeerde de skeletkrijger de slag met zijn schild en sloeg naar haar met een lang kromzwaard. Ternauwernood sprong ze achteruit. Plots kwam ze tot het besef dat de muur zich nog maar een paar voet achter haar bevond. Met haar rug tegen de muur zat ze in de val. Daarom begon ze naar rechts te bewegen, zo veel mogelijk ruimte winnend om te manoeuvreren.

Kendaric deed zijn best voortvarend te zijn, maar zodra de skeletkrijger tegenover hem uithaalde, viel hij op de grond en rolde weg. Zijn voet bleef haken achter de enkel van de krijger, en het wezen verloor zijn evenwicht en viel om. Kendaric schopte met zijn laars, en het voelde alsof hij ijzer trof, maar hij werd beloond met een krakend geluid.

Hij wilde net overeind komen toen een andere krijger naar hem sloeg en op het laatste moment voorkwam hij dat hij werd onthoofd. Hij sloeg op de vlucht, maar botste tegen een andere krijger, die achteruit werd geslagen. Door de klap viel hij zelf weer op de grond. Deze keer trof hij echter ook het wezen tegenover Solon achter op de benen.

De skeletkrijger viel voorover en met een machtige klap van zijn hamer verbrijzelde Solon de schedel. Het skelet sidderde en lag stil. Toen vielen zijn botten uit elkaar.

Kendaric keerde om en kroop op handen en knieën over de nu losliggende beenderen weg. Geamuseerd keek Solon toe. 'Je bent een wandelende ramp, vermomd als mens, maar in ieder geval ben je deze keer hun meer tot last dan ons.' Hij verkocht een andere skeletkrijger een dreun met zijn strijdhamer zodat het wezen achteruit vloog, en bukte zich om Kendaric aan zijn kraag overeind te trekken. 'Nou, wees eens een brave jongen en ga kijken of je er nog eentje kan laten struikelen zonder dat het je fataal wordt.' Hij gaf Kendaric een duw en beukte tegen het schild van de dichtstbijzijnde krijger.

Robert was in duel met een ander spookwezen, maar dat bleek geen partij voor zijn zwaardmanskunst te zijn. Het probleem was echter het toebrengen van letsel. Zijn rapier ketste af op de botten, waar soms een kerfje in verscheen, maar verder viel er niets te treffen. Uiteindelijk zou hij vermoeid raken, en dan zou het wezen hem zeker verwonden.

Robert keek om en zag dat Jazhara enige afstand tussen zichzelf en haar tegenstander had gecreëerd, maar achter haar sloop er nog een op haar toe. 'Kijk uit achter je!' riep hij naar haar.

Ze draaide en bukte voor het zwaard dat door de lucht suisde, en met een behendige stoot bracht ze haar staf tussen de voeten van de krijger. Met kletterende botten sloeg het geraamte tegen de grond.

Robert kreeg een idee. 'Gooi ze op de grond!' riep hij. 'Laat ze struikelen!'

Jazhara stootte de andere kant op met haar staf, ditmaal tussen de voeten van het wezen dat haar als eerste had belaagd, en ook dat viel kletterend op de grond. Robert maakte een hoge schijnbeweging en ging toen laag. Hij dook tussen de benen van het wezen, greep er een in elke hand en stond op, zodat het skelet achter hem omkieperde. Ogenblikkelijk draaide hij zich om, nam een sprong en kwam met zijn volle gewicht terecht op de schedel van het geraamte. De schok ging door zijn benen heen omhoog alsof hij op hard gesteente stampte, maar hij hoorde een bevredigend gekraak en voelde de botten onder zijn laarzen breken.

Kendaric krabbelde zijwaarts als een krab, onder zwaardslagen door duikend en van links naar rechts rollend. Jazhara volgde Roberts voorbeeld en verbrijzelde de schedel van de ene krijger met haar staf terwijl de andere nog overeind trachtte te komen.

Robert rende naar haar toe en schopte het skelet in de knieholten, en met een woeste klap bracht ze haar staf omlaag. Robert keek de grot rond. 'Drie neer.'

'Vier,' zei ze toen Solon de schedel van een andere krijger kraakte.

'We moeten samenwerken!' riep Robert.

'Hoe dan?' schreeuwde Kendaric terwijl hij wegdook voor een andere woeste zwaardslag, blindelings met zijn eigen wapen boven zijn hoofd zwaaiend alsof hij daarmee de aanval van het wezen kon verijdelen. Hij krabbelde weg van de krijger die hem belaagde, recht in het pad van een andere. Met een schrille angstkreet sprong hij overeind en viel achterover tegen een derde, die hij voor Solons voeten wierp.

Ook Jazhara bracht er nog een ten val, zodat Robert hem de schedel in kon slaan, terwijl Solon korte metten maakte met het skelet dat Kendaric had laten struikelen.

Al gauw werd het stil, en de laatste twee skeletkrijgers, die nog steeds trachtten te vluchten voor Solons magie, werden door Jazhara uitgeschakeld met haar vuurrode vlammen. Toen kregen ze eindelijk de kans om op adem te komen.

'Mijn goden!' zei Kendaric. 'Dat werd me te veel. Wat kunnen we nog meer verwachten?'

'Erger,' antwoordde Robert en richtte zijn aandacht weer op het slot. 'Vrijwel zeker wordt het alleen nog maar erger.' Hij bestudeerde de opstelling van juwelen, spiegels en gaten en zei: 'Een ogenblik stilte, alsjeblieft.'

Hij drukte op het midden van het slot, en het licht schoot op. Met behendige precisie bracht hij de stenen en spiegeltjes snel op hun plaats. Toen de laatste steen, een topaasachtig juweel, een geel licht wierp in een geel gat, hoorden ze een klik, gevolgd door een zwaar gerommel, en de deuren zwaaiden open.

Het gebied dat zich voor hen opende was enorm, en ze roken de zee. Verder lopend zagen ze twee immense poelen met smalle wandelpaden aan weerszijden en ertussendoor.

'Moeten we daarheen?' vroeg Kendaric.

'Zie jij een andere route, jochie?' zei Solon.

Robert aarzelde. 'Wacht.' Hij deed zijn rugzak af, maakte hem open en pakte de talisman die hen door de buitendeur had geholpen. 'Het zou wel eens verstandig kunnen zijn om die bij de hand te hebben.'

Ze namen het middelste wandelpad, en toen ze halverwege de deuren en de tegenoverliggende muur in de verte kwamen, rezen er twee paar enorme tentakels op uit het water aan weerskanten. Kendaric slaakte een gil van schrik, maar Robert hield slechts de talisman hoog boven zijn hoofd.

De tentakels verhieven zich, als om te slaan. Ze trilden in afwachting, maar vielen niet aan.

'Hoe wist je dat?' fluisterde Jazhara.

'Niet,' antwoordde Robert. 'Gewoon gegokt.'

Solon keek over zijn schouder toen ze buiten bereik van de tentakels kwamen, die daarop teruggleden in het zilte nat. 'Goed gedaan, jochie. Anders waren we nu platgemept als vliegen.'

Robert zei niets en ging de anderen voor, dieper de duisternis in.

17   Zwarte Parel

Kendaric wees.

'Wat is dat?'

'Zo te zien een tempel,' fluisterde Solon, 'al is het eerder een kuil van zwarte waanzin, en als ik me niet sterk vergis, is dit een archief.'

Ze betraden een andere uitgestrekte grot, met van de grond tot aan het plafond planken vol met opgerolde perkamenten en in oud leer gebonden boeken. Boven hen verdween een reeks hangende wandelpaden in het donker. Hier en daar werd de duisternis in de zaal verbroken door een fakkel, terwijl de houders in de muur en aan de planken leeg waren.

'Als ze die gebruikten, zou het hier beter zijn verlicht,' merkte Robert op. 'Die fakkels zijn alleen geplaatst om door dit gewelf te kunnen lopen.'

Ze werden gewaarschuwd voor iemands komst door het geluid van laarzen op steen, en Robert voerde hen weg van de lichten, achter enkele planken. Glurend tussen de op de planken gestapelde tekstrollen zagen ze een kleine compagnie gnomen haastig voorbijkomen.

Nadat de gnomen waren verdwenen, zei Robert: 'Nou, in ieder geval weten we nu dat die overvallers niet zomaar uit de bergen kwamen.'

'Wat doen gnomen hier?' vroeg Kendaric.

'Een basis vestigen, wed ik,' zei Solon. 'Deze tempel is gigantisch, en er moeten slaapzalen zijn. Daar zullen die gnomen zich ophouden.'

Robert wachtte nog even. 'Wat ik alleen niet begrijp is hoe alle problemen in Krondor van de laatste tijd hier nu in passen.'

'Misschien wel niet,' merkte Jazhara op. 'Naar wat ik van jou heb gehoord, bestaat er een verband tussen deze Kruiper met zijn plannen om de Krondoriaanse onderwereld over te nemen en degene die schuilgaat achter deze poging de Traan der Goden te stelen, maar mogelijk zijn het slechts gelegenheidsbondgenoten en verder niet.'

'Ik vraag me af of ik dit mysterie ooit tot de bodem toe zal kunnen doorgronden.' Robert keek rond in het donker. 'Kom,' fluisterde hij.

Behoedzaam liepen ze verder, en op een bepaald moment bleef Robert even staan om zich te oriënteren, op een plek van het pad die werd verlicht door twee lantaarns aan weerszijden. Robert probeerde vast te stellen waar ze zich ongeveer bevonden, aangezien datgene wat ze zochten zich vrijwel zeker in het diepste deel van de tempel bevond, ver onder het aard- en het zeeoppervlak.

Jazhara las de rug van een boek en fluisterde: 'Genadige goden in de hemel!'

'Wat is er?' vroeg Solon.

Wijzend naar het dikke boek zei ze: 'Die tekst is Keshisch, maar dan heel oud. Als ik het goed lees, is dit een zeer diepgaand, zwart boek over dodenbezwering.'

'Dat sluit mooi aan bij al het andere dat we tot dusver hebben gezien,' zei Robert.

'Ik ben maar een arme berger,' zei Kendaric. 'Wat is het toch met dodenbezwering dat het priesters en magiërs steeds zo van streek maakt?'

Het was Solon die antwoord gaf. 'Het heelal kent een funda-

344

mentele orde, en macht heeft zijn beperkingen, of zou die tenminste moeten hebben. Zij die zich bemoeien met de essenties van het leven en die de dood beschimpen, schenden de diepste grondbeginselen van die orde. Of be' je gewoon te stom om dat te snappen?'

'Ik vroeg het maar,' sputterde Kendaric tegen, bijna op jammertoon. Hij liet zijn vingers langs de leren rug van een van de boeken gaan. 'Mooie band.'

'Van mensenhuid,' zei Jazhara.

Kendaric trok zijn hand terug alsof hij zich aan heet ijzer had gebrand.

'Kom,' zei Robert. Ze liepen verder de tempel in.

De tijd verstreek terwijl ze zich een weg zochten door de stenen zalen. Verscheidene malen hielden ze halt terwijl Robert op verkenning uitging. Ze hoorden anderen in de uitgestrekte tempel, en soms moesten ze zich verstoppen, maar ze wisten ieder contact te vermijden en vervolgden hun weg.

Een uur na het betreden van de tempel bereikten ze een enorme, lange zaal met aan het eind een reusachtig standbeeld van een heldhaftige gedaante op een troon. Toen ze aan de voet van het standbeeld stonden, staarden ze omhoog. Het beeld rees twee verdiepingen hoog boven hen de lucht in.

Het was kennelijk een man, met brede schouders en sterke armen, gezeten in een ontspannen houding. Vanonder de zoom van een gewaad dat tot op de vloer hing, staken voeten in sandalen van steen.

'Kijk,' zei Kendaric. 'Kijk dat gezicht.' Het hele gelaat van het standbeeld was weggebeiteld. 'Waarom is hij zo verminkt?'

'Als bescherming tegen het kwaad dat hij vertegenwoordigt,' antwoordde Jazhara zachtjes.

'Wie is het?' vroeg Kendaric. 'Welke god?'

Solon legde even een hand op Kendarics schouder. 'Dat zal je wel nooit te weten komen, en wees daar maar dankbaar voor.'

Robert beduidde hen verder te gaan.

Robert bleef staan en snoof de lucht op. Hij hield een hand omhoog.

'Wat?' fluisterde Kendaric.

Solon kwam naar voren. 'Ruik je dat dan niet?'

'Ik ruik wel iets,' zei Kendaric, 'maar wat is het?'

'Gnomen,' antwoordde Robert. Hij gebaarde dat ze op hun plek moesten blijven staan, zakte door zijn knieën en liep zo naar een openstaande deur. Soepel liet hij zich op zijn buik glijden en schoof verder om de kamer in te kijken.

Toen kwam hij terug, achteruit kruipend, en sprong met een vloeiende beweging overeind. Terwijl hij naar hen toe liep, trok hij zijn zwaard. 'De meesten zijn op pad met die patrouille die we zagen,' zei hij zachtjes. 'Er liggen er twee te slapen op de bedden, en twee anderen zitten aan de andere kant iets uit een pot te eten.'

'Ik kan de twee die aan het eten zijn voor mijn rekening nemen zonder een geluid,' zei Jazhara.

'Mooi,' reageerde Robert. 'Dan zorg ik wel dat die andere geen kik geven.'

Jazhara sloot haar ogen, en Robert voelde de haren op zijn armen weer overeind komen in reactie op haar magie. Een goede twee minuten bleef ze roerloos staan, tot ze haar ogen opende. 'Ik ben zover.'

'Wat was dat?' vroeg Kendaric.

'Een vertraagde bezwering. Hij is nu bijna klaar. Ik hoef alleen nog maar een laatste spreuk te doen en hij treedt in werking. Erg goed om nauwkeurig te zijn. Niet erg handig als je haast hebt.'

'Aha,' zei hij, alsof hij het begreep, al was dat duidelijk niet het geval.

Robert wenkte haar verder. Ze bereikten de deur en ze stapte naar binnen. Ze sprak haar spreuk uit.

Eén gnoom hoorde haar eerste woorden en keek op. Hij kwam al overeind, maar Jazhara's bezwering werd gelost en hij versteende, gevangen als een insect in barnsteen. Zijn metgezel zat op zijn hurken, zijn nap op schoot en zijn hand halverwege zijn mond.

Geen van beide verroerde nog een vin, gevangen in een dun energieveld van fonkelend wit, een veld als gaas met spikkels diamantstof.

Robert liep doelbewust naar de britsen waarop de twee gnomen lagen te slapen en sneed snel hun kelen door. Daarop deed hij hetzelfde met de twee versteende gnomen. 'We moeten opschieten,' zei hij tegen zijn metgezellen. 'Die patrouille is vrijwel zeker voor het einde van de dag terug.'

Ze haastten zich naar het andere einde van de slaapzaal en Robert deed de deur open. Erachter trof hij de keuken leeg aan, met een borrelende ketel voor een vuur.

Kendaric werd bleek en moest zich vastgrijpen aan de deurstijl, en ook Jazhara's gezicht verloor alle kleur. Op het hakblok lagen de restanten van een mensenromp. In de hoek lag een hoofd, achteloos weggeworpen, samen met een hand en een voet.

'Moeder der goden!' fluisterde Solon.

Robert stond sprakeloos. Hij gaf hun enkel een teken met hem mee te lopen. Ze verlieten de keuken en volgden een korte, donkere gang tot Robert opnieuw bleef staan. 'Ruik je dat?'

'Gnomen?' vroeg Kendaric.

'Zweet en vuil,' verbeterde Jazhara.

Ze sloegen af naar een lange gang, uitgehouwen in het gesteente. Aan de andere kant zagen ze licht. Ze slopen de gang door tot ze duidelijk konden zien wat er verderop was, en Robert hield zijn hand omhoog om aan te geven dat hij eerst op onderzoek uitging. Hij kwam bij een deuropening, keek in de ruimte erachter en wenkte de anderen. Het was een vierkante kamer, met twee elkaar kruisende gangen tussen vier enorme kooien door. In elk van die kooien zaten enkele tientallen mensen gepropt. De meesten zagen eruit als zeelieden, maar een paar leken boeren of dorpsbewoners te zijn.

Een van de gevangenen keek op en gaf de man naast hem een por toen Roberts gezelschap in zicht kwam. Allebei sprongen ze op en grepen de tralies vast.

'Dala zij dank dat jullie er zijn!' fluisterde een van hen.

Robert keek langs de kooien. Andere gevangenen begonnen het bericht te verspreiden en al gauw stonden de tralies vol verwachtingsvolle mensen.

Robert hief zijn hand op om stilte. Hij knielde neer en bekeek de sloten. 'Wie heeft de sleutel?'

'We kennen zijn naam niet,' zei de man die het dichtst bij de kooideur stond. 'Het is de leider van de gnomen. We noemen hem Cipier.'

'Vast aan het hoofd van de patrouille die we tegenkwamen,' zei Solon.

Robert deed zijn rugzak af. Hij rommelde erin rond en haalde er een buideltje uit, waarin hij verscheidene slothaken had opgeborgen. Hij koos er een uit en probeerde hem op het slot.

'Interessant,' zei Jazhara.

'Oude gewoonte,' verklaarde Robert zonder zijn ogen van het slot te halen. Er klonk een klik en de deur ging open. 'Wacht,' commandeerde hij, 'tot ik de andere heb gedaan.'

Een paar minuten later stonden alle vier de kooien open.

'Weten jullie de weg naar buiten?' vroeg Jazhara.

'Ja, mevrouw,' antwoordde een van de zeelieden. 'Wij zijn arbeiders hier, en als ze ons niet slachten om op te eten, laten ze ons hier schoonmaken. Het lijkt erop dat ze de boel aan het klaarmaken zijn voor de komst van nog meer gnomen.'

'Kunnen jullie aan wapens komen?'

'Hier vlakbij is een slaapzaal, met een wapenkamer,' zei een magere man, 'maar daar zitten gnomen.'

'Vier maar,' zei Robert, 'en die zijn dood.'

De mannen begonnen opgewonden te mompelen.

Robert liet hen een poosje begaan en vroeg toen: 'Willen jullie ons een dienst bewijzen?'

'Ze zouden ons hebben opgegeten als jullie niet waren gekomen,' zei de magere man. 'Iedere dag maakten ze een van ons dood. Natuurlijk willen we jullie een dienst bewijzen. Wat wil je dat we doen?'

'Hier blijven wachten – ik laat de deuren van het slot, maar hou ze dicht – voor het geval er iemand langskomt voordat wij onze missie hebben voltooid. Als jullie horen dat er ergens wordt gevochten, rennen jullie naar de slaapzaal, pakken wapens en vechten je een weg naar buiten. Als jullie over, zeg, een uur tijd nog steeds niets hebben gehoord, zijn jullie vrij om te gaan. Is dat redelijk?'

De man keek rond en zag verscheidene anderen knikken. 'Akkoord,' zei hij.

'Mooi,' zei Robert. De mannen keerden terug naar hun kooien. De deuren werden dichtgedaan, en een van hen ging zitten en begon langzaam en ritmisch te tellen om de tijd bij te houden tot het uur om was.

'We zien jullie in Haldenhoofd,' zei Robert toen ze het slavenverblijf verlieten. 'Daar moet inmiddels een Koninkrijks garnizoen zijn gearriveerd. Als dat zo is en wij zijn nog niet terug, vertel hun dan wat je hier hebt gezien.'

'Zal ik doen.' De magere man keek Robert aan. 'Waar gaan jullie nu heen?'

'Naar het hart van dit zwarte oord,' antwoordde Solon.

'Pas dan maar op voor de leider,' waarschuwde de gevangene.

'Heb je hem gezien?'

'Ja,' fluisterde de man.

'Hoe zag hij eruit?'

'Het was een man, eens, denk ik, maar nu... is het een ondood... iets! Hij is helemaal verrot en vergaan, draagt een haveloos gewaad dat uren in de wind stinkt en hij wordt bewaakt door wezens die ik niet eens kan benoemen. We hebben hem maar weinig gezien. Hij blijft op de lagere niveaus, waar wij maar heel af en toe naar toe worden gebracht, en dan nog maar een paar van ons.'

'Mogen de goden bij jullie zijn,' wenste Robert.

De man knikte.

Robert ging zijn metgezellen voor door een andere donkere gang.

Ze volgden een trap die ze een poosje eerder voorbij waren gelopen. Beneden liepen nog meer tunnels. Verscheidene malen was Robert blijven staan en had besloten dat ze het beste de brede hoofdtunnel konden volgen die vanaf de trap rechtdoor liep, in de veronderstelling dat de kortste weg hen naar het hart van de tempel zou voeren en alle andere gangen naar andere gebieden afbogen. In ieder geval hoopte hij dat hij daarin gelijk zou krijgen.

Weldra kwamen ze bij een opening in een stenen muur. Aan de andere kant ontdekten ze iets wat alleen maar een galerij kon worden genoemd: een enorme zaal, met in alle vier de muren om de paar voet een nis. In plaats van skeletkrijgers stonden hier standbeelden in. Sommige waren van mensen, maar vele niet, en Robert herkende niet al de rassen die in steen waren herdacht.

Langs de muren stonden op regelmatige afstand van elkaar sokkels met daarop heldhaftige beelden – van gedaanten in krijgstenue of een gewaad. Stuk voor stuk zagen ze er zonder meer kwaadaardig uit.

Aan de andere kant van de zaal was een dubbele deur. Robert

probeerde de klink en die gaf mee. Hij duwde zachtjes en gluurde door het spleetje. 'Hier is het,' fluisterde hij.

Hij duwde de deur open naar een volgende vierkante ruimte. Langs drie muren stonden mensenschedels opgesteld, en de vierde was betegeld met een enorm mozaïek van hetzelfde tafereel als de bas-reliëfs die ze bij de ingang van de tempel hadden gezien. Ook hier werd het middelpunt van de beelden in beslag genomen door het 'lege venster'.

Het plafond werd geschraagd door vier immense zuilen van bewerkt steen in de vorm van mensenschedels die door tentakels werden omstrengeld. De vloer was beschreven met geheimzinnige runen.

Midden op de vloer stond een reusachtig altaar. De gestolde lagen bloed die eraan kleefden, waren zwart van ouderdom en duimendik. Boven dit offerblok rustte een gigantische klauwachtige hand, kennelijk van zilver of platina, met tussen de vingers een enorme zwarte parel, tweemaal zo groot als het hoofd van een volwassen man. Het oppervlak tintelde van een mystieke energie, zichtbaar in vage kleuren die er als de donkere regenboog van olie op water overheen speelde.

'Ja,' zei Jazhara, '"het" is inderdaad hier.' Vlug liep ze naar het voorwerp. 'Dit is de bron van de mystieke energie die jouw bezwering blokkeert, Kendaric. Daar ben ik zeker van.'

'Laten we hem dan vernietigen en weggaan,' zei Solon, zijn strijdhamer losmakend.

'Dat zou onverstandig zijn,' sprak een droge stem vanuit de schaduwen. Uit een donkere nis verscheen een gedaante. Hij was gekleed in een haveloos gewaad, en meteen herkende Robert hem van het visioen. Jazhara reageerde ogenblikkelijk, liet haar staf zakken en loste een straal van vuurrode energie.

Het wezen zwaaide met een hand en de energie werd afgebogen, zodat de straal in de muur sloeg, knetterend en uitwaaierend alvorens op te lossen. Op de plaats van inslag bleef een rokende schroeiplek over.

'Dom vrouwmens,' fluisterde hij, zijn stem een eeuwenoude windvlaag waar kwaadaardigheid in galmde. 'Laat mij de gildeman en jullie mogen je armzalige leventjes behouden. Ik heb zijn talenten nodig. Bied weerstand en je sterft.'

Schielijk ging Kendaric achter Solon staan. 'Ikke?'

'Nee,' zei Robert.

Daarop wees het wezen naar hen en beval: 'Dood hen!'

Door deuren aan weeszijden van de kamer verschenen twee reusachtige gedaanten. Het waren skeletkrijgers, gelijkend op de wezens waar ze eerder tegen hadden gevochten, maar dan anderhalf maal zo lang. Bijna negen voet van vloer tot helm telden deze giganten, die bovendien beschikten over vier armen met lange kromzwaarden. De kop werd beschermd door een breed uitwaaierende, bloedrode helm, afgezet met goud.

'Dit is niet goed,' zei Kendaric. 'Nee, helemaal niet.'

Solon reikte achter zich, greep Kendaric bij de mouw en trok hem opzij. 'Wees eens een brave jongen en probeer niet in de weg te lopen.' Met een onverwachte uitbarsting van snelheid viel de monnik aan, zijn strijdhamer hoog boven zijn hoofd gehouden. 'Ishap geve me kracht!' schreeuwde hij.

De skeletkrijger die het dichtst bij Solon stond, aarzelde slechts heel even voordat zijn zwaarden een waas van beweging werden. Met verrassende behendigheid ving Solon slag na slag op met zijn hamer, de aanval van de krijger afwerend. Toen liet hij zich door de knieën zakken en gaf een verpletterende klap op de linkervoet van het geraamtewezen. Met een hoorbaar gekraak van botten werd de grote teen van het skelet verbrijzeld.

Zonder een enkele reactie op lichamelijke pijn te vertonen, maaide het stille wezen door met zijn zwaarden, en Solon wist ternauwernood het hoofd te behouden. Doch op zijn armen en schouders liep hij verscheidene verwondingen op, zodat hij zich terug moest trekken om zich te concentreren op verdedigen.

'Ga hem helpen,' zei Robert tegen Jazhara. 'Dan zal ik zien of ik die andere kan bezighouden.' Robert rende naar het wezen dat van de andere kant van de zaal naderde, terwijl Jazhara haar staf richtte en een bezwering losliet op de krijger die Solon aanviel. De bezwering die in de eerste zaal zo goed had gewerkt, hulde het wezen nu slechts een moment in fonkelend lichtblauw licht alvorens uit te doven. Solon benutte de korte aarzeling van het skelet als een gelegenheid om toe te snellen, op dezelfde voet als daarvoor te slaan en zich vlug weer terug te trekken.

Het wezen wankelde iets bij de volgende stap.

Terwijl Robert het tweede wezen aanviel, probeerde hij een patroon in diens zwaardslagen vast te stellen. Als dat er was, dan zag hij het niet, dus kwam hij liever niet te dichtbij. Toch moest hij het monster zien af te leiden als ze dit wilden overleven. Samen zouden de skeletkrijgers hen in korte tijd weten te overmeesteren.

Robert begon in zichzelf te tellen, en toen de klap van het eerste zwaard op zijn hoofd neerdaalde, herkende hij het patroon. Omhoog ging Roberts zwaard om de eerste slag af te weren, toen pareerde hij rechts, toen laag rechts en vervolgens de linkerkant van zijn lichaam, iets draaiend. Het kletteren van staal op staal galmde door de grot, en Robert begreep dat hij de aanvallen van dit wezen hooguit een minuut of twee kon tegenhouden. Hij dacht er maar niet over na wat er zou gebeuren als het wezen het patroon van zijn slagen veranderde.

Jazhara probeerde een andere bezwering, die echter ook faalde, dus sprong ze naar voren met haar staf boven haar hoofd, alsof ze de meervoudige zwaardslagen wilde opvangen. Op het allerlaatste moment liet ze haar rechterhand naar links glijden, zodat ze de staf als een lange knuppel vasthield. Met al haar kracht sloeg ze op dezelfde voet die Solon had beschadigd, en werd beloond met het geluid van brekend bot.

Ook zij wist haar onthoofding op het nippertje te voorkomen, maar kreeg een lelijke snee in haar linkerschouder. Bloedend dook ze opzij, en toen was Solon terug, om dezelfde voet aan te vallen.

Het wezen viel uit en raakte Solon met de punt van een zwaard op zijn borstplaat. Het pantser hield het, maar door de klap sloeg Solon achterover. Het wezen rukte op, en het was duidelijk dat de monnik niet op tijd overeind zou komen om de aanval af te slaan.

Verstomd van schrik zag Kendaric de skeletkrijger op de gevallen monnik afkomen. Jazhara probeerde het geraamte van opzij te belagen en werd weggejaagd met een zijwaartse stoot van een zwaard, waarna het wezen op Solon af sprong.

Kendaric duwde zich weg van de muur waar hij zich tegenaan gedrukt hield. Hij sprong voor Solon, als een bezetene in alle richtingen zwaaiend met zijn zwaard.

'Nee!' schreeuwde de liche. 'Laat hem leven!'

Het wezen aarzelde, en Solon rolde zich om, kroop op zijn knieën en kwam overeind, met beide handen zijn krijgshamer boven het hoofd gehouden. Uit alle macht liet hij hem neerdreunen en verbrijzelde de linkervoet van het geraamte.

Toen Kendaric en Solon terugsprongen, probeerde de skeletkrijger mee op te rukken. Hij wankelde, viel toen voorover en belandde met een klap op de vloer aan Solons voeten. Kendaric aarzelde maar even, bukte toen en greep de versierde helm van het skelet bij de rand. Hij rukte hem los, precies op het moment dat Solons hamer met door wanhoop gedreven kracht weer omlaag suisde. Er galmde een droge tik door de grot toen de schedel van het wezen werd ingeslagen. Het skelet werd slap en viel ratelend op de stenen vloer.

Jazhara was al afgestormd op het monster waarmee Robert vocht. 'Ik kan hier wel wat hulp gebruiken,' verklaarde de voormalige dief. Hij baadde in het zweet en zijn armen waren zwaar van vermoeidheid, maar nog steeds wist hij de slagen van de krijger af te weren.

Solon draaide zich om naar de liche. 'We hebben geen tijd om die andere ook te verslaan,' zei hij tegen Kendaric.

De berger knikte en verstevigde zijn greep om het gevest van zijn korte zwaard.

Samen liepen ze toe op de dode magiër, die zijn hand ophief. Er schoot een vlaag van witte energie naar Solon, die amper de tijd vond om opzij te duiken. Kendaric rende naar voren en reeg het wezen aan zijn zwaardpunt.

Vol verachting keek de liche omlaag. 'Je kunt me niet doden, jongen,' zei hij, en met zijn knokige hand greep hij bliksemsnel Kendarics arm. 'En nu heb ik je!'

'Solon!' schreeuwde de berger wanhopig. 'Hij gaat niet dood!'

Jazhara was bezig de aandacht van de tweede skeletkrijger af te leiden om Robert wat adem te gunnen. 'Dan heeft hij zijn ziel in een kruik geplaatst!' riep ze over haar schouder.

Solon aarzelde en schreeuwde: 'Waar?'

Jazhara keek wild om zich heen. 'Dat zou overal kunnen zijn. In een andere ruimte of zelfs... de parel!'

Doelbewust stapte Solon naar de parel op het altaar.

'Nee!' schreeuwde de liche.

Solon hief zijn hamer en liet hem met een krachtige slag neerkomen op de parel. Woest golfde de energie over het zwarte oppervlak in ragfijne lijntjes van witheet vuur die zich verspreidden tot een roosterpatroon over de buitenkant. Hij sloeg nogmaals, en de parel scheidde een donkere nevel af. Een derde klap verbrijzelde de parel, en die ontplofte met zo'n kracht dat de monnik van Ishap achterover door de kamer werd gesmeten.

Met grote ogen van afgrijzen nam de liche het tafereel in ogenschouw. 'Wat heb je gedaan?' vroeg hij zacht.

Kendaric voelde de greep op zijn arm verslappen, en de liche draaide zich om. 'Het is je nog steeds niet gelukt, gildeman.'

De tweede skeletkrijger begon te trillen, en zijn aanval verliep trager. Robert wankelde achteruit, amper nog in staat zijn armen omhoog te brengen, en Jazhara bood hem een steunende hand. Het wezen nam twee dronkemanspassen en viel kletterend op de stenen.

De liche greep naar Kendaric. 'Ik ben nog niet klaar met jou, mijn vriend.'

Op zijn beurt stak Kendaric zijn hand uit en pakte het gevest van zijn zwaard, dat nog steeds uit de buik van de liche stak. Hij gaf het zwaard een draai, en de liche verkrampte van de pijn. 'Maar ik wel met jou!' verklaarde Kendaric. 'Je stervensuur heeft geslagen!' Hij rukte de kling los, en de ondode magiër sidderde van pijn en viel op zijn knieën. Met onwrikbare precisie hakte Kendaric in de hals van de dode. De huid spleet als droog papier, en de beenderen knapten als broze takken. Het hoofd van de liche kwam los en stuiterde over de vloer.

Robert steunde met zijn arm over Jazhara's schouders. 'Wel, dat was interessant.'

Solon krabbelde overeind, zijn gezicht vol kleine kerfjes van de geëxplodeerde parel. 'Dat is niet het woord dat ik zou hebben gekozen, jochie, maar ik begrijp wat je bedoelt.'

'En nu?' vroeg Kendaric.

'Moeten we rondkijken,' zei Robert. 'Er kunnen er nog meer zijn die ons last gaan bezorgen.'

'Dan moeten we onderwijl dit oord met vuur geselen,' zei Jazhara.

'Ja,' beaamde Solon. 'Het kwaad is hier zo diep geworteld dat de grotten moeten worden gereinigd. En als we wachten tot mijn tempel daar mensen voor heeft gestuurd, kan veel van dat kwaad naar een andere plek zijn gevlucht.'

Ze liepen naar het lichaam van de liche. Achter de nis waaruit hij te voorschijn was gekomen, zat een deur. Via die doorgang kwamen ze in een grote ruimte, kennelijk het privé-vertrek van de liche. Grote hoeveelheden kleine en grote potten en kruiken stonden verzameld op tafels, en in de hoek tegenover de deur was een kooi aan de stenen muren bevestigd.

In die kooi lag een wezen dat wat weghad van het monster dat ze in het riool van Krondor waren tegengekomen. Met gekwelde ogen keek het naar hen op en wenkte met een klauwachtige hand. Langzaam gingen ze nader, en toen ze vlakbij stonden, ging de bek van het wezen open. 'Help...' klonk een kinderstem.

De tranen sprongen Jazhara in de ogen. 'Komt er dan nooit een eind aan dit kwaad?' fluisterde ze.

'Kennelijk niet,' zei Solon.

'Pijn,' sprak het wezen. 'Help...'

Onderwijl liep Robert om de kooi heen, en met een snelle stoot van zijn zwaard doorstak hij de nek van het monsterlijke kind, dat geluidloos op de vloer zakte.

Jazhara keek hem aan, maar Robert zei niets. Zijn gezicht was een masker van razernij.

'Het was een daad van barmhartigheid,' zei Solon uiteindelijk.

'En nu,' vroeg Kendaric.

'Verbranden,' zei Robert zacht. 'Alles verbranden.' Hij beende naar een muur waar boeken en tekstrollen waren gerangschikt, greep de plank en trok hem omver. Op de werktafel vlak bij de plank stond een kleine brander. Hij griste hem van de tafel en slingerde hem weg, zodat de vlammen en kolen zich over het papier op de vloer verspreidden en het vuur snel om zich heen greep.

'Kijk daar!' zei Kendaric.

Ze keken om en zagen dat de berger nog een parel had gevonden. In tegenstelling tot de andere bol bleek deze doorschijnend, en in de bol zagen ze een afbeelding van Haldenhoofd.

'Dit is een krachtig schouwingstoestel,' zei Jazhara.

Het beeld verschoof, en ze zagen Weduwpunt, met de hut van de oude vrouw, Hilda.

'Kan dit mijn bezwering hebben gedwarsboomd?' vroeg Kendaric.

'Ja, dat denk ik wel,' antwoordde Jazhara. 'Dit ding creëert een uitgebreid veld van magie over het gebied dat wordt geobserveerd. Niet alle magie wordt tenietgedaan, maar het kan dat hij specifiek werd aangewend om de werking van jouw bezwering te neutraliseren tot ze je in hun macht hadden.'

De vlammen achter hen laaiden op. 'Wat doen we ermee?' vroeg Robert.

Jazhara pakte de grote parel op en smeet hem in het vuur. 'Dat moet voldoende zijn.'

'Mooi,' zei Robert. 'Dan moeten we nu weg. Pak fakkels en steek achter ons alles in brand wat maar branden wil.'

'En als de gnomen bezwaar maken?' vroeg Kendaric.

'Nou,' zei Solon, vastberaden kijkend, ondanks zijn wonden, 'als de ontsnapte gevangenen nog niet met hen hebben afgerekend, zullen we dat maar zelf moeten doen, nietwaar?'

Robert knikte. 'Kom op, dan gaan we een schip bergen.'

Ze begonnen aan de terugkeer naar het bovenaardse.

De zon stond laag in het westen toen ze de spelonk verlieten.

'Kan je het schip lichten?' vroeg Robert aan Kendaric.

'Nu?' Hij schudde zijn hoofd. 'Ik kan het proberen, maar na alles wat we te doorstaan hebben gehad, dacht ik dat we tot morgenochtend zouden wachten.'

'Nou, na alles wat we te doorstaan hebben gehad, ben ik eigenlijk niet geneigd nog langer te wachten. Beer loopt nog ergens rond, en hoe sneller we de Traan kunnen vinden en terug naar Krondor brengen, des te liever ik het heb.'

Solon knikte. Hij bloedde uit verscheidene kleine wonden over zijn hele lichaam. Tijdens hun ontsnapping waren ze enkele dienaren van de dode liche tegen het lijf gelopen – een paar gnomen die zich hadden verzet, en nog twee skeletkrijgers. Ook hadden ze gezien wat de ontsnapte gevangenen onder de dienaren van de Zwarte-Pareltempel hadden aangericht terwijl ze zich een weg naar buiten hadden gezocht. Ze hadden duidelijk wapens in het arsenaal bij de slaapzaal gevonden en waren niet al te vriendelijk geweest voor eenieder die hen had willen tegenhouden.

Jazhara koesterde een geïmproviseerd kompres dat ze had aangelegd om het bloeden in haar schouder te stelpen. 'Ik vrees dat we te weinig verweer kunnen bieden als we nu nog tegen moeilijkheden lopen,' zei ze.

Robert beduidde de anderen mee te gaan naar het einde van de rotstong. 'Tot nog toe hebben we steeds te weinig verweer kunnen bieden,' wierp Robert tegen. 'Maar we hebben geluk ge-had.'

'Geluk is het resultaat van hard werken,' wist Solon. 'Dat zei mijn vader tenminste altijd.'

'Maar als we terug zijn in Krondor ga ik toch een groot offer-geschenk aan Ruthia brengen,' merkte Robert op, doelend op de godin van het geluk. 'Ook al is het soms een grillig kreng.'

Solon hoorde het, en begon te grinniken.

Aangekomen aan het einde van de rotsen zei Kendaric: 'Als het lukt, komt het schip omhoog en stijgt er tussen ons en de scheepsromp een mistbank op die vast van vorm wordt. Dat moet lang genoeg zo blijven om naar het schip te kunnen lopen, de Traan te pakken en terug te gaan.'

'Moet?' vroeg Robert. 'Hoe lang duurt "moet"?'

Kendaric glimlachte en haalde zijn schouders op. 'Nou ja, ik heb hem nog nooit kunnen uitproberen. Ik werk nog steeds aan de duur. Uiteindelijk zal de bezwering een schip boven kunnen houden tot heel de lading van boord is gehaald. Nu, misschien een uur.'

'*Misschien* een uur?' Balend schudde Robert het hoofd. 'Nou, dan kunnen we niet vroeg genoeg beginnen.'

Kendaric sloot zijn ogen en stak zijn hand uit naar Jazhara, die het perkament met de bezwering nog in haar rugzak droeg. Ze gaf hem het opgerolde perkament, en hij begon te lezen.

Eerst werd de zee rondom het schip kalm, waarbij de golven in een steeds groter wordende kring van stil water leken weg te vloeien. Toen verscheen er mist op het wateroppervlak, en ineens begon te mast van het schip te trillen. Het trillen werd schudden, en het schip kwam omhoog. Eerst verschenen er kapotte ra's en gescheurde zeilen, vervolgens druipend touw dat aan de nokken bungelde en vaandels die slap van hun masten naar beneden hin-gen.

Kort daarop dreef heel het schip, dobberend terwijl het water van de dekken stroomde. Aan de relingen kleefde zeewier, en aan dek scharrelden krabben naar opzij om zich terug in zee te storten. De mist rond de scheepsromp werd dikker en vaster, en even later hield het schip op met bewegen.

Stralend van blije verwondering keek Kendaric naar Robert en Jazhara. 'Het is gelukt!'

'Was je daar dan niet zeker van?' vroeg Solon.

'Nou ja, eigenlijk wel, maar je weet nooit...'

Met nauwelijks verholen razernij keek Robert de berger aan. 'Het is maar goed dat je niet weet wat ik met je had gedaan als had gebleken dat dat ding daar in die tempel niets te maken had met jouw mislukte poging van de vorige keer. Als het gewoon was geweest dat die hele bewering niet werkte...' Hij dwong zichzelf tot kalmte. 'Laten we maar naar het schip gaan.'

Kendaric tikte verkennend met de teen van zijn laars op de verharde mist en zette zijn hele gewicht erop. 'Een beetje zacht,' vond hij.

Solon beende langs hem heen. 'Genoeg tijd verspild!'

De anderen volgden de monnik, die met grote stappen over de mystieke nevel naar het schip liep.

Langs de zijkant van het schip bleken verscheidene touwen te bungelen. Robert en Kendaric klommen moeiteloos naar boven, maar de gewonde Jazhara en Solon deden er langer over en hadden hulp nodig. Toen ze allemaal aan dek stonden, keken ze rond.

De dekken zaten onder het slijm, en de half vergane lijken die klem zaten tussen neergestort hout of touwen begonnen al een onwelriekende geur te verspreiden. De stank van rottend vlees, brak water en zout was genoeg om Kendaric aan het kokhalzen te brengen.

'Waar gaan we heen?' vroeg Robert.

'Deze kant op.' Solon wees naar een deur in het achterschip die toegang bood aan de lagergelegen dekken. Zich stevig vasthoudend aan relingen van kletsnat touw klauterden ze over glibberige houten treden naar de smalle loopgang.

Onder aan de trap stak Jazhara een fakkel aan, want in het schip was het zo donker als de nacht. Het flakkerende licht wierp scherpe contrasten, en de schaduwen dansten over de wanden toen ze verder liepen. Het water stroomde nog langzaam weg van de benedendekken en uit het ruim, zodat ze tot aan hun knieën door het zilte nat moesten waden.

'Hierheen,' zei Solon, wijzend naar een achterdeur.

Halverwege het dek slaakte Kendaric een gil.

'Wat?' vroeg Robert, zijn zwaard trekkend.

'Er streek iets langs mijn been!'

Robert slaakte een diepe, geërgerde zucht. 'Vissen. Er zwemmen vissen in de zee.'

Kendaric keek niet erg overtuigd. 'Het kan ook een monster zijn dat hier ergens zit.'

Robert schudde zijn hoofd en zei niets.

Ze bereikten de deur, die dichtgeklemd bleek. Robert onderzocht hem. 'Het slot is geforceerd, maar door het instromen van water moet hij zijn dichtgeslagen, en nu zit hij helemaal vastgeklemd. Laten we hem maar afbreken bij de scharnieren.'

Met zijn hamer tikte Solon de hengsels los, en met een golf van water spatte de deur naar buiten. Met het uitvlakken van de waterstand in de twee compartimenten dreven lijken mee. Solon keek naar een van de lichamen, dat aan zijn voeten dreef. Het vlees kleefde nog rottend aan de beenderen, en aan het gezicht was duidelijk te zien dat de vissen zich te goed hadden gedaan. De oogkassen waren leeg. 'Goede en trouwe dienaar van Ishap,' zei Solon met eerbied. Toen zag hij iets en bukte zich. Hij haalde een grote strijdhamer van de gordel van het lijk en verklaarde: 'De

Krijgshamer van Luc d'Orbain! Die was vroeger van een Ishapische heilige uit Bas-Tyra. Het is een relikwie die door de Tempel wordt gekoesterd en als blijk van goede dienst aan de leider van mijn orde uitgereikt. Een talisman met grote magische kracht. En ook lang geen slecht wapen.' Hij keek weer naar het lijk. 'Dat was broeder Michael van Salador.' Spijtig schudde hij het hoofd. 'Het was een logische keus dat hij de leiding zou hebben over de groep die de Traan bewaakte.'

'Nou, neem mee dan,' zei Robert, 'maar laten we de Traan gaan zoeken en van boord gaan voordat het schip weer zinkt.'

'Hierheen.' Solon nam hen mee door een gang naar een achtervrachtruim.

Bij de volgende deur zei Solon: 'Wacht.' Uit zijn tuniek haalde hij een dun kettinkje waaraan een kleine blauwe edelsteen hing. Het juweel gloeide zacht. 'De Traan der Goden is vlakbij.'

'Wat is dat?' vroeg Robert.

'Een scherf van de oude Traan. Die heb ik van de hogepriester meegekregen als hulp bij het zoeken naar de Traan, mocht die van boord zijn geraakt.'

Roberts hand ging naar de deurklink, maar weer zei Solon: 'Wacht!'

'Wat nu weer?' vroeg Robert.

'De Traan staan onder bescherming van een bezwering. Als Beer of een van zijn mannen te dicht bij de Traan is geweest voordat het schip zonk, kan die in werking zijn gezet.'

'En wat doet die bezwering precies?' vroeg Robert, duidelijk geërgerd om dit pas op het allerlaatste moment te horen.

'Het is de ziel van een... draak, gevangen gezet, die zichzelf manifesteert om iedereen aan te vallen die te dicht bij de Traan komt, als bepaalde rituelen niet in acht worden genomen.'

'Dat zou je ons vroeg of laat toch hebben verteld, hè?' Roberts stem droop van het sarcasme.

'Tot we de Traan hadden gevonden, was daar geen reden voor, jonker. Dat beest is niet in staat tot het maken van welk onderscheid dan ook. Eenmaal losgelaten, zal het iedereen aanvallen, dus ook ons.'

'Hoe past zo'n draak nou in dat vrachtruim?' vroeg Kendaric zich af. 'Die zijn toch hartstikke groot?'

'Het is geen draak, maar de geest van een draak. Een spook, als je wilt.'

'De dingen die jij zegt maken het er niet bepaald beter op, Solon,' vond Robert. 'Heb je niets goeds te vertellen?'

'Ik ken de rite om het wezen uit te bannen en terug te sturen naar het geestenrijk.'

'Dat is al mooi,' zei Robert.

'Maar het duurt even.'

'Dat is wat minder mooi,' zuchtte Robert. 'Laat me raden: de draak valt ons aan terwijl jij bezig bent hem uit te bannen.'

'Ja.'

'En het schip kan zinken terwijl wij met die draak vechten terwijl jij hem probeert uit te bannen.'

'Ja,' zei nu Kendaric.

'Het was al geen goede dag, maar het wordt er alleen maar slechter op.' Robert pakte de deurklink. 'Dus laten we er maar mee opschieten.' Hij gaf de deur een zwiep en opende een kamer die behalve een enkele tafel geen meubilair bevatte. 'Dit is de kapiteinshut,' wist Robert. 'Hij zal hem aan de tempel hebben overgedragen en ergens anders zijn gaan slapen.'

'En dat is de Traan,' zei Solon.

Op de tafel stond een enkele grote kist met daarop de beeltenis van een draak. Er kwam een mystiek blauw schijnsel uit, en zelfs Robert voelde de magie ervan uitstralen.

Een lichtflikkering rondom de kist was de enige waarschuwing die ze kregen. Plotseling trok er een windvlaag door de hut. Als door een onzichtbare vuist getroffen viel Kendaric in het tot de enkels reikende water.

Er vormde zich een beeld in de lucht, een zwevende draak, gevormd door een bleekgouden nevel. 'Hou hem bij me vandaan, of ik kan hem niet uitbannen!' riep Solon.

Robert zwaaide met zijn zwaard om het wezen af te leiden, terwijl Jazhara een oogje op Kendaric hield om ervoor te zorgen dat hij niet verdronk. Toen hief ze haar staf met beide handen hoog boven haar hoofd en begon aan een bezwering.

De draak richtte zijn aandacht op Robert. Zijn spookachtige hoofd schoot naar voren. Robert voelde de luchtdruk die voor de snuit uitging, en bewoog zijn hoofd met de klap mee. Het bleef een flinke oplawaai. Met een 'oef' van pijn probeerde hij het wezen bij Solon vandaan te lokken.

Een snelle blik op de monnik leerde hem dat die de Hamer van Luc d'Orbain voor zich omhooghield. Zijn ogen waren gesloten en zijn lippen bewogen razendsnel om zijn rituele spreuk te voltooien.

Jazhara's bezwering trad in werking, en er golfde een gordijn van vuurrode energie door de lucht, langs het plafond van de hut zwevend om neer te vallen op de draak en hem op te sluiten in een robijnrood net. Het wezen sloeg wild om zich heen en probeerde Jazhara aan te vallen, maar het werd door het net tegengehouden.

'Hoe lang houdt dat aan?' vroeg Robert.

'Weet ik niet,' antwoordde Jazhara. 'Ik heb het nooit eerder gedaan.'

'Hoe gaat het met Kendaric?'

'Bewusteloos, maar hij overleeft het wel, denk ik.'

De berger zat ineengezakt tegen de wand, kin op de borst, alsof hij sliep.

'Blij te horen,' zei Robert. 'Die klap kwam aan als de schop van een muilezel.'

Ze keken naar Solon, die zijn stem verhief, duidelijk aan het einde van zijn spreuk. Vol verbijstering zagen ze de gouden draak opzwellen, het robijnrode net tot het uiterste oprekkend. Toen de laatste woorden van Solons gebed door de hut schalden, begon de draak echter te krimpen tot hij nog maar een klein gouden puntje van licht was, dat voor hun ogen uitdoofde.

Het net, plotseling leeg, zweefde omlaag naar het water, waarin het verdween.

'Het is klaar,' verkondigde Solon.

'Mooi,' zei Robert. 'Dan grijpen we die rotkist en brengen hem aan land voordat het nog erger wordt.'

Solon knikte, hing de tweede strijdhamer aan zijn gordel en pakte voorzichtig de kist met de Traan der Goden op. Robert en Jazhara grepen Kendaric bij de armen en tilden hem op. Hij kwam bij toen ze hem verplaatsten. 'Watte?' mompelde hij.

'Kom op,' zei Robert. 'Tijd om naar huis te gaan.'

'Het beste wat ik in dagen heb gehoord.' Kendaric haalde zijn armen van hun schouders. 'Ik kan lopen.'

Ze klauterden de glibberige kajuitstrap op, waarbij Solon de kist met de Traan aan Robert moest geven, om hem weer over te nemen toen ze aan dek stonden. Robert, Jazhara en Kendaric daalden via de touwen af in de mystieke nevel, waarop Solon de kist naar Robert wierp en volgde.

In de vallende avond renden ze over de mist terug naar land. Net toen ze bij de rotspunt arriveerden, zei Robert: 'Verdomme.'

'Wat is er?' vroeg Kendaric.

'Gewapende mannen, op het strand.'

'De ontsnapte gevangenen?' meende Jazhara.

'Dat denk ik niet,' antwoordde Robert. 'Kijk maar!'

Over het pad vanuit de heuvels erboven naderde een massieve gedaante, een duister silhouet. Maar op zijn borst gloeide een rood schijnsel.

'Beer!' zei Robert.

'De mist wordt zachter,' waarschuwde Solon, en ook Robert voelde zijn voeten een stukje wegzinken.

Ze renden de laatste tien el naar de rotsen en liepen verder naar het strand. 'Hebben we nog een keus?' vroeg Robert.

'Nee,' had Solon al begrepen. 'We moeten vechten.'

Vanuit de schaduw van de rotsen dreunde Beers stem: 'Jullie keuzen zijn beperkt en mijn geduld raakt op. Geef mij de Traan of we maken jullie af.'

'Waarom wil je hem hebben?' vroeg Jazhara. 'Wat wil je er mee doen?'

Ze bleven staan waar de rotsen overgingen in zand, en Beers mannen kwamen naderbij, de wapens getrokken.

'Ha!' brulde de enorme man. 'Heeft die monnik jullie dat dan niet verteld? Via de Traan kunnen we met de goden praten, niet-waar, Ishapiër? En er zijn nog meer goden behalve Ishap!'

'Je bent een dwaas om de macht van Ishap niet te vrezen!' schreeuwde Solon.

'Ik heb alles wat ik nodig heb voor jullie... Ishapiërs!' zei Beer, met zijn handen aan de amulet rond zijn hals. 'Jullie kunnen mij toch nooit aan.' Hij trok een groot zwaard. 'Maar ik jullie wel! Nou, hier met die Traan!'

Plotseling verscheen er op de rotsen boven hem een gedaante, die ineendook en sprong. Wiliam wierp zich boven op Beer, waar-door de reus tegen de grond sloeg.

Iedereen was geschokt door de verrassende hinderlaag. De huurling vlak bij Robert draaide zich om naar het tumult, en ge-bruik makend van deze opening trok Robert zijn zwaard en stoot-te hem in de rug van de man, die stierf voordat hij zich weer naar Robert kon wenden.

Solon zette de kist met daarin de Traan op het zand en pakte de Strijdhamer van Luc d'Orbain, onderwijl in stilte een gebed tot

Ishap sprekend. Jazhara richtte de punt van haar staf op een groepje van Beers mannen en loste een energieschicht.

Ook Kendaric trok zijn zwaard. 'Ik bewaak de Traan!' riep hij.

Worstelend met de immense piraat probeerde Wiliam de amulet van zijn hals te trekken, tot Beer met een geweldige klap achteruit sloeg en Wiliam opzij knuppelde.

Met een smak belandde Wiliam op de grond. Zijn wapenrusting gaf de klap door aan zijn lichaam, maar toch rolde hij verder en kwam overeind.

Ook Beer stond alweer op zijn voeten. 'Dapper gedaan, jongen,' zei hij met een gemene grijns. 'Als beloning zal ik je een snelle dood geven.'

Wiliam keek omhoog naar de richel waar Sidi stond toe te kijken. 'Help dan!'

Sidi haalde zijn schouders op. 'Ik zei pak de amulet, jongen, dan help ik je. Zonder dat ding sta je er alleen voor.' Hij keek schuldbewust.

'Kameeni!' schreeuwde Wiliam, door frustratie overmand. 'U zei dat ik niet alleen zou staan!'

Beer begon te lachen. 'Kameeni? Je roep een mindere god aan!' Hij hield zijn amulet omhoog en wees naar de Traan in de kist op het zand. 'Met deze amulet ben ik onoverwinnelijk. Met de Traan in mijn bezit heb ik de macht der goden. Dan *ben* ik een god!'

Wiliam wierp het hoofd in de nek. 'Kameeni, geef mij wraak!'

Er klonk een hard, schril geluid, dat Robert, Jazhara en verscheidene piraten de handen voor de oren deed slaan. Zelfs Beer deed er een stap voor achteruit. Alleen Wiliam scheen onaangedaan door de snerpende jammerklacht. Toen verscheen er een gedaante tussen Beer en Wiliam, doorschijnend en bleek, maar herkenbaar.

'Talia!' hijgde Wiliam.

Het meisje glimlachte. 'Je bent niet alleen, Wiliam.' Ze bewoog zich naar hem toe en stapte zijn lichaam binnen. Hij gloeide met het licht van haar verschijning, en zijn wapenrusting leek over hem heen te golven.

Voor ieders verbaasde ogen werd Wiliam getransformeerd. Zijn postuur nam toe, zodat zijn toch al brede schouders nog massiever werden. Zijn wapenrusting verkleurde van de zilveren maliën van een Krondoriaans officier naar een bloedrode borstplaat, zo donker dat het bijna zwart was. Op zijn hoofd verscheen een helm, waarachter heel zijn gezicht schuilging, en door de oogspleten scheen een bloedrood licht. Een stem, van Wiliam noch van Talia, sprak: 'Ik ben Kameeni. Ik ben de God van de Wraak.'

De gedaante hief zijn hand op, en er verscheen een zwaard van vlammen. Met een verblindend snelle slag sneed de kling over Beers arm.

Beer kromp ineen en deinsde terug, zijn goede oog groot van verbazing. 'Ik bloed! Ik voel pijn!' Met zijn grote zwaard hakte hij in op de rode gedaante, en voelde de schok tot boven in zijn arm toen de belichaming van de god de slag opving. Daarop haalde Kameeni's incarnatie uit, en Beer keek neer op een brede, bloedende snee in zijn borst. 'Nee!' schreeuwde Beer, achteruit strompelend. 'Dat kan niet!'

Opnieuw hieuw Beer, maar andermaal ving de geest van de God der Wraak, gemanifesteerd in Wiliams lichaam, de klap op en sloeg terug. Met een rechte stoot stak hij zijn zwaard tot aan het gevest in Beers buik.

Beer zakte op zijn knieën, zijn handen om het vlammende zwaard geklemd. 'Nee,' zei hij vol ongeloof. 'Je zei dat dit niet kon. Ik kan niet sterven. Dat heb je me beloofd! Je zei dat ik nooit zou sterven!' Hij viel om op het zand, zijn ene oog starend naar de avondhemel. 'Je zei... dat ik niet... dood...'

Nog even torende de gedaante boven hem uit, op hem neerkijkend. Toen veranderde hij glinsterend terug in de vorm van Wiliam.

De jonge krijger wankelde, alsof het hem duizelde. Hij liet zich op zijn knieën vallen en keek rond. De schim van Talia verscheen weer. 'Het is ons gelukt, Talia,' zei hij zachtjes tegen haar. 'Het is voorbij.'

De geest van het meisje glimlachte naar hem. 'En nu kan ik rusten. Dank je, Wiliam.'

Wiliams wangen waren nat van zijn tranen. 'Talia, nee! Blijf, alsjeblieft.'

Terwijl ze langzaam uit het zicht verdween, fluisterde Talia's geest: 'Nee, Wiliam. Het leven is voor de levenden. Jij hebt nog een lang leven voor de boeg, en ik moet mijn nieuwe plek op het wiel in gaan nemen. Zeg me vaarwel, alsjeblieft.'

Vlak voordat ze helemaal vervaagde, scheen ze nog heel even fel op te lichten. Ze stak haar hand uit en raakte Wiliams wang aan. Toen loste ze op in het niets.

Terwijl de tranen hem over het gezicht stroomde, zei Wiliam zacht: 'Vaarwel, Talia.'

Robert keek rond en zag dat de rest van Beers mannen was gevlucht. Hij borg zijn zwaard op en zag dat Solon de Traan weer veilig had opgepakt. Samen met Jazhara liep Robert naar de nog steeds geknield zittende krijger. 'Goed gedaan, Wil. Ze is gewroken.'

Jazhara legde een hand op Wiliams schouder. 'En de Traan is in veiligheid.'

'Dus het is waar wat hij over de Traan zei?' vroeg Wiliam.

'Meer nog,' zei Solon. 'De Traan beschikt over grote macht, en jij hebt ervoor gezorgd dat deze macht niet voor het kwaad wordt aangewend.' Hij hield de kist met de Traan stevig vast. 'Aan de andere kant was dit echter een kleine schermutseling. De oorlog is nog niet gewonnen.'

'Wat doen we met Beers amulet?' vroeg Jazhara.

'Het is een veel te krachtig voorwerp om zomaar te laten slingeren,' zei Kendaric.

Robert gebruikte zijn zwaard om hem op te rapen. 'Voor geen prijs raak ik dat ding aan,' zei hij. 'Het schijnt de slechte kant van je aard naar boven te brengen.' Hij liep terug naar de punt van de rotsen in zee en bracht zijn arm naar achteren. Met het zwaard als hefboom slingerde hij de amulet zo ver hij kon over het water. In het donker zagen ze hem niet in de golven plonzen.

Hij liep terug naar zijn metgezellen. 'Als het lot vriendelijk is, staat er in Haldenhoofd een colonne soldaten en hebben we een escorte terug naar Krondor.'

Bont en blauw hinkten ze het pad op in de richting van Haldenhoofd.

De dag brak aan met roze en goud getinte wolken aan de oostelijke hemel toen Jazhara door de bossen naar Hilda's hut liep. Zodra ze het gebouwtje op de open plek in het oog kreeg, voelde ze een steek van ongerustheid.

De hut was verlaten. Dat kon ze van veraf al zien, want niet alleen kwam er van binnen geen spoortje van vuur of licht, maar ook hing de deur open. En de planten en kruiden die aan het dak van de veranda hadden gehangen, waren weg.

Langzaam beklom ze de trede naar het bordes en ging de hut in. Binnen stonden alleen nog de ene tafel en het krukje. De kist en alle andere persoonlijke eigendommen waren weg.

Op de tafel lag een enkel stukje perkament.

Jazhara pakte het op.

Meisje,

Mijn tijd zit erop. Ik was hier geplaatst om de wacht over het kwaad te houden tot er iemand kwam om dit gebied ervan te bevrijden. Jullie zijn dappere en vindingrijke jonge mensen. De toekomst is aan jullie. Dien de krachten van het goede.

Hilda.

'Ze is weg,' zei Jazhara tegen degene die stilletjes achter haar op de veranda was gestapt.

Wiliam kwam de hut binnen. 'Wie was ze?'

'Een heks, zeggen ze,' antwoordde Jazhara.

'Dat geloof je zelf niet,' zei Wiliam. Uit zijn jeugd op Sterrewerf kende hij net zo goed als zij de vooroordelen tegen vrouwen in het Koninkrijk die magie bedreven. 'Wie was ze echt?'

'Een wijze vrouw.' Jazhara vouwde het briefje op en stak het in haar gordel. 'Een dienares van het goede. Maar nu is ze weg.'

'Heeft ze gezegd waarheen?'

'Nee,' antwoordde de jonge magiër. Ze keek even rond en liet haar blik op Wiliam rusten. 'Waarom ben je me gevolgd?'

'Omdat ik met je wilde praten voordat we omringd zijn door anderen, op de lange reis terug naar Krondor.'

'We kunnen praten terwijl we teruggaan,' zei Jazhara.

Wiliam stapte opzij, liet haar door de deur gaan en liep naast haar mee over het pad terug naar Haldenhoofd. 'Praat,' zei Jazhara na een paar passen. 'Ik luister.'

Wiliam slaakte een diepe zucht. 'Dit is een beetje ongemakkelijk.'

'Dat hoeft niet per se.'

'Ik heb dingen gezegd –'

Ze bleef staan en legde een hand op zijn arm. 'We hebben allebei dingen gezegd. Je was jong... we waren allebei jong. Maar dat... misverstand, dat behoort tot het verleden.'

'Dus alles is goed tussen ons?'

Jazhara knikte. 'Alles is goed.'

Wiliam begon weer te lopen. 'Mooi. Ik ben iemand kwijtgeraakt... iemand om wie ik veel gaf, en... ik wilde niet nog iemand kwijtraken.'

'Mij raak je nooit kwijt, Wiliam.' Een tijdlang was ze stil. 'Het spijt me van je verlies. Ik weet dat Talia bijzonder voor je was.'

Wiliam wierp haar een blik toe. 'Dat was ze, ja. En dat ben jij ook.'

Jazhara glimlachte. 'En jij ook voor mij.'

'We zullen elkaar vaak zien in de komende jaren. Ik wilde alleen dat het niet moeilijk zou blijven.'

'Ik ook niet.'

De rest van de weg legden ze zwijgend af, tevreden met het gevoel dat de scheuring tussen hen voorzichtig aan het helen was.

De terugreis naar Krondor verliep zonder noemenswaardigheden. Toen ze bij Haldenhoofd aan de top kwamen, stond de versterking uit Molenaarsrust hen al op te wachten om hen vieren terug naar Krondor te begeleiden.

Zonder plichtplegingen reden ze vier dagen later door de stad heen naar de verzamelplaats van het paleis, waar de rijdieren door stalknechten en lakeien werden meegenomen en Robert, Jazhara, Solon, Kendaric en Wiliam direct werden ontboden in de ontvangstkamer van de prins.

Toen ze de stad naderden, hadden ze een ruiter vooruit gestuurd, en de prins had een waarschuwing laten brengen naar de hogepriester van de tempel van Ishap, die nu met de prins het vermoeide gezelschap opwachtte.

Robert ging voorop, met naast zich Solon, die de kist met de Traan tegen zich aan geklemd hield. Kendaric, Wiliam en Jazhara kwamen na hen binnen.

Robert maakte een buiging. 'Sire, met groot genoegen bericht ik u dat wij onze doelen hebben bereikt. Broeder Solon heeft de Traan der Goden.'

Solon keek naar de hogepriester, die naar voren kwam en de kist in de handen van de monnik opende. In de kist lag een groot lichtblauw kristal, zo groot als de onderarm van een volwassen man. Het kristal leek van binnenuit te gloeien, en terwijl ze ernaar keken, klonk er vaag een klank, als een muzieknoot van veraf.

'Slechts weinigen buiten onze orde hebben ooit de Traan der Goden aanschouwd, Hoogheid,' sprak de hogepriester. 'Alle aanwezigen zijn die eer weer dan waard.'

Een tijdlang bleven ze als aan de grond genageld staan, tot de hogepriester de kist sloot. 'We vertrekken morgenvroeg om de Traan over te brengen naar onze moedertempel te Rillanon,' zei de hogepriester. 'Broeder Solon zal persoonlijk het transport overzien.'

'Als u het niet erg vindt,' zei prins Arutha, 'laat ik toevallig een voltallige compagnie lansiers erachteraan rijden.'

Met een lichte buiging gaf de hogepriester te kennen dat hij geen bezwaren had.

'U hebt uw god goed gediend,' zei Arutha tegen Solon.

'Hij is onze goede en trouwe dienaar,' voegde de hogepriester eraan toe. 'Hij zal worden bevorderd om Michael van Salador te vervangen. Solon, wij vertrouwen u het leiderschap van de Broeders van Ishaps Hamer en de veiligheid van de Hamer van Luc d'Orbain toe.'

'Ik voel me vereerd, vader,' zei de monnik.

Toen richtte de hogepriester zich tot de anderen in de zaal. 'Uw moed, alsmede uw kracht van geest, hebben ons de hoeksteen van ons geloof terug bezorgd. De Tempel van Ishap is u allen zijn eeuwige dank verschuldigd.'

'Evenals het hof van Krondor aan u, broeder Solon,' zei Arutha. Kijkend naar Wiliam vervolgde hij: 'U hebt uzelf bewonderenswaardig goed van uw taak gekweten, luitenant. U bent een eer voor de Wacht van het Koninklijk Huis.'

374

Wiliam maakte een buiging.

'Ambachtsgezel Kendaric,' zei Arutha.

De berger stapte naar voren en maakte een buiging. 'Hoogheid.'

'U hebt de kroon een grote dienst bewezen. Wij staan bij u in de schuld. Wij begrijpen dat met de dood van uw meester het gilde momenteel in wanorde verkeert. Aangezien het een gepatenteerd gilde is, afhankelijk van de gunst van de kroon, is het onze wens dat u de rang van gildemeester gaat bekleden en uw broederschap herstelt.'

'Hoogheid,' zei Kendaric. 'Het is me een eer, maar het gilde is geruïneerd. Na Joraths verduisteringspraktijken hebben we geen koperstuk meer, de andere gezellen die zijn weggegaan –'

'Wij zullen voor die bijzonderheden zorgen. De kroon is niet vrekkig voor degenen die ons dienen. We zullen uw schatkist schadeloos stellen en uw herstel verzekeren.'

'Zijne Hoogheid is hoogst vrijgevig,' zei de nieuwe gildemeester.

'Vrouwe Jazhara,' sprak Arutha toen. 'U hebt bewezen dat mijn keuze van hofmagiër een wijze is geweest.'

Jazhara neigde haar hoofd. 'Hoogheid.'

De Prins van Krondor lachte zelden, maar ditmaal was zijn glimlach welhaast breed en stralend. Met trots in zijn ogen zei hij: 'Robert, zoals altijd ben je mijn goede en trouwe dienaar. Je hebt mijn persoonlijke dank.' Hij stond op. 'Knap werk, van u allen.'

'Onze plicht en ons genoegen, Sire,' sprak Robert mede namens de anderen.

'Ik heb verzocht om de voorbereidingen voor een feest te uwer ere,' zei Arutha. 'Rust uit in uw verblijf en kom vanavond terug als mijn gasten.' Hij verliet de troonzaal en beduidde Robert hem te volgen.

Jazhara wendde zich tot Solon. 'Kom je ook?'

'Nee, meis,' zei de grote monnik uit Dorgin. 'Als hoofd van mijn orde moet ik zorgen voor de veiligheid van de Traan tot we in Rillanon zijn. Tot die tijd verlies ik hem geen moment uit het oog. He ga je goed, jullie allemaal.' Hij wenkte twee monniken die stilletjes in de hoek hadden gestaan. Ze maakten een eerbiedige buiging voor de hogepriester. De twee monniken sloten zich aan achter de hogepriester en broeder Solon, en verlieten de zaal met de Traan.

'En nu?' vroeg Wiliam aan Kendaric.

'Ik ga naar Morraine en vanavond neem ik haar mee,' zei Kendaric. 'Als gildemeester ga ik genoeg verdienen om zelfs haar ouders tevreden te stellen. Zodra het kan, gaan we trouwen.'

'Blij te horen,' zei Jazhara.

Kendaric knikte enthousiast. 'Ik moet voortmaken. Ik zie jullie straks.'

'Mag ik u begeleiden naar uw verblijf, vrouwe?' vroeg Wiliam.

'Niet nodig,' zei Jazhara. 'Vroeg of laat zal ik zelf de weg in het paleis moeten leren kennen. Als ik verdwaal, vraag ik het wel aan een hofjonker.'

Wiliam wist dat ze de weg best kende en glimlachte. 'Tot vanavond.'

Toen hij zich omdraaide, zei ze: 'Wiliam?'

'Ja, Jazhara?'

Ze deed een stap naar voren en gaf hem een kusje op zijn wang. 'Ik ben blij om hier weer bij je te zijn.'

Hij keek in haar donkerbruine ogen en was een moment sprakeloos. Toen gaf hij haar een kus terug. 'Ja, ik ook.'

Ze draaiden zich om en gingen ieder afzonderlijk hun weg.

Arutha zat achter zijn schrijftafel. 'Je kunt me morgen een volledig verslag geven,' zei hij tegen Robert. 'Je ziet eruit alsof je wel wat rust kunt gebruiken voor de festiviteiten van vanavond.'

'Ach, vier dagen rijden was nauwelijks rust te noemen, maar de meeste schrammen en blauwe plekken zijn al aan het genezen.'

'De Traan is in veiligheid, en dat is het voornaamste. Wat heb je nog meer ontdekt?'

'Van de Kruiper niets,' zei Robert. 'Ik denk dat de man een van de vele tentakels was van ene Sidi.'

Wiliam had Robert alles verteld wat hij over Sidi wist, zowel van tijdens de aanval op de hertog van Olasko als bij zijn laatste ontmoeting. Robert rapporteerde wat Wiliam hem had gezegd, en besloot met: 'Het schijnt een soort handelaar te zijn, een vogelvrije, die naast de wettige handel ook zaken doet met de gnomen en de lieden ten noorden van de bergen. Tenminste, die indruk wekt hij.'

'Je vermoedt meer?'

'Veel meer. Hij wist gewoon veel te veel en...' Robert zweeg. 'Ik heb maar een glimp van hem opgevangen op het klif boven het strand toen Wiliam met Beer de piraat vocht, maar hij bezorgt me kippenvel, Hoogheid. Volgens mij is hij veel meer dan een gewoon handelaar.'

'Een magiër of priester?'

'Mogelijk. In ieder geval zat hij te springen om die amulet van Beer terug te krijgen, en ik vermoed dat hij degene is van wie Beer hem had gekregen.'

'Wat is dit voor een duistere macht?' vroeg Arutha.

'Die vraag, Hoogheid, plaagt mij eveneens,' zei Robert.

Zwijgend stond Arutha op van zijn schrijftafel en liep naar het raam dat uitzicht bood op de verzamelplaats eronder. Er werd geëxerceerd, en hij zag Wiliam op een holletje naar de kazerne voor de vrijgezelle officiers gaan. 'Wiliam heeft goed werk geleverd,' zei de prins.

'Op een dag is hij Ridder-Maarschalk van Krondor,' zei Robert, 'als Gardaan tenminste ooit nog met pensioen mag.'

De prins draaide zich om en keek Robert aan met wat alleen maar een grijns kon worden genoemd, iets wat hij hem in de dikke tien jaar dienst maar enkele malen had zien doen. 'Hij zei tegen me dat hij de volgende keer gewoon naar buiten loopt en een schip naar Schreiborg neemt. En dan mag ik soldaten sturen om hem terug te halen.'

'Wat gaat u met hem doen?'

'Nog even laten dienen, dan Joolstein terugroepen en hem die post geven.'

'Joolstein, Ridder-Maarschalk?'

'Je hebt me zelf gezegd dat ik een administrateur moet nemen zolang ik het leger leid. Joolstein heeft zeker aanleg voor die taak.'

'Inderdaad,' beaamde Robert. 'Zelf heb ik het nooit zo op papierwerk gehad.'

'Ik laat hem nog één winter bij baron Moyiet, dan haal ik hem terug en stuur Gardaan naar huis.'

'Voorgoed, dit keer?'

Arutha schoot in de lach. 'Ja, ik laat hem terug naar Schreiborg gaan, zodat hij op Martins kademuur kan zitten vissen, als hij dat zo graag wil.'

Robert stond op. 'Ik heb nog een paar dingen te doen voor vanavond, Hoogheid. Met uw permissie?'

Arutha wuifde Robert de kamer uit. 'Tot vanavond.'

'Hoogheid,' zei Robert en liet zichzelf uit.

Arutha, Prins van Krondor, de op één na machtigste man in het Koninkrijk der Eilanden, stond in bedachtzame stemming voor het raam. Als jongeman had hij bij het Beleg van Schreiborg, tijdens de Oorlog van de Grote Scheuring, het bevel gevoerd, en nu was hij van middelbare leeftijd.

Hij had nog jaren voor de boeg, als de goden vriendelijk voor hem waren, maar hij ervoer een kalmerende geruststelling in de wetenschap dat het lot van zijn koninkrijk rustte in de bekwame handen van jongere lieden, mannen en vrouwen als Robert, Jazhara en Wiliam. Hij gunde zich nog even de luxe van dit vreedzame moment en keerde terug naar zijn schrijftafel met de verslagen die smeekten om zijn aandacht.

Robert repte zich door het paleis. Hij moest bericht sturen naar Jonathan Means en twee andere spionnen van hem, om hun te laten weten dat hij terug in Krondor was. Daarna moest hij nog even de straat op voor een bezoekje aan een van zijn informanten die een oogje in het zeil hield voor tekenen die wezen op activiteiten van de Kruiper en diens bende. Nu de kwestie van de Traan der Goden was geregeld, was Robert vastbesloten zijn aandacht te richten op deze aartsschurk om er voor eens en altijd achter te komen wie het was. En dan zou hij de stad van zijn aanwezigheid bevrijden.

In zijn hoofd ging hij de dingen af die hij nog moest doen. Als hij opschoot, was hij nog net op tijd terug om in bad te gaan en schone kleren aan te trekken voor het feest van de prins.

Hij was moe, maar morgen had hij tijd om te slapen. Op dit moment was hij bezig met wat hij het allerliefste deed: zijn prins dienen. En hij was waar hij zich het allerliefst bevond: in Krondor.

Epiloog

o

UITDAGING

Druipnat sjokte de eenzame gedaante over het lange looppad in de donkere tunnel. Het stonk er naar rook en lijken.

Sidi kwam tot de ontdekking dat het vuurtje dat hij die ochtend had gestookt, nog brandde. Hij haalde een fakkel uit een muurhouder, stak hem aan en vervolgde zijn wandeltocht.

Eindelijk bereikte hij de kamer waarin de dode liche lag, zijn lijk al bijna helemaal tot stof vergaan. 'Idioot!' schold hij tegen dovemansoren.

Hij stapte achter de troon en vond de geheime klink. Een deel van de muur schoof opzij, en hij betrad een ruimte waarvan zelfs de liche niet had geweten, een ruimte die Sidi uitsluitend voor zichzelf bewaarde.

'Je hebt verloren,' sprak een stem toen hij binnenkwam.

'Nee, ik heb nog lang niet verloren, oude vrouw!' schreeuwde hij tegen de stem in de lucht. Hij trok zijn kletsnatte tuniek uit.

'Je hebt de amulet niet gevonden.' Haar stem klonk spottend.

'Ik blijf zoeken. Ik ben nog maar vier dagen bezig.'

'Stel dat je hem vindt, wat doe je er dan mee? Je hebt geen dienaren of bondgenoten.'

'Het is knap vervelend om tegen de lucht te praten. Laat jezelf zien.'

Er verscheen een wazige gedaante, doorschijnend en zonder

veel kleur, maar herkenbaar als een vrouw van middelbare leeftijd. De magiër trok zijn broek uit, pakte een deken en wikkelde hem om zich heen. 'Ik baal van die koude en vochtige onderkomens... hoe noem je jezelf tegenwoordig?'

'Hilda, pas nog.'

'Ja, Hilda. Ik ben dit oord zat. Dienaren kan ik krijgen met goud. Dat heb ik in overvloed. Bondgenoten zijn bijna net zo makkelijk, als ik er eenmaal achter ben waar hun wensen naar uitgaan.' Hij keek de bleke beeltenis aan. 'Weet je, al een paar jaar voelde ik al dat je dicht in de buurt was, maar ik dacht niet dat ik je hoefde op te sporen.'

'Je raakt me toch niet kwijt, dat weet jij net zo goed als ik.'

De man zuchtte. 'Je hebt geen gelovigen, geen geestelijken, nog niet één op de tien miljoen mensen op deze wereld kent je naam, en al die tijd leid jij maar dat kwijnend voortbestaan. Niet bepaald een goede vorm voor een godin.'

'Het is mijn aard,' zei de schim die eens de oude vrouw in de hut was geweest. 'Zo lang jij jouw meester tracht te dienen, moet ik hem tegenwerken.'

'Mijn meester leeft!' Sidi wees met een vinger naar het beeld. 'Jij hebt niet eens het goede fatsoen om toe te geven dat je dood bent en weg te gaan!'

De gedaante verdween.

Meteen had Sidi spijt. Hoe groot zijn hekel aan de vrouw en al haar verschijningen ook was, al verscheidene eeuwen lang had ze een deel van zijn leven uitgemaakt. Hij was de eerste geweest die sinds meer dan duizend jaar de amulet had gevonden. Hij was bezweken voor de macht ervan. Jarenlang had hij drijfveren gevoeld die hij zelf niet kon verklaren, en stemmen gehoord die niemand anders hoorde. Zijn macht was toegenomen, en lange tijd zijn waanzin ook.

Toen had hij een helderheid van geest gevonden die de waanzin oversteeg. Hij had ontdekt wie hij diende: de Naamloze.

Hij had de amulet eerder gebruikt, om anderen in dienst van zijn meester te brengen, zoals de liche Savan en diens broer. Dat was een vergissing geweest. Hij zuchtte. Als je de duisternis diende, moest je genoegen nemen met wat er jouw kant op kwam.

Kort nadat hij zijn macht had gekregen, was de oude vrouw verschenen. Zij was de tegenhanger van de Naamloze, en ze had Sidi geen moment rust gegund. Hij moest toegeven dat zij de enige was – voor zover je de geest van een dode godin als een persoon kon beschouwen – die hij langer dan enkele jaren had gekend. De meeste anderen waren op een of andere gruwelijke wijze om het leven gekomen. Op een merkwaardige manier was hij toch wat gesteld geraakt op de oude godin.

Hij zuchtte nogmaals. De slag was verloren, maar de oorlog ging verder, en hij zou zijn meester op diens wenken bedienen. Uiteindelijk zou zijn meester naar deze wereld terugkeren. Dat kon nog eeuwen duren, maar Sidi had de tijd. Zijn meester eiste een hoge prijs voor zijn dienst, maar hij werd gelijkelijk beloond. Sidi mocht er dan uitzien als een man van vijftig, maar hij leefde nu al bijna vijf maal dat aantal jaren.

Hij ging liggen op het bed. 'Ik moet binnenkort toch eens een betere plek gaan zoeken om te wonen,' verzuchtte hij.